喜嫁

參

目次

壹之章◆新婦難為全喜嫁

宣陽侯府眾人得知中途出凶事的消息，各自心神不寧。

侯夫人在一旁擰著眉，餘光看向孫氏，孫氏朝其微微搖頭示意不是她動的手。

魏青煥幸災樂禍，可有外人在此，他也沒說出半個「刑剋」、「災禍」的字眼來，可單瞧那一副表情，眾人便知他心裡巴不得傳來魏青岩已歿的消息。

婚宴的賓客議論紛紛，魏青岩的三哥魏青羽皺了眉，上前道：「父親，可要再去迎一下？」

宣陽侯看向周圍眾人齊聚的目光，硬氣地道：「不必，已有侍衛前去，只等著他回來拜堂便罷！這點兒事若處理不好，他也不必再娶親！」

魏青羽看向魏青山，兩人不免搖了搖頭，臉上雖有幾分不滿，可也只能如此等待，誰讓他們這三人是庶出……

始終沒有看到喜嫁的隊伍前來，遠處卻忽然有一疾馳奔馬朝此快速趕來，本以為是侍衛，可守護的侍衛見到馬上乃是大紅喜服的人，再看那模樣不正是魏青岩，便開始陸續通傳：「五爺到！」

魏青岩？宣陽侯忍不住踏步到門口，他突然自個兒回來可是出什麼大事？

馬停至宣陽侯府門口，魏青岩抱著林夕落便下馬，魏青羽立即上前急切地問：「可是傷了？」

魏青岩抱著林夕落，扯了扯嘴角，笑著道：「不過一二個刺客而已，能有多大的事情？喜轎行得太慢，弟弟著急洞房而已。」

宣陽侯氣得嘴直抽，周圍的賓客接二連三地起鬨喧鬧，林夕落將臉窩在魏青岩的懷裡壓根兒不敢露出來，只聽耳邊不時地響起調侃之聲：「魏大人果真與眾不同，這種事都急不可待！」

「這新媳婦兒的蓋頭都沒了……」

「快去拜堂，可不能讓他順了心，灌醉之後，讓他爬不起來！」

「把新媳婦兒也灌醉……」

眾人調侃著跟隨魏青岩往裡走，此時後方的喜轎已有了影蹤，前行侍衛立即湊到宣陽侯的身邊回稟，待知有百枝利箭穿入之時，宣陽侯勃然大怒，但也只得忍下，悄聲問：「可知是誰動的手？」

侍衛搖頭，「人被逮到便已咬舌自盡，死士。」

「他媽的！」宣陽侯忍不住怒罵，再看魏青岩抱著林夕落往院子中走去拜堂的身影，他忽然多了幾分無奈之嘆……

屋內也有眾人等候，齊獻王帶著秦素雲、林綺蘭都在內堂等候。

秦素雲時而看向門口，忍不住道：「時辰已經不早了，還沒接來？」

齊獻王端茶歪坐，一副等看好戲的模樣冷笑道：「天知道，誰知路上會不會出什麼意外？魏崽子這是娶第三次了，若是再出了事，本王就奏請父皇為他蓋一座廟，讓他剃禿了進去當和尚算了！」

「王爺，大喜的日子，您這話可不合規矩。」秦素雲初次帶了分埋怨，齊獻王冷哼撇嘴，林綺蘭在一旁附和道：「妾身那位妹妹也是個銳性子，這會兒別出事才好，否則白折騰這麼大陣仗，讓王爺白白來此賀喜了。」

秦素雲埋怨地看了林綺蘭一眼，林綺蘭才不多敘話。一旁的賓客瞧齊獻王如此說辭，各個都不再開口，一邊品茶，一邊悄悄詢問侍衛進展如何。

院外響起嘈雜之聲，齊獻王忍不住起身出去，迎面卻正見到魏青岩抱著林夕落走進來。

兩人對視之間，魏青岩看他道：「瞧見我，您失望了？」

「大喜的日子，自個兒抱著新娘子進門，你小子還真別出心裁！」齊獻王漫不經心地道，看到後方接連有宣陽侯的家人進門，賓客齊賀，此時也有人敘起路上險事。

齊獻王故作平淡地聽入耳中，可仍按捺不住氣惱，不等瞧魏青岩拜堂就率先離開此地。

秦素雲一直在此坐著，林綺蘭上前道：「王妃，王爺已經走了。」

「妳想跟著走？」秦素雲直接挑明，林綺蘭連忙道：「妾身不敢！」

「那就坐了這兒瞧妳妹妹出嫁，這是大喜的事。」秦素雲說罷便不再搭理，林綺蘭看那一身華貴大紅嫁衣的林夕落，心裡更是擰了恨。

有喜婆子在一旁提點，林夕落跟隨著行禮、拜堂，隨即被帶入婚房之中，靜靜地在床上坐福。

這一日實在是驚心動魄，她此時都還未從那一陣意外中緩回神來。若依著她最初的夢，這算是噩夢成真，但魏青岩之前未提半句，卻在這一日提前做好打算。

她想起那些喜轎被利箭穿成了篩子一般，如若他沒有提前做好準備，這死的不就是她？如若是以前溫軟性子的林夕落，那這一場刺殺會是如何？恐怕她是會遵從父母之命嫁給李泊言這位師兄，可林家有意讓其隨林綺蘭陪嫁當妾，林政孝不從，殺她的人恐怕便是鍾奈良或齊獻王？

她自來到這裡，所言、所行跋扈囂張，為的便是不讓這噩夢成真，可老天爺就要如此安排，讓她在大喜的日子依舊逃不開這場厄運，縱使嫁的不是當初父母所定之人，她也險些遇害。

林夕落心中感慨不已，她雖膽怯，可心中也喜，起碼她如今是安安穩穩地坐在喜房當中，等著他回來……

魏青岩被眾人拉去好一通灌酒，當初他說出「著急洞房」四個字，可是讓所有來此的賓客全都入耳，這會兒不跟著鬧那還等待何時？

何況平時魏青岩冷面一張，今日大喜的日子不管怎麼調侃他，他都不允生氣惱怒，這時候自是全都攻上，讓他措手不及。

宣陽侯也是大喜，吩咐魏青煥、魏青羽和魏青山三兄弟頂上，「不能讓這幫小畜生看侯府的笑話！」

「喝！」

魏青岩看著眼前一罈子接一罈子的酒，汩汩入口，心中只盼著夜幕快些降臨……

侯夫人應承了幾桌酒席便先行離去，孫氏扶她進門休息，而此時花嬤嬤已經歸來。

「今兒到底是怎麼回事？」侯夫人忍不住問出口，花嬤嬤知道侯夫人會問起，當即回道：「老奴跟隨喜轎歸來，可孰料未等行到麒麟樓時，就接連有侍衛抬著喜轎從四方走出將五夫人的轎子圍了起來，來回地變換位置，老奴一行人都被侍衛夾在中央，可到麒麟樓門前，那裡圍觀的百姓極少，果真出了事。」

「可有大的傷亡？」孫氏忙問，花嬤嬤搖頭，「有傷亡，但都是刺客。」

「母親，這事兒怎麼辦才好？」孫氏忍不住問侯夫人，她可是也有準備的……

「侯爺今兒甚是高興，別惹他不痛快。」侯夫人下了令，孫氏立即出門去吩咐。

只剩花嬤嬤在此，侯夫人看她道：「把妳所見之事都一一說清楚吧。」

夜幕降臨，從拜堂之後至現在已經有一個多時辰，林夕落在床上等得不耐，正準備偷偷地伸伸腰腿，就見門口踉蹌進來一人。

魏青岩滿身的酒氣走進來，直接就撲在了床上，未等林夕落起身看他，便見後方跟隨著鬧洞房的人進門。

林夕落苦著臉，只覺眼前熙熙攘攘的全是腦袋，更有酒罈子直接遞了她的面前，「嫂子」、「弟妹」、「五奶奶」各種稱呼入耳，喊得她都分不清這些人到底是誰。

話語嘈雜，終歸就一個意思，她得把這一罈子酒喝了眾人才算甘休，否則洞房之夜就鬧個夠。

「弟妹，妳男人可已經倒了，這剩下的酒妳著量著辦！」
「不喝也沒什麼，只是往後魏大人要留一輩子的話柄嘍！」
「喝吧，喝完洞房歡愉……」
「去你的！」
魏青岩已經爛醉如泥，整個人趴在喜床上不起身，魏青羽與魏青山兩人在一旁幫襯著抵擋，可兩張嘴架不過群狼，著實有抵擋不住的架勢。
「我喝就是了！」
林夕落不知是誰遞來的酒，一把接過拎起入口，整整一罈子酒她就這般灌下，讓眾人齊聲哄嚷，誇讚賀喜之辭即刻出口，魏青羽和魏青山兩人眼睛快瞪了出來，這五弟妹果真是個銳性子，她一罈子酒下肚，好似沒多大事兒？
眾人不忘抓了花生、瓜子、紅棗、桂圓等物往林夕落的床上撒去，魏青羽顧不得這些，急忙將這些人連推帶搡地趕走。
魏青山在一旁盯著林夕落，擔心地問著：「弟妹，妳沒事吧？」
林夕落連忙起身行禮，「四哥，我沒事。」
魏青羽從外趕回，看著魏青岩爛醉如泥，不由得笑出口，「這小子還急著洞房？瞧這慫模樣，早知讓弟妹跟著出去擋酒了！」
林夕落扭頭看向魏青岩，更訝異魏青羽的調侃，兩人也知在此不太合適，吩咐丫鬟婆子們伺候著，便也快速離開。
喜婆子在一旁看著，嘆氣地道：「五奶奶，這合巹酒怎麼辦？餃子也沒入口？」
林夕落看著趴在床上一動也不動的魏青岩，吩咐秋翠道：「先去弄茶吧，讓五爺醒醒酒。」

秋翠應下去準備，林夕落又吩咐人去打好沐浴的水，湊到魏青岩的身旁推了推道：「喂，還能醒來嗎？」

魏青岩紋絲不動，林夕落無奈搖頭，轉身正欲吩咐喜婆先下去，孰料還未等張口，就覺身後一人猛拽著她，倒在床上，一個極為沉重的身子立即壓了上來。

伸手欲推，林夕落沒等叫嚷小嘴就被堵上，腿腳亂踢，一條大腿橫上，她動彈不得。

「嗚嗚……嗯……」

幾聲尖叫，喜婆子瞪了眼，心裡念叨著規矩，可誰敢跟這位五爺拿規矩說事？她連忙把白綾拋扔了床上，紗帳放下，叫著周圍的丫鬟們齊齊離開……

這一吻不知多久，林夕落才能鬆了口氣，扳起魏青岩的臉，卻見他在嘿嘿的傻笑。

「滿嘴都是酒味兒！」林夕落抱怨：「醒醒酒吧！」

「我才沒醉。」魏青岩翻身躺下，將她放置身上，林夕落小腦袋趴他胸口處，仔細地看著道：「沒醉？那你剛剛為何裝醉？」

「不裝醉怎能回得來？」魏青岩輕撫她的後背，「喜婆子的規矩麻煩，妳我自行拜禮就是。」

林夕落小拳頭又捶他幾下，「討厭，不早說，讓我還擔憂半晌，被灌了一罈子酒！」

「妳又不怕醉！」魏青岩雙手扶上她的小屁股，臉上湧起壞笑，林夕落扭捏地連忙下去，拿起喜婆子放置在桌上的合巹酒，魏青岩隨她同喝，口中之酒卻不嚥肚，直接融入她的口中……

絲絲甜醉讓兩人癡纏一起，魏青岩的手褪去衣衫，連帶著她的也一件一件扯去。

林夕落的臉上添了幾許紅熱，吊稍的杏核眼微瞇，小嘴兒已微微紅腫，緊張、喜悅，心裡湧起一股羞澀的期待，心跳急促，吐氣如蘭，輕輕呼在了魏青岩的臉上，卻感覺身上一涼，最後一件衣衫也被除了，半絲遮掩都不再有。

魏青岩突然離她幾步，目光直直地盯著，「妳真好看……」

林夕落急忙捂住羞處，魏青岩仰頭大笑，直接上前扛起她放置床上，摩挲著柔嫩的肌膚，讓林夕落欲醉暈眩。

魏青岩的吻輕輕落下，從其額頭、鼻樑、嘴唇直線下滑，吻至其胸口，含上那嬌嫩紅蕾。林夕落瞬間渾身酥麻，熱度蔓延全身，連帶著額頭、鼻尖都滲出汗珠來。

魏青岩的手慢慢撫摸，林夕落能覺出他的目光中滿是火熱，每撫摸吻至一處，都讓她羞赧刺激，不由得扭動退縮，可這一躲卻更勾起魏青岩的心火，他低低嘶吼了一聲，猛地撲了上來。

雖尋常也十分親暱，可這般赤身相對還是初次，那一頭青絲鋪散，讓林夕落更添幾分柔媚……

「青岩……」林夕落初次道出這親暱之名，魏青岩手臂撐著自己的重量，臉上忍耐不住，摸著她柔嫩細長的腿，最後手滑向私密之處。

「嗯……」林夕落呻吟呢喃，聲音宛如黃鶯初啼，緊緊合上雙腿。

魏青岩卻不肯放過，用手扳開壓上，林夕落感覺到有一股堅挺頂上，臉上的紅潤更甚。

「這時候害怕了？」魏青岩調侃，林夕落咬唇不語，魏青岩笑著抬起她的小腿兒，湊其耳邊道：「我會輕一點兒……」

林夕落微微點頭，指著床上的白綾，又欲將被子蓋在兩人身上。魏青岩也不阻攔，笑著看她手忙腳亂的模樣，林夕落羞澀無法遮掩，「討厭！」她輕斥，索性咬他身上，魏青岩悶哼，手探祕源，直接挺身而入……

「啊……」林夕落咬唇輕嘶，魏青岩一動也不動，看著她眼中蘊了淚珠，替她輕輕吻去。林夕落雙臂抱緊他的脖頸，待逐漸放鬆下來，魏青岩才輕輕緩動，又不忍看她咬唇，便吻上了她的小嘴。

輕柔總是解不了兩人心渴，魏青岩急促呼吸，逐步加快節奏。林夕落如泣如喜地呻吟、顫慄，合著他的節奏，輕吟出聲，好似全身都被填滿充實。

魏青岩時而急促，時而輕緩，屋內紅燭映夜，與窗外彎月繁星輝映，旖旎春情，呻吟奏曲一直響至翌日清晨……

清早醒來，林夕落只覺得渾身酸痛，不由得扭了扭身子睜開眼，才看到這屋子與以往的房間不同了。轉過身去，卻正對上魏青岩寬闊的胸膛，他還在閉目酣睡。

林夕落心起調侃，湊向他的耳朵，噘起小嘴兒輕輕地吹氣。

「啪」的一聲，林夕落就覺一巴掌拍了她的小屁股上，「一早起來就調侃，昨兒沒吃飽？」看他睜開眼，林夕落嘟嘴，「飽什麼，壓根兒就沒吃喝上，現在還餓著呢！」

「我再餵一餵妳？」魏青岩知道她沒懂也不戳破，林夕落見他目光中帶一絲狡黠，忽然反應過來，一張臉瞬間紅成蘋果，立即轉過身去，將被子蓋得緊緊。

可她這一轉身，小屁股正碰上後方一堅挺之物，林夕落「呀」的一聲，瞪眼道：「怎麼睡著的時候還這樣？」

魏青岩怔住，不知該如何回答，林夕落覺出那堅挺蹭著自個兒的腿，不由得往前躲，可她越躲，魏青岩越往前湊，躲至床邊，她實在沒了地兒，便起身將被子拽起，完全裹在自個兒身上，把魏青岩給徹底地晾著。

可這一晾著，那堅挺也赫然入目，林夕落捂住了臉，比之前更紅，「討厭！」

「我可什麼都沒做。」魏青岩枕著手臂看她，林夕落側頭露出一隻眼睛，正對上他帶著壞笑的狹長雙眸，臉上更紅。

可本就一身酸痛，這般蜷著，林夕落也忍不住地動了動，而後賴著道：「我為何要躲？我渾身都酸疼！」

「我來給妳捏一捏。」魏青岩的手撫上她胸前的圓潤，林夕落立即道：「不是這裡疼！」

「那是哪裡疼？」魏青岩大手上下撫著，又攀上了她的身子，林夕落告饒：「腿還在酸疼！」

「為妳揉一揉……」

「這怎麼能揉？」

「不抬起來當然揉不到，不要亂動！」

「我不……嗚嗚……嗯……」

屋外的丫鬟婆子們一直站在院子裡等，可等了不知多久，屋中再次響起輕吟聲，這眼瞧著便是午時，五奶奶的身子受得住嗎？

正堂內，等候敬茶的侯爺、侯夫人也面沉臉黑，門外進來一人，花嬤嬤上前問了話，隨即回稟道：「五爺、五奶奶還未起身……」

宣陽侯嘴角抽搐，已是午時兩人還未起身？這是故意的，還是……

未等他開口，魏青煥在一旁譏諷：「這是故意不想起身吧？昨晚到現在已有多少個時辰了，他也不怕榨乾了！」

侯夫人輕咳兩聲，魏青煥才閉了嘴，魏青羽道：「昨晚五弟被灌得多了，回了喜房已經躺在床上一動也不動。」

「還是我與三哥將其攙扶回去，他已經醉得人事不省，連旁人硬灌五弟妹一罈子酒他都沒能醒來抵擋，好在五弟妹是個硬氣的，真把那罈子酒給接了，眾人才作罷。」魏青山補著話，無疑都在替魏青岩說話，也是寬慰宣陽侯的心。

宣陽侯自知二人之意，不免罵起了昨日前來賀喜的人：「這幫小兔崽子，就是不願瞧著這府裡頭舒坦！」

「那不妨就此用個飯，再等一等兩人，青羽與青山也許久未歸，正與侯爺多聚一聚，不然這個家裡也空蕩。」侯夫人藉機說上和氣話，宣陽侯點頭，周圍的下人立即去吩咐廚房上菜。

而此時，魏青岩與林夕落兩人還在床上膩著，林夕落念叨著：「動彈不了了！」

「撐著了？」魏青岩滿臉壞笑，林夕落撒賴道：「給侯爺、侯夫人等人敬茶都被你耽擱了！」

「何時敬茶都一樣。」魏青岩嘴角輕扯，林夕落瞧出異樣，「你故意的？」

魏青岩捏她的小鼻子，「這府裡頭若想挑妳的毛病，那縱使妳坐在屋中不動都是毛病。」

林夕落沉下心來仔細思忖，這無非是在告訴她裝傻充愣？

兩人說起這事也無心再膩下去，林夕落起身去沐浴，洗過後換好衣裳，坐在銅鏡前上妝。

一夜之餘，從少女變成了少婦，五官雖未變，可青澀上多了幾分嫵媚，連林夕落自個兒都覺出略有不同。冬荷在一旁侍奉著，也說起這院子的事：「……除卻奴婢與秋翠、秋紅之外，另外有二等丫鬟三名、灑掃丫鬟四名、管事嬤嬤一名、粗使婆子四名，一早都在等著見您，奴婢見您還未起身，便讓她們都忙去了。」

林夕落點了頭，看向冬荷道：「往後這院子裡可就靠妳了。」

「奴婢都聽奶奶的。」冬荷連忙行禮，林夕落瞪了眼，嘀咕著：「怎麼忽然從姑娘變成了奶奶，耳朵裡聽著還覺得彆扭著……」

冬荷在一旁笑著，魏青岩洗漱過後，從淨房中出來，見林夕落還坐與妝奩臺子之前，便讓冬荷退下，他親自接過畫筆。

林夕落怎麼看他持筆都像是拿刀，連連往後躲，魏青岩心起調侃，不允她亂動。

「不許畫得不好看！」林夕落忍不住告誡，魏青岩滿臉認真，「畫眉常共生花筆，愛讀頻分刺繡燈，這一日我怎能不親自動手？」

林夕落紋絲不動，臉上含羞帶笑，一副情癡模樣。

魏青岩比劃幾下便為她畫上黛眉兩筆，冬荷笑著舉起銅鏡，林夕落看向那裡臉色更是紅潤。似是覺得自己手藝不錯，魏青岩拽著她一起出門，往正堂行去。

魏海依舊在門口守著，林夕落見了他卻嚇一跳，驚問道：「你怎麼還在這兒？」

「卑職不在此處去何處？」魏海撓頭，林夕落看著魏青岩，指著魏海道：「他昨兒不是同娶春桃的？」

魏青岩也皺了眉，「怎麼著，你把新婦自個兒扔家裡了？」

「卑職行事第一，一早便出來了，儘管是娶親也不能忘了護衛大人與奶奶的安全！」這話說出，魏海自己都有些面虛，長嘆一聲，又說了實話：「卑職也不願意來的，這不是讓我爹一早給趕出來了？大人，您可是喜樂一宿，卑職是沒嘗著甜頭就……」

魏青岩上前一腳，「滾！」

魏海被踢一腳反倒高興得不得了，立即道：「謝過大人，您親自將卑職踹回去，老頭子恐怕就沒說辭了！」

話語說著，魏海就往外跑，林夕落看他這副模樣忍不住笑，魏青岩看她，「笑得這般好看！」

林夕落使勁兒攥了他的大手，拽著他便往前走。

此時正堂之內眾人已經用過了飯，正打算再派人去問一問，門口的人便已通傳：「五爺、五奶奶到！」

宣陽侯的臉色立即撂下，侯夫人餘光瞧見也正坐好，眾人目光齊聚門口，便見魏青岩牽著林夕落的小手邁步進了正堂。

話語未提，花嬤嬤已經撂下軟墊，林夕落福了身，便直接跪下，茶過頭頂，口中道：「兒媳給父親敬茶。」

宣陽侯瞪了魏青岩一眼，卻也沒有為難林夕落，接過抿一口罷了，待至侯夫人面前，林夕落依舊如此，侯夫人並未馬上接過，而是目不轉睛地看著她。

林夕落早已預料侯夫人不容易搪塞，便一動不動地等著，宣陽侯故作沒看到，也沒催促。

孫氏有意在中間賣個好，在一旁悄聲道：「母親……」

侯夫人瞪了孫氏一眼，看向林夕落道：「這幾個媳婦兒中就妳的年紀最小，我也不挑妳，不過該遵的規矩還是要遵，該懂的事也要明白，否則哪敢帶著妳出去與各府走動？」

林夕落連忙道：「母親教訓的是，媳婦兒知道了。」

「我也不刁難妳，妳便與其他媳婦兒一樣，明兒開始卯正之時便來我身邊，晚上再走……」侯夫人說這話時不免看向魏青岩，魏青岩的眉頭皺緊了卻沒多話，反倒是宣陽侯突然想起這丫頭的用處，輕咳兩聲，示意侯夫人莫再多說。

侯夫人心中一緊，便看著林夕落，「妳可做得到？」

林夕落沒多尋思，依舊應和道：「媳婦兒聽母親教誨。」

侯夫人接過茶，抿了一口，花嬤嬤立即端上了侯夫人賞的物件，琳瑯滿目的翡翠珠簪，林夕落接過後再次道謝。

侯爺與侯夫人拜完，便與孫氏等妯娌見面。

孫氏笑燦如花，也不等林夕落福身便立即還了禮，隨即讓身旁的嬤嬤拿上物件，笑著道：「這家裡頭都為五弟的婚事操心，如今結成大喜，嫂子看著妳便欣悅，往後有何事都可來尋我說，即便心中不順暢、不舒坦的也不妨來尋我做主，旁的事不敢應承，這府裡頭的丫鬟婆子們伺候不周到的，我一定替妳出頭教訓兩句。」

「謝過大奶奶。」林夕落沒有過於親暱，孫氏倒故作不滿，「怎麼還這樣稱呼？」

林夕落笑著道：「謝過大嫂。」

「乖！」孫氏笑著牽她的小手，讓其接連拜過魏青煥與宋氏，隨即是魏青羽、魏青山，還有眾人的子女。林夕落該接的賞賜便接下，該賞給晚輩的也不小氣，這一連串下來，可是快大半個時辰過去。

本還打算著閒聊幾句，林夕落的肚子陡然「嘰哩咕嚕」地叫出了聲。

侯夫人眉頭皺了緊，林夕落恨不得鑽了地縫兒裡去……

孫氏解圍道：「哎喲，瞧這都忘記了時辰，五弟與弟妹午間還未用吃食！」

林夕落羞赧道：「昨晚到現在，還沒用過。」

這話一出，卻讓魏青羽和魏青山指著魏青岩便開始笑。

宣陽侯冷哼著斥罵：「急色的崽子，快滾！」

魏青岩依舊面無表情，好像笑的、罵的不是他一般。不說話也不還嘴，拽著林夕落便往外走，林夕落顧不得向眾人行禮告退，臉上帶著歉意，也不等她話語出口，整個人都快被魏青岩拎起來……

兩人這般消失在眾人面前，宋氏冷笑幾聲，魏青煥諷刺道：「什麼東西！」

「放屁！你是個什麼東西？」宣陽侯怒罵：「青石帶兵在外征戰，連老三和老四都在幫襯著商議各營派兵的陣仗，你幹什麼了？昨兒那小崽子大婚洞房，你還跟著又收個丫鬟？明兒就給老子滾去戰場，少在這兒晃悠得本侯心煩！」

魏青煥被這番斥罵，不由得抱怨道：「丫鬟是母親賞的，我能如何？」

宣陽侯冷眼看著侯夫人，侯夫人斥罵著宋氏：「妳是那院子的主子，不會挑選旁的時候，單單要選在昨晚？」

宋氏不敢還嘴，只能連連認錯，最終還是孫氏出面解圍，「弟妹不過是喜上加喜，不過二弟弟能去幫襯著大爺，兄弟齊心也是好事。」

魏青羽與魏青山兩人低頭不語，壓根兒不摻和這話題，待宣陽侯罵夠了，兩人便尋了理由出去找魏青岩敘事。

魏青煥與宋氏被罵走，孫氏也藉機告退，侯夫人將身邊的丫鬟攆走，只留了花嬤嬤，這才開口與宣陽侯道：「老五這脾氣也得改一改，他娶的新媳婦兒雖出自林府，但性子太跳脫，瞧瞧剛才那副模樣，如若在外面被人瞧見豈不笑話死？」

宣陽侯看著她，「這丫頭的確該學學規矩，不過妳莫下手太狠，她是個有用處的，老五若有事帶她走，妳不要硬阻攔。」

侯夫人心驚，剛剛敬茶時宣陽侯便不允她多說，如今還不讓她教管太狠？她堂堂的侯府夫人，連這點兒主都做不得，那還是什麼夫人？

「侯爺，內宅之事我自有斟酌，青岩對她已有護衛，如今連您都直言告誡，我實在不知是放任為好，還是嚴管為好？」

宣陽侯看她，帶一絲警告意味：「有一、有二，不能再有三四，妳心中明白我這話的含義。如今的老五可不是前幾年的他，妳心中度量一二為好。」宣陽侯說罷便起身離去，侯夫人呆滯半晌，看向花嬤嬤道：「這丫頭到底有何本事能讓侯爺都護她，我連她都管不得了？」

「夫人，五爺格外疼惜五奶奶……」花嬤嬤只說這一句，侯夫人沉了半晌，目光中多一絲陰狠之色，似是自言自語地道：「我倒要看看他有多麼的疼這丫頭！」

魏青岩與林夕落回了院子便開吃，昨一晚加今日一早都肚子空空，林夕落實在顧不得什麼五奶奶的身分，如以往一般不停地往嘴裡塞。

陳嬤嬤在門口道：「三爺、四爺到！」

林夕落一驚，噎得嗓子生疼，可嘴中之物還未嚥下，總不能如此見人，慌亂之餘便往內間跑。

魏青岩看著她便哈哈大笑，門外兩人當即止步對視，各自訝然，老五居然會笑了？

魏青羽與魏青山進門，魏青岩也未即刻收了笑意，而是讓丫鬟們將吃食為林夕落端進內間，給兩人上茶。

「五弟這一笑讓我都不知該說何才好，看來五弟妹功勞可著實不小啊！」魏青羽調侃著，魏青岩笑道：「她著急用飯，稍後便來。」魏青岩不再對此話題多敘，反而問道：「你二人準備何時離去？」

魏青山抽著嘴，「這還沒說兩句話呢，你就開始攆人了？」

「是問你二人何時離開幽州城，這死人籠子的地兒，你們還待不夠？」魏青岩話語中滿是不忿，魏青山反問道：「那你還在此地大婚？」

魏青岩撇了嘴，「難不成去外面賣命為這府中之人爭功，將來怎麼死的都不知？」

「五弟，你依舊對過往介懷。」魏青羽安撫地拍了拍他，魏青岩沒再多說，這時林夕落已經從內間行步出來。

「給三哥、四哥請安了。」

林夕落規規矩矩地行了禮，魏青羽自是換了話題，誇讚道：「弟妹好酒量，昨日整整一罈子酒直接入口臉都不紅，著實讓人訝然！性子開朗、大度，與五弟果真是良配！」
林夕落笑答：「謝三哥誇獎。」
拜見過兩位爺，林夕落也知她留在此地三人無法談正事，便藉口先去側房熟悉下院子，魏青岩道：「去吧，晚間帶妳在府中各處走一走，四哥晚上欲請福鼎樓用飯，妳若不願出去便將席面置在家中，讓廚房不必備飯了。」
魏青山瞬間瞪了眼，「你個無賴，我何時說過這話？」
「我就是聽到你說過！」魏青岩一張冷面卻無賴至極，魏青羽在一旁笑不攏嘴，林夕落立即認真地福身謝道：「謝過四哥宴請，我這就去吩咐下人。」
這一句算是讓魏青山徹底逃脫不掉，看著林夕落出門，魏青山連連苦笑搖頭，「我算是知道你為何娶這丫頭了！」
「為何？」魏青岩看他，魏青山聳肩，「與你就是一個模子刻出來的，無賴！」
林夕落離開正堂並未馬上就去側房見院子裡的丫鬟婆子，長廊之處走一走，這地兒不再是她曾經跟隨魏青岩來過的院子，可也有相似。
院名為「郁林閣」，進門便是正堂，左右兩側是書房、茶室，後方一個小園子，如今是冬季，園子裡除卻落地白雪之外，便有兩棵粗壯幹枝的槐樹，從此地再進一院子，便是掛有紅喜窗花兒簾子的正寢之地。
林夕落在院中慢慢地走，冬荷在身後相陪，林夕落想起了春桃，「不知春桃在院子何處？」
「早間魏首領在時，奴婢特意問過，他所居之地乃侍衛宅邸，在侯府的東面兒。因他是五爺的首領，所以有一獨立的小院。」冬荷繼續道：「昨兒奶奶這方喜慶，魏首領和春桃姊姊那方也有眾人齊賀。」

林夕落心中高興，「如若見到她，告訴她不必過早來院子裡做事，咱們身邊不缺人。」

冬荷點頭應下，林夕落又吩咐她將院子裡其餘的丫鬟婆子全都叫來。

魏青岩一直居住麒麟樓，侯府中雖也有他的院子，可除卻灑掃婆子外並無侍奉的丫鬟，如今她嫁至此地，這些丫鬟婆子估摸都是侯夫人指派來的，她自要挨個地見一見。

這是一把雙刃劍，魏青岩孤身一人，除卻能爭個人之功，爭不來妻兒歡笑，如今她嫁給了他，府邸中自有派到此地侍奉的人，是侯夫人的？是孫氏的？還是宋氏的？

這些人就好似在身邊插上幾把刀，不知何時會冒出來……

之前那一位難產而死，林夕落心中遲疑，她的死因到底是什麼？

林夕落選了側房坐好，秋翠端上了茶，秋紅在外撩起簾子，丫鬟婆子們才陸續進來。

跪地磕頭，林夕落未直接叫起，而是道：「既是往後都在一個院子裡頭過日子的，我也有意親近一番，不妨挨個上前說出名姓、侯夫人派妳們在此管什麼差事、之前做過什麼，讓我對妳們也能有些了解，往後還要靠大家多多照應著。」

林夕落的話格外客套，眾人餘光四掃，便從二等丫鬟開始上前一一回報。

二等丫鬟三人，其中一名來自孫氏的院子，另外兩名則是宋氏的人，那位管事嬤嬤自是侯夫人院子中出來，但更讓林夕落覺得訝異之事乃是灑掃丫鬟和粗使婆子，這八個人居然是魏青岩第一任夫人留下的，如今派來給她，這是讓她故意噁心著？

林夕落顧不得細細思忖，讓冬荷上前每人都賞了小銀裸子，只言道：「我這人不願記什麼規矩，如今妳們也都明瞭自個兒是什麼差事，那就做什麼差事。做得好，我自會惦記著妳們的吃喝用度；做不好，那便要罰。醜話擺了前面，也別道我從未說過，無事便都下去吧，管事的嬤嬤妳留一下。」

眾人退去，只有管事嬤嬤在一側又重新向林夕落福了福身，「奶奶有何事不妨吩咐，老奴定當盡心盡力地伺候著。」

「常嬤嬤，妳就甭這般客套了。」林夕落讓秋翠搬了小凳子給她，常嬤嬤謝過便坐下，林夕落看她笑著道：「一聽妳是侯夫人派至這院子裡管事的，我心裡便立即落了地。旁日裡從不會管這丫鬟、婆子們，往後就多勞煩妳了，有什麼我顧忌不到的，妳只管開口便是。」

常嬤嬤臉上帶一絲淺笑，「謝過奶奶體諒，如若有閃失、耽擱，您也不妨直說。」

「該說的我自然會說，怕的就是悶了心裡頭不說。」林夕落笑著說完，常嬤嬤一怔，卻有些不知該怎麼回，半晌才道：「雖說之前都來自各院子的，但如今侍奉奶奶就是奶奶的人，侯夫人也特意囑咐過老奴，若有違了規矩的，一定不輕饒。」

林夕落點了點頭，隨即端茶送客，常嬤嬤也未多留，但她剛一出門，林夕落的臉驟然冷了下來。

冬荷也不傻，跟隨林夕落時間長久，她膽子也大起來，直接問道：「奶奶，這位常嬤嬤來作管事嬤嬤，陳嬤嬤怎麼辦？」

陪嫁的人中已經有一位管事嬤嬤，可如今侯夫人另外派人來，這無非是硬壓著林夕落，她是惱，還是忍？

秋翠也皺了眉，目光忍不住探過來……

林夕落面色清冷，沉口氣道：「讓陳嬤嬤先管著瑣事，月例銀子從咱們自個兒的體己錢中出，另外吩咐她，莫要與這位常嬤嬤爭。」

冬荷應下便去尋陳嬤嬤，林夕落看到秋翠一臉的失望，安慰道：「沉得住氣才好。」

秋翠立即福了福身，「是奴婢的錯兒，不該在這種事上讓奶奶操心。」

「沉得住、站得穩，才有精神去爭，否則一切都是空談。」林夕落說罷此話也不再多言，秋翠也知她雖是林夕落的一等丫鬟，可只有這位分，還未與林夕落貼心，只得閉嘴不再多說。

臨近晚飯時分，林夕落換了一身衣裝，隨即到前堂隨魏青岩幾兄弟用飯。

三人坐下喝酒談事，林夕落在一旁侍奉著，魏青岩拽她坐下，「三哥、四哥都不是外人，妳不必拘著。」

林夕落笑著應和，便悶聲不語地吃用。三兄弟所談多是侯府大爺近期出征之事，林夕落左耳聽、右耳冒，也不往心裡頭去。

魏青羽、魏青山也未多留，吃用過後便離去。魏青岩好似心中有事，一直都在沉默思忖，過了許久才看向身邊的林夕落，「這一日感覺如何？」

「見了派來院子中侍奉的丫鬟婆子，管事嬤嬤也派了一個來，不過灑掃丫鬟和粗使婆子是你第一任夫人留下的人。」林夕落這話說出卻讓魏青岩眉頭緊皺，「都趕走，再選！」

林夕落搖了搖頭，「只是瞧不順眼便趕走，這事兒做不得。雖是你下的令，可終歸要記在我的身上，新婚第二日便囂張跋扈到如此地步，這不等著讓侯夫人拿捏我？」

魏青岩沉默半晌，「妳倒是開始用心了。」

「既是選了這條路便要用心地走，旁日裡的直性子也不過是自由自在，如今刀山火海之地我怎能還那般銳氣？」林夕落將小腦袋靠在他的身上，「你娶我至此除卻心喜，也有讓我在府中爭一塊存活地界之意，我又怎能不懂？」

魏青岩聽得心中帶有愧意，將她拉入懷中，柔聲道：「不必強撐，如若妳心力不足，我便帶妳離去。」

「你捨得下？」林夕落這一問，魏青岩並未直答，「我欲爭來去自如。」

林夕落不再多說，就這般在他懷中賴著……

此時此刻，齊獻王在王府大發雷霆，「這魏崽子，居然之前就已做好了準備，一個喜事，他居然放出那麼多花轎！他媽的，一個都沒活著，全都死了！他是喜上眉梢，本王這方卻是添了喪，這事兒不能這般算了，本王受不得他過得舒坦！」

手下之人不敢回嘴，只任齊獻王怒罵，而這一會兒，門外一人回稟：「王爺，皇上密旨。」

齊獻王一驚，連忙湊過去恭恭敬敬地叩拜，隨即打開看，手顫、氣抖，恨不得把這密旨撕了。

「……面壁靜思三月，不允出門！」

手下之人餘光瞥見密旨上的字，眼睛險些瞪出來，「魏大人給您告了狀？」

齊獻王搖頭，「這絕不是魏崽子說的，螳螂捕蟬，倒他媽讓鳥給啄了！」

翌日一早，林夕落還未等睜開眼，就聽冬荷在一旁叫她。

「奶奶，該起身了！」

林夕落迷濛之間只覺渾身酸軟，昨晚魏青岩自又沒放過她，渾身一點兒力氣都沒有，朦朧之間問道：「什麼時辰了？」

「卯時初刻了，您今兒要去向侯夫人請安的。」

冬荷這話一出，林夕落立即從床上蹦起來，匆忙穿好衣裳便欲走，可突然發現身邊少了人，邊穿衣裳邊問道：「五爺呢？」

冬荷端來了水，一邊侍奉其洗漱一邊道：「天剛亮時便有人來尋五爺，他走時特意不讓叫您起早，說是待您三日回門後再遵這規矩，可奴婢不知道您的意思，還是叫您起身了。」

「妳做的對。」林夕落淨了面，秋翠端了早飯過來，林夕落正欲入口，可湯勺舀至嘴邊又放下，「這粥食誰做的？」

秋翠回話道：「這是五爺早間用時留下給您的，奴婢剛剛又去溫過。」

林夕落長嘆口氣，是不是太過緊張了？來了侯府就開始擔心安危問題了……

儘管心中這樣想，林夕落依舊囑咐道：「若非是五爺留的飯食，定要仔細問個清楚。」

秋翠笑著道：「奶奶放心，如今是奴婢的娘在管著大廚房，您的吃食都是她親自動手。」

「委屈陳嬤嬤了。」林夕落話語一出，秋翠心中舒了口氣未再接話。

用過早飯，林夕落將自個兒打扮妥當，帶著冬荷、秋翠離開郁林閣，往侯夫人的正院行去。

侯夫人所居的院落在侯府正堂之後，孫氏的院子更往內再進一道院子，其餘四房在正堂東西兩側，林夕落與魏青岩所居便在東北角。

行步走過一道又一道的門，才算走進筱福居。

此時院中的丫鬟、婆子們已在院中埋頭行事，正屋內孫氏、宋氏都已經到了。

看到林夕落進門，孫氏臉上多了幾分笑，「剛剛還說起妳新婚，母親也有意讓妳三日回門後再來，可妳卻還準時到了。」

林夕落笑著向侯夫人行了禮，隨即道：「給母親請安了，昨兒敬茶已是遲了，今兒不能再不遵規矩，否則豈不辜負了母親讓花嬤嬤在出嫁之前的教習。」

這話是伏低做小，也把花嬤嬤給捧了一句。侯夫人看她一眼，從其髮飾看到所穿的鞋，林夕落站在那一動也不動，而這一會兒，門外有一女人領一小男孩兒來，林夕落立即側身讓開，孫氏讓二人上前向侯夫人請安。

「給祖母請安。」小男孩兒跪地磕了頭，侯夫人的臉上少了起初的陰沉，緩和著道：「往後也不必每日都來向我磕頭請安了，好好跟著先生讀書便是。」

「這怎麼行，即便讀書重要，給祖母請安更是重要。」孫氏笑著摸那孩子的小臉，林夕落昨兒可沒見過他，孫氏為孩子介紹道：「仲恆，這是你五嬸娘。」

林夕落想起大房共有二子，這小的應該是大爺的姨娘所生……

小男孩跪地磕了頭，林夕落將手腕上套著的小葉檀鑲金珠串送了他，「今兒才見到，瞧著便是聰穎的。」

「謝過五嬸娘。」魏仲恆又跪地磕了頭，林夕落便不再多說。

侯夫人掃她一眼，嘆氣道：「坐那兒吧，在眼前晃悠得我直頭暈。」

這話是厭惡了孫氏在這裡沒完沒了敘話，罵的卻是林夕落。林夕落故作不懂，謝過後便坐了一旁。宋氏側目瞧她，陰陽怪氣地道：「尋常見妳什麼首飾都不戴，如今大婚了，也開始穿金戴銀了，這變化可真不小……」

林夕落不理她的諷刺，只當作沒聽見，宋氏見她不搭理，皺眉道：「這位分高了，也沒了之前的巴結勁兒了。」

林夕落依舊不理，宋氏急了，直接道：「五弟妹，跟妳說話呢！妳這心裡頭想什麼呢？啞巴了還是聾了？好歹我也是妳嫂嫂，有沒有點兒規矩了！」

「二嫂，您在說什麼？」林夕落側頭故作不知，宋氏瞪了眼，還欲再還嘴，侯夫人的茶碗直接落桌，「叫嚷什麼？不願在這裡待就滾回去！」

宋氏將一肚子氣憋回去，而後又覺臉面難堪，尋了個不舒服的由頭，先離開了此地。

林夕落則繼續喝茶……

將孩子送走，孫氏便去側屋處置府中之事，林夕落這一坐便是一上午，侯夫人並未讓她做什麼，待用午飯之時，林夕落自知要上前服侍著。

飯菜上了桌，花嬤嬤為她讓了位子，林夕落從未服侍過人用飯，只等著看著侯夫人指哪個她便準備夾哪一個，可侯夫人這一頓只用湯麵，壓根兒就用不著她，林夕落舉著筷子在一旁站著看，飯在面前又吃不得，滋味兒著實難受。

侯夫人用過午飯便進屋歇息，林夕落正尋思能回去，孫氏卻不允她走，「五弟妹先別走，旁日裡府中就我一個人在忙碌，宋氏忙院子裡，壓根兒幫不上忙，如今妳來了才好，也幫襯我一二，我可盼了許久了！」

讓她插手府中的事？林夕落雖未想明白她為何忽然提出這樣的要求，可她當即便拒絕道：「大嫂可真是抬舉我，我一個十五的丫頭能管什麼事？如今連自個兒院子的人都沒能認全，怎敢給您添累贅？」

孫氏不依不饒，「可甭自貶了，誰不知妳當初在林府時將那亂糟之事都給理得井井有條？如再推脫，我可惱了！」

「林府哪裡亂糟了？雖說不如侯府有母親和大嫂把持得穩，可也是不太用人操心。我出面管的那些時日，也是因大伯母身子不佳，不得不出面應承……大嫂還是別為難我了，連服侍母親用飯我都手忙腳亂的。」

林夕落推開她的手，孫氏無奈地搖頭，「連妳都不肯幫襯著，可又要苦了我自個兒了……」

「能者多勞嘛！」林夕落寒暄幾句，道是下晌再來，出門回了院子中用飯去。

孫氏看著她離開的背影，目光中失了之前的和藹可親，聽著內間有響動，立即進了屋。

侯夫人並沒有睡著，孫氏進門就見侯夫人在看她。

「妳倒是會做好人，讓她插手府中之事，那還要妳做什麼？」

「母親！」孫氏坐在床邊的小凳子上，話語中道：「讓她幫襯著豈不是更好挑錯兒？她是個硬性子，可咱們府中的奴才們，哪個不是都有牽扯關係的？讓她自個兒折騰去，待把府中的事折騰亂了，侯爺也容不下，您自可罰其思過，侯爺和五爺誰都說不出話來。」

侯夫人看她道：「合著表面兒的好人都讓妳做了，這惡事惡人全讓我來當？」

孫氏笑臉逢迎，「媳婦兒哪能有這份心思？」

侯夫人微微搖頭，「思過？我為何要讓她思過？她犯了錯我也不會攆，就讓她無時無刻不在我眼前待著……」

孫氏不敢多問，而後又覺這想法可比她毒多了，依著她多年在侯夫人身邊侍奉的經歷，侯夫人恐怕是真動了狠心思了。

林夕落回了郁林閣，擺在桌上的飯菜都已經涼了。

陳嬤嬤立刻拿去再熱，冬荷上前為林夕落捏著胳膊，抱怨道：「這一上午都不讓您走，下晌還要去？」

「定是要去的。」林夕落歸來的路上一直都在想著孫氏，若說當時反應不過來她為何如此用心，此時若再想不明白，那便是傻了。

路總要一步一步地走，她直接拽自個兒去管侯府的事？

如若答應了才是缺心眼兒，這就好比想一口吞了金山銀山，撒了種子翌日就想長出參天金樹來，根本是不可能的事。

不過林夕落倒是更為好奇，侯夫人一早除卻訓斥了宋氏兩句，對她則一句話都不說，是她旁日裡就這樣，還是有什麼打算？她一早本是抱著被挑上一通毛病的心態去的，可孰料事情並非如此。

一邊用著飯，林夕落的心裡也在不停地琢磨，待其用完，秋翠過來問明天三日回門的事：「各房的禮都已預備好了，奶奶可要再看一看？」

明日還要回林府，想到這件事她便心裡頭更不舒坦。

「依著單子定好的裝了盒子就成，金銀裸子、銅錢兒多準備些，這哪裡是回門，壓根兒就是撒錢！」林夕落苦著臉這般抱怨，倒是讓冬荷與秋翠忍不住笑。

沒過多大一會兒，魏青岩從外回來，身後還帶著方一柱和林政辛，林夕落看到這兩人不由訝然，他們來此作何？

「給五奶奶請安。」方一柱上前行了禮，林政辛則直接開始道：「妳大婚之後，錢莊的事也得思忖下如何弄？雖是如今開張了，可過往的帳還未全部結清，後續的事也要有個章程？」

林政辛說完，方一柱連忙接話道：「夫人，眼看著開春了，還有兩大片地荒著呢，您給個說法，我也好吩咐下去，不然過了這時節再籌備可就晚了。」

林夕落嘆口氣，還未等出口，門外又來人回稟：「奶奶，金四爺來請見，正在門外等候。」

林夕落只覺頭昏腦脹，才大婚第二日就不讓她喘口氣，前世裡幻想的蜜月豈不都是浮雲……挨個地把事說了清楚，林夕落讓三人明天回門時去林府等話。

本是厭惡這回門的事，如今反倒成了能得空閒之時。

林夕落把林政辛三人送走，腦袋已經暈沉沉，問著冬荷道：「什麼時辰了？」

冬荷立即回：「已經未時了。」

「喲，都這個時辰了，咱們趕緊走！」林夕落立即行至鏡前，將自個兒周身裝扮瞧好，魏青岩拽住她，「這般急作甚？」

「母親睡著，怕是這會兒已醒了來，若是看不到我，指不定挑什麼毛病。」林夕落苦著臉搖頭，「早間母親是何事都不用我做，大嫂還拽著我管什麼侯府的事，被我給推掉了。」

「下晌我也欲出去一趟，興許會晚歸。」魏青岩的神情露了幾分凝重，林夕落顧不得細問，帶著冬荷與秋翠出了門。

行至筱福居，侯夫人已經醒來，林夕落上前至歉，「母親已醒來了？兒媳來晚了。」

「用飯的時辰這般長，可是妳那院子的廚娘動手太慢了？」侯夫人這一日第一句問話便直戳林夕落的心，罵的是廚娘，可但凡明白點兒事理的，誰不知是在訓她？

林夕落立即道：「是兒媳的錯，不怪廚娘們。」

「往後晌午的飯妳就留這兒用吧，單是我一個人也冷清得慌。」侯夫人這般說辭讓林夕落心裡頭一冷，留她在此？她豈不是連午間的小寐都沒得睡？

孫氏在一旁附和道：「五弟妹可真是個有福氣的，如今天寒地凍的，也免得來回折騰，母親這是惦念妳的身子。」

侯夫人沒多話，只看著林夕落，似是在等她回答，林夕落也知這事兒不能駁，應和道：「謝過母親體恤，只是怕耽擱了您休息。」

侯夫人似笑非笑，「耽擱我倒不會，就怕是耽擱了妳。」

孫氏急忙哄道：「五弟妹年幼聰穎，也難怪母親疼愛她。」

花嬤嬤為林夕落上了茶，侯夫人便讓孫氏敘起這府中大大小小的事，孫氏一一回稟，侯夫人時而點撥兩句，林夕落依舊坐在一旁聽，心裡則想著糧行和錢莊的事。

不知多久，孫氏突然喊她：「五弟妹？」

林夕落未聽清，孫氏再喊，她才恍然，「大嫂何事？」

「母親已去佛堂誦經，妳可鬆弛鬆弛，瞧妳這小身子都快僵了。」孫氏讓人上了果點，出言道：「我這欲出去管事，妳便在此候著就行。母親誦經之時不允任何人打擾她，若有人來見，妳只攔著便好。」

林夕落福身應下，孫氏便帶著人離開。

老太婆終於走了！林夕落嘆了口氣，看著婆子們送上的果點，倒覺得是個解渴的，吃用一個，還想再拿第二個，孰料一旁的婆子道：「五奶奶，這果子可是二爺特意從南邊為侯夫人送來的。」

林夕落手怔住，「那又如何？」說罷，端起盤子來，拿起果子言道：「二爺倒是孝敬侯夫人，這果子還真是新鮮，剛剛吃用一個，甜得很！」話語說完果子進嘴，還咬出了聲音來。

婆子瞪了眼，這位五奶奶是真不懂還是假不懂？話都說了這個分上，她裝聽不懂嗎？

林夕落也不顧她的眼色，吃完一個又一個，接連一整盤子都吃用了，待一盤子裡都剩下了果核，又看著那婆子道：「這果子倒是可口，還有嗎？」

「五奶奶，侯夫人可是最愛這果子的。」婆子不敢直說，只得拐著彎地讓她別再吃用，林夕落就是裝傻，冷言道：「這果子很甜，侯夫人自然愛用，可這與我讓妳去拿果子有何關係？」

「老奴不敢，可……可這果子從南方送來，可是很不容易拿到的。」婆子也知這位五奶奶性子銳，不敢直接說，林夕落冷哼道：「大周國地大物博，南方的果子運來自是耗費功夫，可妳說這作甚？」

婆子道：「老奴……老奴是說侯夫人估計很愛這吃食，您不妨給她留一些？」

林夕落一怔，「二爺難道大老遠的就只派人運來這一盤子果子？」

「這自當不是。」婆子話語未等說完，就見林夕落冷了臉，「怎麼？是妳嫌我吃用得多了？我來這裡立規矩伺候的是母親，還得聽妳們這幫奴才說三道四？我到底是主子還是妳的奴才，輪得到妳來管我？妳這般做法，往小了說是妳不懂事，往大了說妳是在說侯夫人小氣，連幾個果子都不肯賞給兒媳，妳到底是何居心？」

「老奴有錯，老奴這就去取！」婆子不敢多嘴連忙就走，這位五奶奶她可實在惹不起，何況她這般硬阻，侯夫人即便對五奶奶不悅，也定是殺雞儆猴，拿她開刀。
婆子離去又歸，這次拿來的不再是紅果，而是桃子，桃子在初春之時可都是稀罕物件，林夕落也不浪費，倒是吃了個心裡頭樂呵，吃罷過後，再吩咐這婆子去取，這次婆子拿來的便是瓜。
接二連三，所有人的目光都看向林夕落，只訝異這位五奶奶的肚量到底多大，居然能吃掉這麼多果子？這可都是侯夫人最愛的果子，侯夫人若知曉，豈不是要氣死？
林夕落一邊吃一邊在想往後立規矩的事該如何辦。
雖然這還不到一天，可侯夫人不允她跟在身邊，卻把她拘在這裡不允走，甚至往後午飯都不讓她回去用，這並非是疼惜，而是變相的囚禁。
她若老老實實地待著，這日子得苦到侯夫人死了才成，她怎能幹？
不妨就這般裝傻充愣地鬧，不是想裝大度、裝慈愛？她倒要看看侯夫人何時受不了！
約一個多時辰過去，侯夫人從屋中出來，正看到林夕落在吃果子，眉頭皺了緊，林夕落立即撂下，上前行禮，「大嫂稱母親誦經之時不允外人打擾，兒媳便只得在此地候著，沒能服侍成母親，您莫見怪。」
侯夫人看著她嘴邊仍沾著梨渣，皺眉道：「將妳的嘴擦了乾淨再說話。」
林夕落一怔，拿了帕子擦拭，侯夫人不願再看她，只得道：「今兒就回去吧，明兒是回門之日，記得好生裝扮，妳若不懂，記得去問常嬤嬤，莫丟了宣陽侯府的臉面！」
「謝過母親體恤。」林夕落行了禮，出了正屋。
侯夫人看著她匆匆離去的背影，臉上滿是厭惡，抿了口茶，便吩咐道：「給我拿些紅果子來，口乾。」
婆子應下，隨即連忙搖頭，「侯夫人，果子沒了。」

花嬤嬤立即道：「前兒二爺可是剛孝敬給侯夫人的，今兒怎麼就沒了？」

「都……都讓五奶奶給用了。」婆子忍不住抱怨：「大奶奶吩咐老奴給五奶奶上兩個果子，可五奶奶這一下晌嘴都未閒著，將果子全都吃沒了，如今、如今還剩下兩個梨……」

「妳怎麼不攔著她？這是二爺孝敬給侯夫人的，妳全都端上來作甚？」花嬤嬤訓斥，婆子哭臉道：「老奴說了這是二爺孝敬的，可五奶奶她……她不當回事！」

侯夫人閉目長嘆，好似要暈過去一般，花嬤嬤連忙扶著，「可是要去歇息歇息？」

「往後她再來時別讓她閒著，讓她讀書、行字，不允做其他事情！」侯夫人惱意甚怒，「我就不信了，她能挺住多久！」

林夕落回了郁林閣，這肚子吃得飽飽的，魏青岩晚間也不回來，陳嬤嬤已經做好的吃食只得都賞了冬荷和秋翠。

冬荷在一旁忍不住笑，「奶奶，您是沒瞧見，您今兒吃果子的時候，那身邊的婆子直往肚子裡嚥口水！」

林夕落捂著肚子苦言道：「妳當果子這般好吃？我都快撐死了……」

冬荷急忙笑著上前幫她平胃，秋翠則在一旁仔細思忖奶奶這般做是為何？

顧不得這兩丫鬟如何想，林夕落歇半晌便叫來了常嬤嬤，說了侯夫人的吩咐，便笑著道：「我旁日裡便是不喜好打扮的，身邊這兩個丫鬟也都隨了我的性子，對此一點兒不懂，明兒回門，這衣著行事還得讓常嬤嬤幫襯著了。」

常嬤嬤立即道：「老奴自當盡心竭力。」

「往後秋翠也跟隨著您在這方面學一學，免得總勞煩您。」林夕落使個眼色給秋翠，秋翠立即上前行禮，「秋翠先謝過常嬤嬤教習提點。」

常嬤嬤沒法拒絕，只得點頭道：「奶奶信得過老奴，是老奴的榮幸。」

寒暄幾句，常嬤嬤便退下，秋翠自知林夕落讓她跟隨常嬤嬤的用意，不由道：「奴婢如若整日跟隨著常嬤嬤，會不會被她厭惡？」

「妳是五爺選給我作丫鬟的，她再厭惡又能如何？」林夕落看她，「我沒空閒，自也不會讓這院子裡的人有空閒，妳這小臉皮兒可莫要薄了被她拿捏住。」

「奶奶放心，奴婢心中有數，一定不讓您失望。」秋翠被許了差事，心裡頭也甚是開心。

洗漱過後，林夕落便上了床，身邊沒了魏青岩，胃腹又被撐得發脹，根本睡不著覺。

心裡頭反覆抱怨，新婚的第二日，她還未體會到幾絲甜蜜就開始動上了心眼兒，她該不該說自個兒命苦呢？

深夜，魏青岩依舊沒有歸來。

林夕落躺在床上腦中思忖著侯府的事，也漸漸睡去。

朦朧之間，好似有雙手在她身上摩挲……

林夕落睜開眼，就看到魏青岩那狹長的眼眸在看她笑，口中道：「這麼半天才醒？警覺性依舊這般的差！」

看著自個兒身上已經光溜溜，林夕落「呀」的一聲連忙拽過被子，可被魏青岩壓著拽不動，他詭笑著褪去自己身上衣物，「妳冷？」

林夕落的臉色紅潤，被螢燭映照更添一抹嬌羞嫵媚，不由自主地抿了抿嘴，讓紅潤的唇更濕潤晶亮，魏青岩忍不住低頭吻下，細細品嘗……

「青岩……」林夕落輕吟呢喃，魏青岩的吻繼續向下，牽著她的小手撫向自己身下，撫住那高脹之物。

林夕落的臉色更紅，被他的手扶住上下撫動，林夕落被挑動得湧起幾分期待，鬆開了手，抱住他的脖頸，等待他的合二為一。

魏青岩忽然不動，手還在其身下不停地揉撫，故意問道：「妳抱著我作甚？」

「討厭！」林夕落只覺下身被他揉捏得好癢。

「討厭我？」魏青岩調侃，「想要什麼？」

「嗯……」

「說不說？」他的手指於花蕊間輕動。

林夕落被他如此挑逗，心中羞氣，卻又羞澀得不說，索性一口狠狠咬上他的手臂。

「嘶……」魏青岩被痛楚曖昧刺激得忍耐不住，直接挺入她的身體裡。

嬌羞呻吟，兩人癡癡纏纏難捨難分，紅帳隨著窗簾輕動，韻律婉曲直至二日天亮……

翌日回門，林夕落沉睡至天色大亮才懶懶地睜開眼。

拉開紗帳，陽光從窗櫺之間透入映灑在床上，林夕落的心裡更是懶惰得不願起身。

冬荷探了腦袋，林夕落懶著道：「醒了，進來吧，五爺呢？」

「五爺早間去了侍衛營，如今在候著您用飯呢。」冬荷站在床邊，卻見林夕落脖頸上有幾抹殷紅，臉上掛著羞澀。林夕落雖未用嬤嬤們教習房事，可春桃與魏海大婚，連帶著冬荷、秋翠一起被陳嬤嬤叫過去好一通教。

雖說她二人無心作通房，但畢竟是近身伺侯夫人的，這等事理應知曉。

看著冬荷在一旁笑，林夕落帶幾分納罕，「怎麼了？」

「奶奶，您的脖子紅了。」冬荷指了指脖頸的位置。

林夕落想起昨晚他那般猛烈，能不紅嗎？

臉上嬌羞得更紅，可被他一連累了幾天，林夕落也無心再羞澀阻擋。

「不想動了。」林夕落嘴上雖說著，仍然起了身，冬荷又道：「五爺吩咐了為您準備好沐浴的水，裡面還加了迷迭香。」

林夕落點了頭，隨意披上一件袍子便往淨房行去。

泡了半晌，果真是舒坦！林夕落有些不願起身，正準備讓冬荷拿早飯進來在這兒吃上兩口，就聽身後人道：「還在這兒待舒坦了？讓我好等！」

林夕落轉身，就被魏青岩捏了鼻子，他已是周身收拾妥當，可她還在這浴桶裡不出來了？

捂著被捏酸的鼻子，林夕落抱怨道：「白天要給母親立規矩，要防著被人下了絆子，歸來還要處置糧行、錢莊、賭場的事，清理這院子的瑣事，晚上還要被你欺負，這什麼命！」

魏青岩瞧她這副小模樣，理著她的髮絲哈哈大笑，「後悔了？」

林夕落冷哼不搭理，魏青岩坐在浴桶旁，拿起了羊角梳，為她梳攏起青絲，「後悔也沒用了，認命吧！」

「不後悔。」林夕落突然心起狡黠，轉過身瞧他，撒嬌嬌嗔地道：「青岩……」

「嗯？」魏青岩撂下梳子，趴在浴桶邊看她，林夕落湊上前，「你到底比我大幾歲？」

「怎麼？嫌棄我老？」魏青岩看她紅撲撲的臉蛋，還有被他剛剛捏紅的小鼻子格外俏皮。

「不嫌棄……你離我近一點兒。」林夕落拽著他，魏青岩往前湊了湊。

「再近點兒……」林夕落仍舊撒嬌，魏青岩便從了她。

剎那間，林夕落從浴桶中站起身，水花飛濺，噴了魏青岩髮際身上滿是濕漉漉的迷迭香水，可還未等她笑出口，魏青岩便將她從浴桶中拎出來，「還會調戲我了？」

「放開……呀！」林夕落身無寸縷，還掛著水滴。

魏青岩褪去衣褲，林夕落只覺屁股被他握在手中，一下子便坐了他那堅硬之物。

又是一番癡纏情慾的釋放，待那火熱灌入其身，林夕落癱軟，摟著他的脖子抱怨道：「怎麼……你怎麼何時都能這樣？」偷雞不成蝕把米，把自己都給搭上了……

「看妳沐浴半晌，我怎能毫無知覺？」魏青岩看她這小苦瓜臉，忍不住笑，「自投羅網！」

林夕落耍賴道：「……沒力氣了，讓冬荷進來為我穿衣！」

「我為妳穿？」魏青岩欲動手，林夕落連忙擺手，「你不要動！再來的話，我可受不得！」

魏青岩去另外一方穿衣衫，口中道：「今兒晚間還欲見一見通政司通政使，太僕寺卿常大人與其夫人同去，我有意讓岳父、岳母也同去。」

林夕落怔住，「是小聚？」

魏青岩點了頭，「人數不多，我覺通政司更適合岳父大人的脾性，不過這陣子也要讓他辛勞些許，正趕上邊境戰事是絕好的契機，他接連提職眾人也無話可說。」

「這次五品可是剛坐上沒幾日，」林夕落有些憂慮，「是不是太急了？」

「要把握住這個機會才可，戰事多年才出一次，此次若動不得，下一次不知何時才有這機會。」魏青岩穿好衣裳便離開淨房，林夕落將冬荷叫了進來，冬荷看著林夕落還未等笑出口，林夕落便道：「不許笑我，否則把妳的衣裳也拽掉！」

「您就會拿奴婢撒氣，太過霸道！」冬荷忍不住調侃，林夕落嘆氣，「霸道又能如何？還不是被人欺負！快穿吧，不然回門就是晚間了……」

擦淨身子換好衣衫，林夕落便坐在銅鏡之前，由常嬤嬤親自為其盤髮上妝。

大紅喜服，垂雲髻，上插累絲雙鸞銜壽果步搖金簪，又戴紅藍黃翡紐絲項圈，林夕落未再允她為自己掛上紅藍寶的鐲子，而是選了一小葉檀鏤空雕荷的手串，「常嬤嬤的裝扮已是貴氣，不妨留一份清素，免得與尋常太過不同，被人拿這話說嘴。」

常嬤嬤應下，秋翠又為她備了一套衣衫首飾等物帶著，林夕落收妥好便帶著眾人出了門。

再次回至林府，林夕落的心裡與以往不同。

之前她對這裡膽怯、厭惡，無安全感，可如今歷經大婚之日的突變、侯夫人的規矩，以及孫氏、宋氏的諷刺，她知道她離不開林府這娘家。

起碼百年的名號仍可作一底牌，儘管那是一層紙，不能讓她真正的依靠，可這年頭的人最重視的便是這張臉，她也不得不如此。

林夕落對此並未有鄙夷之心，因這是皇權的時代，權官富貴、高低貴賤、等級之分格外清楚，讓人不得不將目光投至虛假的外殼上。好似為己披上一層透明的外衣來抵擋流言蜚語，哪怕再惡言中傷，這層外衣也能消去聲音，讓人對這言語的刺只有紋絲搔癢，無半分疼痛之感。

她並非剛剛體會，而是她之前並不想認同，待大婚之前魏青岩所做的一切布置，以及如今要親自面對的繁雜瑣事，她才不得不屈從。

魏青岩的硬冷之性有目共睹，可他有意娶自己時，也不免運用太僕寺卿的密切關係將林政孝從一七品邊轄縣令直接提至如今的次五品官銜，親自出面為林政孝在太僕寺眾官齊聚之時擋酒，這無非是在告知眾人他魏青岩賞了臉面，即便林政孝的官職有多大變動，眾人都要閉嘴。

如今又要親自帶眾人去見通政司通政使，這也無非是為了她，怕的便是有人以父親官職的卑微來束縛她。

連他這般硬氣之人都能接受，她怎能再對此無動於衷，甚至抗拒？

他默默為她，她又何必放不下？

既然不能將這亂糟的關係切斷，那就不妨運用一二，讓她能在侯府中硬氣一分，為了爭奪他所嚮往的來去自由。

林府眾人已在門口等候許久，待見侯府車駕行至此地時才鬆了口氣。

林政孝與胡氏二人早已翹首企盼，林天詡在一旁嘰喳亂叫，看到魏青岩駕馬前來，直接甩開胡氏的手往前急衝跑去，口中大嚷：「姊夫！」

「小心著馬！」胡氏在後面喊，林天詡卻根本不忌，伸著胳膊被魏青岩拎上馬，他便自動拽緊魏青岩的衣衫，魏青岩逗著他，「再叫一聲！」

「姊夫！」林天詡一臉稚氣，倒是讓魏青岩爽朗大笑，「想要什麼賞？說！」

林天詡立即道：「我想大姊！」

「這個不許！」魏青岩抽著嘴，當初拽著這小子練拳腳、學詭道，便是瞧他總被林夕落抱在懷裡格外不順眼，他還想黏著去？

林天詡自不知魏青岩的心思，則是道：「那姊夫給一匹馬吧。」

「這個應了。」魏青岩停了馬，又將林天詡給扔下去。

小傢伙兒倒是靈巧，直接蹦落在地，毫髮無傷。

林夕落從馬車上下來，欲去見胡氏，常嬤嬤在後輕咳一聲，她只得嘆了口氣，直起了腰板，由秋翠和冬荷扶著，一步一步走向林府的大門。

身上煥發的雍容華貴讓人不由齊齊注目看來，魏青岩站在門口等她，她身上的清冷隔距仍在，那股倔強化為沉穩，她那顆抗拒的心，終究化解了……

林夕落向林忠德行了禮，連帶著林政齊、林政肅都未落下。

「讓祖父與眾位伯父久等，實在是我的不對，給您賠禮了！」

林夕落這一舉動著實讓眾人驚愕半晌，這還是那跋扈的九丫頭？居然也會說客套話了！

林忠德愣怔半晌，隨即道：「歸來就好，歸來祖父便放心了！」

林政齊與林政肅看向林政孝，卻見他都在納罕自己這閨女怎會如此客氣，林夕落這會兒走向林政孝與胡氏，胡氏拽著她道：「快讓娘看看！」

林夕落站好，讓胡氏從上到下打量了許久，一旁的三夫人田氏不由道：「這出嫁過後就是不一樣，連九侄女都性子柔和了，如今妳娘親可不用再日日念叨替妳擔憂了。」

「三伯母就會笑話我，您不妨等著七姊姊給您傳來喜訊，早晚您也有母親這般操不盡的心！」

林夕落笑著調侃，林天詡這會兒又衝上來撲了林夕落懷裡，「大姊，我好想妳！」

林夕落未等抱他，魏青岩便走上前來，揪著林天詡的小爪子道：「你這些時日的拳腳練得如何？讓我瞧瞧！若有偷懶，棍子伺候！」

林天詡撓頭，欲再還嘴，魏青岩自當不允他再多廢話，拎其脖領就帶走。

林夕落看著小傢伙兒張牙舞爪的模樣就是笑，魏青岩的腹黑心理她自當明白，連她的弟弟都介懷，這人的心思到底是寬是窄？

胡氏拽著林夕落往園中行去，六夫人劉氏寒暄兩句便離開，田氏隨從其到宗秀園，顯然是有話欲說。

如若是以往，林夕落恐怕會故意裝傻，如今卻問上一句：「三伯母可是在惦記著七姊姊？」

田氏一怔，猶豫半晌道：「九姑奶奶還有心問一問芳懿，這讓我的心裡實在愧疚得很。她如今還在太子妃的身邊侍奉著，時至今日都不知她的消息。」

「宮裡的事我便搆不到了，如若有這時機，自會為三伯母打探兩句消息。」林夕落這般說辭，讓胡氏都跟著驚訝地瞪了眼，田氏立即道：「多謝九姑奶奶了。」

「二姨太太如今身子怎麼樣？」林夕落想起這個老太婆，她如若身子好，田氏還會巴巴地跑來問她？

田氏搖頭，「久病不起，能熬過這個年都實屬不易。」

林夕落沒多說，心裡卻在念叨著是報應……

田氏也知在此地久待不適，便藉口去籌備飯菜離開了。

胡氏看著林夕落，滿心歡喜地道：「閨女又長大了！」

林夕落撲到胡氏懷裡撒嬌道：「娘……」

胡氏笑著看她，「娘就喜歡妳撒嬌的模樣……喲！」胡氏一驚，看著林夕落脖頸上的紅印，結巴道：「這……這魏大人也太……」

林夕落連忙將領口繫好，滿臉通紅低頭道：「娘又笑話我！」

「他疼妳，娘也高興，不過……這也真夠疼的！」胡氏嘲笑，林夕落羞得無地自容，連忙轉了話題：「青岩說了，晚間欲讓您與父親同見通政使，太僕寺卿大人與夫人也一同去。」

林政孝接連升官，胡氏的心裡也不再如之前那般驚詫，「他有心了。」

「這無非都是為了我的顏面上能好看。」林夕落話語說著，不由流露幾分感慨，胡氏連忙勸道：「他能有這份心已是不易，夕落，妳要懂得知足。」

「女兒知足，母親放心。」林夕落安撫，「大伯母怎麼沒出來？」

胡氏面露幾分不屑，「故意裝病，不見也好！」隨即湊到林夕落耳邊細聲道：「她院子裡的姨娘們被她折騰得病死兩個，二姨太太她也不放過，妳三伯父被妳大伯父小話遞得已經被停了職，若非老太爺怒了，他恐怕官兒都要被下了進大獄，可惜芳懿那方始終沒有音訊，不然妳三伯母怎會巴結到妳的頭上？」

「惡人行惡，從苦入苦，從冥入冥……」林夕落想起林豎賢曾教諭她的這一句話，「讓他們折騰著，您與父親過得舒坦，我就安心了。」

母女二人絮絮叨叨說不盡的話，而這一會兒，林政孝也從外進來，顯然魏青岩剛剛已經說起晚間去見通政使之事，他看著胡氏道：「妳也不願久留在此，不妨藉此機會我們就回了景蘇苑吧。」

胡氏見他有此打算，不由道：「魏大人如何說？」

「還魏大人，如今是妳的女婿了。」林政孝道：「這是妳我二人之事，哪能問他？」

「還是要問一問，姑爺心中是有主意的。」胡氏這話出口，卻讓林政孝無奈搖頭，林夕落笑道：「母親，您若想回去不妨就定下，在這兒您也不爽利，何況不知何時大伯母便拿了您做筏子，還是離去的好。這事兒便這般定下，您與父親好生商議。」

林夕落起身帶著冬荷與秋翠暫且離開，由他們夫妻二人敘話，常嬤嬤在院中等候，林夕落便道：「不妨在側間歇歇，院子中可不暖和。」

「勞奶奶掛念。」常嬤嬤謝過便去，她也知這是林府不宜亂走，何況她是侯府中出來的管事嬤嬤，也要為侯夫人做臉。

林夕落在一旁歇息，這時林政辛等人也已經到此，擱下心來將糧行、錢莊的事分派完，突然想起金四兒，不由問道：「金四兒怎麼沒來？」

林政辛嘿嘿一樂，「他怎會再踏入這個府中？」

「瞧我，都把這事兒給忘了！」林夕落扶額，看向冬荷，這丫頭的臉上也掛了幾分幽怨，顯然當初被劉氏折磨得苦，心中仍有芥蒂。

送走了林政辛和方一柱，林夕落把冬荷叫過來，「心裡頭還不舒坦？叫妳留在侯府就好了，都是我不好，把這事兒給忽略了。」

「奶奶不必掛念奴婢，奴婢沒事的。」冬荷目光中湧現幾分感激，「若非奶奶提點，奴婢恐怕也沒這麼好命……瞧著剛剛進門時，以前的姊妹們都一副豔羨的模樣，奴婢也知足了！」

林夕落拍拍她，「豔羨？是嫉妒吧！帶著秋翠一同去見一見那些姊妹，如今妳是我的貼身一等丫鬟，也做足臉面硬起來。既是她們嫉妒，妳不妨去好生顯擺一番，也把憋在心裡頭的那口氣撒出去，秋翠會護著妳。」

林夕落使了眼色給秋翠，秋翠立即架著冬荷道：「冬荷姊姊帶妹妹去哪裡玩？」

冬荷也知道這是林夕落有意如此，半推半就地便帶著秋翠離去……

打發走兩個丫鬟，林夕落有心去見一見林忠德。

以前邁出林家之門，她巴不得永遠不進來，幾次相見都掃興而散，可這終歸不是長久之事，林忠德已過花甲之年，還能撐多久，誰人能知？

把冬荷與秋翠趕走，她身邊倒沒了人相陪，只得讓秋紅與常嬤嬤跟隨。

派人去探問，林忠德已經回了書閒庭，魏青岩正與林政武、林政齊等人敘談。

林夕落直奔書閒庭，林忠德倒沒想到她會主動前來。

「坐吧。」林忠德將身邊的雜役攆走，只留下林大總管，審度林夕落半晌，隨即開口道：「妳這丫頭厲害，如今風風光光嫁入侯府，更得魏大人獨寵，林府裡的人妳也接二連三地把持著，連政辛妳都未放過，妳要把老夫給挖空了。」

話語雖為感慨，可不免帶幾分怨恨責備，林夕落也道：「祖父何必如此說辭？您不過是不願承認自個兒老了，把控不住滿堂兒孫，何必怪罪在我的身上？」

「妳是來諷刺老夫的？」林忠德乍怒，林夕落搖頭，「您仍聽不進去告誡勸慰。」

林忠德別過頭冷哼不語，林夕落緩緩言道：「您如今雖貴為二品左都御史，可齊獻王把綺蘭娶為側妃，大伯父在其後巴結得像一條狗，可他是林家嫡長子，即便您不願認，眾人也都將林府歸了那一方。當初您之所以縱容，無非也想穩住您林家家主的名號，大房依著您的心思成了氣候，二房、三房破落下去，可卻曾成想大伯父如今把您也給架了起來，您是作何都不對了。」

林忠德目光變冷，林夕落仍繼續道：「孫女嫁入宣陽侯府，您接連幾次都迎至門口，也是為孫女提了氣，我心裡頭記著您的這份好，可您也要想一想，如此下去，林府可就只剩下當狗的命，三伯父與六伯父如何作為孫女不管，您最好莫將父親拉下那潭髒水，這可是您最後一條後路了。」

「妳是在警告老夫？」林忠德冷言道：「別以為嫁入了宣陽侯府妳便成了多大的氣候，先把妳自個兒穩住再說！」

林夕落道：「我可欲依仗著林府的百年名聲，您想把這名聲徹底地敗了，我不依。」

「妳有何打算？」林忠德沉默半晌問出口，他縱使心裡不悅，可也知道這個孫女不容小看，當初還沒與魏青岩成親，就已經拿捏住侯府的把柄來要脅他，何況是現在？

林夕落也不管林忠德吹鬍子瞪眼，只道：「三伯父為人油滑，倒是會辦幾分場面事，您的孫女婿身邊還缺一文人當哈巴狗，您不妨考慮一二。」

林忠德瞪了眼，「妳混帳！」

林夕落冷笑，「興許您不願，可有人會主動上門，您不想被氣死就好生閉上眼睛，等著吧！」

貳之章◆婆媳鬥氣亂章法

林夕落離開了書閒庭，對這個地方她有著非比尋常的厭惡。

門前那一片寬敞之地，她仍能憶起及笄當日魏青岩為她插簪時的情景。

站在空場之地，林夕落閉上眼眸回想著那時的緊張、怒氣，回想著魏青岩出現後的眾人震驚、恐懼，還有她的仰頭大笑……任何事，都敵不過時間的催促，如今再看仍似昨日發生，只是人未變，心境已經變了。

重新睜開眼，林夕落下意識地朝向岸邊看去，幼童朗朗書聲依舊，可那岸邊依舊有一個男人，還是他。

林豎賢一直望著這方，冬荷順著林夕落的目光看去，湊她身邊道：「奶奶，那是林先生。」

林夕落點了頭，輕言道：「我們過去。」

冬荷左看右看，生怕被人發現似的，林夕落倒是坦然，就這般一步一步地走向那裡。

林豎賢沒有想到她會主動走來，臉上有些尷尬，心中對「於禮不合」在矛盾糾結，而此時林夕落已經走到他的面前。

「今日本不想來，後得魏大人親自派人去尋，這才來此地等候。」林豎賢拱手行禮，開門見山便是這一句。

「晚間父親與母親欲同見通政使，五爺讓先生到此，想必也有讓您隨同之意。先生如今是皇上寵信的翰林院修撰，與朝臣談敘結交也是好事，越是結交得廣，越無人敢輕易動您了。」

林夕落這話無非是在說齊獻王的糾纏，林豎賢怎能不懂？

林豎賢嘴角抽搐幾下，不由揉額，「能得修撰一職也是魏大人提點，旁日只覺滿腹古文通略，如今真進了翰林院，只覺螻蟻之矣，讓魏大人失望了。」

林夕落知他是在遮掩心虛，否則也不會句句提及魏青岩？

「這事兒我倒不清楚了，先生可是欲見他？不妨同去。」林夕落側身引讓，林豎賢拱手道好，兩人便一同前往正堂去尋魏青岩。

瞧見這兩人一同來此，林政齊的眼光立即看向魏青岩，魏青岩的嘴角上揚，看著林夕落道：「妳已知林豎賢到此？我倒不必再派人去尋妳了。」

「剛剛去見了祖父，正巧先生也在書閒庭，便一同來了。」林夕落說起林忠德，立即看到林政武的臉色不對，林政齊多幾分猜度。

林政孝看著林豎賢道：「晚間隨同表叔父出門一趟。」

雖這般說，可林政孝未提去至何處，林豎賢剛剛已得消息自不會再問，只點頭應下便罷。

寒暄幾句，林政武與林政齊便離開，林夕落尋了時機與魏青岩說起林政孝與胡氏欲回景蘇苑之事，魏青岩滿口答應：「這話我來提較好，免得岳父為難。」

林夕落吐了吐舌頭，「本就是想讓你來做這惡人！」

魏青岩緊攥一把她的小手，隨即便等候林府宴請。

眾人齊聚正堂，林忠德的目光卻時時看向林夕落與林豎賢，可魏青岩分毫不忌，倒是讓林忠德頗為納罕……

飯菜吃用過後，魏青岩直接道：「稍後離去，岳父、岳母大人與我同行，便不再回林府。」

林忠德的臉瞬間一冷，「回來還欲再走，這不合適吧？」

「那裡離侯府較近，夕落想念他們隨時都可見到。」魏青岩見林政孝面容之上的為難，開口道：「岳父大人可有異議？」

林政孝見他這般問，立即不停地點頭，「我自當願意時常能見到夕落這丫頭，尋常她吵鬧惹事，如今嫁了，身邊倒覺得空落了，離不開了……」

魏青岩當即拍板，「那就這樣定了。」吩咐侍衛道：「去宗秀園將行囊裝車，送回景蘇苑。」侍衛即刻領命前去，林忠德未等把話說出口，那方連行囊都收妥好，熱絡的宴請好似被淋了一層冰，瞬間乍冷，滿腹狠話卻一個字都不敢出口。

林政武倒更願意林政孝等人搬走，這幾天林忠德時而將林政孝叫至身旁相談，讓他格外不爽。他才是嫡長子，哪能容一庶子出風頭？不過是憑藉女兒嫁得好才能接連高升，不過都是些沒油水的官職，去太僕寺養個馬，還能吃馬肉不成？

林政武心中腹誹，面子上便欲作和事圓場的人，笑著與林忠德道：「父親，七弟惦念九侄女，您也惦念他，可尋常七弟自會前來探望您，戰事一停，太僕寺也沒那麼多辛勞之事，您自可放心。」

但凡長了耳朵的，都聽出話語中有諷刺之意，林政孝是慣於凡事退讓兩步，而魏青岩的身分若與他爭辯此事，不免太過自貶。

無人爭辯，孰料林豎賢在一旁開了口：「願辛勞總好過怨辛勞，七表叔父乃前者，否則也不會得通政司通政使宴請。」

這一句話可是讓林忠德都有些驚了，林政孝沒想到林豎賢會突然出這一句，連連擺手，「何來宴請？不過是晚間小聚罷了。」

林政武好似嘴巴裡吞了個癩蛤蟆，通政司是何地？那是檢查內外奏章和申訴文書之地，是皇上格外看重的衙門，他……他居然與通政使相見，難不成要去那裡？

剛諷刺他是個養馬的，隨即便傳來如此消息，林政武雖知這是魏青岩的手段，可他卻噎得半句話都說不出。

林綺蘭嫁的是位王爺，他如今不還在五品閒官上分毫未動？

這巴掌雖抽了出去，結果反倒是抽了自個兒臉上，林政武目光陰狠地看向林豎賢，都是他在此拆臺，否則哪會如此？

林忠德哆嗦了兩下嘴，故作欣慰地道：「政孝有此出息，為父欣慰！」

林政孝起身行禮，也未多敘，「兒子也定不會讓父親失望。」

門外侍衛前來回稟行囊已經收拾妥當，魏青岩起了身，林夕落見那方已有離去之意，拽了拽胡氏的衣角，胡氏立即與田氏道：「這就要走了。」

田氏自也知曉他們欲回景蘇苑，挽留不住，只得留個好的念想，「改日我再去看妳。」

胡氏點了點頭，帶著林天詡便往外走。魏青岩主動走到林夕落這方來，輕撫她的肩膀，柔聲道：「妳隨同我騎馬，還是我陪妳坐馬車？」

體貼呵護得無微不至，那溫柔聲音讓林夕落從頭酥到了腳趾頭。

周圍女眷瞠目結舌地看著，魏青岩這冷面之人，在林夕落面前居然……居然如此柔情？這實在太難讓人相信了！

林夕落雖然心顫了下，可也知道他是故意的，便頷首輕語：「騎馬太過招搖，還是馬車吧。」

魏青岩點頭，立即到門口吩咐侍衛套車，林夕落頓時耳邊一陣烏鴉般的豔羨好奇之聲，連胡氏都被問得推不開身，還是魏青岩又親自進門，才將眾人帶出。

隨著魏青岩上了馬車，林夕落立即沒了剛剛的好模樣，捂著耳朵抱怨道：「壞蛋，我現在的耳朵還在嗡嗡作響！」

魏青岩笑得格外的壞，將她摟在懷裡逗道：「怎麼，我當眾對妳好還錯了不成？」

林夕落瞪他，撇嘴道：「真小氣！」

「為何如此說辭？」魏青岩的臉上沒有意外，而是等她把這層窗戶紙揭破。

林夕落也不隱藏，手指頭輕點著他的胸口，冷哼著揭穿：「先生與我同去見你，你心中還不酸溜溜的？自會找機會來報復一下，連天詡與我親近，你都不允，這不是小氣？」

「妳全都猜中了！」魏青岩不否認，林夕落主動坐他腿上，解開領子指著那紅印道：「這個這個，這也是你故意的！」

魏青岩笑得更歡，「妳是我的女人！」

「那也不用這樣證明呀，真是霸道！」林夕落嘟著嘴抱怨，魏青岩「啪啪」打了她幾下屁股，「膽子大了，還敢指責我？」

林夕落捂著屁股，「你不信任我！」

魏青岩大手替她揉著，也直敘醋味兒：「信妳，可忽然瞧見了，心裡頭就是過不去，怎麼辦？妳總要補償一二！」

林夕落被他摩挲得扭來扭去，「這是馬車上……」

「那又如何？」魏青岩如此說辭，林夕落倒起了壞意，小舌頭湊了他的耳朵邊上，不停地吹著柔氣，小手也沒閒著，摸來摸去摸上摸下，倒是讓魏青岩悶哼難忍，先將她放了手。

「等晚間回去，看我如何收拾妳！」

林夕落咯咯笑起，看他灌了一肚子涼茶，一直笑到通政使府邸門前。

林豎賢跟隨林政孝身後，眾人等魏青岩與林夕落下了馬車，看他兩人牽著手進門，林豎賢一直都低著頭，待見到李泊言也趕至此處，心裡還算多少有些欣慰。

雖然兩人各自看不上對方，可同是天涯淪落人啊，不是一人形單影隻，心裡的確舒坦些了……

李泊言上前向林政孝、胡氏行了禮，「義父、義母。」

「往後直接喊爹、娘就是，何必這麼拘束？」林政孝如此說辭，李泊言自是笑著遵從。

眾人隨同魏青岩與林夕落進了府邸，未過半晌，太僕寺卿羅大人一家也趕到此處，除卻羅夫人，還有羅涵雨同行。

羅夫人、胡氏等女眷聚集此處，等候通政使的到來，羅夫人特意告誡林夕落：「通政使大人與魏大人交好，但同侯府眾位爺也多少走得近些，她的女兒妳要多多注意，別看她年紀小，你們侯府的二奶奶與她略有交情。」

「謝羅夫人提點。」林夕落道了謝，羅夫人連忙擺手，「何來提點，不過是提醒兩句，也免得落不下面子。」

林夕落也不在此時客套，心中只想著這位通政使的女兒到底是何模樣。

不過她既是與宋氏交好，豈不正與她是對頭？林夕落想到此，也未即刻將此人劃至宋氏一邊兒，心中做好了應對的打算，便只耐心等候。

未用眾人等候多久，通政使與其夫人便匆匆趕來，在一起寒暄半晌過後，羅夫人帶著女眷隨同通政使夫人去了後園子。

林夕落只覺得這位夫人一直都在看她，但該客套的禮節不能落下，笑著道：「給通政使梁夫人請安了。」

「喲，可莫要這般客套，如若依著規矩，我可還要給妳行禮呢。」梁夫人扶著她，引見其後的一個少女上前，「琳霜，這位是魏五奶奶，快來見一見。」

林夕落投目看去，一身豔花的襖裙，梳著雙丫髻，圓圓的小臉，帶著幾分稚嫩，瞧著便是個十四五歲的丫頭。

這便是與宋氏交好的女子吧？

梁琳霜看著林夕落行福禮，嘴上卻不饒人：「早聞五奶奶硬朗之名，如今一見也不過如此！」

「住嘴！」梁夫人冷瞪她一眼，「有沒有點兒規矩了？眾位夫人在此，容得妳胡言亂語！」

梁琳霜歪了歪嘴，漫不經心地賠禮道：「是我胡言了，魏五奶奶莫要見怪。」

「何必怪罪？我的名聲又不是初次被人拿來說嘴，早就已經習慣了。也是琳霜性子直爽，如若旁人吹捧我兩句，我反倒厭惡得很。」林夕落這般說辭，倒是讓梁夫人下了臺階。

梁琳霜到一旁坐下，隨即聽著眾位夫人閒聊敘話。

最能說的自是羅夫人，她是敞開了近期家中瑣事，連帶著羅涵雨的軟弱性子都在抱怨。林夕落在一旁聽，偶爾看羅涵雨幾眼，這小丫頭的性子就是過軟，連說句話都臉紅，難怪羅夫人放心不下。

梁琳霜時而朝林夕落投來目光，帶著審度更是豎著耳朵，林夕落知她有心打探，可瞧她這副模樣，她的心裡便對她沒有了半絲戒備，不過是與宋氏一樣嘴刁的丫頭，她何必過多介懷？

怕得就是軟刀子、賊心腸……

梁夫人心不在焉，耳朵裡聽著羅夫人絮絮叨叨，不時地看向胡氏與林夕落。

羅夫人絮叨半晌，待見眾人心不在焉，連忙道：「瞧我絮叨的，都忘記了孩子們還在此，妳們小姊妹不妨去一旁吃玩，別隨我們這群婦人在一起，不但拘束還累得慌！夕落，雖然妳也是嫁了人的，可妳母親在此，妳便帶她二人去一旁，可好？」

林夕落笑著起身，「還是羅夫人體恤人，我這腰都坐僵了，琳霜妹妹不妨陪同我等在園子中走一走？」

「我沒空，還要習字，明日先生欲考！」梁琳霜當即反駁，林夕落追上道：「習字好，我與涵雨妹妹陪著妳。」

梁琳霜怔住，本欲再說，卻被梁夫人瞪得把話嚥了回去。

林夕落牽著羅涵雨跟她離去，待出了門，梁夫人感慨道：「家裡就這丫頭是個刁蠻的性子，既不像我，也不像夫君，都是幼時隨其祖母身邊嬌慣壞了，我是說也不敢說，打更不敢打，著實累心！」

羅夫人苦笑，「總好過我們涵雨，無論是喜怒哀樂，都一副懦弱的模樣，動不動就掉眼淚，我寧可讓她像琳霜那樣霸氣，將來不挨欺負。」

「不挨欺負？這樣才容易被人拿捏。」梁夫人看向胡氏，「外界雖傳魏五奶奶是個跋扈囂張的性子，我也曾有耳聞，可如今看到那果真都是謠傳，妳這閨女養得才是好！」

胡氏臉上怔苦，「您二位這般說我才算明白了，合著當母親的就沒有不操心的，我這丫頭也著實不像我與她父親二人。」

三人互相看了看，不由都笑了，這笑容雖帶幾絲無奈，卻把之間的僵持、隔閡消殆些許……

梁琳霜回了書房便吩咐丫鬟婆子磨墨，提筆起字，見林夕落在一旁看她，怎麼都落不下這筆。

「涵雨妹妹，妳來隨我一起習字，莫聽什麼都不懂的人在旁多嘴，汙了妳的耳朵！」梁琳霜拽著羅涵雨到她身邊，她也不敢反駁，只是帶著歉意地看著林夕落笑了笑。

林夕落瞧她下筆的姿勢倒不是花架子，想必梁大人為她所請的先生也不是個糊弄人的草包先生，不提字形單看氣韻，也有幾分風雅。

待一首詩歌行完，她便舉起看著林夕落，「說妳是個會寫字的，妳倒是給評一評！」

林夕落拿起她的字，卻是一首詩：「銀燭秋光冷畫屏，輕羅小扇撲流螢。天階夜色涼如水，臥看牽牛織女星。」

林夕落笑著道：「先生會讓妳抄詩？不知是哪位大才的先生，可否道出名姓讓我知曉一二？」

梁琳霜撇了撇嘴，「不懂就莫在這裡裝明白！」

「氣韻雖有，乃是妳先生教得好，可字落不清，便是妳心不穩，只想寫出幾分與眾不同，讓旁人誇妳性格奇傲、大才之女，可卻不知這在他人眼中，行楷草隸哪一體都挨不上。」林夕落這話道出，卻讓梁琳霜氣得小臉怒紅，「胡說八道，妳到底懂不懂？」

「那便當我胡言罷了，妳可繼續寫，我只在一旁看。」林夕落看著她，可梁琳霜卻連筆都握不住，林夕落的話詞雖狠，可不乏是她父親梁大人曾批駁之詞，幾乎與她所說一字不差。

這女人不是個草包嗎？曚得這般準？

梁琳霜畢竟是個童心的小姑娘，被人說了兩句後，一個字都寫不下去，看林夕落在旁看上了書，便拽她道：「我的字寫得差，妳來寫幾個看看！」

林夕落看著她，也倒不推脫，直接上前行筆草書兩句：「責人之心責己，恕己之心恕人。」

梁琳霜見其提筆行字，瞧這架勢便與尋常之人不同，可與她相比的確略高一籌，突然想起剛剛所見的人中不正是有一個前科狀元？

「那前科狀元是妳的先生？怪不得字跡能這麼好！那位先生最被看重的便是一筆好字，那番多才之人妳居然不選，反倒嫁入侯府，攀附權貴，將來有妳好受的！」梁琳霜這話道出，卻讓林夕落瞬間冷了臉，「有些話可出口，有些話不容妳放肆，妳要想一想後果！」

梁琳霜也覺她有些多嘴，可就此認錯她才不願，「妳不做虧心事，何必怕人說嘴？還是妳心裡頭虛，旁人都這般說，妳還敢不認？」

林夕落攥緊了手，羅涵雨立即跑到她一旁，對梁琳霜帶幾分膽怯。梁琳霜咬著嘴唇，硬氣地將那枝筆給扔了。

羅涵雨緊緊拽著林夕落，滿心害怕，林夕落咬牙安撫著羅涵雨：「別怕，我們走吧。」

林夕落從書房離去，直接到了前堂，看著胡氏道：「母親，我身子略有不適，不妨這就回了吧。」轉身看向秋翠，吩咐道：「去通稟五爺一聲，他若欲與通政使大人再敘，便讓父親與母親先歸。」

這話道出，所有人都聽得出不妥，梁夫人立即道：「別讓丫鬟去了，我派人去尋梁大人。」羅夫人看向林夕落，示意她冷靜下來。林夕落搖了搖頭，羅夫人也不再多勸，沒過多大一會兒，魏青岩親自到門口，已吩咐侍衛套好馬車，梁大人與梁夫人未等過多寒暄，眾人便齊齊離開。

魏青岩上了馬車便看林夕落，「怎麼回事？」

林夕落將梁琳霜的話重述一遍：「……我對謠言的確介懷，可這話語從哪兒傳開的？早便聽羅夫人說起梁琳霜與二奶奶有幾分交情，梁家恐怕與她交情不淺！」

魏青岩的神色凝重，「梁長林也是個油滑的！」

「也是我心急了，但一人一家，梁琳霜一個未及笄的小丫頭都能說出這等話，梁大人對你的打算恐怕早有預料，這也不難看出梁家與二爺關係匪淺，父親放置這樣的人手中，我難以心安。」

林夕落承認是她自討苦吃，本想著多幾分和藹待人，可她低估了梁琳霜與宋氏的關係……

魏青岩搖了搖頭，「妳所行無錯，梁長林想兩方都占著好，他便必須在其中有所抉擇，不妨給他一點兒時間。」

林夕落頷首應下，隨著林政孝與胡氏先回景蘇苑。

梁長林送走魏青岩這一行人，不免問起梁夫人到底發生何事。

梁夫人也搖頭不知，只說是林夕落突然便欲走，夫妻兩人想起梁琳霜，難不成是這丫頭？

夫妻倆去找她，卻見梁琳霜在發脾氣，「那個不要臉的臭女人，攪和得我連字都寫不順了！」

「妳到底說了什麼？她為何匆匆離去？」梁長林看著碎了一地的紙屑，其上字跡根本不是自己女兒寫的。

梁琳霜抱怨著：「……女兒不過是說她攀附權貴罷了，居然還敢摔臉子走？真是不要臉！」

梁長林眼珠子快瞪了出來，一巴掌抽了過去，「這等話語妳也能說出口？」

梁琳霜挨了打，瞬間眼淚落下，不服氣地道：「她的先生是前科狀元，她為何不嫁？嫁入侯府不就是奔著位分去的，我說的哪裡有錯？」

梁長林看著梁夫人，顫抖著手道：「這話都是誰教的？」

梁夫人苦著臉，「是侯府的二奶奶來此時提起過，誰知……誰知這孩子都給記了心裡頭。」

梁長林暴跳如雷，火冒三丈，「這等話語莫說是魏青岩的脾氣，縱使我都無法容忍，我與他談的本是愉悅正有契合之意，全都是妳個喪門星的丫頭，成事不足敗事有餘地壞了事，給我滾！」

梁大人將梁琳霜好一通打，隨即便與梁夫人商議起此事如何彌補才妥當。

魏青岩與林夕落等人回了景蘇苑，也將這件事擺開來談。

林政孝未想到會有這等事發生，林豎賢整張臉僵得好似紫茄子，微翕幾下嘴卻一個字都說不出來。他能說什麼？說到行字、說起她的先生，又罵她攀附權貴，這件事是個長了腦子的便知少不得他摻和其中，他倒成了累贅。

林豎賢拱手向林政孝賠禮，一臉的糾結，「都是侄兒讓表叔父無辜受累！」

沒等林政孝開口，李泊言在一旁痛斥道：「這事與你何干？不過是個小毛丫頭胡言亂語，還值得一提？想與我妹妹沾了關係，你也配！」

被李泊言這番斥，林豎賢整張臉快綠了，可仔細一想也著實是他的錯，可這事兒怪不得他啊？

林豎賢表情複雜多變，魏青岩在一旁道：「說說，你今兒見到這梁大人，有何感想？」

林豎賢斟酌一二，把這股憋屈勁兒嚥了肚子裡，才緩緩開口：「有本事，有見地，卻善於阿諛奉承、左右逢迎，也應是因他背後家族無力支撐。據我所知，梁家老、中、少三輩就只出了他這一位官員，而且官居高位，其餘之人書本讀不過《論語》，行武打不出三拳，無一人能有所長。梁夫人除卻一女外，還有兩子，年長之子得一小官兒，卻碌碌無為，年幼之子還在讀書。」

林豎賢此言倒深得魏青岩贊同，「他一人之力，恨不得劈開兩半用。官至他那位子，身邊沒有得力幫襯的人著實為難，故而我才有此意拉攏他，不過今日這事兒……」

魏青岩看向林夕落，「不妨就等他主動上門，讓這丫頭順了心氣再提？」

林夕落未想到他會說到自個兒身上，這事兒仔細想想也還不能安心，「我只怕他出爾反爾，畢竟官至通政司之首。」

「妳小瞧岳父大人了！」魏青岩拍著她的小腦袋，林夕落一怔，隨即看向林政孝，林政孝則點頭笑道：「有女如此，我甚是欣慰。此事便依姑爺之意，何況太僕寺這方事情不少，暫時還不能撂下。」

事情談至此時也算有了定論，時辰不早，魏青岩便帶著林夕落趕回侯府。

林豎賢留景蘇苑歇息一晚，李泊言看他，「自作多情，你險些將夕落害了！」

林豎賢知道他這話是何意，「揭開有何不好？魏大人與夕落之間容不得隔閡，越是不提，這道痕便越深。」

說罷，林豎賢看向李泊言，想起他嘲諷自己「不配」之言，不由道：「你好似小我幾歲？」

李泊言一怔，「你想幹什麼？」

「你既是認表叔父為義子，那豈不是應喚我一聲兄長？」林豎賢這話一出，卻讓李泊言抽著嘴，「休想！」

林豎賢冷哼，「無德！」

兩人雖各自瞧不慣對方，但也未去睡，就在屋中一人飲酒、一人品茶，互不干擾……

魏青岩與林夕落回到侯府已是很晚，正準備回郁林閣，林夕落忽然道：「不去向母親請安，她會不會挑理？」

魏青岩拽著她繼續往前走，「不必去了。」

「明兒可是還要去立規矩的……」林夕落想起連午飯都要留在那裡吃用，心中猶豫，「明兒可是連午間也不允我回院子，留在那方吃……」

魏青岩沉了氣，「我會再與侯爺說一說，暫時應無大礙，終歸她都會挑妳的錯兒，今天不妨先錯上加錯。」

「罰的又不是你……」

「我上床急！」

翌日醒來，林夕落睜眼時天色略亮，透過窗櫺灑進淡淡青光，好似飛舞的螢火蟲一般。

看著身邊之人，她忍不住上前咬上一口，魏青岩微睜開眼，「還餓？」

林夕落見其醒來，連忙躲至一旁，「壞蛋，報復！」

昨晚歸來，他果真沒放過她，眼下胳膊和腿還酸軟無力。

魏青岩大手一攬，將她整個人都按在身上，「這些時日忙，待過了這段操勞之時，我帶妳去外面走一走。」

「可要等戰事停？」林夕落當即湧起期待，魏青岩不自主地點頭，可她卻看得出他目光中帶有不忿。

魏青岩的肩膀寬闊，林夕落正好將頭枕在肩窩之地，格外舒服，「那我就等著，不過我仍有一疑問。」

「何事？」魏青岩的大手在她身上摩挲不停，林夕落拽開他的手，「若是侯爺或者二爺、三爺、四爺向我提起刻字之事，我是答應還是拒絕？」魏青岩當初帶她為宣陽侯刻過字，是魏青岩護她，如若魏青岩不在呢？

魏青岩的眉頭微有擰結，「這事容我思忖二日再作答覆，但若是侯爺親自來尋妳，而且周圍無人，妳可應下，換作他人都要拒絕。」

林夕落輕應一聲，趴在他的身上賴著不起。

時辰一到，冬荷便在門口露了小腦袋，林夕落與魏青岩起身去淨房洗漱，一同在院中用過飯後，離開郁林閣。

這一日再來此地見侯夫人，林夕落特意裝扮了一番，進門先給她請了安，隨即跟孫氏、宋氏行了禮。

孫氏回了禮，宋氏則不悅地掃了林夕落一眼，只抬了抬手。

林夕落坐在一旁，侯夫人看她道：「昨晚歸來那般晚，去了何地？也不知來此回個信兒。」

「啊，不知母親還在等候，不然定當到此請安才回。」林夕落一臉愧疚，侯夫人冷道：「常嬤嬤沒有提醒妳？」

「常嬤嬤……」林夕落思忖片刻，「我跟隨五爺去見了通政使梁大人，便讓常嬤嬤先回來，興許是她說過，但我一時給忘記了，母親饒過這一次吧。」

提及通政使，林夕落明顯看到宋氏的目光緊蹙，欲從她臉上看出端倪來，可林夕落就不看她，卻聽侯夫人斥道：「提過之事都能忘，妳這腦袋作何吃的？」

尋了由頭找她毛病，林夕落心中早已有數，孫氏在一旁故作好人，勸慰道：「母親，五弟妹年紀小，何況也是新婚。」

「新婚怎麼了？我嫁給二爺時，可從未晚過一日！」宋氏出言挑事兒，侯夫人冷哼地瞪她，「妳倒是未晚過，可正事也從未做過。」

宋氏閉了嘴，不敢回半句，侯夫人半晌才出言道：「今兒也甭伺候我，就罰妳為我抄經吧！」

林夕落立即應下，隨即看向了花嬤嬤。花嬤嬤帶她進了侯夫人的靜室，囑咐道：「五奶奶，這都乃是侯夫人珍惜之物，您可要悉心呵護，千萬莫弄髒亂。」

「謝花嬤嬤提點，還是您待我最好。」林夕落笑著討好，花嬤嬤也不多說，看著她鋪好紙張，取了經文，濕潤筆墨，便出去向侯夫人回話。

看著花嬤嬤點了頭，侯夫人一顆心才撂下。宋氏絮叨幾句便被侯夫人攆走，孫氏則在一旁向侯夫人報著帳。

未有林夕落在此，兩人的速度格外的快，未有一個時辰便將事情都吩咐妥當。

「沒她在眼前，我這心裡頭才舒坦。」侯夫人往靜室那方看了一眼，吩咐花嬤嬤道：「讓她去角落中抄經，免得看她讓我厭惡，心不能靜。」

「是。」花嬤嬤立即又回了靜室佛堂，孫氏猶豫下仍道：「昨兒她隨五爺去見了通政使……」

侯夫人冷笑，「妳以為他將這戰功讓給了妳男人，他的心思就穩了？瞧著吧，往後指不定還有什麼花招。」

「媳婦兒本以為五爺為她向皇上求了賞賜，入府以後會有大的動作，可這兩日她倒是很聽話，沒做什麼旁的事。」孫氏這話說出，侯夫人不由想起那被啃光了的果子，咬牙道：「想在這府裡頭占一塊地？哪容得她！」

侯夫人話音一落，瞬間便聽靜室之內一聲稀里嘩啦的響，驚愕一抖，連忙道：「怎麼回事？」

孫氏忍不住跑了過去，可未走到門口，就聽見其內傳來林夕落「呀」的一聲。

「快進去看看！」侯夫人只覺得頭暈，起身都邁不動步子，孫氏急忙衝了進去，卻見林夕落盤坐在蒲團之上靜靜地抄經。

「怎麼回事？妳剛剛在喊什麼？」孫氏納罕不已，林夕落看著她與花嬤嬤都在身後，納罕道：「怎麼了？我在為母親抄經。」

孫氏帶了幾分氣惱，「剛剛不是妳喊的？」

林夕落故作愕然，「好似是喊過，這也是看到母親讓我抄的這本經文，還有後方供奉這般多的佛像、這般多的佛文典籍，實在太過高興了。」

「妳險些讓人嚇死！」孫氏埋怨地撫著胸口，林夕落一臉的委屈，「那我不再喊就是，也不知母親能否讓我在此地看一看這些書籍，這都是難以尋覓的孤本原籍，更有書法大家的親筆珍藏，實在珍貴。」

孫氏看她這一臉沒心沒肺，不知該說何才好，林夕落卻看她，「大嫂，您還有事嗎？」

孫氏怔住，卻不敢離開半步，花嬤嬤已出去看護侯夫人，也回稟了此事。

侯夫人還未等平復好心緒，就又聽林夕落再嚷一聲，氣惱得連連捶桌，顫抖著手吩咐道：「快去，叫她離開靜室，就在我眼前抄經，我就不信她這張嘴閉不上！」

隨同侯夫人用過午飯，林夕落在這屋子之內抄了一下晌的經文。

瞧其行雲流水的行字，倒是讓周圍的丫鬟婆子多了幾分驚詫。

這位五奶奶不一直都是個跋扈潑辣的性子？卻也坐得住行字，而且筆鋒流暢、文字俊美，好似……好似比大奶奶都強？

孫氏在一旁看了半晌，心中也有驚愕，但侯夫人就坐在此地看著，孫氏哪敢多嘴？只得又遵著侯夫人的吩咐去做事。

林夕落並非是故作沉穩，她本心好靜，當初為了雕百壽圖，能整日在雜間不出反而心情愉悅，如今雖非雕字，而是動筆抄經，她也能沉下心來。

可林夕落這般喜孜孜地靜著，卻讓侯夫人的心中忐忑不安起來。

這小丫頭除卻起身活動手腕，抑或去淨房小解，歸來便抄經，沉靜得連她都不敢信。

即便周圍的丫鬟婆子們說話、回事的聲音響亮，她都一點兒不分神，這小妮子有如此本事嗎？依侯夫人來看，這種狀態不是能裝出來，即便是她在這裡坐一下晌看著她抄經都覺得疲累。

行字並非是個容易的事，可是渾身需要用力的，整日拘她抄經倒是無問題，可總不能這樣日日地看著她？

侯夫人心中一時間沒了主意……

「咳咳……」侯夫人輕咳兩聲，林夕落不搭理，花嬤嬤看了看，便上前道：「五奶奶？」

林夕落依舊未停手，花嬤嬤看向侯夫人，侯夫人惱意更盛，花嬤嬤只得碰了碰她，柔聲道：「五奶奶，您歇一歇吧。」

這一碰，林夕落又是「呀」的一聲，手一抖，狼毫掉落，墨汁飛濺，羊毛厚絨毯子上星星點點，倒是好看……

侯夫人捶了捶胸口，悶氣道：「今兒我累了，妳先回吧。與妳說兩句話都不搭理，妳耳朵是長了哪兒去？」

林夕落撂筆起身，「母親與兒媳說話了？這倒是沒聽到，一門心思都在抄經上，自要虔誠，不能亂心，母親讓我抄經文，不就是為了這個？」

句句有理，讓人無法回駁，侯夫人只想快些讓她走，「妳倒成了虔誠的了？回吧回吧！」

林夕落行了禮便往外走，邁出正堂的門，冬荷連忙上前攙扶上轎。

侯夫人見她出了門，粗喘著氣口中斥罵：「裝傻充愣，她就是在裝傻充愣！」

花嬤嬤拿起林夕落抄的經文，「五奶奶的字一直都讓老奴格外驚詫，織繡也是拿得出手，倒並非是跋扈之女，有幾分才氣。」

侯夫人連連擺手不想看，「妳倒是替她說上好話了！」

「老奴不敢。」花嬤嬤不再多說，侯夫人道：「把這字都燒了，明兒繼續讓她抄經！」

林夕落離開此地回了郁林閣，只覺得胳膊開始酸。

秋翠連忙上前捏著，冬荷在一旁噓聲抱怨：「奴婢在門口守著都累，奶奶，您卻一直在抄經文，侯夫人這也太為難您了！」

「沉上幾天再說，她不怕耗費紙張筆墨，我自然也不怕。今兒妳們在那院子裡守著，都瞧見什麼了？」

林夕落看向秋翠，秋翠立即道：「奴婢送了您去，便回來隨常嬤嬤學衣裳首飾的收攏、搭配，時而有婆子來請示事，奴婢就隨著，常嬤嬤倒沒隔開奴婢，就這樣一件一件地回了，而且講話有度也不刻薄，讓奴婢實在看不出什麼來。」

冬荷接著話道：「奴婢跟隨您在侯夫人那裡，那地兒的丫鬟婆子無事都不開口，倒是二奶奶身邊的丫鬟來過兩次，但都在門口看一看就走了。」

孫氏是個油滑的，宋氏的心眼兒都長了外面，不用太過思忖便能明白她在想什麼，林夕落對此人頗為不屑，喃喃道：「那就繼續瞧著是了，看她想折騰出什麼花樣。」

用過飯，林夕落洗漱後便上了床，侍衛已特意來通稟，魏青岩晚間興許不會歸來。

雖說這兩日親密慣了，也習慣有一雙臂膀摟著她入睡，可林夕落心中也有慶幸，她實在是受不了他那番強烈的折騰，太累了……

這一宿覺林夕落睡得格外香甜，連個夢都沒做，睜眼便是翌日清晨，冬荷打來洗漱的水，林夕落看著道：「明兒便用冷水即可。」

「冷水？那豈不是太涼了？」冬荷納悶，林夕落無奈道：「為了能提起精神，不然賴在床上就不想起身。」

冬荷雖有不願，可也不得不應下。林夕落行去正屋用早飯，隨即便到侯夫人那裡立規矩。

依舊是抄經文，林夕落也無二話，坐下便開始寫。孫氏一面回著府事，一面又看向她。宋氏今兒也未走，一直都此地靜靜地坐著，直到坐不住，才不得不離開。

侯夫人時而吩咐事，時而品茶，時而去靜室念經，可無論做什麼，這正堂裡有一丫頭她便靜不下來。不過是個十五六的丫頭，她何必如此介懷，還擱不下這顆心了？

正在思忖，就聽正堂內稀里嘩啦一陣響，侯夫人的心都快跳出了嗓子眼兒。

「就知道她沒個沉穩時候，快去看看出了何事！」侯夫人的眉頭皺成了一把鎖，花嬤嬤立即出了門。

一地的碎瓷茶汁，地上散落了不少切開洗淨的小紅果子，可卻是有幾個爛的。一個婆子手裡拎著托盤，正跪在地上撿。

「怎麼回事？」花嬤嬤也忍不住氣，「妳是哪個院子的婆子？來此作甚？」

婆子磕磕巴巴，連忙跪地，「老奴……老奴是二奶奶派來的，二奶奶說五奶奶抄經辛苦，特意讓老奴送了茶水和果點犒勞五奶奶慈孝……」

「渾說什麼！二奶奶會拿這爛果子來？」花嬤嬤不允這老奴再說，心裡頭則在抱怨宋氏這時候跟著添什麼亂。

林夕落將手邊的果子一一撿起，放置在那婆子的托盤之上，一臉笑意地道：「去回妳們二奶奶，就說這果子母親已經賞過我許多，何況孝敬乃是應當的，她若有心，不妨來與我一起為母親抄經，我也有個伴兒，這些果子拿回去她自個兒享用吧。」

雖說林夕落是在笑，可這話說得誰敢回？

婆子哆哆嗦嗦，跪地上撿著瓷片。林夕落見侯夫人沒露蹤影，不由看向了花嬤嬤，委屈道：「花嬤嬤，您知道我這性子，做起事來就無法分心，剛剛她送來茶點嚇了我一跳，瓷碗兒不小心讓我給弄碎了，可二奶奶的物件都是名貴的，這物件我賠她多少銀子才合適？」

花嬤嬤的嘴角抽搐，硬著頭皮道：「五奶奶，二奶奶不會為一個瓷碗與您見怪的。」

「這怎能成？還是要賠！」林夕落撿起地上的碎瓷，「我去問問母親為好！」

這話一出，嚇得花嬤嬤連忙攔下，「這不過是普通瓷碗兒，五奶奶若有心，老奴尋一個替您補給二奶奶便好。」

「任何物件打碎了，即便重新黏起都不再是之前完好無損的，何況是換一個？」林夕落叫了冬荷：「可帶了銀錢？」

冬荷立即取下身邊的小囊包，林夕落從裡面掏出二兩碎銀子和銅子兒，放置婆子的托盤上，「茶葉和茶碗兒的銀子放這兒了，回去交給妳們二奶奶。」

婆子不敢接，「五奶奶，還是……還是您自個兒去，我們二奶奶恐怕不會要您這銀錢！」她若把這交還給宋氏，還不得被打死？

林夕落搖頭，「我在為母親抄經，哪裡有空閒時間？要不……讓她來取？」

婆子嚇得連忙看向花嬤嬤，花嬤嬤揉額，這無非是五奶奶藉著為侯夫人抄經報復，可事兒又是二奶奶挑起的，這話她能怎麼說？

林夕落也不催促，就這樣看著二人，宋氏過來藉機噁心她，她怎能不把這事兒再還回去？

正愁沒什麼機會鬧騰兩下，她倒是送上門來了！

花嬤嬤也沒了轍，縱使心裡有怨懟，可她不是主子，而是侯夫人身邊的一個奴才，即便眾位夫人尊重她，也不過是畏懼侯夫人，她是不得在這件事上逾越了……

可這事兒能去回給侯夫人嗎？本就因為五奶奶在此抄經，侯夫人一直都心神不寧，這若是再去請示，侯夫人不被氣過去才怪，她只能大事化小小事化無了……

「五奶奶，二奶奶也是一片好心，縱使心思沒能用成，您也不妨領了她的意，銀錢傷情分，還是拿回去吧。」花嬤嬤開了口，林夕落知她欲退，這怎能行？

「花嬤嬤說得有道理，可五爺與二爺之間可還有一鹽行是合股的，若是因這件事傷了二奶奶，再傷了五爺與二爺的兄弟情分，我可擔當不起。若您覺得銀錢不成，我這就去向母親說一聲，親自去向二奶奶賠罪，求取她的原諒，您覺得可行？」

林夕落這話說完，花嬤嬤就見她欲起身往靜室去，顧不得什麼規矩，立即將她攔住，「侯夫人在靜室念經，不允任何人打擾。」

「那……我就在這兒等，等著母親出來，晚間再去賠罪？」林夕落不依不饒，花嬤嬤也抵擋不住，兩人又是糾纏半晌，就聽靜室之內猛然傳出一陣怒吼，正是侯夫人：「都給我閉嘴！讓那婆子趕緊滾，老二家的閉門思過，三月三之前不允她再出那院子，滾！」

這事兒終歸以侯夫人大怒收尾。

林夕落抄經抄夠了時辰便直接離去，宋氏晚間哭著來尋侯夫人訴委屈，侯夫人根本不見。

第二天林夕落再來此地立規矩，花嬤嬤卻告知侯夫人今日不舒坦，林夕落也未走，反倒繼續坐了正堂桌前，「母親身子不爽利？那我就在此地抄經，為她祈福。」

研磨、潤筆，林夕落吩咐丫鬟取來紙張，花嬤嬤在一旁看得目瞪口呆，這位五奶奶到底是故意的，還是真不知好歹？侯夫人今兒不用她立規矩，她卻還不肯走了？

林夕落也不理花嬤嬤驚詫僵硬的眼神，翻開經文便繼續書寫。

侯夫人在靜室之地看到她，氣得腦仁兒生疼，恨道：「她這就是不想讓我的心裡舒坦！」

這一天林夕落都沒能見到侯夫人，而她倒樂樂呵呵在正堂裡抄經、喝茶，午間用飯時，還與花嬤嬤聊起了春季換裝的事，說得興高采烈，不亦樂乎。

侯夫人就在靜室一整日聽著外面的聲音，氣得接連將屋中物件摔爛。林夕落幾次問起，花嬤嬤都只稱是丫鬟婆子們做事不順手，打碎了東西。

花嬤嬤遮掩，林夕落便當不知道，絮絮叨叨地為丫鬟婆子們求情，花嬤嬤應和兩句卻不敢多說，否則侯夫人豈不更惱？

直至下晌時分，花嬤嬤也實在受不住，勸林夕落回去：「五奶奶，侯夫人念您孝敬她，不過您這身子也得注意著，不妨先回了？」

「還想晚間見一見母親的……」林夕落小臉掛了幾分遺憾，拿起今日抄寫經文遞去道：「那就勞煩花嬤嬤將這經文送去給母親，我先告退了，明日再來。」

花嬤嬤舒了口氣，再聽她說明日還來，眼角連連抽搐，忙送走了她。

瞧著林夕落一出門，花嬤嬤撫了撫額頭的汗，進了靜室看侯夫人，就見侯夫人真的躺在一旁的軟榻上撫著額頭，「這丫頭就是個瘟神，倒是讓我真的頭疼起來！我不管妳想個什麼轍，不允她離開這院子，但也別讓我再看到她！」

忖了！」

花嬤嬤也是滿心無奈，「您都沒了想法，老奴這腦袋豈不是更沒轍？」

侯夫人也知自己這是故意撒氣，極不耐煩地擺著手，「去，去將孫氏叫來，這主意只能她來思忖了！」

林夕落回到郁林閣，趴在寢房的床上咯咯笑了半晌，笑得眼淚兒都出來，「拿捏我？我就天天去她眼前讓她瞧著，看她能堅持多久！」

「奶奶，您惹這份兒氣，侯夫人豈不是更不喜歡您了？」冬荷有些懵懂想不明白，林夕落讓她站了自個兒跟前，認認真真地道：「我第一天服服貼貼，她可對我好了？」

冬荷想了半晌，搖頭道：「未對您太過氣惱，可也稱不上歡喜。」

「連妳都瞧得出，還用別人看？如若是真想教我規矩，由我侍奉，糧行、鹽行、錢莊、賭場中各項事宜，她怎麼不放個時辰讓我處置？反而連午間用飯的功夫都不允我回來？大奶奶是幫襯著處置家事，可二奶奶不過早上去露個面便罷了，她怎麼不如此對我？」

林夕落這番話，卻是讓冬荷心裡覺出不安，「奴婢也覺得奇怪，可就是沒想明白。」

秋翠在旁道：「這都是冬荷姊姊心慈。」

「明明是奴婢腦子不夠用，若非奶奶樂於提點，也沒這資格做個一等丫鬟。」冬荷道出心中實話，林夕落拍拍她的小手，「我不怕妳們誰腦子不夠用，怕的是妳們這顆心亂用！」

冬荷連忙跪地，「奴婢這輩子都願侍奉奶奶，若有半絲雜念，天打雷劈！」

「奴婢也願為奶奶效力。」秋翠跟隨行禮，林夕落瞪著二人，口中道：「這都幹什麼呢？我可不喜歡聽這些虛妄的話，都是這院子裡過日子的，只盼著咱們自個兒過得好就成了！」

兩人起身對視一笑，也覺得這做法有些唐突。秋翠是不懂，冬荷是在林府被嚇得還沒緩過神，可左右有這樣一位主子，她們的日子只會越過越好……

歇過半晌，林夕落正準備用晚飯，而此時魏青岩從外匆匆歸來。

林夕落這筷子菜未能入嘴，便撂下到門口迎他，「……廚房可沒預備你的飯。」

「出去吃便罷。」魏青岩心不在焉，拽著她便往外走。林夕落嚇了一跳，連忙掙脫開，「哎喲，那也先讓我換件衣裳呀，你這急什麼呢？」

魏青岩一轉頭才注意到她只披了一件罩衣，髮髻也鬆懈下來……

「來不及了，帶著衣裳馬車上換就是。」魏青岩如此急促，顯然是有事。林夕落也不敢耽擱，讓秋翠跑回屋子拿了衣裳和首飾盒子，急急忙忙跟著魏青岩便出了門。

「帶我去哪兒？」林夕落穿好衣裝，重新梳攏了髮髻，才開口問魏青岩。

魏青岩依舊沒騎馬，而是隨同她一起坐了馬車。

「梁長林今兒突然找上了岳父大人，夾帶著他去了福鼎樓，岳母剛剛得了信兒，立即讓李泊言來通稟。」

魏青岩臉上滿是怒色，林夕落眉頭皺緊，「這不是以父親相逼？他這心思也太邪了！」

「我剛剛也叫上了羅大人與羅夫人齊聚福鼎樓，算是偶遇他，我倒要看看他如何說辭。」

魏青岩這話讓林夕落思忖許久，梁長林不同於旁人，魏青岩沒直接登門也有緣故，他雖左右逢迎，可都沒脫離宣陽侯府的把控，這反倒不好直接下手。

林夕落不再開口，而是靜靜地想著這件事該怎麼辦……

到了福鼎樓，魏青岩直接帶她去了樓上的雅間，羅大人與羅夫人已經到此，互相見了禮，羅大人先開了口：「隔一個屋子便是他所在的雅間，可要現在就過去？」

魏青岩也不客套，直問道：「他進去已有多久？」

「夥計說是已近一個時辰了。」羅大人拍了額頭，攤手苦言：「即便他要搶人，也莫在這時候讓林大人離開太僕寺啊，我這手邊還真離不開他了！」

林夕落敷衍地笑了兩下，羅夫人道：「今兒梁夫人也到我府上遞過帖子，可我一來真的有事，二來也不願見她，想必她還是欲提此事。」

林夕落斟酌片刻，出言道：「昨兒府上二奶奶惹惱了侯夫人被禁了足，也難怪今兒她們夫妻二人開始走動了。」

「被禁足？」羅夫人一驚，林夕落點了點頭，「就是昨兒的事，三月三之前不允她離開自個兒的院子。」

羅夫人露了幾分探詢之色，林夕落俏皮地吐了舌尖，羅夫人不用多想便知這是侯府後宅爭鬥之事，「如若知是這般，那今兒不妨就見一見她了，看她有何說辭！」

「五爺昨晚未歸，我去哪裡跟他說這等事？」林夕落舉著雙手，苦臉道：「我為侯夫人抄經幾日，如今這手腕還在酸著！」

魏青岩與羅大人聽她這話，倒是恍然明瞭幾分。

如若是這番狀況，那梁長林從林政孝這方入手，恐怕是擔憂魏青岩下手太狠，不妨生米熬了半熟再說。林政孝終歸是岳父，他若點頭答應了，魏青岩還能有何說辭？

「這事兒還得你來拿主意。」羅大人斟酌一二，「通政司是好位子，林大人在太僕寺也的確屈才，不過我倒更認為這事從上方下壓更好。這梁長林逢迎慣了，你越給他顏面他就直一直腰板，上方要有一句話，他立即便軟下來，唯你是從。」

「我先過去看一看。」魏青岩沉半晌，終於起身出了門，羅大人跟隨，屋中便只剩下羅夫人與林夕落。

這事兒輪不到女人談敘，羅夫人便說起了羅涵雨：「……那日她與我說起了妳與琳霜鬥嘴的事，梁琳霜驕縱跋扈慣了，尋常她也並非如此，妳那日離開也是對的。」

「涵雨未被嚇到才好，梁琳霜也是個無腦子的，否則怎會脫口而出？也幸好如此，否則還不知要被這位梁大人拽到何時。」林夕落頓了頓，「後宅的女人心思更細膩，一宅一朝堂，如今我是知道五爺文武雙絕，更得皇寵，卻為何在侯府硬不起腰板了。」

「妳能想明白這個道理就好。」羅夫人繼續道：「可是餓了？想用點兒什麼儘管點就是了，燕窩粥？還是參湯？」

林夕落連忙搖頭，「隨意吃兩口白粥便罷。」

「甭尋思為我省銀子，我來此用飯，記的可都是魏大人的名字。」羅夫人笑著點了菜，林夕落瞠目驚訝，笑著調侃：「不早說，還怕您花費得多了。」

羅夫人擺了擺手，「魏大人也不是自個兒掏銀子，福鼎樓是福陵王的地兒，他在此也只是白吃白喝。」

福陵王？林夕落嘸了嘸唾沫，「從未聽說過此人。」

白吃白喝？怪不得往家裡要席面那般痛快，合著是不掏自個兒兜裡的銀子！

羅夫人不知林夕落心裡想的，只回道：「總有一日妳會見到，這位閒散王爺如今不在城內。」未等二人多言，門外便有一陣響動，林夕落與羅夫人齊齊止住了話語都到門口去看，而這時林政孝先行進來，羅大人跟隨其後，魏青岩卻沒了人影。

林夕落納罕問道：「五爺呢？」

羅大人看著林政孝，林政孝苦笑，半晌蹦出一句道：「在陪著梁大人寫……寫摺子。」

陪著寫摺子？這是要作何？林夕落的心中更是好奇，而隔壁雅間當中，魏青岩看著梁長林，指著道：「我念一個字，你就寫一個字！」

「魏大人，魏五爺，您逼著我寫辭官摺子，這是要我的命啊！」梁長林顫抖地握著筆，腸子都已悔青……

約有小半個時辰，魏青岩才從另外的雅間回來，手中還舉了兩個摺子。

羅大人抽著眼角，「怎麼還兩份奏摺？」

「初次請辭，皇上定會挽留，二次請辭的自要備好。」魏青岩就此不再多說，立即吩咐人再上飯菜。

林夕落雖不明魏青岩與羅大人對話何意，可見眾人不再提及，就當此事從未發生，跟隨羅夫人以及林政孝閒談許久，只做一次小聚。

分開之後，跟著魏青岩上了馬車，林夕落才忍不住問出口：「這奏摺到底是什麼？怎麼還有請辭一說？」

魏青岩拿出摺子直接讓她看，林夕落打開，卻是梁長林親筆書寫的兩份請辭奏摺，其上還有他的印章……

「他就這般認了？」林夕落瞪了眼，逼著通政司通政使辭官，他也真做得出來！

魏青岩摸著她的小嘴，話語卻格外認真：「他讓岳父大人自貶請罰降一品，去他的通政司，我有何不敢讓他寫辭官摺子？」

林夕落嚇了一跳，「他這麼大的膽子，父親可從了？」

「妳又在小瞧岳父大人。」魏青岩這般批駁一句，林夕落也覺有些尷尬，「父親無論是七年縣令之職，還是在林府，多是退一步忍三分，我這心裡頭始終放不下，才不是小瞧父親。」

「岳父岳母的事由我來承擔，妳這顆心還是全都放在我身上！」魏青岩這話有幾分霸道，林夕落卻心中溫暖，靠在他的肩膀上嘀咕道：「既是你來承擔，那還拽著我來此作何？」

魏青岩指了指那奏摺上的印章，「這章印妳能不能刻出一模一樣的來？」這才是他的重點。

林夕落拿過來仔細端詳，莫看只是一名章，章字上帶有紋理，邊印也並非平紋，而是斜紋，章料雖細膩無比，但坑坑點點也有那麼兩三分不同。

「未見過真印紋理，只能模仿，不敢稱一模一樣，但可以嘗試一下。」林夕落琢磨半晌給這一結論，魏青岩點了頭，「那妳閒暇之餘便刻此章，留作他用。」

「許久未再碰雕刀，也要習慣幾日，何況近期侯夫人都讓我去立規矩抄經，我突然又拿雕刀，她會不會起疑？」林夕落更擔憂那老太婆生事。

魏青岩沉默半晌，也有無奈，「妳先嘗試一下，若我開口，她就不僅僅是起疑了。」

林夕落點了頭，便仔細揣摩起來，這事兒應該怎麼辦呢？

侯府，筱福居。

門外下人來回稟：「五爺、五奶奶回來了，已經回到郁林閣歇著，好似是在福鼎樓用的飯。」

侯夫人又是喘了一口長氣，只覺胸口憋悶不停輕捶，孫氏在一旁遞上水，「母親，她在這兒抄經，您也能在眼前見到，可連話語都不想讓她說，這事兒恐怕不好辦。」

「好辦的話還用妳來想主意？」侯夫人冷著臉子，孫氏也是沒了轍，只得用盡心思去想，「不如……讓她去側房，陪著孩子們行字？不提她跋扈張揚的性子，她的這幾筆字還是拿得出手的。」

侯夫人瞪著孫氏，「她來陪？那不將孩子們都教壞了！」

「她又不是先生……」孫氏也知這事兒侯夫人難以放心，只得掰開了、揉碎了地勸道：「就在側房不離您眼前，還可以派丫鬟婆子們瞧著，她能用什麼腌臢手段？您的嫡長孫子如今都已經能跟隨大爺出征，小孫子自不能走同樣的路。何況已近十歲的年紀，多少能明些事理，您若不放心便派上一位嬤嬤在旁瞧著？」

見侯夫人還是不點頭，孫氏只得道：「若這個您也不答應，那我可是沒了轍。」

「先這麼做兩天看看，不成再說。」侯夫人揉著腦袋，孫氏算是舒了口氣……

林夕落與魏青岩回了郁林閣，洗漱過後她也沒有睡意，讓冬荷在箱子中尋了幾塊軟木，拿出來仔細比對那奏摺上印章的紋理，可卻都不妥，心中帶幾分遺憾便繼續尋找。

魏青岩沐浴後出來，就看林夕落在屋中各處上下找尋，心知她一提雕件就是個執著性子，便攔下道：「此事不急，先睡吧。」

「這摺子又不能總露在外……」林夕落尋了理由，魏青岩不由得戳破，「不過是妳手又癢了，找這說辭作甚？」

林夕落臉色微紅，推他往寢房走，「明明是為你做事還調侃羞我，別在這裡搗亂，快去睡！」

「沒妳在，我如何睡？」魏青岩停步，林夕落的小胳膊怎能推得動，一腦門撞了他的後背上，硌得腦袋直發暈，「成，你這是怕我睡不著，為我催眠了！」

魏青岩瞧她這副模樣不由得笑出口，抱起她便往床上走，連奏摺被扔地上都無暇顧忌。

冬荷立即撿起放置在內間的櫃子中，加了好幾把鎖。

而屋內再起嬉笑呻吟，直至彎月西垂……

林夕落一早醒來就覺得渾身酸疼，摸著自己兩條細腿的肉，手都沒力氣揉捏兩把。

床邊空蕩無人，林夕落忍不住小拳頭朝一旁捶了幾下，雖是夫妻親密，可每晚都被他這番欺負，直至求饒他才甘休，心裡怎麼就覺得不痛快呢？

冬荷放好了沐浴的水，林夕落泡了半晌才覺身上輕鬆不少。

用過早飯，她依舊去了筱福居，心裡想著什麼物件的紋理能與那印章之上的相似，如若單純的用一木料雕紋理，這所需的時間和精力實在是太大了。

向侯夫人請了安，林夕落笑道：「母親今日身子可好些了？昨兒沒見到您，心裡格外擔憂。」

侯夫人看著她，直言道：「今兒甭抄經了，去西側間陪著孩子習字吧。這屋子裡還得忙碌著府事，妳在這兒抄經心也靜不下來，是對佛祖的不恭敬。」

讓她去看孩子？林夕落納罕之餘，孫氏便開了口：「實在是我忙不過來，才請五弟妹幫襯一下，府中的事妳又不肯插手，但妳這一手妙字連母親都誇讚，這事兒可就拜託給妳了，也不勞煩妳多時，每日早晚兩個時辰即可，妳覺得可成？」

林夕落心裡明白這是侯夫人受不了她在眼前折騰，卻又不肯放她走，找個藉口看了孩子，還被她們監視著，這主意想得倒是精妙。

「大嫂可是抬舉我了，府事我定不插手的，因為沒那份本事。若您能放下這顆心，我便陪著小侄子習字也好，若是出了差錯，您可別怪我笨。」林夕落這話一出，明顯看到孫氏僵了下，擠出笑道：「放心，對妳怎能不放心？」

林夕落瞇眼燦笑，孫氏的心裡更是沒了底，心裡直犯嘀咕她這般做到底是對還是不對？

過了半晌，有人帶了魏仲恆來，孫氏領他向侯夫人請了安，侯夫人便道：「往後就在這院子裡讀書行字，祖母也能看到你。」

話說得好似多麼疼愛孫子，可侯夫人臉上分毫沒有寵愛之意，魏仲恆終歸是個嫡庶之子，也知些事理，便是跪地磕頭，「謝過祖母，孫兒一定好生行字，孝敬祖母。」

孫氏笑著，又將他拽至林夕落的跟前，「再來拜一拜你五嬸娘，她行字書畫都是行家，往後便在你身邊陪著，你可要好生聽話，莫辜負了你五嬸娘的這片心意。」

魏仲恆應早聽說了這事兒，跪地又向林夕落磕了頭，林夕落拽著他，「那便隨嬸娘去吧。」

侯夫人端了茶碗，林夕落便帶著魏仲恆往側房走去，孫氏湊到侯夫人跟前，「您欲派哪一位嬤嬤在其身邊瞧著？」

「花嬤嬤不能去。」侯夫人不肯放開花嬤嬤，另選人道：「還用得著如此大張旗鼓地抬舉他？雖說是你們大房院子裡的，他也不過是個姨娘生的，派個機靈的婆子在一邊伺候著就是。」

孫氏應下，便出去選人。

林夕落帶著魏仲恆在側間的桌前坐下，丫鬟們伺候著將書箱遞上，鋪開紙、研磨，潤筆，魏仲恆欲動手，可看林夕落在一旁，又覺得是否該問一問？

「嬸娘，侄兒今天寫什麼？」魏仲恆問出口，林夕落便道：「你的先生可留了課業？」

魏仲恆點頭，「有，每日一篇大字。」

「那你便寫大字就好。」林夕落看著他，「寫完之後便背一背書，免得被先生罵。」

魏仲恆眨了眨眼，「嬸娘不另外留課業？」

「沒有另外的，寫完便可玩耍。」林夕落這話一說，魏仲恆不由皺眉，「玩什麼？」

林夕落怔愣，「你平時都做什麼？」

「讀書、行字。」魏仲恆又想一想，隨即兩字：「沒了。」

合著這又是個因出身低，不得不悶頭當書呆子的？

「那你便寫大字，寫完大字，嬸娘教你玩。」林夕落說出這話，就見魏仲恆的心裡多幾分期待，立即坐好動筆，可他身上一件晃晃悠悠的小木牌子倒入了林夕落的眼。

遠遠看去，這小木牌的紋理好似與那印章有些相似？林夕落不由又坐得離魏仲恆近一些。

不過是個普通軟木，大小、紋理與那印章格外相符，即便不合之處，稍作修磨便能妥當。

林夕落喜後便開始心裡頭上下打鼓，從個十來歲小孩兒的手裡要東西，是不是臉皮太厚了？

林夕落一直盯著魏仲恆，不但這孩子心裡頭奇怪，連帶著一旁的婆子也都納罕好奇。

五奶奶到底是在看什麼？

看少爺寫字？可她盯的不是紙張；看少爺本人？可她盯的也不是這張臉……

魏仲恆行了幾筆字，就看林夕落盯著他瞧，納罕之餘忍不住問道：「嬸娘，您在看什麼？」

「啊？」林夕落發覺自個兒太入心了，不由指了指，笑著道：「嬸娘在看你那塊小木牌。」

林夕落直接指向那木牌，「如若你這篇字行得好，嬸娘便用一個更好的玉牌與你交換，你覺得可好？」

魏仲恆皺了眉，捂著小木牌帶幾分不捨，「這是父親送給我的。」

「那你可知大爺贈你這木牌所為何意？其上為何只有你的名字，而無分毫雕飾的圖案？」

魏仲恆摘下認真地看了看，林夕落直接搶過手中，仔細地摩挲著，面上好似在問魏仲恆，心裡卻在竊喜：這木紋的確與那章印上一模一樣……

魏仲恆琢磨半晌，搖了頭，「侄兒不知道。」

林夕落沉口氣，隨即一番大道理講述開來：「人由母親生下便好似一張白紙，也如這木牌一樣，毫無字跡，只是平滑的一個表面。大爺賜了你名字，卻無法為你的將來雕出花紋，你一歲一歲地成長，能有何成就都要靠你的努力去爭取，就好似繪一幅畫，如何去繪，都由你來下筆。之所以這木牌上沒有分毫的圖案，那是大爺期望你有一日能自己想通，繪製人生的雕圖。」

林夕落說完看著他，繼續道：「如今你已快十歲，難道還願這木牌上只有你的名字，沒有分毫你能引以為傲的成績？」

大道理一出，魏仲恆的眼睛裡不由得散發出閃亮光芒，林夕落都覺得她對那位未曾謀面的大老爺實在描繪得太偉大、太有愛了……

「嬸娘，我已經讀過《論語》，可以繪什麼圖案？」魏仲恆提問，林夕落哪裡知道，她的心思全都落在那木牌上，不由反問道：「你覺得應該是什麼？」

「嗯……應是初春的幼筍，您覺得對嗎？」魏仲恆看著木牌，「可是我不會在這上刻圖案。」

林夕落立即起了興致，「嬸娘會！」說罷，立即將冬荷叫了進來，「讓人回院子裡找秋翠，拿一塊上好的黃花梨木來，還有雕刀也帶著，就說我要為仲恆少爺刻木牌。」

冬荷應下便去吩咐，魏仲恆此時也覺得若拒絕的話，是不是太辜負五嬸娘的好心？

「謝嬸娘提點體恤，侄兒一定好好讀書，不辜負祖父、祖母和父親、母親……」人名說了一長串，待他覺得好似都說全了，才繼續道：「也不辜負五嬸娘的期望！」

「乖，繼續行字吧。」林夕落直接把他的木牌拿走到一旁把玩。

魏仲恆看了半晌，總覺得這五嬸娘太過奇怪，可畢竟他年幼也也未深思，只繼續提筆行字。

未過多大一會兒，郁林閣的丫鬟送來雕刀和黃花梨木，林夕落接過後，便坐了一旁用棉布好生盤養木料，隨即用雕針劃下形，雕刻開來。

魏仲恆此時也無心行字，坐在一旁看著林夕落雕木牌，幾刀下去，便有一初筍輪廓在木料底部映現，栩栩如生。

魏仲恆終歸是個十歲孩童，對物件歡喜之外，對雕藝也格外好奇，可又怕打擾了林夕落，不敢開口問，她的刀若劃錯了，這木牌豈不是就廢掉了？

未過多久木牌雕好，魏仲恆自個兒拿去用棉布好生擦拭，林夕落又為木牌著孔，穿上絡子繩線，掛在他的脖頸之上，讓魏仲恆怎麼看都喜得合不攏嘴。

「謝謝嬸娘。」魏仲恆謝過後，目光看向了林夕落拿著之前的那塊木牌，「這個……」

「這個嬸娘拿回去仔細思忖下，看是否可在大爺送你的木料上刻下個圖案，之後再給你。」林夕落自個兒說著便放入囊包之中，魏仲恆喜得寶貝，自當不好意思再跟林夕落張口要。

這一番折騰已近午時時分，林夕落帶著魏仲恆去前堂隨同侯夫人用過飯，下晌兩人便又回側房習字。

一天順順當當地過去，魏仲恆離開時還特意向林夕落行了禮。林夕落笑著送他離開，便去正堂向侯夫人拜了禮，沒說兩句話就被侯夫人打發走。

在側房陪著的婆子被孫氏叫來，侯夫人問道：「這一天那邊都做何事了？」

婆子立即道：「老奴一直守著，五奶奶與少爺相處得倒是不錯，只讓少爺寫先生留的大字，並未再額外留課業。」

「我瞧見她好似派人回郁林閣取了什麼物件？」孫氏忍不住追問，婆子點頭道：「是少爺帶了個小木牌，五奶奶還給他講了一通道理，隨後又親手雕了一個送給少爺，黃花梨木的，甚是好看。」

孫氏心裡頭一緊，「木牌？什麼木牌？」

「少爺說是大爺送的，其上只有他的名字。」婆子猶猶豫豫，不由又開了口：「老奴覺得五奶奶很奇怪，她起初一直都在看少爺的那塊小木牌，不過老奴厚顏湊去看過，不是什麼太貴重的物件。」

侯夫人冷哼不悅，「拿個『匠女』的身分收買人心，庶出的就是能湊了一堆去！」

孫氏心裡頭打鼓，見那婆子也沒什麼回的了，便賞了銅錢讓她先下去。

「母親，興許她也是喜歡仲恆，仲恆乖巧聽話……」孫氏話未等說完，就被侯夫人瞪得開不了口，「妳這話說給我聽？別以為整天領著來此給我磕頭，妳便多慈心大度！他一快十歲的孩子才讀完《論語》，整日裡除了書本就是吃飯，其餘什麼都不懂，妳當我是瞎子？」

孫氏連忙低頭不敢多說，侯夫人厭惡地將她攆走，「先這麼著吧，明兒再說，看她能耍出什麼花樣！」

林夕落回了郁林閣便急切地將外人都攆走，身邊只留了冬荷與秋翠。

關上門，林夕落從櫃子中將那本奏摺拿出，果真沒看錯，這木料的紋路與這章印極為相似。

「冬荷在這裡陪著，秋翠妳去門口，誰來我都不見，一定要攔住。」

林夕落吩咐後，秋翠立即應下出門。冬荷在門內上了鎖，林夕落坐下身來精心地比對著章印開始雕小木牌。磨掉了仲恆的名字，一刀一刀地落下。

這陣子只是偶爾微雕為魏青岩傳信，這般仿照雕章她略有生疏，而且木料就這一小塊，還要依照紋理來動手，她不由格外的謹慎細心。

日落月升，星耀蒼穹，時間過得很快，冬荷已經為林夕落點了火亮的螢燭放置跟前，生怕她累壞眼睛。

不知為何，門口突然響起了嘈雜的聲音，冬荷立即去了門口，就聽秋翠在對外說道：「……奶奶累了，正在休息，不允任何人打擾，今兒是不會見她們的，讓她們走吧。」

陌生的婆子道：「這位姑娘，人終歸已經到了侯府門口，還是通稟五奶奶一聲，老奴也能回上話不是？」

「奶奶便是這麼交代的，還是走吧，若真有心，明兒再來也不遲。」秋翠依舊不理，那婆子不由道：「這可是侯夫人的吩咐……」

秋翠有些遲疑，心中開始打鼓，侯夫人的吩咐她到底要不要阻攔回去？如若仍然硬搪塞回去，這可是冷了侯夫人的臉面，會不會出什麼差錯？可五奶奶在做什麼她雖不知道，可那副模樣明顯是不能讓人瞧見的……

「那妳稍等片刻，我與奶奶通稟一聲。」秋翠這般說，那婆子不由往屋內看，貌似隨口一問：「五奶奶這是忙什麼？屋內瑩亮，應是沒睡著吧？」

「用得著妳管！」秋翠斥了一句，在門口悄聲叫著冬荷，冬荷早已聽見聲音，卸掉了鎖。

秋翠進了屋，換成冬荷在門口守著，這婆子一見換了人，不由上前打量。

冬荷的性格雖非秋翠那般乾脆，可她臉上毫無表情，倒是讓這婆子不知該說何才好。

「奶奶？」秋翠悄聲探問，林夕落停了手，臉上帶了幾分不滿，「何事？」

秋翠連忙回：「那位通政使梁夫人帶著她的女兒來了，如今正在門口等著，奴婢說您歇了，可回話的婆子說是侯夫人讓您見，奴婢便拿不準了！」

林夕落凝眉，梁長林昨兒被魏青岩給拿捏住，今兒他的夫人和孩子便來尋侯夫人？還真不是一家人不進一家門，拿侯夫人來壓制她？她為何要聽？

「就說我不舒服，請侯夫人與大奶奶代為擔待一二。」林夕落這般說辭，秋翠略有遲疑，林夕落看她，「怎麼還不去？」

秋翠僵了下，立即便往外走，到門口與那婆子說了林夕落之意。

婆子沒想到搬出侯夫人來，五奶奶都不懼，便匆匆離去回稟，秋翠這才感慨地念叨：「我真是糊塗了！」

「只聽咱們奶奶的吩咐做事便好，單純的傳話不也沒了用處？」冬荷說完便繼續讓她守在門口，她則回了屋內鎖好，繼續為林夕落守著。

那婆子孤零零的一人前來回稟，侯夫人臉色便冷了下來，「她若不來，我就親自去請！」

侯夫人這話說出，卻讓梁夫人愣了。

連侯夫人她都不賣面子，這位五奶奶的架子也端得太大了？可終歸是他人家事，她若摻和進來，豈不成了替罪羔羊、罪魁禍首？

魏大人昨兒已經將自家老爺給制得膽戰心驚，發了高熱，如若再惹惱了這位五奶奶，豈不是倒壞了事？

梁夫人心裡忽然沒底了……

本尋思從侯夫人這方求個顏面，自五奶奶那裡討個好，讓琳霜抹兩把眼淚道個歉這事兒也就過去了，可如今五奶奶不出現，可怎麼辦是好？

侯夫人氣得起了身，梁夫人急忙上前道：「剛剛這位嬤嬤也說了，五奶奶身子不適，我明兒再來就是，侯夫人，您可別動怒啊！」

這話不說還罷，越說侯夫人心裡越氣，可又不能表現得太過，只得唉聲嘆氣：「新婚的媳婦兒就是這樣，她又是幾個兒媳中年歲最小的，偶爾也愛使點兒小性子。」

這話是往回找顏面，梁夫人也明白，連連點頭奉承：「五奶奶是個喜慶性子，愛與您撒嬌！」

梁琳霜在一旁咬著下嘴唇不敢吭聲，可不提五奶奶，她心裡頭還惦記著宋氏？那個林夕落如此刁蠻霸道，她可要好好地問問二奶奶這個人到底怎麼回事。

瞧著侯夫人與她母親都沒得話說，梁琳霜忍不住開了口：「二奶奶可在？能看一看她嗎？」

這話問出，卻讓侯夫人心裡頭起了疑……

之前梁夫人只說是那日相見時，孩子的話語衝撞了林夕落，今兒特意來道歉，可這丫頭又提起了宋氏，這事兒好似不那麼簡單？

梁夫人沉了片刻，花嬤嬤上前回：「二奶奶這些時日忙得很，恐怕不能見了。」

「那我們母子便先回了。」梁夫人自知二奶奶是被禁了足，她恨不得黏上梁琳霜的嘴。

侯夫人端了茶碗，花嬤嬤親自將兩人送至門口，歸來時與侯夫人道：「這梁夫人好似有些話沒說清楚。」

「她是否說個清楚倒不足為奇，我現在要看看那丫頭怎麼就不舒坦！」侯夫人起了身，花嬤嬤有意阻攔，可還未等開口，侯夫人率先道：「誰都不許攔著我！」整理好衣裝上了小轎，侯夫人氣沖沖地往郁林閣行去。

林夕落依舊在屋中雕著木牌，一刀一針在精細地修印章，院子裡忽然響起窸窸窣窣的響動。

侯夫人下了轎，不允許任何一個丫鬟婆子開口，只看著那屋中瑩亮的光線，往這方走來。

秋翠站在門口已經有些不知所措，侯夫人與花嬤嬤盯著，她若不開口，奶奶被這番驚嚇，豈不是要慌了？

顧不得被罰，秋翠立即跪地大聲道：「給侯夫人請安！」

這一聲喊出，冬荷嚇了一跳，跑到側窗看到院子裡忽然來了這麼多人，便到林夕落身邊道：「奶奶，侯夫人來了！」

林夕落皺眉，這老太婆還沒完了？將摺子遞給冬荷，「先去把這個鎖好。」

冬荷急忙去辦，林夕落又從箱籠中拿出未成型的木料……

門外，侯夫人看著跪在地上的秋翠，用腳抬著她的下巴，「就這麼嘴急？」

「奴婢不敢！」秋翠只覺喉嚨都快被踩住，侯夫人吩咐著道：「妳既然這麼喜歡跪地請安，那就跪著吧，磕上一百個頭再說。」

秋翠咬著牙，一個接一個地磕下，花嬤嬤已經上前道：「五奶奶，侯夫人來探望您了。」

冬荷打開了門，林夕落從屋中行出，行禮道：「母親來探望，兒媳感激不盡，給您請安了。」

侯夫人邁步進了屋，看著螢燭都在書桌旁燃著，桌上擺著雕刀、雕針和木料……

侯夫人冷哼一聲，看著林夕落，「身子不適還把玩這些物件，妳可是要請個大夫來瞧瞧？」

「勞母親掛念，這也不過是尋常喜玩的物件，兒媳雖身子不適，但並非重病，不必請大夫來瞧了！」林夕落規規矩矩回著話，讓侯夫人碰了軟釘子。

侯夫人神色更冷，看著她，「不用請大夫也可，我來為妳瞧瞧病症就可！」隨即吩咐花嬤嬤：「去藥庫裡取上二兩黃連，給五奶奶熬湯水喝！」

黃連？花嬤嬤心裡一抖，在一旁沒動彈，侯夫人瞪她，「妳怎麼還不去？」

花嬤嬤不敢再拖延，只得往門口去吩咐人。

林夕落看著侯夫人，自是知她在故意拿捏，「母親體恤，兒媳感激，可黃連不過是清火的藥，兒媳好似不大用得上？」

林夕落頂嘴，侯夫人大惱，「妳心裡頭沒有火？那便是沒毛病，我派人來傳見，妳卻在院子裡把玩破木料子，沒責妳是匠女的出身，妳還猖狂起來？這裡是宣陽侯府，不是妳那個小破院子！」

「侯爺也是允了兒媳繼續把玩雕件，今兒也是為仲恆少爺雕了木佩，故而才又拿出。」林夕落頓了下，「何況梁夫人來此，我卻不知她有何意，為何去尋到母親那裡？如若真有心，為何白天不來，偏偏趕到下晌臨近晚間的空當兒？」

「伶牙俐齒，我今兒必須要治治妳這張嘴！」侯夫人說罷，召喚了丫鬟婆子們上前：「給我把她這些亂木料子和雕刀都扔了燒了，不允許有一件再出現在侯府！」

侯夫人如此吩咐，郁林閣的丫鬟婆子們都驚了，紛紛看向林夕落。

林夕落面色沉重，卻也未反駁，她們只能眼巴巴地看著侯夫人的人四處亂走。

屋子裡被這群人翻騰得狼藉遍地、凌亂不堪，連小匣子裡的木料都被找出扔了院子裡。

院子中的木料起了火，更有著一群人在繼續往裡頭填……

侯夫人冷著臉，「妳還有何話說？」

「恭送母親。」林夕落只說出這一句，侯夫人冷哼著離開，而此時花嬤嬤端了一碗黃連進門。

「侯夫人，這……」花嬤嬤欲放下，侯夫人則看向林夕落。

林夕落直接走上前，端起那一碗聞著都酸苦的黃連湯子汩汩下肚，隨即將碗扔了那火堆裡。

侯夫人心中仍惱，卻也未在此處過多耽擱，上了轎帶著人便離去。

冬荷立即上前看著林夕落，「奶奶，您沒事吧？」

林夕落摸了一把嘴，「吩咐人將外面的灰燼收拾了，記得五爺歸來時，誰也不允多嘴一句，不許說！」

「不告訴五爺？」冬荷有些不明白她為何如此，難道不尋五爺訴兩句苦，讓五爺出頭嗎？

林夕落斬釘截鐵地叮囑：「挨個告訴每一個人，誰敢多嘴，我就抽爛她的嘴巴！」

冬荷不敢耽擱，立即出去挨個告知一遍，林夕落看著仍在門口磕頭的秋翠，親自扶她起來，「去尋個大夫上點兒藥，這兩日不必再來侍奉我，歇兩日。」

「奶奶，奴婢……奴婢真的是攔不住！」秋翠湧了淚，林夕落收斂怒氣，安撫道：「妳做得好，去吧！」

林夕落使了眼色給身邊的婆子，婆子立即將秋翠扶下去，林夕落看著湧起的月色冷笑，心中道：燒了我的物件？有妳好瞧的時候！

魏青岩歸來，林夕落依舊笑面相迎，沒有半點兒的異常掛在臉上，夫妻兩人依舊嬉笑親暱，旖旎纏綿……

侯夫人的筱福居卻燈火瑩亮，沒人有半絲睡意。

「五爺回來了，沒任何動靜兒，五奶奶應是沒與他說今兒的事。」花嬤嬤在一旁格外擔憂，今兒侯夫人的確是有些沒按捺住，做得太過反常。

侯夫人似是自言自語：「她會是服軟了嗎？」

花嬤嬤沒回話，侯夫人也不苛求答案，就這樣一直沉著，一夜都沒能入眠。

翌日一早，林夕落依舊早早起身，洗漱、用飯，隨即便準備去侯夫人的院子。

冬荷在一旁擔憂，直至看著魏青岩出了門，才悄聲問道：「奶奶，您今兒還去立規矩，侯夫人豈不是對您更狠？」

「那又如何？這規矩是定要遵的，否則豈不更多過錯？」林夕落說著便往外走，常嬤嬤瞧見，立即吩咐身邊的小丫鬟率先跑去了筱福居。

瞧見林夕落依舊來此請安，隨即去側房陪著魏仲恆行字，只當昨日之事沒發生，侯夫人心裡好似被狠狠地擰了一把。可她又能如何？昨兒思忖一晚，她的確是做得有些太過急促，即便想收拾這丫頭也不必親自出手？

而後仔細想想，應是她心中不穩，摸不清這丫頭到底有什麼本事能讓侯爺親自出言護著。

這是她的逆鱗，誰都不能觸碰……

這一日侯夫人都在屋中靜坐，林夕落如常一般下晌才離去，第二日又是如此，侯夫人的心裡氣惱難平，哪怕是聽到她說話的聲音都覺刺耳。

幾日過後，侯夫人也逐漸將此事淡忘，只覺得這丫頭一如既往的守規矩，顯然是心裡也服了軟，自不願再多生事。

一來想拿捏她還有的是時間，二來侯府裡的男人們都在忙碌著大爺在邊境之戰，她心裡頭惦念魏青石這大兒子，也無暇再顧忌林夕落。

這一日晚間，林夕落剛剛用過晚飯，就見侍衛進了院子來請她。

「五奶奶，侯爺請您去一趟。」侍衛這般說辭，林夕落不由問：「還吩咐何事了？」

「請您帶上雕刀木料。」

林夕落笑得很燦爛，她報復的機會終於來了……

宣陽侯此時急迫難耐，頻顏念叨這丫頭怎麼還不來？

事情焦急，命人送信路途遙遠恐來不及，信鴿傳信容易被截，他只能把這丫頭叫來用微雕傳信才能迴避風險，這事兒牽連的可是他的大兒子！

本是帶兵前去駐紮些時日戰功也便到手，孰料橫生枝節出現了大的差錯，雙方訊息對不上，這事兒恐怕戰功得不到手，還會落下罪名。

宣陽侯心裡焦急難安，立即又派人去催，未過多久，門外侍衛回稟：「侯爺，五奶奶到！」

「快傳！」

林夕落從外進來，宣陽侯還未等開口就見她手上空無一物。

宣陽侯將身邊的侍衛全都攆走，滿面不悅，「侍衛沒說讓妳帶物件嗎？」

林夕落行了福禮，平淡地回話道：「雕具和木料都被母親下令燒了，兒媳如今手中空無一物，如今幫襯不上，父親還是另尋其他傳信之法，莫耽擱了。」

「燒了？為何？」宣陽侯眉頭緊蹙地看著她，「沒有雕刀，妳不是還有頭簪銀針？」

「母親不允我再把玩這些物件，所以全都燒了。是否能用銀針，也要看您需刻多少字、用何物來刻，木料兒媳是沒有了，這都要父親重新準備。」林夕落說完，宣陽侯氣得怒氣橫生，暴跳如雷，「這時候拿後宅鬧騰的事來拿捏本侯？即刻將這封信雕字傳出，否則我殺了妳！」

「那您殺了我算了！」林夕落硬氣地梗著脖子，「母親不允我把玩這些物件，將雕具扔了，雕木燒了，您現在說刻不出便殺了我？好歹我也是得過皇上賞賜的人，是您兒子的媳婦兒，不是府裡死契的奴才！您拿不出物件便讓我來做，我除了會雕字傳信我懂什麼？都說侯爺殺伐決斷、行事剛毅，如今卻拿這種荒唐笑話以死相逼，您真厲害！」

林夕落這一股子氣撒完，直接拎著一旁的刀遞去，「您殺了我吧，我也死個痛快！」

宣陽侯被氣得腦袋生疼，「殺個屁！快幫老子想轍！」

林夕落也不再抱怨，這個潑撒完，自當要往回收了，「讓人拿針、刀子、錘子，不然我拿什麼刻字？」

宣陽侯立即吩咐侍衛去找，取來這些工具，林夕落直接舉起錘子劈了宣陽侯桌案上的一塊木頭。黃花梨木桌案被削去一塊兒，宣陽侯心疼得臉抽搐，可再貴重的物件也比不上兒子的命，他此時早已顧不得這些……

打開書信，林夕落拿著細細的針，三個綁在一起握於手中，照著書信上的字刻上。

可細針終歸比不過雕針，刻不了多少字便會斷掉，雖說其中也有林夕落故意的成分夾雜其中，但宣陽侯卻是看不出端倪，只在一旁急得踱步不停。

林夕落的手硌出了血，只得用棉布擦了再繼續，耗費的時間可比她起初雕一塊木字要多出兩三倍。待這一封書信刻好，宣陽侯連忙捆於鷹隼爪上放飛。

此時已經是深夜，鳥飛翔於空，宣陽侯的心才撂下，看著林夕落在旁邊擦著手，不由道：「我會派人為妳重新準備一套用具，妳有何要求也可提出來。」

「我不願每日都去侯夫人院子裡立規矩，她讓我教習仲恆習字，可讓仲恆來我院中。」林夕落頓了下，「除此之外，再無所求。」

聽她說出教魏仲恆習字，宣陽侯皺緊了眉，「今日之事若出差錯，我唯妳是問！」

「這怪不得我，要怪，也得怪將我的刀具木料燒了的人。」林夕落頂撞回去，隨即福禮告退：「父親若無吩咐，兒媳回去了。」

宣陽侯只擺了擺手，林夕落便出了門。

一出門口，就見魏青岩與齊呈都在院中等候。

見她出來，魏青岩立即快步上前上下看個清楚，待見她手上青痕，冷峻的面容好似掛滿一層寒霜，嘴唇微抖，看向宣陽侯道：「明日軍營我不去了。」

「兔崽子，你不去誰去？」宣陽侯站了門口斥罵，魏青岩將林夕落摟在懷中，與宣陽侯對視冷語：「您又不止我一個兒子，若嫌不夠就再生幾個，反正都當奴隸用著！」

說完，魏青岩扶著林夕落，「咱們走。」

林夕落點了點頭，隨著魏青岩的腳步離去，齊呈在門口看著宣陽侯，小心翼翼地道：「侯爺，五爺在此等候多時了。」

宣陽侯想著林夕落剛剛那副撒潑打渾的勁兒，「這丫頭也跟那小崽子一個德性，都他媽的吃軟不吃硬！」

「五爺這也是真心疼五奶奶。」齊呈抹了額頭的汗。

不是一家人不進一家門，五奶奶可不是尋常人能比得上的，能拿著雞毛撣子將城尹和忠義伯嫡子打上一通，旁人家的夫人哪有這麼潑辣的？

宣陽侯不再多說，吩咐道：「你在此地守著，若有消息傳回，即刻向本侯回稟。」

「侯爺這是去何地，卑職得了消息去何處通傳？」齊呈追問，宣陽侯沉了一刻，「先去筱福居，隨即到書房尋本侯！」

齊呈看著宣陽侯離去，心中連嘆幾聲，侯夫人恐怕是惹了碴子上了……

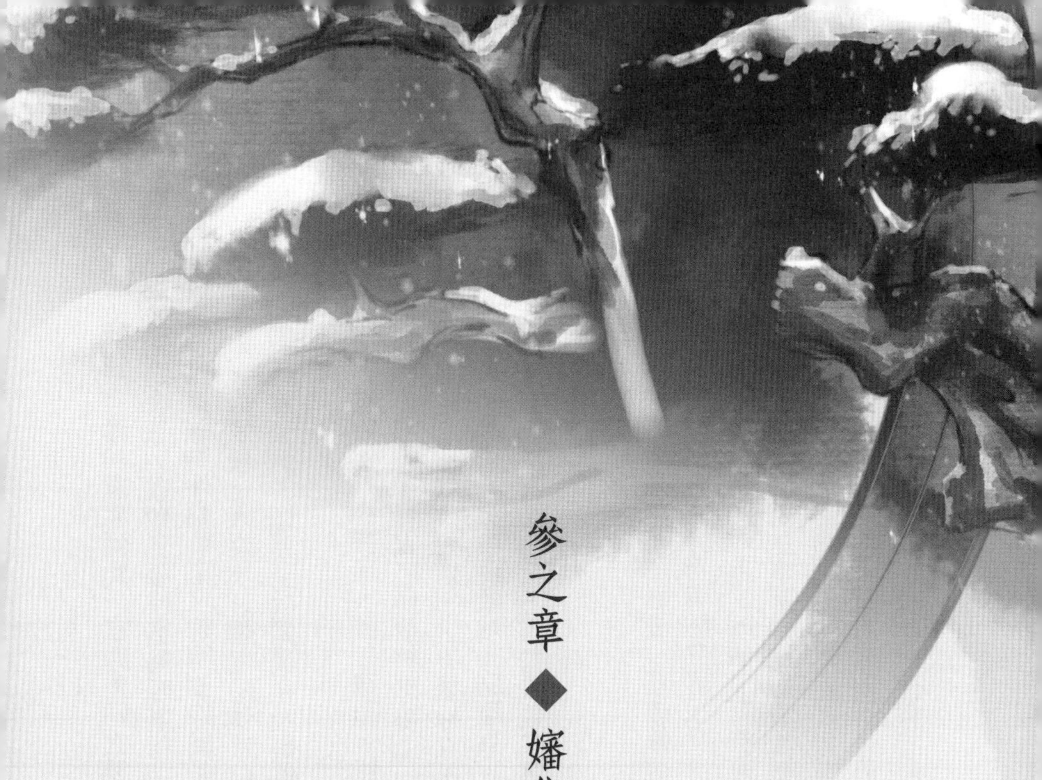

參之章◆嬸代母職苦籌畫

侯夫人見到宣陽侯忽然到此，立即整好衣裝上前相迎。

花嬤嬤剛遞上茶，就聽宣陽侯惱聲呼吼：「之前本侯已說過讓妳不要去顧忌那丫頭的雕件，妳居然親自去將她這些物件給燒了？妳可知妳闖了多大的禍！」

許久不來，來了便是大怒，耳聽宣陽侯這般說辭，侯夫人笑容散落，又恢復她以往那副面無表情的冷臉，「不過是個丫頭還至於闖禍？她是得過皇上的賞賜，可這是侯府的後宅，我管教兒媳哪裡出錯？」

「放屁！」宣陽侯茶杯摔地，碎片蹦起，將侯夫人的腳割傷。

侯夫人忍住疼痛，卻見宣陽侯依舊怒嚷：「我告誡過妳不要沾惹她，妳為何不聽？從今往後，她不必再來妳這裡立什麼破規矩，這不是妳立侯夫人威風的時候，妳這是在要青石的命，狗屁的軍功與許全都毀於一旦！本侯會再贈她一副雕具，妳若敢插手，本侯就禁妳的足，不信妳就試試！」

撂下此話，宣陽侯轉身出門，侯夫人驚呆萬分，忍不住喊嚷：「這死丫頭為何這般重要，侯爺為何不肯坦然相告？」

「閉上嘴，滾回去！」

聲音漸小，侯夫人氣得暈了過去，花嬤嬤連忙派人去請大夫，鬧騰一晚都未能清閒下來。

此時此刻的郁林閣，魏青岩與林夕落在對坐。

「為何不早告訴我？」魏青岩的語氣有些氣，可氣是因為心疼……

林夕落知道他應該對這些事都知道得清清楚楚，也不必再將所有事重新講過，「早告訴你便不會有今日之事，沒有疼痛，怎能讓侯夫人記得清楚？」

「那妳也應早與我商議。」魏青岩帶有幾分不悅，抓著她的手，那上面的青紫歷歷在目，讓他的眉頭更為皺緊：「這是我的，容不得妳隨意虐待！」

林夕落站起身坐在他的腿上，行為雖服軟，口中的話更硬氣：「這後宅是我要站穩腳的地兒，你說的不算！」

魏青岩粗喘口氣，「這丫頭，讓我如何放心得下？」

「青岩，縱使我告訴你又能如何？侯夫人瞧我不順，大嫂在一旁溜縫兒，二嫂與我勢同水火，三爺、四爺與你關係倒是不錯，可惜又都不在侯府，這裡只有我孤零零一人，我不把此事搬出來讓侯爺惱火、讓侯夫人忌憚，她指不定要對我下多麼狠的手。」

林夕落說到此，嘆了口氣，「如今只有我一人會這份手藝，侯爺不得不留著我的命，侯夫人就不敢太過拿捏，起碼表面上不敢。你整日在外忙碌，這府裡的事就踏踏實實地交給我，不行嗎？」

魏青岩強不過她，四目對視，他敗下陣來。

對內宅、對女人，魏青岩心中的陰影很重，可他不懂也不知該怎麼辦，攥緊了她的手，將侯爺今日找她的事說出：「……魏青石本是去邊境接我的戰功，孰料中途出了碴子，侯爺這才著急傳信。妳這一筆劃下的恩怨可不小，我不在時，妳要格外的小心謹慎。」

「怪不得我，若是真出了事，也是他們大房自找的。」林夕落抽著嘴，豎起兩個手指頭，「兩字，活該！」

魏青岩對她沒了轍，當初縱她寵她嬌慣她是為了娶她，如今開始擔心她。

這個丫頭啊……可怎麼辦才好？

讓冬荷拿來了藥，魏青岩親自塗抹在她的小手之上。

夫妻兩人沒再對此事多說，就這樣親暱著，隨口敘聊整晚……

侯夫人喝了藥，擦拭著嘴，花嬤嬤立即送上甜湯，侯夫人一口都不想用，她只得放在一旁。

「那個丫頭到底有什麼本事，竟讓侯爺如此斥罵我，這麼多年從未有過的事，他……他居然是為了那麼一個崽子、那樣一個丫頭！」侯夫人仍舊氣惱，連連哀嘆，眼角濕潤卻還忍著不讓眼淚掉下來。

花嬤嬤不知該說些什麼，可侯夫人一直盯著她，她也不得不回：「夫人，您何必對五爺仍存芥蒂？已是二十多年過去，放下吧。」

侯夫人聽她這般說辭，立即橫眉厲目，斬釘截鐵道：「那個小蹄子跟隨侯爺出巡一次就懷了種，我派了那麼多丫鬟婆子侍奉她，可她難產而死，這些人全都被侯爺下令砍了頭，其中可還有我的親眷，這個仇我怎能忘記！」

「夫人，五爺如今已經是娶第三次了，若再出差錯，您也要想一想今日的他不再是之前的五爺，都督同知加龍虎將軍，又格外受皇寵，莫說是大爺，連侯爺都比不得的！」花嬤嬤苦口婆心地勸，侯夫人則一把推開她，「妳不要再說了，這個仇我絕對不會忘記！那個丫頭想在這府裡頭享福生子，除非是我先死了！」

翌日醒來，林夕落睜開眼便躺在床上不動。

終於不用再去筱福居那憋屈的地兒立什麼破規矩，她要仔細體味下慵懶的滋味兒。

魏青岩一早便出了門，林夕落摸著脖子上仍絲絲酸痛的吻痕，想著他昨晚報復一樣的霸道，臉上卻湧起一層紅潤。她知道，昨兒他心中略有不悅，因為她的刻意隱瞞。

林夕落也承認自個兒的手段拙劣，算是刻意在急迫之事中插上一腳，這事宣陽侯清楚明白，但她必須要如此做，依舊是那一句：只有摔得狠，才能感覺到疼。

林夕落希望那位未曾謀面的大爺這場硬仗敗了，不單是讓侯夫人疼得更重，也因他是去接了魏青岩的戰功。這無非是從旁人手中硬搶，憑什麼拿得那般舒坦？
林夕落想到此，不由自嘲一笑，她這算是惡毒嗎？
沒有任何的答案，她也不願去想，在床上伸夠了懶腰才起身，冬荷立即拿上來洗漱的水。
「奶奶今兒不多睡會兒？還起得這般早作甚？」不用陪著去那個憋悶的院子立規矩，冬荷今兒也格外愉悅，林夕落用冷水淨了一把臉，「起早慣了，這反倒睡不著了。」
冬荷說起昨晚的事：「……晚間的時候，常嬤嬤離開院子半晌才回，奴婢也並非刻意盯著，是去看秋翠的時候遇上的，她那時正與一個小丫鬟說著事，奴婢瞧見時她便立即停下。」
林夕落也並未奇怪，「丫鬟？是哪一個？」
「是粗使丫鬟裡一個年紀小的，叫春萍。」
冬荷說完，再請示道：「可是要叫來問一問？」
林夕落想了想便搖頭，「就當沒這回事吧，一個小丫鬟能挑出多大的事來，何況暫時咱們也沒有自己人往裡填補，清出去幾個，大奶奶還會再填補幾個，反倒是費事了。」
冬荷點頭應下，「奶奶怎麼吩咐，奴婢就怎麼瞧著。」
林夕落梳好髮髻，換好了衣裳，去前堂用早飯，這一會兒，常嬤嬤便來回差事：「侯夫人傳來了話，讓奶奶在院中好生歇息，暫且不必去她那裡伺候。奶奶為人和善，仲恆少爺那方還離不開您了，大奶奶讓老奴問一問可否把仲恆少爺送至您這兒來？」
這話說得倒是漂亮！
讓她在院中歇息？她也得樂意去啊，但這顯然是侯夫人自個兒尋的臺階，她也懶得揭了。
可孫氏依舊要把魏仲恆送來這裡行字，這也算變著法地想看著她吧？
「那就送來吧，我左右也無事，陪著他就是了。」林夕落沒有拒絕，常嬤嬤又說了院子裡的瑣事，隨即便去給孫氏回話。

未過多大一會兒，魏仲恆便被人送來院子，其後除卻一伺候的書僮外，還有一個婆子。

「給五嬸娘請安。」魏仲恆依舊客套地行了禮，林夕落臉上帶幾分笑意，「今兒來的人可都齊全了，連書僮都配上了，倒是要恭喜仲恆了。」

魏仲恆聽她提及此事，不由撓了撓頭，「母親說我長大了，應該有這些人跟著。」

林夕落未多說，帶著他便往書房而去。魏仲恆坐下行書寫字，書僮在一旁研墨好歹是有點兒用處，可那婆子站在一旁除卻給倒個水以外，沒半點兒事可做。

林夕落看著書，時而看向那婆子。這婆子似也覺林夕落的目光不善，也不多話，一直低著頭。

「妳怎麼稱呼？」林夕落忽然開口，這婆子嚇了一跳，連忙道：「老奴夫姓張。」

「張嬤嬤……」

「不敢讓五奶奶如此稱謂，老奴不過是個粗使婆子！」張婆子這般出口，倒是讓林夕落笑了，「粗使婆子？妳可識字？」

張婆子連忙回答：「老奴不識字。」

「不識字妳跟著仲恆少爺作甚？他來此地讀書，大奶奶派了妳來，可是怕我這院子裡粗使婆子不夠用？」

林夕落才不信這婆子不識字，她否認識字不過是怕她忌諱她偷看、偷瞧些什麼……

張婆子怔住，「老奴只是伺候端茶倒水的。」

「讓妳個粗使婆子端茶倒水，這是誰下的令？仲恆少爺好歹也是大房的少爺，怎麼能用如此不合規矩的人？」林夕落的臉色冷下，連魏仲恆都訝異地轉過身來。

「五嬸娘……」

「你寫你的字，我去去就來。」林夕落起了身，叫著張婆子便往外走。

張婆子本以為林夕落會直接將她攆走，孰料她只站在門口，吩咐道：「仲恆少爺暫且用不著妳伺候，妳去給我倒杯茶來，要溫茶，入嘴不能冷，入手不能燙，去吧！」

張婆子怔住，林夕落則看著她：「怎麼著，還不去？倒個茶還不會嗎？」

「老奴這就去。」張婆子說著便往一旁走，腳步躊躇帶著點兒疑慮，可知道拗不過這位五奶奶，只得硬著頭皮去倒茶。

林夕落就站在門口等，過半晌，張婆子才把這茶倒來。

入手倒不熱，林夕落抿了一口，當即把茶碗兒倒了，冷斥著道：「這茶都沒沏開就拿來喝？妳懂不懂倒茶？」

「五奶奶不是要溫茶……」

「溫茶是沏開了的茶再晾半晌，不是這入嘴半澀不澀的苦茶！這般事都不會做，妳還想來伺候仲恆少爺？」林夕落看向遠處，「將常嬤嬤給我叫來！」

婆子們連忙去喊，常嬤嬤趕來，「五奶奶，怎麼了？」

林夕落指著張婆子道：「將她給大奶奶送回去，並且問一問這是誰給仲恆少爺派來的人、收了她多少的銀子，連沏茶都不會的粗使婆子貼身伺候仲恆少爺？這是安的什麼腌臢心？如若不夠人用，我這兒自然有人伺候仲恆少爺，少送這些個不懂得做事的人來吃閒飯！」

張婆子嚇得跪在地上，「五奶奶饒命，您攆老奴回去，大奶奶定會責罰……」

常嬤嬤在一旁瞪眼，可見林夕落依舊目光堅定，她只得拽著張婆子起來，口中斥道：「走吧走吧，五奶奶是最不挑剔的人，妳自個兒做不好事能賴得了誰？」

張婆子也沒轍，被常嬤嬤連推帶搡地攆走，林夕落又叫來了秋紅：「往後仲恆少爺的吃喝都由妳親自過手，一定檢查好，千萬莫出差錯。」
秋紅雖年紀小，可也明白林夕落這話的意思，應下後便在書房門口守著。
林夕落看著常嬤嬤帶那婆子走遠，才舒了口氣往屋內走，可轉過身就見魏仲恆在門口看她。
「五嬸娘……」魏仲恆似是有話要說，林夕落看向他身後的書僮，那書僮倒是個機靈的，立即捂著肚子去小解。
「仲恆有何事？」
只有他們二人，林夕落也撂下幾分架子。
魏仲恆撓著頭，「我其實不用別人伺候，一個人就行。」
林夕落沒想到他會這樣說，不由開口問：「平日裡你吃吃喝喝都是誰管？」
「是……是姨娘管。」魏仲恆咬著嘴唇，顯然稱自己生母為姨娘他的心裡也有尷尬。
林夕落看著他，突然想起胡氏口中曾經說起父親年幼時的苦，想起魏青岩幼時連個姨娘都沒有……那日子豈不是比這孩子還苦？
「去吧，往後有嬸娘在，你就踏踏實實在這裡行字，待有閒暇空餘的時候，嬸娘就帶你出去走走。」林夕落說完，魏仲恆眼睛都快瞪出來，「侄兒能出去？」
「能。」林夕落堅定允諾，魏仲恆立即跑回屋內，悶頭提筆寫字。
林夕落瞧著那副小模樣，心中道：她該不該讓這孩子有幻想？
常嬤嬤將張婆子送了孫氏那裡，更是複述了林夕落的話。
孫氏氣得腦門直疼，看著張婆子一巴掌便抽了過去，狠斥道：「她要喝溫茶，妳就不會動腦子想一想怎麼可能是沏不開的茶水，旁日裡就是個粗使的沒近身伺候過人，孰料妳還真是個扶不上檯面的東西！」

張婆子捂著嘴，跪地求饒道：「老奴也是被五奶奶給看得有些急了，這才出了錯！」

孫氏懶得多說，叉著腰不知如何是好，只得問向常嬤嬤：「妳說這事兒該如何辦？」

常嬤嬤斟酌下才開口：「五奶奶脾氣怪異，老奴也摸不準她何時會忽然鬧脾氣。有些事她都能忍得住，可有些事她是一刻都等不得，著實摸不準。」

孫氏焦頭爛額，「這讓我如何向母親交代？」

常嬤嬤沒再回話，孫氏只得去尋侯夫人。

侯夫人卻真的是病臥在床。

宣陽侯那一頓斥責讓侯夫人這顆心始終鬱鬱不寧，孫氏來此斟酌半晌才不得不開口：「母親，派去的那粗使婆子被攆回來了。」

侯夫人頓時氣惱，連連重咳不止，捶著胸口道：「都是一群廢物！」

「您說如何辦才好？」孫氏硬著頭皮問。

侯夫人猛地瞪她，「何事都來問我，妳的腦子長哪兒去了？青石在外征戰身涉險境，這家裡頭也不讓我省心，你們是想氣死我！」

孫氏不敢開口，侯夫人沉了半晌，一想到林夕落，額頭疼得更是厲害，口中喃喃自語地念叨著：「那個死丫頭，我一定要想辦法制住她，她舒坦一天，我就得早死一天，絕不能讓她痛快！」

孫氏沒有再派人來伺候魏仲恆，而是讓常嬤嬤回話請林夕落多多幫襯照管。

林夕落早知她會是這番說辭，只點頭應下，當此事沒發生過一般。

魏仲恆中午一同在這院子用了飯，下晌又行字一個時辰，便對林夕落躬身告退。

林夕落送他至門口才歸，而這時冬荷喜慶地跑了進來，看著她這般樂，林夕落也露出幾分喜意，「這是有了多麼大的喜事？嘴都笑得合不攏了！」

「奶奶，是春桃姊姊來了！」冬荷忍不住出口，林夕落也甚是驚喜，「人呢？在哪兒呢？」

這話說完，就見一小婦人打扮的人在門口等候，林夕落快步上前，春桃連忙行禮道：「給奶奶請安了。」

林夕落拽著她上下打量，雖說髮髻已不是丫鬟時的模樣，可她這小臉的風姿氣勢與之前不同。都說女人結了婚就是換了個人，起碼春桃的變化就格外大。

林夕落摸摸自個兒的臉，納罕道：「妳這臉俏圓俏圓的，身上都帶股子小媳婦兒的氣質，我怎麼就沒變呢？」

春桃聽這般她這般調侃，不由得臉紅道：「奶奶旁的變化沒感覺到，可這嘴是更不饒人了！」

林夕落「噗哧」一笑，拽著她便往屋裡走，只有她與春桃、冬荷三人，林夕落也沒了在外硬撐的架子。

春桃也不客套，直接便問起她能有何事可做：「……魏海如今也跟著姑爺日夜忙碌，奴婢怕您這兒有事需幫襯，便選了今兒過來了。」

「這院子妳如今進來也無用。」林夕落嘆口氣，認真地道：「連陳嬤嬤都只在廚房裡幫我做些雜事，妳已不能當個身邊的丫鬟，何況這府裡頭還有魏海的家人，妳來院子裡做事牽連太多，不妥當。」

春桃苦著臉，「奶奶這是不要奴婢了？」

林夕落安撫道：「怎會不要妳？容些日子，妳在外面幫襯幫襯我，總不能全交了陳嬤嬤一家子的人。」

並非林夕落疑心重、不信任，陳嬤嬤一家雖是魏青岩選中的陪房，但如今陳嬤嬤、秋翠、秋紅都在她的院子，如若她的兒子在外也接了差事，林夕落心中不能安穩，畢竟陳嬤嬤這一家子她之前從未接觸過……

春桃腦子聰明，自是明白林夕落話中之意，冬荷在一邊沒太想明白，可她也不願動腦琢磨。

「侍衛宅院中倒是由奴婢的公爹負責，如今還缺個跑腿兒的，您瞧著要不要派個人頂這個缺兒？」春桃這話明顯是指陳家的人。

林夕落斟酌下，「容我想一想，有了人選再去尋妳，先給我留兩天。」

春桃應下，主僕三人便不再對此事多說，閒暇說起雜事，嘻嘻鬧鬧的時間過得極快。

晚間春桃在此用了飯便回了，行至門口時，與常嬤嬤走個對面。

兩人就這麼僵持著，終究還是常嬤嬤先行了禮，「給統領夫人請安。」

「常嬤嬤可莫這般稱呼。」春桃還了禮，笑著道：「這侯府中我可稱不上『夫人』二字，在五奶奶面前我只是個侍奉的奴婢，您這般說，著實讓我逾越了，若被外人聽到，可是要打板子的。」

春桃這話無非是在諷刺，常嬤嬤憨笑道：「倒是老奴的不是，給您賠罪了。」

「您也是侯夫人院子裡出來的，這規矩、禮數也都拿得出來，想必也是忙得腦袋轉不過來了，不過五奶奶有您照料也實在是福氣。」春桃話語中帶幾絲警告意味，常嬤嬤只得寒暄兩句，看著春桃目送她離去。

林夕落坐了窗邊看她笑，「這丫頭，成了親也開始長脾氣了。」

冬荷在一旁嘟著嘴，滿臉豔羨地道：「春桃姊姊就是聰明，奴婢雖知道她如今硬氣了，可就聽不懂她話裡的意思。」

林夕落拽著冬荷在身邊，仔細講給她聽：「魏海雖是侍衛統領，賜了主姓，但在這侯府面前他依舊是侯府的奴才，常嬤嬤喚春桃一聲『夫人』，這豈能對？」

「那不是故意想讓春桃姊姊在這上頭失禮？」冬荷瞪眼，「若是奴婢，定是要被嚇到的。」

林夕落拍著她的肩膀，「否則春桃也不會諷刺她是侯夫人院中出來的人還犯這等錯兒，妳與春桃不同，她的腦子轉得快，旁日裡不說話是不願管這份閒事，妳呢？雖有些事一時想不明白，可妳最大的本事是不說話，這卻讓所有人都拿捏不到妳的短處了。」

冬荷舒了口氣，「奴婢也會向春桃姊姊多學一學，不能總這麼笨。」

林夕落不再多說話，坐在一旁繼續看書……

夜色降下，魏青岩從外歸來，臉上滿是疲憊，林夕落已經躺在床上準備睡下，又起身迎他。端上了茶，林夕落讓陳嬤嬤準備飯菜，魏青岩狼吞虎嚥地填了肚子，隨即說起微雕傳信的事。

「那日除卻妳雕字的信兒之外，侯爺仍選了三隻鷹隼用書信相傳，可除卻雕字那一封之外，另外三封都被截了，在妳那木條上也有一封信，但已不在。」魏青岩彈了她腦門一指頭，「妳總是這般幸運！」

林夕落揉著額頭，「大爺沒出差錯？」

「雖說未敗，可死傷頗大，他這功接得格外丟臉！」魏青岩帶了幾絲不屑嘲諷，林夕落便說出心中之言：「活該！」

魏青岩忍不住啄她小嘴一口，「侯爺恐怕是要讓妳教人這手藝了，妳做好心理準備。」

「教！」林夕落格外乾脆，「我一定踏踏實實地教，絕不藏私，不過我也有要求！」

「有何要求？」魏青岩看著她，林夕落揚起狡黠之笑，「我只教我瞧得上的人！」

魏青岩瞇著眼，「何人是妳瞧得上的？」

「李泊言。」

林夕落道出這三個字，卻是讓魏青岩忍不住拍了她屁股兩巴掌，「丫頭，這不是調侃之事！」

「我不是調侃，我是認真的。」林夕落揉著屁股，「我總要留一條自保的路。」

魏青岩攥緊她的手，「妳不信任我。」

「不是。」林夕落否認，語氣軟了下來，話語中帶一絲無奈：「你與我是夫妻，就好似同一個人，你活著，我就能活著，你若不幸，我便是那陪葬的，而哥哥，我不知他是否會為你我獻出這條命，但我敢保證，他會了這門手藝，侯爺若想藉機除了我，他不會答應。」

魏青岩揉額，沉上半晌才道：「容我考慮些許時日再議。」

林夕落未再對此多說，反而問起了梁長林一家之事。

那日離去之後，梁夫人未再帶著梁琳霜到侯府求見，這也的確讓她略覺奇怪。

她並非有那份好心惦記著梁家人，而是怕他們又起什麼壞心思，指不定何時冒出來咬一口。

「梁長林這幾日倒是老實了，如若梁夫人再上門，妳若願意見，可以拿她出個氣，否則妳心裡頭怎能舒坦得了？他的印章妳可是刻好了？」魏青岩想起此事，林夕落叫了冬荷取來鑰匙。

櫃門打開，拿出當時刻下的印章模子，沾上紅泥，往紙上印去……

一模一樣！

魏青岩看到林夕落刻好的印章與摺子上幾乎就是同一模樣，臉色也忍不住露出欣喜。

林夕落看著他有笑意，不由挑了眉，「還是初次見你這般露出笑臉兒，難得！」

魏青岩將物件放下，「妳要我如何謝妳？」

「看著辦吧，我一個宅院裡頭過日子的，能有何要求？」

林夕落苦著小臉，以前在外自由慣了，如今窩了院子裡跟討厭的人鬥來爭去，她著實不愛。

魏青岩琢磨下道：「我為妳沐浴擦身如何？」說著便將林夕落抱起，往淨房走去。

林夕落訝然，「這哪裡是謝我？」

「怎麼不是？我伺候過何人？」魏青岩話語格外霸道，林夕落捏著他的臉，「明明就是你……就是你……」

魏青岩露了笑，「我如何？」

「就是你好色！」林夕落小拳頭捶他，魏青岩哈哈大笑，「妳是我的女人，我對妳好色是理所應當！」

他的胳膊就像是繩子一般，將她完全禁錮住，她無論如何都無法掙脫。

浴桶的水放好，她便被魏青岩褪去衣物放置浴桶之中，林夕落趴在邊上，卻見他也在脫衣。

「你不要進來！」

「我不進去如何服侍妳？」魏青岩扯去最後一件衣裳，邁步進了浴桶，林夕落還未等躲開，就一把被他抓入懷中。

胸前的柔軟被他握在手中，水潤全身，兩人相觸更多一份旖旎春色……

林夕落也不再執拗，轉過身貼在他的懷中。魏青岩解開她的髮髻，髮絲輕浮水面，大手於其身上撫摸，水波蕩漾，春情濃烈。

「嗯……」林夕落主動吻上他的唇，魏青岩的手扶住她的俏臀，坐於自己的堅挺之上……

水聲、呻吟之聲夾雜疊起，林夕落趴在他的肩膀之上，享受著他精心的侍奉。

情慾濃時，心底湧起一股酥麻，跳動、膨脹，她在他的肩膀上留下一個又一個的牙印兒，而他則在她耳邊留下一句話：「妳是我的女人！」

農曆三月，淅瀝小雨已下了一天一夜，剛剛破土冒出的嫩草葉芽被雨滴敲打得低了頭，連帶著鳥兒躲於窗檔底下，時而抱怨地鳴叫一聲。

雖說一場春雨一場暖，但這陰霾的天氣卻讓人添了幾許煩躁。

旁人府邸不知，但宣陽侯府卻是如此。

林夕落陪著魏仲恆行字，目光卻透過窗檔看著空無一人的院子，若總能如此清靜，該有多好？

自侯夫人上一次鬧事至今，林夕落都未再見到她。

她不願見侯夫人，侯夫人自也不願見她，不過倒是聽常嬤嬤說起侯夫人是真的病了。

一是因侯爺與她爭吵心中抑鬱難平；二是魏青石與其長孫魏仲良在邊境戰事不穩勞心過度；三是想到林夕落就心中揪得難受，這若不病才是見鬼了！

不過那方不來招惹，林夕落是絕不會湊上去挑事的，但她的心仍懸空未能穩穩落地。

別看這院子裡靜謐無音，其實不知有多少雙眼睛在盯著她，不知有多少雙耳朵在聽著她說話。

旁人林夕落未能抓準，但常嬤嬤與那個小丫鬟春萍，她能察覺到二人之間的小動作。

常嬤嬤畢竟是侯夫人派來的，沒太大的錯兒動不了她，但這小丫鬟……林夕落在尋思著應該怎麼收拾老實了。

魏仲恆一篇字寫完，起身交給林夕落看。

橫平豎直，規規矩矩，可每一筆都帶著抖意，侯府裡是想把庶出的孩子都教成籠子裡的鳥兒，甭尋思飛，幼時便已將翅膀折斷……

林夕落突然想起林豎賢曾說過的話，人不正，字不正，這孩子現在缺的不是如何寫橫豎撇捺，缺的是勇氣。可她要如此教習嗎？終歸是大房的孩子，又不是她自己兒子？

林夕落心裡苦笑，不由將他的字放下，「《明賢集》你可讀過？」

魏仲恆點頭，「先生曾讓背過。」

「共有多少條，說來聽聽。」林夕落撂下他的字，隨意閒聊一般。

魏仲恆眉頭有些皺，「先生說這不過是識字的東西，只認識其上的字就行了，不用背。」

的確是教出個傻子！林夕落揉額，《明賢集》與《增廣賢文》教的都是人倫道理，這都不允孩子知曉，孫氏的心腸也夠狠的了！

「先歇息一會兒吧。」林夕落沒多說，讓秋紅拿來了吃食點心給他。

每當此時魏仲恆都會露出幾分孩童的笑，向林夕落行了禮，便去一旁吃著鮮少能入嘴的物件。

林夕落斟酌半晌，看向秋紅道：「近日裡二等丫鬟中可有不聽妳使喚的？」

秋紅年歲小，一聽林夕落如此問，當即便開始抱怨道：「從大奶奶院子裡過來的那兩個還算好，曾在二奶奶院子裡待過的那個白蘭，整日裡挑三揀四的，有事也不踏踏實實去做，反而時常去院外溜達，奴婢說她幾句，她還跟奴婢強嘴，如今您派奴婢來伺候仲恆少爺，她好似成了二等丫鬟的領頭人似的，昨兒還為了一口吃食與紅鸞吵了嘴。」

「那妳為何不去教訓她？」林夕落一問，秋紅咬著嘴唇，「奴婢在伺候仲恆少爺……」

「妳伺候他，又不是不能管這院子裡的事了？」林夕落拽著她，「妳們都是隨我陪嫁過來的，該硬氣的時候就得硬氣著，妳本就年歲小，遇事再退讓幾分，誰還能服妳了？」

秋紅連忙道：「奴婢知道錯了！」

林夕落笑著道：「那妳現在就去教教她這院子裡的規矩。」

秋紅畢竟年歲小，之前又未曾給人當過丫鬟，斟酌半晌才問道：「奴婢……奴婢怎麼教？」

林夕落的笑容淡下來，「她的錯兒妳就說出來，若是不聽，妳去問常嬤嬤這事兒該怎麼處置？如若她去了常嬤嬤那裡也不服，那自是要打板子的，懂了嗎？」

秋紅將林夕落這話從頭至尾地複述一遍記在心裡，立即點頭，「奴婢記得了，這就去！」

話語說完便跑出了屋，沒過多大一會兒，院子裡就不再是剛剛那般清靜，而是響起了叫喊。

魏仲恆在一旁吃著點心，不時將目光投向林夕落，外面那般吵鬧，五嬸娘卻是在看書，她怎麼能靜得下心來？

林夕落看的依舊是林豎賢那本遊記，每每拿起看著其上記載的各地風土人情，她都能將心中瑣事摞下。

吵嚷變成了哭泣之聲，院中所聚的人越來越多，小雨依舊淅淅瀝瀝地下著，可在這喧囂的院子裡，這一絲雨水的濕潤已經不被重視了。

終究還是常嬤嬤來請示林夕落，林夕落叫來書僮陪著魏仲恆，她則起身去了門外。

冬荷撐著傘，林夕落看著地上癱軟的正是那個白蘭。

臉蛋長得倒是不錯，小美人胚子，宋氏把她扔過來，也是怕被魏青煥沾了手吧？

白蘭見到林夕落出來，哭成了淚人兒，「五奶奶，奴婢到底犯了什麼錯兒？奴婢不認罰！」

林夕落看向常嬤嬤，「這是怎麼話兒說的？」

常嬤嬤立即看向了秋紅，向林夕落回稟道：「奶奶，老奴也是聽了秋紅來說的，白蘭這幾日的活計做得都不利索，秋紅訓了她幾句，她不聽，反倒是爭吵起來，秋紅便來尋了老奴。」

常嬤嬤說到此停頓一下，看了看林夕落的臉色，才接著道：「秋紅一來是您陪嫁的丫鬟，二來也是您指派管這些二等丫鬟的人，白蘭不聽她的話，終歸是犯了忌諱，老奴打算教訓白蘭幾句，她便在此哭上，驚擾了奶奶。」

林夕落看向常嬤嬤，若是她這般說，豈不是成了秋紅仗勢欺人？這張嘴皮子還真是會陰人！

秋紅站了林夕落身後，本有意出口辯駁，冬荷瞪她一眼，她立即閉上了嘴。

林夕落看著白蘭半晌，「妳是管什麼差事的？」

「奴婢是管這院子裡花草的。」白蘭抹著眼淚兒，「這院子中的花花草草，都是奴婢一人親手管著，從未有過半分的懈怠，請五奶奶明鑒。」

「管花草……」林夕落朝這院子裡看了一圈，「院中的枯樹葉子，妳怎麼不管撿起來？」

白蘭一怔，連忙道：「那……那是粗使丫鬟做的事。」

「那這花草都被雨打碎了葉子，妳怎麼不為其撐傘呢？」林夕落又說一句，常嬤嬤心中一凜。

五奶奶這明擺著是挑刺兒找事，有意拿這丫頭開刀了！

秋紅在一旁仔細地看著，與冬荷兩人一言不發，周圍的丫鬟婆子全都守著，卻不敢出聲。

這麼挑刺兒誰能得著好？也有人覺得白蘭過往是太過跋扈，五奶奶收拾她一通也無錯。

眾人各有心思，白蘭苦著臉道：「奴婢終歸是一個人，怎能為這般多的花草撐傘？」

「那我還要為妳配兩個丫鬟打下手不成？」林夕落話語帶了幾分諷刺：「妳就不懂用擋雨的遮子將其蓋上？妳在二奶奶院子裡是不是也這麼管花草啊？」

白蘭心中一凜，突然提起二奶奶，五奶奶到底要作什麼？可這話說了出來，白蘭立即開始表態她非二奶奶的人：「奴婢如今來五奶奶的手下當丫鬟，便是五奶奶的人！」

「我的人？」林夕落冷哼，「若是我的人，妳不停往院子外面跑什麼？可是去懷舊地向二奶奶請安？」

林夕落這話說出，白蘭慌亂擺手，「奴婢沒有，奴婢從來沒有這麼做過，五奶奶明鑒！」

「我可沒有妳這樣的奴才，鬧得院子裡雞飛狗跳，下著雨還都在此陪著妳耍玩？明明知道秋紅是我帶過來的人，妳還敢與她頂嘴，妳這是給誰難堪？」

話語之中帶著強烈的警告意味，連常嬤嬤都跟著哆嗦一下。

林夕落未搭理常嬤嬤，直接看向秋紅，「她跟妳頂了嘴，妳就去給我掌她的嘴！」

秋紅立即上前，擼起袖子掄起胳膊朝著白蘭這丫頭的臉便是劈啪開打。

白蘭有意躲，卻被陳嬤嬤一把按住。別看秋紅年紀小，家裡的爹和兄弟都是隨魏青岩征戰出身的，旁日裡幹的雜活兒也有著力氣，幾巴掌下去，白蘭的嘴角便流出了血。

林夕落在一旁靜靜地看著，臉上分毫表情都沒有。

常嬤嬤有意上前說兩句，可她也了解五奶奶的脾氣，越是有人求情，她打得興許越狠……

十巴掌打完，白蘭已經說不出來話，秋紅看向林夕落，問她是否還要繼續。

林夕落擺了擺手，「罷了，好歹是二奶奶送來的，攆出去也不合適，妳說是吧，常嬤嬤？」

常嬤嬤連忙上前，「都是老奴的錯兒，老奴管教無方，願聽奶奶責罰。」

「責罰妳我可不敢，妳好歹是侯夫人派來的，打狗還得看主人呢，是不是？」林夕落初次話語如此犀利難聽，常嬤嬤嚥了口唾沫，只得把這事兒忍回去。

林夕落看向眾人，「這白蘭往後就當個粗使丫鬟，可她的活計，我也得再選個人，院子外選人麻煩……」她將所有人看了幾遍，最後點向與常嬤嬤走得近的春萍，「這二等丫鬟的缺兒，就妳來吧！」

林夕落這話一出，讓常嬤嬤面露驚愕之色，心裡突然蹦出個念頭，五奶奶拿捏白蘭，不會是故意的吧？目的不在白蘭，而是想找春萍的麻煩？

這股念頭越想越深，常嬤嬤的臉色不由得變白……

春萍沒想到五奶奶會直接點她，震驚之餘嚇得連忙跪了地上，結結巴巴不知道說什麼才好。

林夕落看著她，左右打量之餘，不由冷笑地問著：「怎麼著？提了妳當個二等丫鬟，把妳嚇成這個樣子？常嬤嬤倒是疼妳，這會兒臉色都白了！」

常嬤嬤聽林夕落提起她，立即上前，「奶奶，春萍年幼，恐怕還撐不起這攤事來……」

「我說她能行，她就是能行。」林夕落看向常嬤嬤，口中念叨著：「就這麼定了，記得依著春萍的身材做一份二等丫鬟的衣裳，暫且也不用妳管花草的事，明兒妳就去屋裡頭伺候著仲恆少爺，花草的事，秋紅妳再從二等裡選個人來管。」

秋紅立即應下，常嬤嬤卻沒了話說。

林夕落轉身回了屋子，眾人也這般散了，可春萍依舊跪在地上。

常嬤嬤親手將其扶起帶走，這院子裡才算又清靜了。

冬荷心中納悶，不由得道：「春萍不過是個三等的小丫鬟，常嬤嬤至於如此呵護著？」

「這兩人恐怕是有點兒關係。」林夕落想著粗使丫鬟和粗使婆子都是魏青岩的前任夫人留下的，但應也是侯夫人派來的吧？

這事兒林夕落也不著急知曉，如今不用再去給侯夫人請安立規矩，這院子裡她有足夠的時間一點兒一點兒摸個清楚。

下晌時分，魏仲恆隨著書僮一起離開，秋紅送至外面歸來回稟：「奴婢剛剛去找常嬤嬤，她卻離開有一會兒了，還未回來。」

「下雨的功夫還往外閒逛？她也真是有這份閒心。」林夕落嘴上諷刺，可誰能不知常嬤嬤是去尋侯夫人稟事，請侯夫人拿主意。

冬荷看了一眼秋紅，見她欲言又止，顯然有話想說還膽怯，不由直接開了口道：「奶奶，秋翠歇得也差不多了，這已是入了三月，不妨讓她來侍奉著您？身邊就奴婢一人，秋紅雖然時常幫襯著，卻仍有顧忌不到的地兒。」

林夕落直接點頭，「明兒過來吧，她心裡頭怨我了吧？」

「姊姊絕對沒有怨奶奶，只怨她自個兒沒本事，不能替奶奶擋事。」秋紅忍不住接話，林夕落笑著道：「行了，讓她歇幾日也不過是怕她心裡頭受不住，何況她是我的貼身丫鬟，被侯夫人罰了，在這院子裡會有人對她拿捏打壓，那些事過去了，讓她回來就是了。」

冬荷驚詫，秋紅臉上帶幾分複雜，林夕落瞧著兩人，「妳們這心裡頭沒完完全全地信我。」

秋紅立即跪了地上，「都是奴婢一家子的錯兒，讓奶奶委屈了。」

「行了，起來吧。」林夕落不願再多說，秋紅則在一旁樂滋滋地倒茶、洗果子……

主僕三人還未能樂上一會兒，冬荷在窗旁看到了常嬤嬤歸來，「奶奶，常嬤嬤回來了，正往咱這屋子走來。」

林夕落眉頭皺緊，讓秋紅把桌上的果點收了，便坐在屋中正位，就這般等著常嬤嬤進來。

常嬤嬤一進門，就見到林夕落在看她，身子一僵，連忙綻開了笑，「給奶奶請安了。」

「常嬤嬤有何事？怎麼好似心思不安似的……」林夕落也不等常嬤嬤回答，直接道：「說吧，何事？」

「剛剛老奴去大奶奶那裡回院子近日的開銷帳目，另說起三月三侯夫人欲去廟裡上香她不能相陪，所以想請奶奶那日隨同。」常嬤嬤說完，立即補話道：「這也是侯夫人的意思，讓老奴來為您回稟一聲。」

三月三？這日子的確是廟會集日，她第一次見侯夫人的時候不就正趕著廟會？

不過，怎麼會突然讓她陪著去？林夕落有心拒絕，可知這事兒她若再硬拒絕略有說不過去。

廟會雖說是向佛祖上香，可也是幽州城內眾府的夫人、小姐們集會之地，她若拒絕，侯夫人定會蹦出「不識好歹」四個字。

林夕落想到此，倒也有心擴展下交識的圈子……

「那就請常嬤嬤去回稟一聲，三月三那日我一早前去向侯夫人請安，也謝過侯夫人提攜。」林夕落話語和婉，倒是讓常嬤嬤舒口氣，「那老奴這就去向大奶奶回話。」

林夕落點了頭，常嬤嬤便又離開。林夕落沉了片刻，吩咐冬荷道：「明兒秋翠來時，妳與她為我準備好衣裝，再叫人去為仲恆少爺趕製一套衣裝，從裡到外，包括帽子、鞋子都要最好的，銀子咱們出，不必去問常嬤嬤。」

「奶奶有意帶仲恆少爺出門？」冬荷倒是有些驚詫，林夕落揚起嘴角，「我這可是為大奶奶養的兒子……」

晚間魏青岩歸來時，林夕落將陪侯夫人去廟會的事說了：「……這可是提前跟你打了招呼，莫再怨我隱瞞了。」

魏青岩皺眉，沉思半晌，開口道：「注意分寸，若有人對妳無禮，不必忍著，記得把皇上賞賜的撣子帶上。」

林夕落瞪了眼，「去寺廟燒香我還帶個雞毛撣子作甚？知道我的是怕俗世之人的唾言，不知道的，還當我是對佛祖不敬，你這主意也太餿了吧？」

魏青岩狡黠一笑，「佛祖乃是無所不知，自然知道妳本心無意，多磕兩個頭就是了！」

不允林夕落多說，魏青岩拽著她往淨房去，「前些日子我侍奉妳沐浴，今兒妳得還給我……」

「無賴！」林夕落被拽著往前走，忍不住念叨，什麼他伺候自己？被欺負的每一次都是她！

魏青岩嫌她執拗，直接將她扛了肩膀上，林夕落摟緊他的脖頸，將自己放了個好位置，可沒等喘口氣，就又被魏青岩扔進了沐浴桶中。

「哎呀」一聲，林夕落浸入水中，抹了一把臉上的水，嚷道：「我這可是新做的衣裳……」

魏青岩「嘿嘿」笑著，已是邁進浴桶，直接用唇封住她喋喋不休的小嘴。

「別親我的脖子，別人瞧見羞死了……」

「別人瞧見怕個甚？這是爺寵妳！」

這一晚過去，林夕落睡前腦中只有一個念頭：明晚他還是不要回來了……

翌日，魏青岩離去，林夕落在床上起身就見冬荷張大了嘴巴看自己。

「怎麼了？」林夕落看著她，摸著自個兒的臉，「出什麼問題了？」

冬荷臉色通紅，指著她的脖頸道：「奶奶，春天都已經換裝了，衣裳的領口可低了些許……」

林夕落想起昨晚，猛然起身，直接去鏡前看著自個兒的脖子，拇指大的一塊紅印子赫然貼在她的耳底之處。

「這可怎麼辦？」林夕落顧不得心裡唾罵魏青岩，看著這紅印子撓頭道：「明兒下得去？」

冬荷閉緊了嘴不回答，這話她一個姑娘家能說什麼？

「什麼髮髻能夠擋住？」林夕落不由得擺弄著頭髮，冬荷也絞盡腦汁地想，可實在是想不出什麼髮飾能擋住這塊格外明顯的吻痕。

秋翠從外進了門，本是欲向林夕落請安行禮，可一見面她脖子上那塊紫紅印子陡然入了眼，嚇了一跳。

林夕落的嘴角抽著，「甭請安了，還安什麼？替我想想轍吧！」

主僕三人在鏡前研究半晌，最終的結論則是林夕落再穿一次冬季的衣裳，頂多裡面穿得單薄一些，否則無論是春裝或髮飾，都遮掩不住那一抹殷紅……

林夕落嘆了口氣，洗漱後也無心情用飯，門口有人前來回稟魏仲恆已經到了書房，她便也拿了書本往書房行去。

春萍一早已經在這書房中伺候，看到林夕落進了門，立即行了禮。

林夕落看著她，也未多指示，只與魏仲恆道：「這是嬸娘尋來侍奉你的丫鬟，往後嬸娘若不在，你有什麼想吃、用、玩的物件，都可以跟她說。」

魏仲恆自不知為何忽然換了人，只起身向林夕落行了禮，隨即坐下來一門心思地看書行字。

林夕落盯著春萍，這小丫頭的眉眼長得有幾分秀氣，可瞧著與常嬤嬤並不像，但若只是常嬤嬤手底下用的丫鬟，她被升至二等丫鬟，常嬤嬤為何那般驚詫，甚至帶幾分擔憂？

常嬤嬤可不是一般的嬤嬤，笑裡藏刀，最會遮掩那顆心，比不得侯夫人身邊的花嬤嬤，但也絕不是好對付、好拿捏的人，若非她與這春萍帶點兒親故，想必絕不會露出破綻。

林夕落也不急於知曉這其中的祕辛，只時而看一看書本，時而吩咐春萍做點兒小事，一日便也就這般過去了。

魏仲恆告辭之時，林夕落留住了他，讓冬荷取出為其新做好的衣帽鞋，「將這些個都換上試試，嬸娘明日隨侯夫人去寺廟燒香，你陪著我去！」

魏仲恆眼睛冒了星兒，立即將冬荷取來的衣裳換上，喜笑顏開之際，忍不住問道：「嬸娘，這衣裳好貴吧？母親曾送過侄兒一件同樣料子的筆袋子，侄兒已經用了四年了！」

林夕落心裡一酸，筆袋子？那不過是長房嫡子剩下的衣料子，侯府果真是不拿庶子當個人……讓魏仲恆試穿好衣裳，林夕落囑咐他這件事先莫與大奶奶和他的姨娘提起。

魏仲恆也並非是個腦子傻的孩子，即便是想不明白，但他多年迫切希望出府遊玩，也定會聽從林夕落的吩咐，因為帶他出府的不是母親和姨娘，而是這位嬸娘。

魏仲恆在一旁喜孜孜地收拾物件，林夕落則看著他貼身的書僮。

這些時日相處久了，書僮多少也明白這位五奶奶的脾氣不好惹，別看尋常不責人說事，但她若開了口，下人們就沒一個能得著好的，即便她不下令打，大奶奶也絕不會輕饒了。

不等林夕落說話，書僮立即主動上前，「五奶奶放心，奴才絕對不多嘴，若敢失言，您……您抽爛奴才嘴巴子！」話語說著，還咧嘴獻媚地憨笑。

「你倒是個識相的……」林夕落手中豎著雞毛撣子，用桿兒瞧瞧他的臉，「那就說好了？」

「說好了，都不用您動手，奴才若多嘴，就自個兒尋地兒撞死！」

書僮這般許諾，林夕落扔了他手裡一兩銀子，便擺手讓他隨著魏仲恆離開了。

「奶奶，侯夫人會讓您帶著仲恆少爺嗎？」冬荷在一旁忍不住問出口。

林夕落沉半晌，話語中帶了幾絲無奈和不屑：「侯夫人對外願自詡嚴肅端莊有氣度，大奶奶也喜好表現她的慈愛寬容、賢良淑德，明兒我就直接帶著仲恆過去，她二人若能當面說出不允去，這孩子心底定會怨恨上。」

說罷，林夕落不由想到魏青岩身上，「府中已有咱們五爺做例子，她們自個兒也得想一想，仲恆好歹是長房出來的，她們怎願當了惡人？」

冬荷眨巴著眼睛思索，終究是明白些許。林夕落也不再多說，讓秋翠與冬荷兩人為其重新尋裝束，也準備明兒出門所需的物件。

這一晚，魏青岩沒有回來，林夕落沐浴後舒舒服服地躺在床上，未用多久便睡了過去，她實在是太累了……

翌日一早，林夕落比以往提前起身大半個時辰。

終歸是隨侯夫人出府，周身的瑣碎裝扮也是要好生打點，畢竟是宣陽侯府的臉面。

選了一件碧色彩繡的織錦衣，下身一條月華裙，挽了紅翡金簪凌雲髻，再配上一對兒紅寶的滴水耳墜，也算是齊全了。

坐在鏡前，林夕落看到耳下的紅紫印痕，想起魏青岩，不由得嘟著嘴，看他對李泊言與林豎賢不忌諱，但心底可沒那麼放得開，霸道的野蠻男人！

林夕落心裡正在惡意腹誹，丫鬟們上前回稟：「奶奶，仲恆少爺到了。」

「讓他進來等著吧，秋翠，妳去瞧一瞧他身上可否還缺什麼物件，從我匣子裡拿出來配上。侯府的少爺出去，可別讓人瞧著窮酸了。」

秋翠應下，而此時魏仲恆從外進門，可身上卻依舊是平日裡所著的青布衣衫。

「怎麼沒換上？」林夕落看著驚訝，魏仲恆上前行了禮，隨即有些抹不開面子地道：「侄兒怕來嬸娘院中的路上被人瞧見，想來到這兒再換……」

這也是多了心眼兒了！林夕落倒有一絲訝然，連忙召喚春萍侍奉。

宅門裡如此長大的孩子都成熟得早，一個九歲剛識字讀過《論語》的孩子，就已經有這心計了。林夕落的心裡滿是感慨，臉上簡單地施了些脂粉，便去了前堂用早飯。

魏仲恆換好衣裝，比以往精神許多，主要是初次出府，臉上始終掛有喜慶笑意，連吃飯都忍不住笑出聲，險些噎著。

隨著林夕落用過飯，嬸侄二人便往筱福居行去。

侯夫人一早便在筱福居等候，面色冷漠，眉頭始終未能舒展。

花嬤嬤在一旁張羅著出府的瑣事，門口已有人回道：「侯夫人，五奶奶與仲恆少爺到了。」

「少爺？他怎麼這時候來了？」花嬤嬤看著侯夫人的眉頭更擰，不由替其問出口。

「少爺是隨五奶奶一同來的。」

花嬤嬤略有驚訝，只得看向侯夫人，侯夫人攥緊了手，「這膽子越發的大了，她還想帶著那小子出府不成？」

「您見還是不見？」花嬤嬤不敢直接說出「攆」這個字，可再想這事兒終歸是大房的，不由得吩咐一旁的丫鬟道：「大奶奶在何處？去問詢下，可是她吩咐過今日仲恆少爺陪侯夫人一同去寺廟燒香的。」

「她？她知道什麼？」侯夫人容不得心裡的怒惱，「庶子出身的，還惺惺相惜上了，她倒是疼這孩子！」

「夫人！」花嬤嬤安撫道：「今兒燒香為重，您不是欲為大爺和仲良少爺祈福？仲恆少爺是大爺之子，他跟隨前去也是合乎規矩的。」

花嬤嬤尋個由頭安撫，而沒過多大一會兒，孫氏從外匆匆趕來，聽著丫鬟過去傳了話，她差點兒嚇得蹦起來。

魏仲恆這小崽子自生下就未出過府，如今讓他跟著侯夫人去燒香，這怎麼能成？雖說也是大爺的孩子，可他一庶出的，怎麼能搶了嫡子的風頭？

當初她就覺得送了這孩子到林夕落的身邊會出岔子，這還沒等多久呢，居然都要帶出府了！

孫氏顧不得再多思忖，匆匆趕至筱福居，一進門就先看到林夕落與魏仲恆，可話語又不能直接說，只得尋個由頭道：「五弟妹，這不是欲隨母親去寺廟燒香？可是仲恆出了什麼錯兒，怎麼也帶這兒來了？他若有錯，妳不妨怪罪嫂子，可莫惹母親生氣。」

話語撂下，孫氏看向魏仲恆，冷斥道：「還在這裡作甚？快回去！」

魏仲恆的笑意消失殆盡，不由得看向了林夕落，林夕落看著孫氏，笑著道：「瞧大嫂急的，仲恆的品行是好的，怎麼會出錯兒？今兒我是要帶著他隨母親一同去寺廟上香，您旁日裡忙碌，無暇帶仲恆出府，弟妹有心替您照料孩子，您不會拒絕吧？」

聽著林夕落這般說辭，魏仲恆連忙接話道：「母親，兒子一定乖乖聽話。」

孫氏只覺得頭大如斗，這話讓她如何接？開口便是替她照料孩子，她是能說不用，還是能說不行？何況還是當著魏仲恆的面兒……

「這事兒倒是好事，可終歸還得聽母親的意思。」孫氏被迫將事兒推至侯夫人身上。

「那正合適，大嫂隨我一同進去與母親說上一說，我還正擔憂母親斥我擅自作主呢！有大嫂這話，我心裡可有點兒底兒了！」林夕落也不容孫氏再接話，架著她的胳膊就往裡走。

孫氏心裡這個氣啊！

她話還未等說出幾句，就被林夕落架了樑子上下不來，可又不能在孩子面前失了大度慈愛的形象。往侯夫人那裡推脫，也不過是想讓林夕落知難而退，孰知這丫頭反倒架了她的頭上來？她還不得被侯夫人恨死！

可林夕落人小勁兒大，幾下子便將孫氏給拽進了正堂。

侯夫人一臉氣惱地看著二人，林夕落笑嘻嘻地向侯夫人行了禮，率先開口：「給母親請安了，兒媳本是有心帶仲恆隨您一同去寺廟上香，卻還怕擅自作主惹惱了您，剛剛在門口候著大嫂，她卻說如此甚好，來問一問母親的意思。」

林夕落這話一說，侯夫人的目光恨不得吃了孫氏。

孫氏一臉的怨氣，可又不敢說出來，話語憋了肚子裡，支支吾吾就是開不了口。

魏仲恆站在一旁見氣氛尷尬，不由先上前向侯夫人磕頭，「孫兒給祖母請安。」

孩子開了口，眾位長輩不免目光投去，見他面容上有期盼、有渴望，但在侯夫人的眼中看去，便成了庶子的野心，她立即聯想到魏青岩的身上。

「既是你五嬸娘開了口，你便跟著她吧，往後衣食住行也都搬去她的院子好了。」侯夫人這般一說，卻是讓孫氏瞪眼，搬去林夕落的院子？她好歹是個正室，是名義上的母親！

林夕落看著道：「母親體恤我，我自當願意，不知大嫂可捨得？」

孫氏看了侯夫人兩眼，她的目光不容質疑，只得點頭道：「母親這也是為我著想，怕我太過勞心了。」

「那就這麼著吧，又為了這麼點兒事耽擱時辰，去寺廟燒香是要趕早的，否則佛祖會怪罪。」侯夫人起了身，林夕落扶起跪在地上的魏仲恆，帶著他一起往外走。

魏仲恆臉上的喜意不再，悶頭不做聲。

侯夫人先上了馬車，林夕落則帶著魏仲恆上了後一輛馬車。

侍衛齊備，花嬤嬤吩咐啟程，依舊是前往清音寺。

林夕落拿著馬車中的點心放入魏仲恆的手裡，「用點兒吧，路長著呢。」

魏仲恆咬了一口，隨即看向林夕落，忍不住開口道：「五嬸娘，祖母與母親讓我去妳的院子裡住，是不想要侄兒了嗎？」

林夕落略有驚訝，連忙道：「你多心了。」

魏仲恆搖了搖頭，「她們本就不想要侄兒了，除了姨娘，嬸娘才真心對侄兒好，侄兒一定感激您一輩子！」

說罷，他咬了一口手中的點心，就像是咬去怨氣和失望……

林夕落看著他，這孩子，她到底應不應該教習好？

路還未走多遠，車駕的隊伍便停下了。

林夕落納罕之餘，透過車窗往外看，卻見一輛馬車從後急急趕上，怎麼好似是宋氏？

「怎麼回事？」林夕落問向車旁的冬荷，冬荷立即湊來道：「是二奶奶，有意隨同侯夫人一同去寺廟上香，今兒三月三了。」

三月三，上次侯夫人禁足宋氏便是到三月三，她倒還真有心，追出來要陪侯夫人上香。

這也應是知道林夕落帶了魏仲恆，而她主動認錯討好巴結，侯夫人也會把她放了眼裡。

侯夫人果真沒攆她回去，讓她行馬車跟在後方，正插在侯夫人馬車之後。

林夕落冷哼一聲，這宋氏還真不怕事兒亂……看著魏仲恆用過點心後便拿起書本用心讀書，林夕落的精神又落在這孩子的身上。

他雖出身侯府，可林天詡與他比起來不是快活得多？

如今才真的體會到當初林政孝口中的話，出身大戶宅門的庶子，還不如尋常百姓家的清樂孩童，過的不是人日子……

行至清音寺，侯府儀仗隊伍停下，林夕落帶著魏仲恆先下了車，他的目光看向這周圍的景色，好似從籠中飛出的鳥兒，眼睛四處掃視，頗有些用不過來。

林夕落拽著他往侯夫人馬車那方走，行至宋氏馬車那裡，她也正好下車，林夕落先行了禮，「給二嫂請安了。」

「二嬸娘吉祥。」魏仲恆跪地磕了個頭，宋氏見到魏仲恆，臉上沒有半分驚詫，顯然早已經知道此事，言語中諷刺道：「五弟妹倒是真慈愛，連仲恆都如此體貼呵護著，聽說妳之前為了護著妳弟弟挨過先生責罵，不知如今會不會幫著仲恆也擋禍事？」

林夕落臉色平淡，隨口道：「仲恆聰穎乖巧，是大嫂親手教出的，怎麼可能惹出禍事？二嫂這話若被大嫂聽到，恐怕會不高興。」

「她都能讓自己兒子不顧名聲地跟著個匠女，還有什麼可不高興的？」宋氏口中嘀咕著，林夕落則朝天上看了看，隨即嘖嘖嘴道：「二嫂，雖說還未進了寺廟之中，但佛門之地還是莫說這些話為好，我可記得有老人說過，若是對佛祖不敬，恐怕一輩子都生不出個人來！」

「真的假的？」宋氏下意識出口，可瞬間便反應過來林夕落是在調侃她，還未等還嘴，就聽林夕落補話道：「這話自是真的，不信您試一試？」

宋氏咬著嘴唇不知說何才好，口中嘀咕了一句：「噁心！」便氣惱地往侯夫人那方行去。

林夕落站在原地將笑忍下，帶著魏仲恆一起去候著侯夫人下馬車。

依舊是派了侍衛將閒雜之人清走，侯夫人才從馬車上下來，行進清音寺上香。

魏仲恆一直跟在林夕落的身後，林夕落走一步，他便跟一步，林夕落停了步子等，他便站於林夕落身後，只隔一步的距離。

這等模樣倒讓宋氏格外不爽，時而回頭掃她二人幾眼。

侯夫人恭恭敬敬跪於佛祖面前，默默誦經，林夕落在其後的蒲團上也跪在地上，不再去想雜亂的閒事，而是一心淨化心靈。

嫁至宣陽侯府已有一個月的時間，林夕落從第二日起便未能將這顆心徹底放下。

魏青岩對她寵愛，可她心底明白，他的這一份寵愛來源於她能輔佐其在侯府鞏固地位。

雕字傳信也好，不容侯夫人欺辱也罷，這無非都能讓他踏踏實實地去府外謀仕途前程。

林夕落承認自己心裡喜歡魏青岩，魏青岩心中也疼她寵她，但這一份感情被現實添加了多少味劑品，她心中並不清楚。她終歸不是這個時代的女人，她敢愛敢恨，不會只求銀兩、地位，不求心靈的索取，她該怎麼辦呢？

閉目默默在佛前求問，可將身邊所有的事一一從腦海中譜寫一遍，卻是蹦出個可有可無的答案，走著瞧吧！

上了香，磕了頭，林夕落便帶著魏仲恆在外等。

魏仲恆的目光始終在看四周景色，即便看到一棵樹也會跑過去仰頭多瞧幾眼，雖然他沒有說話，林夕落能體會到他心中的渴望，自古以來誰不奢求個自由自在呢？

侯夫人上香完畢，帶著眾人往後廂房食素齋，此時此地已有多位夫人到此，林夕落是一個都不認識。

眾人起身向侯夫人行了禮，侯夫人沒了以往那番冷漠，坐了前方位子上，笑著開口道：「如今老了，這一出門都得帶兩位媳婦兒陪著。」說罷，指向林夕落，笑著道：「這是老五的媳婦兒，上個月剛成了親。」

眾位夫人的目光齊刷刷地盯了林夕落身上，林夕落感覺自個兒就像是案板上的一塊肉，怎麼眾人眼中都帶著股子審度、納罕、好奇，甚至帶有無滋味的意思？

「給各位夫人請安了。」林夕落行了禮，隨即站至侯夫人身後，意思自是有話您來擋著吧！

侯夫人側頭看她一眼，又將話題轉了魏仲恆的身上，「這是我的孫子，惦記他哥哥的安危，硬是要來佛祖面前祈福。」

魏仲恆聽了此話，立即跪地磕頭。眾府夫人自知這是個庶子，但也附和侯夫人的臉面，讓下人給了賞。

侯夫人寒暄道謝，魏仲恆則捧著物件到一旁，但這些人的目光卻依舊不肯放開林夕落。

「都說魏五爺是個冷漠性子，您這兒媳婦兒瞧著性子柔柔的，還不得被您府上的五爺嚇壞了！」一位夫人調侃著說笑，可身邊另一人卻接話道：「瞧您說的，侯夫人這位兒媳婦兒出身可是林府，大家族，再者說魏五爺好歹也是精明強幹、文武雙絕，我倒是聽我家老爺說起他，一人帶著一萬兵將硬是能將邊境十萬賊匪給打得落花流水，只差一步就完勝歸來！」話語停頓，隨即驚笑一下，連忙看向侯夫人，「說是侯府的大爺接著魏五爺的差事也去了，但……好似出了事？」

這話一出，著實讓侯夫人心裡像是踹翻個辣椒瓶子，心裡躥火，怎麼都不舒坦。明擺著諷刺侯府的大爺是去接弟弟的功，結果還出了錯兒？換作臉皮再厚的人恐怕都挺不住。

林夕落在侯夫人身後都能感覺到她渾身繃緊，不由看向一旁那位問話的胖婦人，她雖不知此人來歷，可總不能讓人這般諷刺宣陽侯府，而且還是明擺著拿魏青岩挑撥說事。

林夕落從侯夫人身後走出一步，看著那胖婦人道：「這位夫人知曉得倒是多，我們都不知大爺出了事，您都能知曉，您家人可有隨從我們侯府大爺一同去邊境征戰之人？」

侯夫人未想到林夕落會插嘴，尋臺階輕斥：「這位是忠義伯府的夫人，妳怎可如此無禮？」

合著是錢十道的娘？

錢十道被她一頓撣子抽打，至今都未有音訊，怪不得她剛剛就覺得這位夫人瞧她的目光中帶著幾分刺。

林夕落立即福身笑著行禮：「給忠義伯夫人賠罪了，實在不知您家中都是文壇書俊，怎會去出征打仗？倒是我的不是了，您當我剛剛滿嘴胡沁便是。」

忠義伯夫人冷瞪她一眼，也不知該說何才好。

宋氏在一旁始終沒有開口，她終歸是第一日才允出府，自要老老實實地待著，可看林夕落這番出風頭，卻是格外的不順心。

侯夫人也撂下旁日的顏面，與周圍幾位夫人敘談甚歡。林夕落在其身後站得腿酸，而後還是另外一位夫人讓人引著這些晚輩媳婦兒、閨女去另外一間食素，她才尋了個位子坐下。

魏仲恆被侯夫人留在身邊，林夕落則隨著宋氏與他人一同往外走。

宋氏忍不住嘲諷：「別覺得幫著母親說上兩句好話妳就多麼風光，若不是因為妳，忠義伯夫人也不會與母親成了對頭。」

「您這事兒賴的可不對地界兒。」林夕落笑著看宋氏，「不過，您也得盼著那鹽行不出這等子事，否則不知母親會向著誰？」

宋氏被噎住，不由得冷嘲刺道：「有妳好瞧的時候！」

「我好瞧？大不了魚死網破，您可別忘了，我祖父是當朝二品左都御史，做的就是彈劾、督查百官的事兒，您那位鹽政衙門的父親，可別因小失大……」林夕落諷刺一笑，倒是讓宋氏驚愕呆住，快將嘴唇咬住了血。

這丫頭腦子裡怎麼就沒點兒怕的？

林夕落隨同他府的女眷一同至閣間用素，旁日與宣陽侯府關係好的，自然與她親近一二，言談之餘，林夕落也結交下一二位別府的少奶奶，但都是軍中之人，而非文官家眷。

食過、吃用過，林夕落正打算著去另外一間看看魏仲恆，這小傢伙兒出府是來玩的，可別又被捆在那裡當個擺設。

這麼想著，林夕落便出了這間屋閣，可未等邁出門口就見有不少侍衛列隊，兩頂王府轎輦行至此地，從其上下來二人，一是林綺蘭，二是秦素雲。

林夕落心中一緊，這兩人怎麼也來了？

林綺蘭此時也看到了林夕落，目光一直盯著她。

扶著秦素雲下了轎輦，秦素雲順著她的目光朝那方望去，臉上露出了一絲喜意。

「沒想到能在此地遇見，真是好緣分！」秦素雲笑意盎然，林夕落便向她與林綺蘭行了禮，「齊獻王妃、側妃安，今日我隨同侯夫人來此地上香，卻未想到您二位也來了。」

林夕落嘴上如是說，心中則腹誹：若是知道，今兒打死也不來……

秦素雲鬆開林綺蘭的手，拽著林夕落道：「早就有心再見一見妳，孰料近期朝事緊，王府也跟著忙碌不堪，本妃今兒才有空閒來上香拜佛，可出來時仍晚了許久，如今到了此地已過了上香的吉時。」

林夕落不知齊獻王妃為何會對她頗有好意，每每見到都一副親近的模樣。為了林綺蘭？林夕落是絕不相信，林家這幾個姊妹勢同水火，哪裡有什麼姊妹情深？

一人倒地，另外幾人定當先踏上腳踩個痛快，絕對沒有幫襯的心。

「屋內有多位夫人、小姐們來此地，您不妨先進去看一看。」林夕落有心將她支走，秦素雲卻不放手，「陪著本妃進去坐坐？」

「眾位夫人都在，我自是晚輩，隨同您進去，豈不是讓他人覺得我狐假虎威了？」

林夕落自嘲調侃，秦素雲也未再勉強，「妳是個心細的。」

林綺蘭也不知秦素雲為何就瞧林夕落入眼，不由諷刺道：「王妃讓妳相陪是抬舉妳，妳在這裡推脫個什麼？旁日裡跋扈慣了，如今還怕人斥妳？」

林夕落只當作沒聽見，秦素雲埋怨地看了林綺蘭一眼，輕言道：「怎能如此自貶？這是妳堂妹，妳斥了她跋扈，自個兒臉上就能好受了？總是帶股子怨氣作什麼？」

「王妃教訓的是，妾身知錯了。」林綺蘭立即行禮認錯，秦素雲則對林夕落微微一笑，隨即帶著人往素閣而去。

秦素雲進去，侯夫人許久都未離開，顯然是被秦素雲與林綺蘭纏住了……

未過多久，宋氏從內間出來，看著林夕落在這院子中悠哉曬太陽，埋怨道：「妳倒是能在這裡樂呵著，我這腿都站得酸了！別在這兒閒著了，母親讓妳進去！」

又讓她進去？這恐怕不是秦素雲張口，而是林綺蘭挑唆，她還真是胳膊肘往外拐個沒完了，就瞧不得她舒坦？

林夕落沒與宋氏頂撞，終歸是在府外，兩人也知此時鬧不得，林夕落問道：「齊獻王妃在這兒，母親也待得不舒坦，怎麼沒想著走？」

「怎能不想走？還不是那忠義伯夫人硬攔著。」宋氏回頭白了林夕落一眼，又不能再鬥嘴讓旁人看笑話，只得快走幾步先行進去。

林夕落倒沒急，而是緩步進了素閣，也是在思忖這事兒怎麼辦。

果真一進門，就看到侯夫人那張沉成紫茄子的臉，忠義伯夫人在秦素雲身旁笑燦如花，那一臉的肥肉都跟著顫抖。

「給王妃請安了。」林夕落又拜了秦素雲，隨即走至侯夫人身後，「母親。」

侯夫人應了一下，隨即道：「剛剛有人提起妳是個匠女，王妃卻不認同，妳覺得此事怎麼辦才好啊？」

侯夫人口中說著，不由看向了忠義伯夫人，顯然這已表明口中之人正是她。

忠義伯夫人只笑不語，那模樣中帶著股子「妳自個兒瞧著辦」的意思。

秦素雲看向林夕落的目光帶了幾分歉疚安慰，意指她莫對此事太過上心，林綺蘭怎能不看這熱鬧？便在一旁道：「雖說此時我不該插嘴，可我這妹妹在林家族學中也是數一數二的，縱使偶爾有點兒銳利脾氣，可也不是一無所取，外界的傳言根本信不得，都是以訛傳訛，壞了我妹妹的名聲。」

林綺蘭看向林夕落，「姊姊可是為妳開了口，妳可莫讓我失望……」

話語好似是替林夕落說話，可無非是火上澆油，讓林夕落無法退卻。

捧得越高，摔得自然越慘，到時候不但林夕落本人無顏面，連帶著侯夫人也要跟著受排擠。

侯府大爺魏青石這次戰事本就被眾人非議，若是此時再被損了顏面，恐怕她往後在這群夫人面前也硬不起腰板。

男人爭功，女人爭臉，這是無可厚非的事，林夕落雖恨不得侯夫人顏面盡損，可也知這個時候不得論私，只能把這張臉爭回來才算贏。

秦素雲雖對林綺蘭略有不滿，但也未在此時插話阻攔，而是看著林夕落，似在等她作答。

林夕落看著林綺蘭一笑，「這事兒姊姊說的不算，妹妹得聽母親的。」說罷，看向侯夫人。

侯夫人看著忠義伯夫人，與林夕落道：「雕個小物件不過是個喜好，連侯爺都允了，外人還真當妳是匠女了！妳不妨就接著忠義伯夫人的考問，也別再拘著了，寫上一篇字來，讓忠義伯夫人掌掌眼吧……」

說起林夕落的字，侯夫人曾見過，不提她對林夕落的厭惡，這一幅字還是拿得出手的，心中也算有底。

林夕落聽後立即應是，正欲吩咐人拿筆墨紙硯出來，不料忠義伯夫人阻攔下來，笑著道：「別提行字，五奶奶之師可乃當今翰林院的修撰，誰人不知？那是當朝的三元及第之大才，這行字便免了，雕字我也不看，不妨作上首詩來聽一聽，可好？」

作詩？這二字一說，卻是讓侯夫人驚了，雖是面上忍住，可其目光中的猶豫不決、忐忑不安卻正巧讓忠義伯夫人看在眼中，繼續補言道：「喲，這倒是我的不是了，一個女子作詩著實是難為她了，可……可除了這個，我還真想不出有何能考校的事情來，不知齊獻王妃如何看？」

話語提至秦素雲身上，秦素雲不由得也要思忖一二。

齊獻王與宣陽侯府的關係她心中一清二楚，這時候若出言阻攔，恐怕會被齊獻王斥她個不分裡外，但若不阻，林夕落的顏面恐怕是要丟的……

秦素雲雖對林夕落印象頗佳，可林夕落的刻意疏遠和自傲也著實讓她有些不悅，思忖片刻，不由得道：「作詩並非易事，何況本妃雖聽過五奶奶行字、刺繡都是尋常姑娘所不能及，這作詩之事卻未曾耳聞。」

秦素雲說罷，看向林綺蘭，「妳與五奶奶是姊妹，不知妳有何意？」

林綺蘭立即搖頭，「回王妃的話，妾身也未聽說過，但妹妹書不離手，想必作上首詩還是絕無問題的……是吧，妹妹？」

林綺蘭貌似漫不經心，更多是看向忠義伯夫人……

這肥婆娘恐怕是早已打聽好林夕落都會什麼，所以把「作詩」二字提出來，明擺著是要拿她出醜，噁心了侯夫人不提，林夕落也得不著好。

林夕落並非肚子裡毫無墨水，縱使「前世」課本上學過的、背過的也著實會上不少，但面對著忠義伯夫人的故意挑刺兒，恐怕那詩仙、詩聖在世，她都能雞蛋裡挑骨頭說出個「湊合」二字，這點才是棘手。

侯夫人看著林夕落，明擺著是問她是否可行，林夕落沒即刻答覆，而是看向忠義伯夫人道：「夫人這話倒是讓我有些迷惑了，這作詩並非我不敢應，可這詩好、詩壞您如何評判？一二三四五、上山打老虎，這也算個打油詩，您聽了定是當作笑話，不妨先給個評判標準，否則我可不敢張口。」

林夕落這話一出，倒是給忠義伯夫人出了個難題，讓她說出評判標準，她怎麼能懂？

知道這林夕落會行字、會刺繡、會雕字，好似畫藝也懂得幾分，唯獨從未出口成詩，故而才拿這事兒難為她，孰料她還回頭來頂了她一道，這可如何是好？

不知所措之餘，忠義伯夫人看向秦素雲，「這事還得請齊獻王妃提點，我是不敢妄下評判。」

「本妃只願在一旁看，不敢下定論。」秦素雲立即拒絕，擺明了不出頭。

秦素雲如此說，林綺蘭也沒得爭搶，一時間事兒僵持在此，忠義伯夫人不由道：「瞧我，出這難題作甚？不妨當我從未說過，宣陽侯府的五奶奶是大大的才女！」

「這事兒不成！」林夕落當即回絕：「一個字都沒說出來便被稱為才女，這話我聽著實在心裡頭悶得慌！您提不出評判的標準，怎能就稱我為才女？我可還怕旁人笑話，好似我逼著夫人如此稱讚！」

「那依著五奶奶的意思，這事該如何辦才好？」忠義伯夫人面起惱意，話語中有幾分強硬。

林夕落當即道：「我出一句，便問您，您若覺得這詩不好，那便是不好，我定當認罰，您看此事怎樣？」

「就這麼定了！」忠義伯夫人當即應下，說「不好」二字又有何難？她硬著頭皮就說「差」了又能如何？

這小丫頭果真自傲得不得了！

侯夫人與宋氏二人不由都愣了，她這是要幹什麼？

這豈不是明擺著要將脖子橫了忠義伯夫人的刀上？可這還未落，便聽林夕落第一句出口：「皇上聖明多多多！」林夕落說完，看向忠義伯夫人，「夫人，您聽我這句怎麼樣啊？」

眾人齊齊張大了嘴，這也叫詩？可說皇上聖明，她敢說個「差」字嗎？

素閣之內，眾府的夫人、奶奶、小姐極多，但整間屋子內靜謐無聲，連誰的氣喘得粗些都能聽得到。這叫個詩嗎？所有人心頭都有此疑問，但誰敢說個不字？

眾人無一不是皇親官家之中出來的女眷，誰能不知朝綱倫常？

林夕落口出「皇上聖明多多多」，哪個敢說個「不」字？明日還不滿門抄斬，滅了九族？

何況此地都是各府的夫人，一人肚子裡長著八個心眼兒，這時候別說口吐個「不」，就是露幾分不敬之意，恐怕都會被人拿捏。

侯夫人瞪了半晌的眼睛，隨即便想明白林夕落這所謂的「詩」意是何，忍不住抽搐著眼，捂嘴輕咳，把這股子悶氣憋進嘴裡。

雖說驢唇不對馬嘴，壓根兒說不上是詩句，可終歸讓忠義伯夫人難堪一把，找回點兒臉來，她索性就睜一眼閉一眼，當作不知道罷了。

侯夫人能想明白，宋氏自也不傻，眼珠子快瞪了出來，可又不敢有何表示，連忙去一旁為侯夫人倒茶。

林綺蘭聽了林夕落這一句便咬了舌頭，秦素雲忍不住輕笑，無奈搖頭，可林夕落一直這般盯著忠義伯夫人，卻是將她滿臉肥肉盯得亂顫，翕了半晌的嘴，卻不知該說出個什麼來。

說是詩？她縱使不是個舞文弄墨的才女，也能知道這不是詩句，可她敢有反駁之意嗎？

林夕落看她半晌，又問了一句，「怎麼，忠義伯夫人覺得我這詩句不佳，想治我個無才之罪？您若敢說，我當即就認！」

忠義伯夫人就像是被刺兒扎了屁股，連忙起身看向秦素雲，「齊獻王妃在此，我怎能逾越開口，不妨您來品評一二？」

秦素雲瞪眼，「這事兒妳覺得合適嗎？又不是本妃在疑慮魏五奶奶的文采精湛，而是妳。」

秦素雲冷了臉，忠義伯夫人也不敢再推辭，可此時角落忽然響起了咯咯笑聲，眾人望去，卻看到是侯夫人身後的一小男孩兒在笑。

魏仲恆，所有人幾乎都忘記他的存在，可如今他卻成了焦點。

「你笑什麼？」忠義伯夫人好似得了一把救命的刀，隨即指向魏仲恆，這孩子才九歲，他若說出個「不」字，這罪豈不是正好就落在了宣陽侯府的頭上？

自作孽不可活，忠義伯夫人想到此，臉上綻放出了狂妄的笑意。

魏仲恆頭一次被這般多人注視，嚇得笑容當即吞嚥到肚子裡。

侯夫人瞪著他，那副模樣恨不得掐死他一般，宋氏立即拽著魏仲恆過來道：「這是我們侯府大爺的次子，還是個九歲的孩子，哪裡懂得這些事，伯夫人還是回答五奶奶的問題為好。」

忠義伯夫人怎會讓她就此搪塞過去，當即便道：「這事兒何必著急，不妨讓這孩子先說一說，都是讀書識字的，怎會毫無所感？」

「侯夫人，不妨就讓這孩子說上兩句，童言無忌，此時何必介懷？」林綺蘭在一旁添油加醋，明擺著是替忠義伯夫人說了話。

秦素雲轉頭冷斥：「閉嘴！此事與妳何干？」

林綺蘭的笑容僵在臉上，立即退縮至後，不敢再說半個字，可她眼眸中對林夕落流出的恨意，更是深了幾分。

眾人盯著魏仲恆不放，連其餘府邸的眾位夫人、小姐都只看不語，明擺著是想看個熱鬧。誰輸、誰贏，這事兒說大不大，說小不小，誰能把腳伸進這個坑？

林夕落看向魏仲恆，他也在看著自己，這孩子明擺著是被嚇壞了……

「仲恆，嬸娘這首詩句如何？你如何想便如何說，若覺得好，那就是好，莫被周圍的人嚇到……」林夕落話音一落，魏仲恆當即小雞啄米似的點頭，「好，好，嬸娘的詩句好！」

童言無忌，眾人皆是心底一嘆，侯夫人不由自主地擦了擦額頭的冷汗，隨即看向忠義伯夫人，「別在這兒拖延時間了……」

忠義伯夫人是氣惱攻心，險些就暈過去，此時可不知多少雙眼睛盯著她，只得硬著頭皮道：「好！好詩！」

她這一句道好，便是徹底丟了臉。周圍眾人悄聲議論紛紛，臉上所掛的笑意幾乎都是嘲諷，可笑中無語，無人能挑得出毛病來。

林夕落笑咪咪的，繼續開口道：「既是伯夫人讚好，那我來下一句……臣下同心合合合！」

有了上一句，這一句道出之後，眾人雖是心中早有預想，可聽後不由很想使勁兒挖挖耳朵，這到底是什麼詩？

都說這五奶奶是個跋扈囂張的人，等看熱鬧的人也不少，可她這不明擺著是往人心裡頭放一大號的爛榴槤，不但臭，反而還扎得人心難受，可這股子味兒還得拍手稱讚，不能斥罵鄙視，實在難受得不得了。

詩句說出，林夕落看著忠義伯夫人，「怎麼樣？忠義伯夫人，我這一句在您耳中可還上佳？」

臣下同心合合合，這一句雖不是在誇讚皇上聖明，可她若說個不字，定會被追問她為何如此說辭？朝中重臣一二三四五品何止百官，她總不能挑剔個邊轄縣令來斥責？那也不是她忠義伯夫人能做的事，可就這麼應下她的詩句好……

忠義伯夫人就好似心裡頭吞了個癩蛤蟆，怎麼嚥唾沫都覺得不是滋味兒。

侯夫人一副老神在在的模樣，壓根兒就當作此事與無她無關一般，兩耳好似堵上了棉花。而魏仲恆剛剛被揪了出去，此時早已捂上了嘴，縱使心中想樂，也徹底憋了回去。

宋氏抽著嘴，只低頭看著這素閣的磚地怎麼這麼不平，其餘眾府的夫人們不由看向秦素雲，這荒唐事不如就算了吧？

秦素雲不開口，只笑意盈盈地看著，忠義伯夫人樂於出來鬧事，不讓她把這虧嚥至腹中，她怎能得個教訓？何況她若不是藉著自己在此時機挑剔林夕落，侯夫人也絕對不會理她，故而秦素雲就是不開口，忠義伯夫人也實在沒了轍，不由得又咬著牙讚了一句：「好詩！」

眾人接連長嘆一聲，便是看向林夕落，目光之中不免都有妳好歹趕緊把這事兒了了算了，可別再折磨人了！

林夕落也知這事兒要適可而止，便開了口：「又得忠義伯夫人誇讚，我真是欣喜若狂，接著再下一句……忠義長流千千古……再後一句是什麼呢？」

林夕落故作凝眉思忖，眾人心裡都開始順著這話語心中接了句：她不會是想再來一句「朝廷永固萬萬年」吧？

可心思還未等完全落定，林夕落驚喜地道：「朝廷絕對沒有錯！」

侯夫人一口水嗆咳在嗓子眼兒，猛咳不止。

秦素雲捂著嘴笑了半晌，連連責怪林夕落故意作惡。

有位夫人更是忍不住道：「五奶奶這話語倒是對，但這也叫詩……」

林夕落聽到，立即問道：「有錯嗎？」

眾人啞口無言，無人敢回，她剛剛一句「朝廷絕對沒有錯」，此時這般相問，誰敢說出個「有錯」來，那還要不要這顆腦袋了？

剛剛口中呢喃的夫人被眾人看著，頓時也是面紅耳赤，答不上來。

忠義伯夫人也舉目望去，想藉個話題把這事兒引至旁人身上，可她還沒等開口，那位夫人立即就問：「忠義伯夫人，有錯嗎？」

「沒……沒錯！」忠義伯夫人咬著牙，道出這最後一句，林夕落在那方叉腰道：「既是如此，那我可算過了您的考校，往後莫再拿我說事！您若覺得我大才多采，自可向侯夫人請求派我教習，我倒很是樂意，不過今兒這事兒我倒格外感懷，三月三不妨筆墨一詩，讓眾位夫人也跟隨著留個念想！」

說罷，林夕落吩咐冬荷取來筆墨紙硯，鋪張開來，思忖片刻即提筆行字書寫：「春事倏已晚，飛花送啼鶯。上巳三月三，清音盡可傾。青鳥忽飛去，素鱗盤水精。往事誰復識，夢繞幽州京。」

一首詩罷，林夕落拿出自己所雕的花章印於其上，其字、詩、章，無一不讓人瞪眼驚嘆。

剛剛那「皇上聖明」、「朝廷無錯」無非是林夕落故意調侃忠義伯夫人，而非她腹中無墨，如今再行筆書詩，又給了忠義伯夫人臉上狠狠的一巴掌。

林夕落捧於侯夫人面前，「母親不妨品評一二？」

侯夫人快掃一眼，一顆心當即落於腹中，送至秦素雲面前，「齊獻王妃在此，不妨請她賞顏品評如何？」

秦素雲拿至手中，臉上笑意甚濃，可心中更對林夕落格外好奇。

她欣賞林夕落的膽大直率，如今再看，她果真有自傲的本錢。

秦素雲知侯夫人拿至她的面前只為得一誇字，自是要賣這份顏面，當即道：「五奶奶果真不負眾望，本妃自當只一個『好』字！」

忠義伯夫人肉顫的臉恨不得鑽入地縫兒，可眾人卻還都盯著她，讓她的臉色鐵青如墨，火辣辣的難受。

就在此時，門外有奔至此地的侍衛來報：「回稟侯夫人，侯爺有要事，請五奶奶即刻回去！」

侯爺來請？眾人入耳，當即皆驚。

耳聽侍衛來報，自有驚愕之人，更有人不信耳朵，不會是請侯夫人回去，侍衛說錯話了吧？

旁人都覺有錯，但侯夫人心中可是清清楚楚。

剛剛好似被冰盆滅了火，如今這卻又撒了一把辣椒，讓她的心裡是說不出的痛。

林夕落自知所為何事，也不多耽擱，向侯夫人行了禮便欲出門。

魏仲恆忽然上前拽著林夕落的衣裳，「五嬸娘……」

小臉兒巴巴地看著她，明擺著想跟她走。

林夕落有些遲疑，這事兒畢竟是侯爺的吩咐，帶著魏仲恆恐怕不妥，可魏仲恆已經被交給她，往後還要住去郁林閣，這時候若鬆了手也不合適，何況魏仲恆絕對不敢擅自上來，他剛剛跟隨宋氏在一起，想必是宋氏的吩咐……

「母親，我先將仲恆帶回去，為其布置院子，您看可好？」

林夕落這話無非是給了侯夫人個臺階，侯夫人瞪了一眼宋氏，隨即擺手，「先去吧。」

「是。」林夕落帶著魏仲恆行了禮，上了馬車，跟隨侍衛離去。

林夕落一走，這素閣內開始議論紛紛，秦素雲也心有疑惑，卻未開口，林綺蘭主動當這個多嘴的，出口問道：「侯夫人大度，我這九妹妹旁日裡也沒個規矩，這可是又闖了什麼禍事，惹了侯爺不悅？如若有這類事，還望侯夫人能幫她說上一二句話，饒過她這一次。」

侯夫人的面色更是陰，宋氏在一旁道：「林側妃不知，如今的五奶奶在侯府可是厲害得很，侯爺這可不是去訓她，而是讓她做事，哪裡來的規矩禍事？雖說五弟妹過往與您爭執不和，可如今並非過往了。」

宋氏雖是在諷林綺蘭，抹去林夕落身上的汙點，可這話說出，讓眾人更為驚訝。

侯爺讓她去幫忙？五奶奶何時有了這本事？

她嫁入侯府好似才一個月的功夫，若是旁人，恐怕還在婆婆面前立規矩，她卻被侯爺任用？

一時間素閣內的嘈雜聲音響起，侯夫人斥了宋氏一句，儘管心頭不悅，可仍得為此事添一塊遮羞布，「幫她說兩句公道話也不必這般誇大，老五忙得歸不了家，有了他們院子的事，自然得讓她回去，否則還能怎麼辦？」

侯夫人故作嘆了口氣，苦笑地出言遮掩：「我們府上的五爺妳們也都知道，為人霸氣得很，自幼就性子冷僻、孤傲，養得那一批鷹隼連侯爺都不允碰，夕落這丫頭還真是膽子大，愣是將這些鳥禽都給治得規規矩矩，估計這又是侯爺和侍衛們擺弄不好，只得把她叫了回去！」

「不是一家人不進一家門，五爺與五奶奶的喜事如今還有人津津談論。」秦素雲接話，將話題轉至旁處。

此時更有旁府的夫人接了話，如今三月還有哪一家有喜事欲操辦，接二連三的話趕話便將此事遮過。

侯夫人也未著急走，她越是著急自越惹人懷疑，直至秦素雲等人離去，她才帶著宋氏離開。

上了馬車，侯夫人氣惱地將茶碗捏碎，這個丫頭，她到底有何事能入得侯爺的眼？

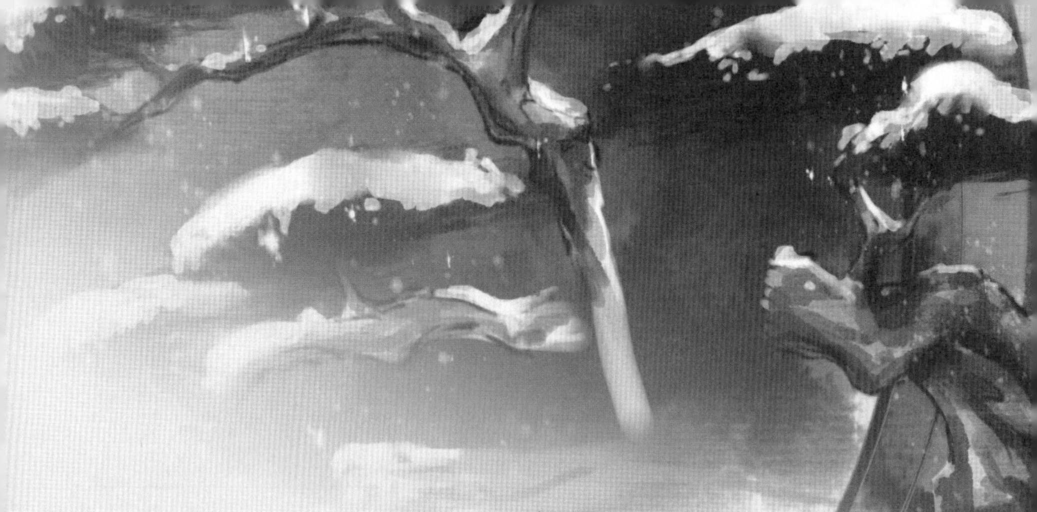

肆之章◆險譎作套設話碴

林夕落回到侯府，讓冬荷與秋翠帶著魏仲恆回院子收攏物件，她則由侍衛引領去尋宣陽侯。

雕具與木料已擺在桌案之上，周旁有各類紙條信件，林夕落向宣陽侯行了禮，隨即便持刀開始雕字。雕出一封，便由宣陽侯親自捆於鷹隼爪上送出，這一封接著一封雕出，林夕落只在中途用了半刻鐘的功夫往嘴中填了幾口吃食，便繼續埋頭雕字。

待此事全部做完，已是三更深夜。

宣陽侯將最後一隻鷹隼放飛，坐回椅凳上好生喝了一壺茶。

林夕落將雕具木料收拾好準備離開，宣陽侯卻阻止道：「稍等片刻，本侯有事與妳說。」

「兒媳也有事與父親相商。」林夕落這話，倒是讓宣陽侯一怔，「有何事，妳先說無妨。」

林夕落行了禮，便道：「母親對兒媳行字頗有稱讚，故而讓兒媳輔佐先生教習仲恆行字，更讓仲恆搬去兒媳的院子……」

「妳是不想管那孩子？回頭我自會與夫人說清楚。」宣陽侯皺緊了眉，帶幾絲不屑之意，可話音未等全落，林夕落便道：「兒媳並非此意。」

「那妳想幹什麼？」宣陽侯目光中有幾分審度不滿，一是軍事緊張，二嫌女人多事。

林夕落也不急，緩緩地開口道：「兒媳認為教習仲恆倒是個好事，但這刻字傳信只有我一人也著實不妥，侯爺不妨選上一人，兒媳將此手藝教習給他，一來能更好的在侯爺身旁輔佐，二來兒媳也輕鬆些許，何況兒媳終歸是一女眷，總不能跟著去軍營。」

宣陽侯一怔，他本就欲說此事，孰料這丫頭先開了口。

本還以為她會拒絕……

「這是老五教妳說的吧？」宣陽侯不由將此事聯想到魏青岩的身上，冷哼一聲，「否則妳怎懂說這番話？」

「兒媳自與五爺商議過，他也覺如此更好，何況兒媳曾隨五爺去過軍營，也知軍營之苦。」林夕落並未否認，反而是坦然應承。

宣陽侯不是皇親國戚，而是單純用刀砍出個「宣陽侯」的爵位，這在大周國僅此一例，林夕落若隨口說兩句瞎話，在他眼中又如何能看不出？

林夕落就這般直說，倒是讓宣陽侯少了幾分疑慮。

宣陽侯剛開口說有事相商，林夕落便知他欲說之事定與雕字有關，不如她先開口，也好為推舉人選作鋪墊。被侯爺下令教習，與她主動教習，可是天壤之別，她更傾向於主動……

宣陽侯沒再續說，而是看著林夕落，「妳還有何打算，不妨都說一說。」

林夕落也不隱藏她的想法，直言道：「如若侯爺覺此意尚可，兒媳願推舉學此雕藝之人選，還望侯爺能答應。」

宣陽侯道：「何人？」

「李泊言李千總。」

林夕落這話說出，卻讓宣陽侯皺了眉頭，「妳倒是會選人！」

「他一是兒媳之義兄，二是五爺的心腹手下，原是科舉文人出身，後才從文轉武，是一合適人選，何況兒媳也信得過他。」林夕落說得坦白，宣陽侯看著她，目光中帶了幾分冷意，林夕落也不躲，就任由他這般瞪視。

時間點點滴滴地過去，林夕落也不著急，就這般等著宣陽侯的答覆。

「若本侯不同意是他呢？」宣陽侯忽然蹦出一句話，林夕落倒不驚訝，只是笑著道：「若是李千總，兒媳可保其半年之內小有成果，換作他人，兒媳便不知那人要多久才能幫得上侯爺的忙了。」

「妳在威脅本侯？」

「媳婦兒不敢，只是就事論事，就人論人。」

宣陽侯冷哼一聲，「本侯思忖一二再議不遲，妳先回吧。」

林夕落立即行了禮往外走，魏青岩依舊在院中等她。

風塵僕僕，連臉上都沾了幾許灰泥，應是知曉她被宣陽侯帶走而立即趕了回來。

宣陽侯站在門口冷哼一聲，轉身回了屋子。

魏青岩看向林夕落，並未多話，直接帶著她回了郁林閣。

冬荷與秋翠兩人已經幫著魏仲恆選好屋子安頓下來，本欲上前回稟一聲，可魏青岩拽著林夕落便往屋中走，壓根兒不允她二人上前說話。

林夕落朝後方擺了擺手，秋翠送上茶點、溫水便離開，冬荷關好了門。

「妳與父親提及要讓李泊言跟隨妳學刻字之事？」魏青岩當即問出口，林夕落點頭，「侯爺已有意與我說此事，我何不先開口。」

魏青岩倒吸口氣，「妳的膽子太大了，妳在威脅他。」

「那又如何？」林夕落反駁，「如今已是有把刀架了脖子上，我何必再怕？不提侯爺，單是侯夫人這一方，我都不知何時會被動手腳，怕也無用，不如主動一些。」

魏青岩沉了半晌才開了口：「妳心中對我有怨？」

「沒有。」林夕落道出心中真言：「我只是在想，若非我會雕字，你想娶的人是否還是我。」

魏青岩噎住，不知如何回答。林夕落坐在他的腿上，靠在他的懷裡，誰都未再多說一句話。

秦素雲與林綺蘭回了王府，齊獻王正巧歸來。

林綺蘭本是欲回自個兒的院子，可見齊獻王在，便又坐了些許時候。秦素雲未攆她走，林綺蘭主動說起今日與侯夫人、林夕落等人相見，話語說著，不免轉到林夕落逗弄忠義伯夫人之上。

「……旁日裡倒真不知她肚子裡有股子墨水，本還欲再讓她說上幾句，孰料她被侯爺特意派人叫走了。」

「嗯？被誰？」齊獻王一驚，林綺蘭連忙道：「被宣陽侯叫走。」

秦素雲接話道：「侯夫人稱魏五爺不在，需其養的鷹隼傳信，可那乃凶禽，只有五奶奶親自去才成。」

「他媽的，胡說八道！」齊獻王心裡霍然冒火，快步奔出門外，「快去攔截傳信的鷹隼，書信要截，傳物的盒子也給我留下！」

齊獻王離開王府，林綺蘭覺出秦素雲盯她的目光不善。

「王妃，妾身可是說錯了什麼話，王爺怎會如此匆忙離去？」

林綺蘭故作委屈不懂，秦素雲冷嘲地看她，「妳就那麼恨五奶奶？」

林綺蘭渾身一震，忙搖頭解釋道：「她是妾身的妹妹，妾身護她還來不及，怎會恨她？」

「妳當本妃是傻子就罷了，可別把王爺也當傻子，那時，可就有妳好看的了……」秦素雲不願多說，擺手示意她走，林綺蘭只得福身退去。

仰頭望著空中玄月，林綺蘭心中道：她接下來還能爭什麼？名分嗎？

林夕落親自侍奉魏青岩沐浴，看他烏髮遮住的傷疤，不由用手指上去按了按，「還疼嗎？」這是那次為她所擋的箭傷。

他之事。

魏青岩沒轉頭，「不如妳今日的那句話疼。」

林夕落沒回答，她今日那句話確實是心底之言。

嫁給魏青岩之前，她除卻他之外，沒有更合適的選擇。

李泊言？林豎賢？這兩人絕非合適之人，何況她對魏青岩也心儀，相處久了，便開始思忖起嫁他之事。

魏青岩對待她雖是精心庇護，可時間一久，她的心裡不免猜想，若是她不會雕字刻字，不能替他傳信，他還會娶她嗎？

這是一件刺痛人心之事，也是在給自己找罪受。

可感情越深，她便越發敏感，故而忍不住才脫口問出。

她不但是給自己出了難題，同樣也將此題拋給了魏青岩，這一晚上他都未說過幾句話。

如今說出個「疼」字，讓林夕落心中略有微微喜意，可他疼，她喜，這是否有點兒欺負人？

林夕落湊近他，伸出小舌頭舔了一口他的耳窩，輕聲相問：「就這麼難以回答？」

「我在思考。」魏青岩隨即反問：「如若我未將妳因雕字禁在身邊，妳會選誰？林豎賢還是李泊言？抑或再選？」

林夕落怔住，心裡道：報應來了……

她繼續為他擦拭著背，可腦中思緒雜亂，不願去想。

怎麼想？時至今日，她何必再去給自己找不自在？

「怎麼不說話？」魏青岩的聲音再度響起，林夕落苦笑，「是我的錯，我狹隘了！」

自己都沒能得出答案，她憑什麼去問旁人？

嘩啦一陣水響，林夕落只覺自己被人拎起，再睜開眼就是在沐浴桶中，坐了魏青岩的面前，而他那雙狹長幽深的眼睛正盯著她。

「別看我……」林夕落撲在他的身上，將臉藏起來。魏青岩拽去她身上的衣裳，卸去她的髮簪，未有親密的舉動，只是摸著她的小臉。

「雖說妳也沒有答案，但妳這問題卻將我難住了。」魏青岩口中淡敘：「初次見妳，是將妳嚇昏，隨即幾次耳聞也都是妳跋扈囂張，讓人啞口無言的傳聞，而後便是妳及笄之日的插簪。」

說到此，魏青岩停住，半晌才又開口：「妳身上有股子倔強和不屈從，讓我能看到以前的自己，所以我喜歡妳。」

林夕落的小手一緊，卻正撓在他的肚皮上，魏青岩扶起她的下巴，四目對視，「我為命爭，不得已，妳又為何？」

「我……」林夕落不知如何作答，她總不能說因為她來自另外一個地方？

「我也為命爭。」林夕落敷衍，魏青岩沒有追問，「妳好生想一想，我不急於問妳答案。」

林夕落無語，腦中想不出該如何回答，而此時，那雙大手在她的身上來回撫摸，特別是停在她圓翹的屁股上，狠狠地捏上一把。

「呀！」林夕落一縮，突然又碰到他下身堅硬之物，瞪眼道：「說這麼沉重的話題，你居然還能這樣！」

「妳光溜溜地趴在我身上，若沒反應還能是個男人？」魏青岩不容她再瞪眼，上前便將她禁錮在懷，看著她被水蒸紅的面頰、蹙緊的柳眉，吊稍杏眼兒微瞇，小嘴濕潤濕亮，忍不住嘀咕一句：「思忖那麼多作甚？反正妳是我的女人！」

不容林夕落開口，魏青岩便堵上她的小嘴，刺刺的鬍渣掃拂她的面頰，林夕落只覺酥癢入心，不由得摟上他的脖頸，與其貼得更為緊密。

他的大手撫上其胸前的柔軟，那一顆小豆在手心蹭來蹭去，林夕落赤紅的臉更添幾分羞澀，扭身子躲開，卻正巧被他啄在口中。

「嗯……」她輕吟之餘，身上顫抖，那一股溫柔的熱，從那一點慢慢地向全身擴散，刺激得她又扭動起來。

他的手向下滑去繼續挑逗，於其小腹之處掃動，她卻緊緊地夾著雙腿。

魏青岩抬起她的身子，將大腿夾其小腿之間，臉上帶一絲邪魅，直接撫向她私密花蕾，讓她瞬間哆嗦一下。

「討厭……」林夕落呢喃斥道，卻讓他上揚嘴角，「討厭又如何？」

林夕落嘴上說不過，欲咬他，可還未等張開嘴，就被他的堅挺刺入。

那股子倔強之意湧上心頭，小腿盤上他的腰背，腳打成結，用力黏上他的身子，依舊狠狠咬了一口。

魏青岩心頭的慾望更盛，不由得抽動起來……

相互刺激的快感迅速攀升，她渾身赤紅，他動作更快，直至那股滾熱衝出，他便在她的耳邊道：「為我生個孩子……」

沐浴的水早已冰涼，兩人的身上卻依舊滾燙……魏青岩起身抱著她便進了寢房，行至床上，又是一次造子運動的開始至結束。

天色大亮，鳥兒鳴啼，廚炊煙起，林夕落才合上眼，沉睡過去……

醒來已是當日下晌時分，她睜開眼便喊「春桃」，而後又覺不對，腦中想著冬荷，還未等叫出口，冬荷已端來洗漱的水，「奶奶起身了？」

「夢到了春桃，張口便喊著她。」林夕落看著冬荷，「幫我擦一把臉吧，我好似起不來了。」

冬荷抿嘴羞笑，淨了棉巾為林夕落擦臉、擦身，又伸手為其捏著身子，口中道：「早間仲恆少爺來向您請安，被五爺叫走了，五爺走的時候吩咐，讓今兒起不允給您吃涼物。」

林夕落瞪眼，「不聽他的，還沒個影兒呢！」

冬荷嘆氣，「可是五爺連陳嬤嬤都特意吩咐了，誰敢不聽？」

林夕落嘆了氣，「打擊報復！」

「五爺這是對您好。」冬荷在一旁安撫，林夕落挑眉，冬荷哪知道她口中的「報復」是何意？這明擺著是對她昨晚提的那個問題心中不滿。

想讓她生孩子？她覺得自個兒還沒長大呢！

這會兒功夫，秋翠端了托盤進來，那粥點比尋常更加細緻。

「這又是五爺吩咐的？」林夕落看著五小碗粥、五小碟菜，還有五樣果點，比尋常她吃用的多上一半。

秋翠點頭，「五爺臨走時定下的，而且吩咐奴婢定要瞧著您都用完，不能剩。」

不能剩？林夕落眼睛快瞪出來，「這是想撐死我嗎？」

「五爺說您最近瘦了，應好生的補一補。」秋翠一臉的喜意，吐了舌頭，膽怯地道：「五爺對您真是好，若非是跟著您與五爺走得近些，奴婢還真不敢信五爺冰冷性子也有這體貼人的時候。」

「也只是對奶奶悉心。」冬荷連忙補了句，更是瞪秋翠一眼，秋翠連忙道：「奴婢沒有旁的意思，奶奶可別往歪處想。」

林夕落只看著面前的一堆吃食，嘟嘴道：「想我不怪妳，那就幫我吃！」

「奴婢可不敢，您若心裡不痛快，就罰奴婢做點兒別的！這若是被五爺知道，奴婢這條小命就甭留了！」

秋翠連忙捂著脖子退後，林夕落拿著勺，悶氣道：「我吃！撐死拉倒！」

林夕落拿起湯匙，端著碗便往嘴裡填，一碗又一碗，接著吃菜和果點，食物好似噎在嗓子眼兒，又硬是將東西都嚥了肚子裡。

冬荷有些擔心，「奶奶，五爺估計也是讓您好生養一養身子，沒非得讓您都用了，您還是悠著點兒。」

「悠著什麼？吃飽就睡，不是嫌我瘦？我就長肥給他看！」

林夕落撫著胸口往下順著，將最後一口嚥下。

淨過手，林夕落覺得走路喘氣都費勁，站起身扶著腰，一步一步地往外走，「不成，得出去溜溜了！」

冬荷與秋翠連忙在一旁護著，林夕落也不讓兩人扶，她就覺得這會兒誰若碰她一下，她都有可能要吐出來。

行至前院的書房，魏仲恆已在此地行字，還未等進了這院子，就見其書僮正在門口與一婆子敘話。林夕落止住腳步，也不允冬荷與秋翠上前，只見他二人悄聲絮絮叨叨許久，那婆子又四處看了看，才朝院外而去。

沉了半晌，林夕落才開口問：「是咱院子的人？」

秋翠立即搖頭，「不是，奴婢跟了常嬤嬤許久，院子裡的人都能認全，這絕對不是。」

林夕落自語般的嘀咕：「隨隨便便的都能跑進來人了，她們不讓我消停，我是不是也得折騰折騰她們的腿兒了？」

林夕落帶著秋翠與冬荷二人往魏仲恆的屋中走，此時這孩子正與書僮兩人爭執不休。瞧見林夕落進門，書僮立即停了手，向林夕落磕頭，「五奶奶安。」

「這是做什麼呢？」

林夕落緩步上前，瞧著桌上擺的點心、果子，琳瑯滿目，足有十幾樣。

魏仲恆上前道：「嬸娘，這是姨娘派人送來的……」

說到此，魏仲恆略有些尷尬，「也讓侄兒送去給嬸娘吃用。」

「這是好事，你怎麼還在猶猶豫豫的？」林夕落話語說著，臉上也帶一絲溫和，目光雖在看魏仲恆，但餘光她更注意那書僮。

魏仲恆指著那點心，尷尬道：「沒有嬸娘那裡的好吃，侄兒怕您不喜歡。」

書僮聽此，立即上前笑道：「奴才剛剛就在勸少爺，五奶奶疼愛少爺，可不在於這幾塊點心，而是在乎這一份心意。」

「你這腦子倒是夠機靈的，在仲恆少爺身旁只作個書僮，豈不是委屈了你？」林夕落話語平淡，讓人聽不出是諷刺還是誇讚。

書僮眼睛骨碌半晌，有些拿捏不準林夕落話中之意，不敢隨意開口。

林夕落搖了搖頭，拿起桌上的點心緩緩地往口中放，那書僮倒是跟著嚥了嚥唾沫。

雖是入了口，但林夕落也不過是品了個滋味未嚥下，「這倒是有些鹹味兒了，我喜歡甜的。」

魏仲恆這會兒倒是反應夠快，立即拱手道：「侄兒下次定為嬸娘準備甜點。」

「乖，去歇一歇，再將今日的字拿來給嬸娘看一看。」

林夕落吩咐著，魏仲恆即刻下去，其後跟隨著春萍，這小丫頭從昨晚起就被派到了魏仲恆的屋中伺候，此時看到林夕落還帶著膽怯畏縮，巴不得林夕落瞧不見她。

魏仲恆離去，書僮有意跟隨，秋翠在前攔了一步，斥責道：「隨意亂走？這兒是郁林閣，不是你往常的院子，仲恆少爺來此是借住，何況此地都是女眷！」

秋翠說話帶著股子硬氣乾脆，把這書僮給嚇了一跳，遲疑著腳步，不敢再往前邁。

林夕落看著他，「你叫什麼名字？」

「奴才小黑子再給五奶奶請安。」小黑子當即又行了禮，林夕落擺手他才起身，「多大了？」

「奴才今年十歲。」小黑子說罷，又接話道：「奴才自幼就長得黑，所以奴才娘就給起了這麼個名字。」

林夕落貌似隨意問起，言道：「可是這府中的家生奴才？你老子娘都在府裡頭做什麼的？」

「奴才的爹以前是為仲良少爺伺候馬的，如今年歲大了，又被馬踢折了腿，只在角門那裡守夜，奴才娘是大奶奶院子裡的灑掃婆子。」

林夕落點了點頭，「你如今是十歲，也伺候不了仲恆幾年了，可有過打算？」

小黑子是個機靈的，當即跪了地上，磕上三個響頭，言道：「奴才雖不識多少字，但好歹也看得出誰厭惡奴才，五奶奶如此善待仲恆少爺，那是五奶奶仁慈，也是奴才的福氣。奴才在這裡能跟著仲恆少爺吃得好，連衣裳都不帶補丁了，都託五奶奶的恩典，將來不能伺候少爺，樂意來這院子伺候五奶奶！」

「說得倒是實誠。」林夕落未因他這投奔之詞而甘休，反而問起剛剛的婆子：「剛剛與你見面的婆子是怎麼進來的？」

小黑子一怔，「哪一個？」

「你再不肯認，小心你的臉！」秋翠上前恐嚇，小黑子捂了臉，目光閃爍道：「那是來為仲恆少爺送吃食的婆子，叮囑奴才一定要伺候好少爺。」

林夕落看了一眼秋翠，秋翠便欲上前抽他巴掌，小黑子嚇得捂住頭，臉挨著地，口中極快地道：「婆子說是讓奴才叮囑少爺，一定親自送去給五奶奶，奴才真的只知道這麼多，不知道旁的事了！」

秋翠看著林夕落，林夕落招了手讓她回來。

不過是讓秋翠嚇唬嚇唬，這十歲的孩子終歸沒太深的城府，恐怕不見得能知道太多。

林夕落不願再問，話語中則帶幾分凌厲：「下次再送來吃食，你就說仲恆少爺在這院子裡不缺吃食，送這沒用的可是我對仲恆少爺苛刻了？若有心，就請那位姨奶奶過來瞧上兩眼。雖說仲恆少爺喚她姨娘，但好歹也是她肚子裡生出來的，沒得總拿吃用物件哄逗著。」

小黑子越聽越愣，待林夕落說完，他便跪了地上，苦著臉道：「這話奴才哪裡敢說？還不得被姨奶奶打死！」

「不是想在我這院子裡混飯吃，那就看你有沒有這膽子了？」林夕落說話間，魏仲恆已經從屋中取了寫好的字，話題就此停止，林夕落用心看起魏仲恆的字。

魏仲恆終歸是有書科先生教習，林夕落隨意指點幾句便罷，也不能說得太多，而是細細問起他在這裡可還有缺用的物件。

「沒有缺用的，連床褥都比之前的厚，侄兒謝過嬸娘了。」魏仲恆說罷，又鞠躬行禮。

林夕落沉了片刻，吩咐秋翠道：「去取一套好的墨硯來送給仲恆少爺。」

這便是有話欲與魏仲恆私談，秋翠應下，看向小黑子，「你既然在，就跟著跑一趟腿兒吧。」

小黑子不敢拒絕，立即跟在秋翠的身後出了屋。

兩人離去，林夕落看向魏仲恆，「那日在清音寺的事，你在一旁也都看到了，你有何想法？」

不只是問話，也是林夕落有心考校。

魏仲恆想了片刻，「侄兒只覺那位考問您詩詞的夫人，對祖母和嬸娘都不好。」

「還有嗎？」林夕落繼續問，魏仲恆又仔細想，可終究是搖了搖頭：「侄兒想不到了。」

林夕落沉了片刻，講道：「願說是非者，便是是非人，你如今才九歲，只一門心思放在讀書之上，旁的事不必多想。好似今日，你那位姨娘讓你送吃食贈我，嬸娘的確高興，可這高興比不得你行字邁一大截，問你問題你能舉一列三。人這輩子書本上的知識要讀，而做人、做事，則要用這雙眼睛去看。」

魏仲恆納罕地眨了眨眼，而後躬身行禮，「侄兒明白嬸娘之意了。」

「那如若再有人讓你送物件與我，你怎麼辦？」林夕落再問，魏仲恆即刻答道：「侄兒只讓他們拿回去！」

「好！」林夕落一字誇讚，這「好」字出自她心，並非故意敷衍。

面對魏仲恆，林夕落會想起魏青岩幼時的年少苦日，更會想起林政孝這位父親的庶子之悲，雖說他是大房的孩子，但如今在她的手裡頭，她自不會把這孩子教成廢物。

教成個古靈精怪之子，豈不是更讓他們頭疼？

林夕落第一次給魏仲恆留了課業，除卻寫先生留的大字，又讓他背誦幾句《明賢集》上的文字，並編成故事講給她聽。

「這個課業只有你知、我知，不允旁人知道，若有人問起你怎麼答？」林夕落再次問，魏仲恆有些猶豫，「五叔父若是問起呢？」

林夕落瞪了眼，「你說呢？」

「侄兒也不說就是了！」魏仲恆說罷，嘻嘻一笑。林夕落被他這副憨傻之相逗樂了，便想起天詡這小傢伙兒，如今誰在教？

此時秋翠已經取了墨硯而來，魏仲恆只用過普通的白毛粗筆，這等狼毫還是初次得用，連帶著小黑子也跟著笑不攏嘴。

魏青岩下晌未歸，林夕落吩咐人在魏仲恆這裡開飯，吃用過後，林夕落便回了自個兒的院子。

秋翠在一旁說著小黑子，帶著幾許不滿：「奴婢帶她來咱們這院子，他的一雙眼睛極不老實，四處掃看不說，恨不得連鍋底兒都揭開瞧一瞧，奴婢沒允他進內間，他便在院子中等著。」

「這孩子不老實！」林夕落想著下晌去時，他與那位婆子對話時的模樣，明擺著是巴結討好的色相，「對誰都是一副巴結模樣，才十歲的小子就阿諛奉承、左右逢迎，誰都不得罪，他的膝蓋跪得可是太勤了！」

「像……像肖總管！」冬荷在一旁補了一句，倒是讓林夕落覺得恰當，驚愕之餘不免道：「還別說，真與肖金傑那奴才格外像，得跟常嬤嬤仔細說一說，別讓他仗著仲恆的面子四處騙吃喝。」

秋翠應下，「奴婢這就去與常嬤嬤說。」

林夕落點了頭，秋翠出門去，不大一會兒，有人忽然送了信來，「奶奶，這是門房說有人送來給您的。」

這是誰？林夕落略感納悶，拆開先看了落款的名章，卻是林豎賢？

他怎麼忽然想起送信了？

林夕落迅速看信，說的是有急事欲見面，城門之處等候，晚上酉時末刻。

「現在何時了？」林夕落問，冬荷答：「已近酉時。」

能是何急事？

直到酉時初刻，時間緊張，林夕落卻依舊坐在椅子上思忖，她到底該不該赴約。這字跡是林豎賢的字，她認得，可是信為何只有短短的兩句話，半絲緣由都不提呢？

是怕被侯府的人知道有意遮掩？

林夕落心中搖頭，林豎賢這人光明磊落，為人清正坦然，鮮少做出能行而不能言之事。那這到底是為何？

林夕落看著一旁計時的沙漏，心中也有些焦急，她是否在侯府裡待得太過謹慎，連林豎賢都去懷疑了？

苦笑一聲，林夕落朝著冬荷擺手，「吩咐人備馬車，我出去一趟。」

冬荷到外頭吩咐，林夕落換好衣裳拎著那封信往外走，可還未等行至門口，孫氏恰好進來。

林夕落停步，孫氏看到林夕落正準備出去，不由道：「五弟妹這是有事？」

「大嫂怎麼不早點兒來？在此一同用飯，也能閒聊幾句，可是來看仲恆的？」林夕落將話題轉至魏仲恆的身上。

孫氏長嘆一聲，苦笑道：「我哪能如妳一樣有空閒的功夫？母親如今惦念著大爺，分毫的事都不管了，這一下晌，我都未能坐下喝上半杯茶。」

「還是那一句話，能者多勞。」林夕落敷衍，孫氏笑起來，隨即指著身後丫鬟小廝捧的物件道：「也不多待了，把仲恆份例中的物件送來，往後可勞苦五弟妹了。」

終歸是孫氏名下之子，她若不來，也著實說不過去。

林夕落也未推脫，「既然是府中份例，那便收下，但大嫂盡可放心，在我這兒委屈不著他。」不但委屈不著，反而還要教出個模樣！林夕落後一句自是在心裡頭說。

孫氏笑著寒暄幾句，便有人尋她離開，林夕落送至院門口，吩咐著秋翠道：「送來的物件一定要仔細查驗過再送去給仲恆。」

秋翠應下，林夕落便往外走。

從側門離開侯府後，林夕落趕往城門處去，可馬車快行至那裡時，林夕落突然喊停。

冬荷過來，「奶奶，怎麼了？」
林夕落撫著胸口皺著眉，「怎麼就覺得有些不對勁兒呢？」
「那咱們可是回去？」冬荷在一旁等著也不催，林夕落沉思片刻，吩咐道：「去錢莊。」
如今的「一錦錢莊」比以前的那一家還要大上兩倍。
林政辛此時正坐在後堂的躺椅上品著茶，把玩著核桃，優哉游哉的模樣甚是愜意。
門口的小夥計匆忙跑進來，結結巴巴地道：「大、大掌櫃，五……」
「屋什麼？說話這個累得慌！」林政辛埋怨著，小夥計立即道：「五奶奶來了！」
夕落？林政辛立即蹦起來笑著出門相迎，他如今時常回憶著和林夕落在林府時兩人整日雕物雕字的遊玩，今非昔比，她已經嫁作人婦，嫁的還是那麼一個冷冰冰的男人……
林政辛喜孜孜地去迎，林夕落一臉憂色地進門，他笑意也淡下來，忙問道：「這是怎麼了？」
「進去說。」林夕落說著便往屋裡走，林政辛沒了調樂子的心思，跟隨著她進了內間。
小夥計上了茶便退下，林夕落將懷中的信拿出，林政辛看到倒是笑了，「原來是他啊！」
林夕落冷了臉，硬氣道：「十三叔腦子裡都想什麼呢？我如今已嫁為人妻，自不能與他這樣私會，何況我總覺這事兒不對勁兒，好像差著點兒什麼！」
「我替妳去城門那裡看一看就是！」林政辛主動接了事，林夕落點頭，「也只能讓十三叔幫忙跑一趟了。」
「放心，我自會安排妥當的。」林政辛召喚帳房先生取來帳目，「妳就坐在這裡好生看一看帳，等著我回來就是。」
林夕落囑咐著：「去時若見到他，也別太大意了！」
「放心吧！」林政辛話語說著，人已不見了蹤影。

林夕落坐在椅子上嘆口氣，抿幾口茶，便翻開帳冊仔細看著，可瞧著帳本上的數目，心裡頭卻在想：林豎賢到底有何事呢？

酉時已過，林政辛還沒有歸來，她只好繼續等。

林夕落不知問過多少次時辰，但已過戌時中刻，她當即吩咐侍衛：「去通知五爺一聲，我在錢莊這兒，讓他有空閒的功夫到這裡來接我。」

侍衛離去，林夕落又吩咐了人分別去侯府和麒麟樓尋李泊言與魏海，心裡琢磨還有沒有遺漏的事之後，便坐在錢莊內間中等待。

冬荷與秋翠也開始緊張，可林夕落已然有些焦慮，她二人知道不能開口添堵，只好陪著等。

又過去些許時候，門外忽然有人歸來，林夕落起身到門口看，卻是肖金傑從賭場跑到此處來送銀票，帳房點好數目又匆匆離去。

林夕落此時已無心管他，更不願別人知道她在此地。

又過了一炷香的功夫，林政辛才從外匆忙回來。

看著林夕落急迫之樣，他的眉頭也緊蹙納罕，「根本就沒有人！」

沒人？林夕落拽著他坐下，「到底怎麼回事？十三叔從頭至尾說一說。」

林政辛往口中灌了一杯茶，坐下細細說起。

他離開錢莊也沒有直接朝著城門之處趕去，而是帶了個小廝當作隨意溜達，去了附近的一個小酒館。酒館門口燈火通明，更能看清城門處的全景，他便在那裡耐心地等，眼睛足足瞪了大半個時辰都沒有看到林豎賢的影子。

他只覺這事兒不對，便派小廝去林豎賢居住之地探問他是否在家。

小廝倒是夠快，說林豎賢不在，他的門房說今晚是翰林學士宴請，林豎賢應該是在學士府。

林政辛得了小廝的回話也未再久等，從那裡直接回了錢莊。

「……這事兒倒是奇怪，他可不是言而無信之人。」林政辛帶一絲審度地看向林夕落，林夕落低頭沉思，隨後叫了門口的侍衛：「去學士府尋林修撰，無論是捆、是綁，都得把他帶到此地來！」

「是！」

林政辛嚇了一跳，瞪眼道：「妳這是作何？縱使心中有氣，也別當著那般眾人的面讓其下不了台啊！」

「這恐怕不是給他下不了台，而是在救他的命。」林夕落說罷便不再開口，目光又落在那些帳冊之上。

林政辛想不明白她這話的含義，可也知這事兒不能多問，只好跟著繼續等。

未過多久，魏海行至此地，待見到林夕落，便上前道：「魏大人還在宮中離不開，奶奶何事這般焦急？」

林夕落也不避諱，將今兒的事原原本本地說了。

「……我心裡覺得這事兒不對勁兒就來到錢莊，讓十三叔去看一看，可他沒等到人，豎賢先生家中門房說他在學士府未歸，我倒是有些想不明白了。」

魏海張大了嘴，私會之事也說得這般光明正大，若是大人知道，豈不是得氣吐了血？終歸是一武將，那目光中帶有的狹隘神情毫不遮掩地流露而出，林夕落咬唇斥他：「你再敢胡思亂想，我就把春桃拘了院子裡，你信不信？」

「卑職可不敢亂想！」魏海沉默思忖，仔細想想這事還真有些不對勁兒，可無論如何猜度，都不如把林豎賢叫來當面問一問更清楚，「卑職去學士府請豎賢先生回來？」

林夕落淡淡地道：「已經派侍衛去了，綁也得綁回來！」

魏海抽著嘴角，不敢再多說，看向林政辛正一臉苦笑，魏海不由得拍額感慨，五奶奶的脾氣又上來了。

這事兒略有蹊蹺，魏海不敢離開，派了身邊侍衛去宮門處向魏青岩通稟消息，他則守候在此。

約有小半個時辰，侍衛們將林豎賢帶回。

「回稟五奶奶，林大人在學士府已被眾人灌酒灌醉了，卑職等人便將他抬了回來。」

魏海上前看著林豎賢那副醉死的模樣，「他不是從不喝酒？」

此時李泊言也匆忙來到此地，看著林豎賢這副模樣，「他這是怎麼了？怎麼回事？」

魏海上前將今兒的事前後說給李泊言，李泊言當即道：「他極少醉酒。」

「什麼？」林夕落有些驚，李泊言面容尷尬，吐出點兒他幹的損事：「我二人時常晚間在一起，我喝酒，他喝茶，有次我將烈酒倒了他的茶碗，他毫不顧忌地喝下去，跟喝茶一樣臉都不紅！」

「去請個大夫來！」林夕落心中有些惱，吩咐侍衛。

這事兒絕不簡單，不僅不簡單，反而還險些要了他們的命。

李泊言瞧著林豎賢在此礙眼，便吩咐侍衛將他抬到隔壁的屋子。

林夕落靜坐不語，魏海又吩咐人去宮門處再次向魏青岩通稟。

因事情匆忙，侍衛是將大夫給扛來的，這大夫也非是尋常之人，與魏海和李泊言極為相熟，被撂在地上撣著身上灰塵，口中挖苦：「……早晚要將我這不惑之人嚇死！」

魏海容不得他挨個向眾人行禮，直接將他帶入屋子，瞧一瞧林豎賢到底是真的醉了，還是出了什麼別的事。

林夕落在門外等，大夫也沒多耗費時間，進去不大一會兒便出來，可他張口之言讓林夕落的心差點嚇出了嗓子眼兒。

「他是中毒了！」

中毒了？這話一出，林夕落的嘴巴驚得合不上。

他……他那副模樣就好似睡過去一般，怎麼會是中毒？

「這個毒能解嗎？」林夕落忙問。

「放心，不過是昏迷幾個時辰罷了，毫無大礙，一副藥下去自會無事，只是身子會虛弱幾日，靜養些時日即可。」

大夫說完，林夕落鬆了口氣，可話語噎在嗓子眼兒，就是說不出準備筆墨讓大夫寫方子的話。

林政辛瞧出她的不對勁兒，親自當了跑腿兒去取紙筆，又親自去藥房抓藥。

李泊言與魏海在一旁商議半晌，而後才看到林夕落這副驚愕狀態還未緩回來，魏海不由上前道：「奶奶，卑職先送您回府可好？」

這事兒已不是林豎賢自己的事，何況林夕落終歸是宣陽侯府的五奶奶，若此事傳出，對她名譽定會有礙。

林夕落心中明瞭，可她又不願這般歸去，遲疑之間，問向正在行筆寫藥方的大夫：「……有何方式能讓他馬上醒來？」

大夫的手一抖，紙上沾染了兩滴墨汁，咬著牙根兒回道：「您若不怕林大人沒了命，那倒是可以試試！」

林夕落被噎住，只得嘆氣坐回椅子上，沉默無語。

魏海忍不住笑，這可是初次看到五奶奶被人噎得接不上話，旁日裡誰能敵得過她的刀子嘴？

李泊言沒有魏海這麼寬心，尋思半晌出言道：「妹妹，魏大人在宮中何時能歸誰也不知，如今時辰不早，妳若不歸府恐怕會惹出旁的事端。此地雖是妳與魏大人的錢莊也不合適，若不願回侯府，先回景蘇苑也行。」

林夕落搖頭，「還是回侯府吧，回景蘇苑就怕爹和娘也跟著擔心。」

李泊言點了頭，更為避嫌，讓魏海送她回去。林夕落也無心再多耽擱，拿了帳本讓冬荷收好，回侯府也算是個託辭，隨即便出了門。

剛上了馬車未行多遠，便有一陣急促馬蹄聲傳來。

夜晚的街道格外空曠，這聲音清晰入耳，魏海立即喊停，卻是魏青岩匆匆趕來。

林夕落下了馬車，魏青岩將她一把攬上馬背放置身前，吩咐魏海道：「回府告訴一聲，就說她與我在一起，免得旁人多嘴。」

魏海拱手應是，魏青岩駕馬帶著林夕落疾馳離去。

林夕落窩在魏青岩的懷中，魏青岩用披風將其裹嚴，待停馬時林夕落才露出小腦袋，卻發現太僕寺卿羅夫人正看著她。

「怎麼跑到您家裡來了？」林夕落被魏青岩拎下馬，連忙拽拽衣裳，上前向羅夫人請安。

羅夫人不顧她小臉羞紅，拽著就往屋裡走，「是魏大人提前派人來說，這才開了門等你們。」

魏青岩下馬進門，羅大人也在此地等候，丫鬟婆子們上了茶，便全都退去，只留他們四人在此敘談。

「今兒的事到底如何？妳再說一遍。」

魏青岩語氣有幾分焦躁不耐，林夕落也未顧忌，便將今兒的事與羅大人、羅夫人從頭至尾說上一遍，其間也未隱瞞她與林豎賢之間的師生關係：「……豎賢先生丁憂時期曾在林府族學教習書科，我是他的學生，故而他的字跡還都能認得，可當時心中也有顧慮，其一，未提我的名諱，也未有師生稱呼；其二，豎賢先生為人清正，不會做這等貿然之事，他若有事的話，不去找我父親便會直接找五爺，不應該直接送信與我，所以我便去了錢莊，讓十三叔過去探探究竟，果真是沒尋到人。」

林夕落說完，沉了片刻，又道：「可如今他中毒不醒，這事兒也尋不到根由了。」

羅夫人安撫地拍拍林夕落的肩膀，「別擔憂，對外自要說妳從錢莊離去便與我相見。」

林夕落起身福禮致謝，「這事兒來得太過突然，著實讓我有些不知所措。」

並非是林夕落故意寒暄，而是越想越害怕。

這種無聲無息的刀被放置脖頸，沒有爭吵，沒有緣由，就像是夾雜在微風中飄浮的絨絮那般不引人注意，可落在身上卻能劃出一道不可痊癒的傷痕。

她初次感覺到恐懼、膽怯，來到這個時代，她真正感受到了死亡的威脅。

若是她今天接到那封信便去城門相見，沒有見到林豎賢，而是旁人？

如若她在等候之時，飲下的水也有迷藥？

若是旁人宴請，也能將從來不醉的她給灌得不省人事，如林豎賢那麼生死不知？

林夕落不敢再多想，只要她身旁不是魏青岩，換作任何人都是她失貞不潔，所有與她有關的人事都要被罵名、髒名壓上一輩子，即便尋死都是奢望。

她不怪魏青岩的冷漠，如若不是她好奇出了侯府，這一切的事都不會發生……

「如今只能等林先生醒來再議。」羅大人發了話：「今日學士大人府宴請之人不知都有何人，本官只知翰林院除林豎賢為修撰外，這一科的狀元郎可是被他頂掉了位子，只與本科榜眼同任編修，學士大人宴請應該也少不了這人。」

魏青岩臉上依舊淡漠，「我從宮中出來便得知兩個消息，一是夕落的事，二是侯爺通傳這一次傳信丟失了些許信件。」

他口中的「些許」恐怕是不少，林夕落不由想起上次侯爺找她雕字時，侍衛通稟還有秦素雲與林綺蘭在場，她當即脫口而出：「若是有人截信，那必是齊獻王！」

齊獻王此時聽完手下的回稟，大發雷霆，勃然大怒，「他媽的，那小娘們兒出府你們便上前截來便罷了，還搞出這麼多花樣！」

「她身旁的侍衛至少有二十人，若是貿然上前，定會鬧出大事啊！」

齊獻王在屋中踱步躁動，依舊罵道：「截來的那些信件狗屁無用，那些個破盒子就是個木頭板子，什麼都看不出來，這小妮子到底是怎麼回事？你們至今都查不到半點兒消息，就會來跟老子說三道四，全他媽的廢物！」

「王爺，不如再想想別的辦法？」手下額頭冒汗，看向一旁的林綺蘭，用林豎賢的名義將林夕落引出的法子可是她的提議，這事兒她不能就此撂挑子啊！

林綺蘭在一旁也有些氣惱，林夕落偏偏就不直接去城門而是去了錢莊，讓林政辛跑過去等人，這鬼丫頭的心眼子怎能這般的多？

林綺蘭倒吸一口涼氣，只得硬著頭皮上前道：「王爺，此事恐怕還得讓那個丫頭來才能知道原委……啊！」話未說完，便被齊獻王捏住喉嚨，整張臉憋得青紫，只有腳尖能點地。

齊獻王冷言罵道：「就是妳個死女人出的餿主意，不中用的東西！」

「王爺饒命，妾身……咳咳，妾身親自去請她，請她來王府，她若不來，妾身就讓母親去求她娘，無論如何，妾身都能讓她來！」林綺蘭話畢，齊獻王才鬆了手。

林綺蘭捂著脖子猛咳不止，齊獻王厭惡地擦著自己的手，「這話可是妳自個兒說的，妳若辦不到，就小心自己的脖子！」

齊獻王說罷即刻離去，手下等人看著林側妃這模樣不由得搖頭，連忙跟著齊獻王而去。

林綺蘭的臉上，鼻涕、眼淚及咳嗽的酸液齊齊湧出，讓她痛苦難忍，可她心裡卻格外的恨，林夕落，妳怎麼就這麼好命！

林夕落口中道出「齊獻王」三個字，魏青岩與羅大人夫婦都有些愣了。

魏青岩看著她，直言道：「說，不必避諱！」

林夕落立即把那日宣陽侯派人將她從清音寺提前帶走的事說了一遍：「……那日眾府夫人都在，齊獻王妃與側妃也在，侯夫人雖說侯爺尋我是為了五爺養的鷹隼刁，得我去親近才行，可就怕這事引人遐想。」

縱使魏青岩說出「不必避諱」，她也未將此事說得太過清楚。

羅大人與羅夫人都不是傻子，自然明白林夕落話中有話，可具體細節他二人也不想知道。

魏青岩沉默了，林夕落也不多敘，只靜靜等候。

羅夫人陪伴片刻，便先去安排府中的事，羅大人也在沉思之中。

林夕落往魏青岩身旁挪了挪，她需要一個肩膀依靠。

魏青岩的目光雖沒有看她，卻用大手握住了那雙顫抖的柔嫩小手。

羅大人輕咳兩聲，只得將目光轉至其他地方……

未過多大一會兒，羅夫人從外進了門，建議道：「……深夜了，已為你二人備妥了屋子，先在此將就一晚吧。」

魏青岩看向林夕落，林夕落這會兒就像是一隻呆滯的小鳥，失魂落魄的沒了主意，只知道跟著他的後面走。

羅夫人無奈地笑，吩咐身旁的嬤嬤去侍奉她：「魏五奶奶沒太多的講究，可需要什麼物件別讓她尋不到。」

這位嬤嬤應下，跟隨而去。

兩人行至客間卻都無睡意，只坐在床榻之上各自沉默。

魏青岩只攥著她的手，越攥越緊，林夕落咬牙不喊疼，儘管她的手已經被捏得麻木。

「我心中有氣！」魏青岩吐此一句，林夕落點頭，「我知道！」

魏青岩看她，命令道：「妳哄我！」

林夕落看著魏青岩，一臉的不知所措。

哄他？怎麼哄？

這事兒她心裡頭自認是她的錯，可在魏青岩的面前她不知為何就是開不了口。

林夕落沉了片刻，抬頭就見魏青岩正看著她，只得伸出手在他臉上摸了兩下，嘀咕道：「別生氣了……」

「妳還裝委屈！」魏青岩捏著她的手，猛地將其拽過，「重新來，這麼哄不行！」

林夕落的倔強勁兒又上來了，從其手中掙脫出來，叉腰道：「我是錯了，可這事兒出了我能怎麼辦？我心裡頭還害怕呢，卻還讓我哄你！你生氣又怎樣？我不是你養的寵，也不是奴才要聽你的命令過活！」

魏青岩瞪了眼，捏著她的小下巴，卻被林夕落扭頭躲開。

魏青岩扳過她的小臉，咬牙切齒，「妳還有理了？」

林夕落氣呼呼道：「我沒理！」

魏青岩瞪眼看她，林夕落眨巴眨巴眼睛，也覺得她的確有點兒過分，沒理還叉腰叫嚷，自個兒也沒什麼底氣，便心虛地嘀咕著：「誰……誰讓你進宮遲遲不出來，不傳信兒給我！」

魏青岩仰頭躺在床榻的靠枕上側頭看她，本是一肚子氣，被這丫頭胡攪蠻纏一通，反倒氣不起來了……

「妳個笨女人！」

「我就笨了，怎麼著吧！」林夕落就是不肯服軟，「你心裡頭懷疑我，我還委屈呢！」

魏青岩蹙緊眉頭，微瞇著眼睛看她，「難不成還要我哄妳？」

「妳哄我！」林夕落帶股子倔強的蠻氣，算是要硬到底。

魏青岩坐起身，林夕落立即跑下了床，生怕被他逮住，「你做什麼？這裡可是羅大人府上，不是侯府！」

魏青岩被她徹底惹惱，起身跨下床榻，林夕落轉身便跑，可卻未等走兩步，就被魏青岩給揪在手中拽上了床。

「這裡不是侯府！」林夕落叫嚷，身子被他壓住，動都動不得。

「妳錯了沒有？」魏青岩冷顏相問，林夕落咬著下唇，「我沒錯！」

啪啪兩巴掌落了她的屁股上，魏青岩再問：「錯沒錯？」

「沒錯！」

又是兩巴掌……

「我就是沒錯，有本事你打死我！」林夕落眼睛裡含了淚，可嘴上依舊不肯認錯，之前心底那絲愧疚已壓制心底，就是不肯低頭。

魏青岩的手顫抖地僵持在她面前，無法落下，「認個錯就這麼難嗎？」

林夕落眼中的淚珠兒滾下，嘴唇顫抖，不肯再說話。

「拿到信件卻不第一時間派人去通知我，自作主張地出府，妳若在府外出了事怎麼辦？」

魏青岩咬牙訓斥，咆哮如雷：「膽子倒是夠大，不願被拘管，可妳也要能擔當得起，林豎賢終歸只是個翰林院的修撰，他即便遇事不去尋岳父也會尋我，找妳個內宅裡的丫頭管屁用！旁日裡覺得妳聰明，這腦子都用至何地？自作主張，荒唐至極！」

「我也知此事有不對之地，所以才先去了錢莊！」林夕落話未等說完，魏青岩冷道：「若非妳身邊有二十個侍衛護著，妳以為妳還能安安穩穩地到錢莊？還能這般叉腰跟我梗著脖子叫嚷？」

林夕落怔住，抹著眼淚兒，窩了他懷裡泣聲不停，哽咽嚷道：「我……我就是害怕了，害怕都不行嗎？」

這一句怕，魏青岩的氣惱、怒意被徹底消融了……

魏青岩長舒了幾口氣，伸出手臂將林夕落抱在懷裡，更是替她揉著屁股，半晌才道：「夕落，我承認娶妳也有利益目的，可我……我是真的喜歡妳、擔心妳，也想寵妳、護著妳。」

林夕落哭得更甚，嚎啕之聲讓魏青岩有些驚嚇，可她就是不肯把頭抬起……

「抬頭！」魏青岩捏著她的小臉，卻又不能太過用力，林夕落扎他懷中嗚咽：「不抬！」

魏青岩繼續道：「為何不肯抬頭？」

「你再說一遍。」

「說什麼？」魏青岩納罕，林夕落掐他一把，「說剛才那一句！」

「抬頭……」

「不是這句，上一句！」

魏青岩恍然，硬是扳起她的小腦袋，瞧著她濕潤的小紅臉，鼻子還一抽一抽的，不由得笑了。

「看什麼？醜死了！」林夕落意欲從他手中掙脫，魏青岩卻不肯放，抹著她臉上的淚痕印跡，「我喜歡妳。」

林夕落抽泣之餘又露了幾分會心羞澀的笑，魏青岩不由問道：「妳剛剛哭什麼？」

「我錯了……」林夕落說完，又將腦袋扎到魏青岩懷中，不肯看他。

魏青岩捏著她的小臉，有心再說兩句，卻又怕傷了她，只得就這般抱著不動，只聽窗外微風吹拂柳梢的瑟瑟風聲……

月光柔弱淡去，遠方一道澄光綻放，為整片天空渲染出朝氣之色。

屋外鳥兒晨起輕聲鳴啼，飛去池塘邊用翅膀上撲幾下水，便朝向升起的旭日飛去……

林夕落未醒，被魏青岩用披風包裹住，抱在懷中朝外走去。

羅夫人本有意帶羅涵雨來見一見，可聽伺候的嬤嬤一說，便將心思消了，急忙過來問道：「這麼焦急便要走？」

「侍衛剛剛傳來消息，昨日中毒之人已醒來。」魏青岩沒提林豎賢的名字，羅夫人也知是誰，瞧著林夕落道：「可她實在太累了。」

「她心思敏感，這事兒讓她親眼看一遍，往後也不會再做魯莽的事。」魏青岩說著，將她輕輕放置馬車上，天色大亮她才睡過去，這會兒恐怕不會醒來。

羅夫人有些不知該說什麼，只讓下人把預備好的吃食送上，另還有梳洗的妝奩物件搬上車，「都是些簡單的物件，錢莊周圍雖有，可現去找也是麻煩事。」

魏青岩拱手道謝，上了馬車吩咐啟程。

羅夫人一直帶人送至門外，目送車駕消失在眼眸之中，她身旁的嬤嬤道：「昨晚魏大人與魏五奶奶爭吵許久，這位夫人瞧著柔弱，可果真夠厲害的，傳聞說她潑辣，老奴可是聽見了。」

「咱家的大小姐要有五奶奶這股子潑辣勁兒我也知足了。」羅夫人臉上帶一分微笑，「他們倆其實都一個脾氣，都是吃軟不吃硬的主，可終歸是個女子，魏大人也只得退讓一步。」

此事再提也無用，羅夫人又問起羅大人和兒子：「可是已經離去？」

「少爺天色未亮就走了。」

羅夫人點了頭，似是自言自語：「就看能不能套出來是誰下的毒了……」

林夕落這一路上都未醒，待快至錢莊時才緩緩睜眼，待發現是在馬車之上，便嘆口氣又將眼睛合上。昨日實在是太過疲累，並非體力，而是這顆心。

她承認自己昨日的強硬著實無理取鬧，魏青岩說是打她的屁股，其實並非有多疼，而是那股子氣，讓她心中恐懼，她害怕失去。

前一世，她缺失的太多，可並非她能左右；這一世，她想將所有的情意挽留彌補心中的缺憾，可越抓得緊反而流失得越快，其實她是在為自己扣一個隔絕的木板，這塊木板就在其心。

她太累了……怪不得別人，全都是自找的。

昨晚魏青岩罵得沒有錯，她就是沒腦子，雖說納罕林豎賢尋她到底是何事，她為何就不想想，他縱使有了天大的麻煩，她能幫得上什麼忙？

當初對父母、對家人便是如此，如今嫁給了魏青岩，她仍改不了這瞎操心的習慣，罵得沒錯，她的確就是個笨女人，還是自以為是的笨！

林夕落心裡頭在不停地罵著自個兒，眼睛雖合著，可被光線掃拂，眼皮一動一動的。

「醒來了還不肯睜開眼？」

清冷之聲響起，林夕落將眼睛又是閉緊，縱使心裡頭覺得他罵得對，可也不是昨兒一句「喜歡她」就能了事的。

林夕落故意裝睡，不肯睜眼。

魏青岩繼續道：「睜眼。」

林夕落依舊不肯睜開，卻有一隻手捏上了她的鼻子。

「討厭！」林夕落叫嚷推開，睜眼瞪他，魏青岩扯了扯嘴角，「心裡頭又想什麼鬼主意呢？」

「我能想什麼鬼主意？」林夕落依舊躺在榻上，「又累又不舒服。」

「怎樣才能舒服？」魏青岩過去抱起她，兩隻大手抓著她的胳膊，就好似兩把巨大的鉗子，果真將她捏得酸疼。

林夕落琢磨半晌，不由道：「說幾句好聽的。」

「妳笨。」

「你才笨！」

「我喜歡妳。」

「再說一遍……」

「我喜歡妳。」

「還要聽……」

「我喜歡妳。」

「壞了！」

「怎麼？」

「忘記了，小日子來了……」林夕落只覺下身濕潤，嘴角抽搐，這怎麼辦？

魏青岩捏緊了拳頭，青筋暴露，咬牙道：「妳明明早就知道了！」

「我不知道！」林夕落尋了一塊乾淨的棉巾暫且墊好，可拱了拱魏青岩的身下，兩人剛剛柔膩之餘這方已經堅硬如柱。

林夕落恍然大笑，而且笑個不停，連眼淚兒都迸出來。魏青岩拽過她，狠狠地咬她小嘴一口。

「嗚嗚，疼……」

「看我過幾天如何治妳！」

「哈哈……哎喲！」

今日一錦錢莊大門緊閉，門口侯府侍衛密集守候，連過路行客走過此地都疾速離開，不敢在這裡停留半步。

魏青岩吩咐馬車直接行至後方院落，從小門駛進，帶著林夕落下了馬車便即刻進去。

林豎賢此時正在喝藥，看到魏青岩與林夕落進門，想下床行禮，卻又苦藥入口，猶豫之間嗆咳不止，臉都快憋綠了。

「慢點兒，慢點兒，別中毒沒事兒卻咳死……」

林政辛在一旁幫著遞水，拿棉巾，嘴裡還在擠兌著。

魏青岩拽著林夕落離開這間屋子，去了外間等候。

林豎賢收拾妥當，隨同林政辛從內間出來，臉色蒼白，連嘴唇都泛起一層乾裂，且走路搖搖晃晃，還需身旁的書僮跟隨著攙扶。

林夕落看著他，林豎賢走至魏青岩跟前行了禮，魏青岩擺手讓他坐下，「昨兒的事仔細說一下，畢竟不是你一人之事，也不必有忌諱。」

「那封信的確出自我的手筆，但並非是我寫給五奶奶的。」林豎賢輕咳幾聲繼續道：「昨兒去了學士府，學士大人宴請賓朋眾多，身旁的同僚更有帶家人同去，我倒是也有喜樂之感，但眾人酒醉我卻未飲酒，有一位大人的下人回稟急事，可他屢屢落筆，手又抖得厲害，所以才求我幫忙，便是他念字，我行字，而那最後一個印章，並非是我的。」

林豎賢說到此，停頓片刻繼續道：「後來氣氛熱鬧，被人強行灌上一杯酒，卻不知怎的就那般倒了過去，實在是給魏大人與五奶奶添了麻煩，慚愧！」

林豎賢又有意起身賠罪行禮，林政辛一把將其按住，「老實地歇著吧，你這體格都已經像個紙人飄了……」

魏青岩沉默半晌，「那位請你行字的人是誰？」

林豎賢仔細思忖，隨即道：「並非是翰林院的同僚，乃是學士大人另外請來的，因此人初次相見又格外低調，與我同坐才知曉他在大理寺任職，但是何職位，他不提，我也未追問，好似……好似是姓錢。」

大理寺？姓錢？林夕落的腦中陡然蹦出鍾奈良的嫡姊，那位焦躁的錢夫人！

看向林夕落驚愕的神色，魏青岩拍了拍她的手，「別急，這件事由我處理。」

他的叮囑讓林夕落心底湧起的惱怒壓制而下，並非是隱忍，而是學著將這些自己無力做成的事交給他……

林政辛瞧見如此狀況，不由道：「侄女，那帳目妳可還看一看？」魏青岩終歸是要與林豎賢私談幾句，林夕落在場可不合適。

林夕落點頭應下，隨著林政辛離開這間屋子。

林政辛拿出帳冊，林夕落無心去看，她昨兒想的沒有錯，這事兒必定與齊獻王有關！

林綺蘭、秦素雲，這兩個人誰更盼著她死？

「十三叔，」林夕落忽然想起林政辛，「如若有人問起雕字的事，你不要與任何人說起你曾與我一起把玩這些物件。」

林政辛攤手苦笑，「我也著實不會啊！」

「即便不會也不要詳說，只說我最喜好雕茶罐、筆筒這等小雜物即可。」林夕落這般叮囑，林政辛堅定點頭，「放心吧，我心中明白。」

林夕落點了頭，沉了片刻便繼續看了帳冊。

過上小半晌，魏青岩從屋中出來，帶著林夕落去福鼎樓用過飯便回了宣陽侯府。

林夕落自始至終都沒問他與林豎賢談的是何事、結果如何，她要放棄那份固執的自大和恐懼。放棄，或許才能獲得她所需的安全感。

昨晚徹夜未歸，此時魏青岩與林夕落歸來，院中的丫鬟婆子們並沒有太多關注，反倒是常嬤嬤進了門，回稟道：「五爺、五奶奶，昨兒五奶奶徹夜未歸，侯夫人可是惦記了，屢次派人來問，讓老奴通傳若是五奶奶歸來，請五奶奶去見她一下。」

「我知道了。」林夕落未反駁，可也沒表態是否過去，常嬤嬤怔愣之餘，魏青岩看她，「妳還有事？」

常嬤嬤嚇一跳，沒尋思五爺會開口，立即道：「無事，不知五爺與奶奶還有何吩咐？」

魏青岩冷道：「沒有。」

常嬤嬤不敢再多停留，連忙行禮離去，林夕落坐在一旁笑，「你若是整日都在院中就好，這些人看了你，好似嚇得連心眼兒都不會動了！」

「妳這是在誇我？」魏青岩本有意伸手抱她，可尋思她正值小日子，下了手也是他受罪，不由又撂下，「我隨妳一同去見侯夫人。」

林夕落應下，便跟隨魏青岩一同出門。

侯夫人瞧見他二人同來，臉上的厭惡更甚，林夕落自那日去清音寺燒香至今還未再過來……

「給母親請安了。」

林夕落行了禮，魏青岩只隨意拱手敷衍，侯夫人冷哼一聲：「昨晚妳擅自離府，居然也不派人來通稟一句，妳當這裡是何地？雜院子嗎？」

「昨晚是我找她有急事。」

未等林夕落說話，魏青岩先開了口，目光看向侯夫人，沒有絲毫的歉意和退讓，「事情緊急，忘記與您通稟一聲，往後您不必過多擔心，踏踏實實休息便罷。」

侯夫人當即怒惱，言道：「你這話是何意？我倒是多管閒事了！如今在這府中一日，那便要聽我一日，除非你離開宣陽侯府！」

林夕落一驚，看向魏青岩，他卻神色平淡如往常一般，「此事父親若同意，我無意見。」

侯夫人面紅耳赤，猛拍著胸口，魏青岩便起了身，「我還有事，先帶夕落回去了，您多保重身體。戰事已近結束，大哥也快回來了，別瞧不見。」

魏青岩說罷，看向林夕落，林夕落立即起了身，被魏青岩拽著手便帶出了筱福居的正堂，背後則響起稀里嘩啦的砸物聲和咆哮聲……

回至郁林閣，林夕落納罕地看著魏青岩，「你今兒怎麼說話如此凌厲，尋常也沒這般模樣？」

「她等不及了。」魏青岩莫名說了一句，林夕落聽不明白，「這些時日我留在府中不出去了，院子裡若再不清理一下，我心裡頭著實沒底。」

魏青岩彈其額頭一指，「早該如此！」

林夕落揉著額頭，心起調侃之意，小手從其鼻尖摸下，向下，繼續向下，劃過他的腹部……林夕落抿嘴笑，眼中帶有強烈的曖昧之色，小手就在他凸起之地來回地揉搓。

魏青岩倒吸一口涼氣，可若就此轉身，豈不是認輸？

終究敵不過這丫頭，他忍灯住抱著她坐到自己身上，「心裡頭這般壞！」

「過幾日你也饒不了我，索性先報復著。」林夕落笑咪咪地躺在他的肚皮上，小手不停。

魏青岩幾聲悶哼，褪去褲子，抓著她的手握於其上，「妳樂意？那妳解決吧！」

「這怎麼……怎麼解決？」林夕落愣住，魏青岩握在她的手外，引導著她上上下下地推聳。林夕落瞪眼，這也行？

魏青岩一手引導，一手解著她衣裳扣子……

林夕落立即鬆手躲開，「我累了，我要睡！」

「不許半途而廢！」魏青岩又把她的手抓回來，林夕落臉上泛苦，她這又給自己找麻煩了！心裡頭嘆氣，可又被他這般用上，怎麼想都樂不起來……

這一番折騰，林夕落也的確有些疲憊，被他攥著的大手上下聳動，左右也不用力，索性趴在他的肚皮上就這樣地睡了過去……

魏青岩自己這般聳動，卻發現她怎麼沒了動靜兒？

側頭一看，居然睡了！

魏青岩的手也無力再動，將她抬起放置身旁。她又抻了抻胳膊，尋了個舒適的姿勢睡了過去。

看著身下膨脹之物，魏青岩很想把她揪起來。

心中想卻下不去手，長嘆一聲，只得起身去茶桌那方，一壺涼茶灌下……

這到底是誰逗弄了誰？

林夕落一直迷糊地睡著。

這些時日她太累了，腦子混雜，昨晚未歇好，今日忽然小日子又到，種種原因加在一起，她只想好生地睡上一整日，將勞乏的身子補一補，也讓心裡平靜幾日。迷濛之間，卻是連晚間都未醒，一直睡至翌日清晨。

林夕落醒來時，魏青岩已經離開了，她叫了一聲冬荷，冬荷立即遞上溫熱的水，「奶奶可還不舒服？」

「好一些了。」林夕落將溫水飲下，這一覺才算是精神些許，酸痛的腰肢也緩和了些。

坐了正堂前準備用早飯，常嬤嬤這時卻從外進來，「給奶奶請安了。」

「這一早來有何事？」林夕落看著她身後帶著兩個丫鬟，其姿色儀容並非是粗使。

常嬤嬤側過身，引這二人上前，「大奶奶聽說奶奶小日子身子不爽利，特意向侯夫人請派了兩個丫鬟來伺候您，奶奶若瞧得上，就留下吧！」

林夕落目光一凜，這哪裡是送丫鬟？這是送通房……

昨日魏青岩直言頂撞，今日侯夫人便送了人來，她還真沉不住氣。

上個月小日子時，她剛大婚不久，故而這事兒也沒人提。

第二個月便往院子裡送丫鬟，這並非是等著魏青岩真的收了房裡，而是想噁心她。

她若不肯收，那是壞了規矩，若是收了，院子裡又添了亂，怎麼著她都舒坦不得！

說是孫氏的意思，可誰都不是瞎子，瞧這兩丫鬟俊俏豐滿、楊柳細腰、寬胸闊臀，好生養的？

林夕落臉上沒有任何表情，倒是讓常嬤嬤有些拿捏不準，又開口道：「奶奶，各房的院子都有這個慣例。」

「什麼慣例？」林夕落側目看她，「既是大奶奶送來伺候我的，那就留下吧，這些時日冬荷與秋翠兩人忙碌不過來，就讓她們兩個幫襯著做點兒事，終歸是大奶奶的情，我若讓去外面掃院子也不合適。」

常嬤嬤一愣，這是真不懂還是裝不懂？猶猶豫豫，她又不敢直言問，一時間竟然呆滯原地，半晌都沒說出話來。

秋翠看著林夕落，林夕落朝她點頭，秋翠立即上前拽著常嬤嬤，「常嬤嬤，您這是幹麼呢？」常嬤嬤一驚，就見林夕落在看她，連忙擠出笑來道：「老奴剛剛忽然想起還有旁的事沒處理好，奶奶可還有吩咐？」

是否給五爺當通房也不是她這管事嬤嬤說的算，怎麼處置都還要看五奶奶之意，她回稟給侯夫人便罷。常嬤嬤僵持半晌也算是想明白，便欲尋個藉口走。

「那妳便忙去吧，這兩丫鬟就留了我這兒。」林夕落話撂下，常嬤嬤行禮離去。

兩個丫鬟心裡有些打鼓，常嬤嬤居然連介紹她二人都忘了，她們如今怎麼辦？

林夕落看著她們，秋翠在一旁道：「上前給奶奶請安，都站那裡做什麼呢？」

林夕落打量半晌，才開了口：「叫什麼名字、之前是做什麼事的，都說一說吧。」

二人即刻上前，跪了地上道：「奴婢春芽，她叫夏蘭，奴婢二人是家生子中被挑出來的，還未做過差事。」

林夕落看著春芽，圓嫩的臉龐、大大的眼睛，說話時臉上還帶幾分羞澀，連跟她回話眼睛都含情脈脈快出了水兒，若是跟魏青岩會是什麼模樣？

另外一個夏蘭瞧著倒比春芽老實幾分，只向林夕落磕了個頭，便跪在一旁不吭聲。

「那妳二人就先隨著秋翠學學院子裡的規矩，而後看哪兒缺了人手便先頂上做幾日。」林夕落說完便欲打發兩人走，夏蘭起了身，那春芽卻有些猶豫，終究忍不住開口道：「奴婢來此地之前，大奶奶吩咐奴婢在五爺身邊伺候……」

主動要求伺候魏青岩？

林夕落看向她，又看了看那夏蘭通紅一張臉，悶聲不吭，明擺著知道她們來此就是為了爬魏青岩的床的！

「冬荷，去把側間的物件準備好，她二人沐浴更衣，就在那邊候著！」

林夕落臉色如冰霜寒冷，冬荷應下後便前去吩咐人籌備。

春芽行禮拜謝，夏蘭則有些急，連忙上前道：「奴婢願伺候五奶奶！」

林夕落瞧她這副模樣倒是笑了，「伺候我？」

「奴、奴婢伺候奶奶，請秋翠姊姊提攜教習規矩！」夏蘭被林夕落盯得有些發慌，可依舊這般回答。

冬荷停住腳步看向林夕落，意在問她這事兒怎麼辦？

林夕落指著春芽，「那今兒就安排她一個了。」

話語說罷，林夕落起身行進內間，夏蘭有意要跟著進去，卻被秋翠攔住，「不是讓我提攜妳學規矩？那便跟我走吧。」

夏蘭連忙點頭，膽怯地跟隨秋翠離去。

冬荷叫了一個婆子陪著春芽換洗沐浴，一傳十、十傳百，沒過半個時辰，郁林閣連掃地的婆子都知曉五奶奶安排了通房丫鬟……

這消息若在旁的院子中再尋常不過了，可在郁林閣，所有人都揣著心等著晚上。

五爺是什麼人？自幼刑剋之人，前夫人過世至今他的周圍再無女眷侍奉，如今新奶奶進門，兩人如膠似漆，情濃意濃，眾人自都看在眼裡。

這一個多月過去便預備上了通房，五爺會有什麼反應？

與常嬤嬤走得近的，自然知道這是侯夫人派來的人，私下議論卻不敢太過宣揚，只等看今晚是平安度過，還是會出驚濤駭浪。

林夕落歇息半晌，便去了書房教習魏仲恆。

小黑子的耳朵自也聽說了通房丫鬟的事，可他一個毛都不全的孩子自不懂這麼多花邊亂事，但見到林夕落也格外小心，生怕這股子怨氣撒了他的身上。

林夕落一如既往，聽魏仲恆將《明賢集》話語編成故事講給她聽。

雖說故事粗糙，偶爾只有幾句話，但林夕落依舊聽完，才會將這句詞再編一個故事，講給魏仲恆聽。魏仲恆聽得津津有味兒，甚是欣喜，回頭再行字一篇，仔細想新的故事。

林夕落看著魏仲恆拿起書本離去，她卻不願離開書房。

她能去哪裡？去看魏青岩如何處置那個丫鬟？

自她與魏青岩接觸頻繁以來，她承認他並非是個貪戀女色之人，起碼除她之外，她未見魏青岩與其他女眷接觸過。或許是她未能見到，也或許是他刑剋之名和冰霜冷面讓眾府女眷不願靠近，可他終歸是這時代的男子，通房這事兒說大不大，說小不小，她的心底雖不能接受，可不代表魏青岩也不接受。

這事兒就像是根刺懸在她的心裡，有期盼也怕失望，腦中煩亂，不願再多想。

默默地在書房坐著，桌上擺好了書籍，可卻一頁都翻看不下去。

心裡，怎麼就這般疼呢……

林夕落沉默著，而側間之中，婆子已經陪同春芽沐浴更衣，只等著晚間侍奉魏青岩。

丫鬟被收了房，若肚子也爭氣，起碼能提個妾室的地位，春芽與夏蘭被派來郁林閣時，孫氏早已提點過，故而春芽今兒才有那份膽子，主動要求伺候五爺。

婆子將要備好的物件都端進來，春芽立即從兜裡掏了銀子硬塞到婆子的手裡，「……實在是勞煩您了！」

婆子猶豫一下，還是拿在手裡，「多謝姨奶奶了！」

「您可別這麼說，我不過是個丫鬟罷了，哪裡當得起這個稱呼，何況……何況還、還沒見到五爺……」春芽說著，臉上帶了一絲緋紅。

婆子是個心思多的，連忙笑著吹捧：「甭聽旁人亂言，尋常人都說五爺面冷，妳是沒在這院子裡待過，五爺對五奶奶體貼入微，好著呢！」

春芽一怔，心裡頭有些慌，連忙又從繡囊裡掏出銀子塞了婆子手裡，「我對這些事都不懂，勞煩嬤嬤給講一講？」

婆子綻了笑，掂掂銀子的重量，隨即道：「您想知道何事？」

春芽斟酌半天，隨口道：「五爺最喜歡什麼吃食、顏色？還有會問些什麼話？我晚間穿何樣的衣裳妥當？冬荷與秋翠兩人為何沒成了通房？」

時間似流沙，很快便鳥兒倦啼歸巢，游魚沉入塘底，天空紅霞映下，一縷縷炊煙在空中飄蕩。

林夕落看著冬荷端過來的飯食，一丁點兒的食慾都沒有。

冬荷勸慰道：「夫人，五爺晚間是否能回來還不一定，何況您正是小日子，別因一個丫鬟的事，鬧騰得自個兒都受累。」

林夕落看她那副擔憂之色，便接過碗筷，「妳說的對，我何苦跟自個兒過不去？」

冬荷笑著把飯菜端近，林夕落一口一口地吃，冬荷在一旁挑話題逗她開心，可本就不是多話之人，想說樂子事卻還找不出來，支支吾吾的模樣，倒是讓林夕落笑了，「知道妳心裡疼我，可別難為自個兒了！」

冬荷羞赧，「也就奶奶體恤奴婢這笨嘴拙舌的。」

林夕落無奈一笑，「旁的甭與秋翠學，鬥嘴打架的勁兒還真得練練，不然將來許了人，豈不是受欺負？」

冬荷臉一紅，恰巧秋翠從外進門，「奴婢不在，奶奶就拿奴婢逗樂子欺負人！」

「呀，還恰巧被抓了！」林夕落吐了吐舌頭，秋翠猶豫地咬唇回話：「五爺已經進府了！」

林夕落笑容沉了下去，撂下碗筷，擦了擦嘴欲起身，秋翠安撫她坐下，「已經回來半晌，隨著侯爺去議事，還有二爺。」

林夕落穩了穩身子，恐怕這又有要緊的事了！

「夏蘭那丫頭呢？」林夕落想起她，剛剛一直是秋翠帶著……

秋翠道：「在門外候著，奴婢讓她進來，她不進門，瞧著倒是比那個春芽懂點兒事。」

「那邊可都收拾好了？」林夕落問起春芽，秋翠撇了撇嘴，「準備好了，真是不嫌臊得慌！」

林夕落心裡頭倒平靜下來，「怎麼辦就看五爺的了，他若真有這份心，我也成全了他！」話語說得酸溜溜，眼淚兒都憋了眼眶裡。

門口響起丫鬟婆子請安之語：「五爺安！」

魏青岩不知林夕落在書房，如尋常一般直接朝向正屋走去。

正屋未如尋常那般燈火通明，整間屋子漆黑一片，連分毫光亮都未有。

魏青岩停下腳步，看向院中的丫鬟婆子，各個低頭不語，好似一根根木樁子杵在地上，沒人敢發出半點兒聲音。側間倒有光亮，螢燭映照其內，纖細的腰肢人影來回走動……

魏青岩看向一旁的丫鬟，「妳們奶奶呢？」

「奶奶在書房，說……說今晚讓五爺歇在側間。」

魏青岩本欲直接朝書房行去，可看到那側間中的光亮和人影格外心煩，便叫來身旁的侍衛：

「把那屋子鎖了。」

侍衛應下，立即取鎖，魏青岩則往書房行去。

伍之章◆禍引通房挑隙罅

林夕落自聽到丫鬟向魏青岩請安的消息，就在書房內靜坐不動，側耳聽著是否有聲響傳來。

秋翠有意出門去看，卻被林夕落叫了回來：「等時辰就是了，何必去？」

冬荷在一旁為林夕落添茶，林夕落面上故作鎮定，可端起茶杯的手卻顫抖不停……

「奴婢這就去請五爺過來，沒得讓那騷蹄子得逞，這院子您才是主子！」秋翠說著就往外走，林夕落喊她：「回來！」

「奶奶！」秋翠跺了腳，林夕落擺手讓她不要再說，「我、我自己去！」

秋翠本還欲再勸，可一聽這話露了喜意。林夕落斟酌半晌起了身，剛一開書房的門，就看到有張冷若冰霜的面容正看著她。

「青、青岩……」林夕落嚇一跳，怎麼沒聽到他走來的聲音？

魏青岩捏著她的下巴，臉上怒意極盛，但壓制心頭沒有即刻爆發，陰冷低沉的聲音讓林夕落心裡頭害怕：「妳來解釋清楚！」

「五爺，那是侯夫人送來的人！」秋翠在一旁急著插了句嘴，魏青岩冷斥：「滾！」

秋翠嚇了一哆嗦，冬荷連忙推著她離開這屋子，只留魏青岩與林夕落兩人。

林夕落看著他，「我怕費力爭來，你覺得荒唐。」

魏青岩捏她下巴的手更緊，「妳不信任我？」

「這在尋常府邸不是常有的事？」林夕落面色硬氣，可心裡發虛。

她是在考驗魏青岩，她雖不知他若真的要了那通房丫鬟，她會如何做，可如今看他找上門來，她為何心底欣喜？

魏青岩的神色更冷，林夕落欲伸手抱他，卻被他拽開，「妳喜歡待在書房，那就在此地好生的想一想妳到底錯在何處！」

說罷，魏青岩轉身離開，直接往正屋而去。

林夕落看他離去的背影，心頭五味雜陳，她這麼做，錯了嗎？

雖是自問，可她能篤定，她錯了，而且錯得離譜！

不顧魏青岩讓她在書房待著，林夕落直接開門往外跑，冬荷與秋翠兩人都在門口守著，可忽見一人影疾速跑出去，大眼瞪小眼，「是奶奶嗎？」

「快跟著……」

林夕落跑到正院，這裡燈火通明，人頭湧動，卻鴉雀無聲。

側間的大門被鎖著，侍衛已經在門前開始潑油，周圍的火把點起，裡面一丫鬟、一婆子的哭嚎從被抓碎的窗櫺中厲聲傳出，劃過夜空，傳入每個人的耳朵和心中。

魏青岩這是要燒死她們？

林夕落立即跑上前，魏青岩手中舉著火把遞至她的面前，「怎麼，妳來？」

「你縱使有心處死她，也莫要在侯府中起火，這裡好歹是我的院子。」林夕落沒接那火把，吩咐侍衛道：「開鎖，把人帶出來！」

侍衛看向魏青岩，林夕落卻鼓了氣，「看什麼？還不去？」

魏青岩擺了手，侍衛上前將鎖打開，未用人進去，那婆子和春芽已從裡面倉皇跑出……

侍衛們當即轉身，院中的婆子們連連搖頭，春芽裸著半個腰身，只有一紅色圍胸、紅褻褲，披散著頭髮就出來，這丫頭可還要個臉面？

春芽看眾人都在，匆促之間看到了魏青岩與林夕落，她下意識地爬向魏青岩，「五爺饒命，奴婢只是聽吩咐的，您饒了奴婢……」

哭得梨花帶雨，那一副楚楚動人的模樣倒真惹人憐惜……

魏青岩一腳將她踢開，春芽疼嚷哭泣不止，看向一旁的常嬤嬤，立即上前：「常嬤嬤，您求求情啊，奴婢可是聽了侯夫人與大奶奶的吩咐……」

常嬤嬤此時心中慌亂，五爺將所有人都叫到院子裡，吩咐侍衛潑油點火，她整個心都快跳出了嗓子眼兒。雖說今日這事兒，她的心裡也有些遲疑，可……可不去那房間，將人攆走便是，也不至於就這般弄死？

林夕落看向常嬤嬤，語氣平淡：「妳可是要替她求情？」

常嬤嬤咬著嘴唇，餘光膽怯地看向魏青岩，口中道：「五爺、奶奶，這終歸是個丫鬟……」

林夕落立即打斷，吩咐道：「妳去筱福居通稟侯夫人一聲，我這就帶著丫鬟過去。」

常嬤嬤驚了，帶去尋侯夫人？這是要作什麼？

「妳還不去？難不成我要請侍衛去通稟不成？」林夕落撂下冷臉，常嬤嬤不敢耽擱，立即往筱福居趕去。

林夕落看向身後的秋翠，「妳與冬荷兩個在這裡等著，讓陳嬤嬤將這丫頭帶著跟我走吧。」她二人終歸是未出閣的，這事兒摻和著不合適。

秋翠應下，立即去尋人。林夕落快步跑回正屋，拿出了皇上賞賜的那根撣子，看著魏青岩道：「我自會給你個交代！」

林夕落轉身往院外行去，陳嬤嬤吩咐婆子夾著春芽，拖著便往那方走……

魏青岩站在原處，下人們各個膽顫心驚，連喘氣都不敢發出聲音。

吩咐侍衛收了火把，冬荷連忙去正屋點亮螢燭，端上熱茶，側身等候魏青岩進門。

「搬把椅子來，我就在這裡等。」魏青岩撩起衣角，正襟而坐。

院中下人們無人敢動，都在等候著五奶奶那方有消息傳來。

侯夫人聽了常嬤嬤的回報，恨不得將眼前的桌子捶碎，「孽子，孽障，送他個丫頭居然還要放火燒了，他這是作甚？那個女人還敢找上門來？我倒要看看她有何說辭！」

「侯夫人，這事兒不妨讓大奶奶應和兩句罷了，您可別氣壞了身子。」花嬤嬤在一旁勸慰，侯夫人卻更為氣惱，「人是我送的，有本事她就在這兒把人打死！」

侯夫人話語剛落下，門外便有丫鬟通傳：「回侯夫人的話，五奶奶求見。」

「滾進來！」侯夫人朝門外大喊，林夕落推門便進，擺手將春芽給帶了進來。

這一路的拖拽，春芽哭嚎不止，髮髻散亂，身上的幾片布也跟隨著歪斜不整，看起來就像是個胡同裡頭出來的破落人兒……

侯夫人看她一眼，險些氣過去，痛恨地罵道：「妳這大晚上的鬧騰個什麼？送妳兩個丫鬟，妳如此對待？不為其披上一件衣裳就在侯府中招搖來見我，妳不要這張臉，可別把我這門風敗壞，還不給我跪下！」

「她都不怕丟顏面，我怕什麼？」林夕落福身算是行了禮，隨即道：「這人既是母親送的，我自然要來尋您問一問。」

「送妳兩個丫鬟，不識好人心，還來找我討說辭？妳這是想氣死我？」侯夫人冷言道：「這是規矩！」

「規矩？送來的時候可只說是伺候我的，沒說要伺候五爺，我怎麼不懂這規矩了？」林夕落也不等侯夫人再發問，冷笑道：「我抬舉她，晚間容她侍奉五爺，可五爺沒等回來就脫成了這副模樣，還有婆子在身邊侍奉著，通房丫頭不都是在外間的床上守著隨叫隨到的？」

林夕落走到春芽跟前，用手中的撣子撩著她身上的圍胸布片子，嚇得春芽厲聲尖叫。

花嬤嬤有意讓人把她的嘴堵上，可陳嬤嬤就裝看不到，五奶奶都沒吩咐，她動彈什麼？

林夕落看著春芽驚恐之色，緩緩言道：「規矩？狗屁的規矩，難不成她穿這大紅色的圍胸、褻褲，是母親吩咐的規矩？若您說是，我當即就去問問侯爺，皇上這根撣子賞賜的到底是誰？」

侯夫人氣惱地瞪向春芽，她身上果真穿著正紅色。

只有正室夫人才可以用的顏色，死丫頭居然如此逾越！

林夕落咬著這一條就足以讓侯夫人不得再以半絲「規矩」來壓制她。

「死丫頭，給我打，打爛這個賤貨的嘴！」侯夫人顫抖著手，指著春芽恨不得馬上處死，春芽立即尖叫：「這不是奴婢的，這是大奶奶賞賜的，奴婢不敢不穿……」

侯夫人險些氣昏，指著花嬤嬤道：「還停著作甚？還不給我打！」

花嬤嬤沒了轍，立即吩咐周圍的婆子上去掌嘴，林夕落卻攔下，「慢著！既然她說是大嫂吩咐的，還望母親將大嫂請來，我要問一問到底是這丫鬟信口胡沁，還是大嫂真的賞賜了這些不合規矩的物件，這事兒絕不能就這般算了！」

林夕落不依不饒，明擺著要連孫氏都牽扯進來。

侯夫人震怒氣惱卻推脫不得，只恨春芽個不懂事的小蹄子，怎麼就單單惹出這番事端。

若沒有這一身大紅，她能拿規矩將林夕落壓死，可如今呢？她是半句規矩都說不得，否則人是她送去的，她都脫不了這層干係。

林夕落面色沒有分毫的退讓，就是要將此事鬧大。

侯夫人的心口揪痛，忍不住斥責：「妳這番鬧騰，是要將侯府的臉皮徹底撕破？這裡是宣陽侯府，妳可要斟酌清楚！」

拿侯府的名號來壓她？她林夕落最不怕的便是這個！

林府百年榮名都能被她視若無睹，何況這本就冷僻的侯府？滿處都是刀，卻讓她顧忌名聲，這話說出來實在可笑。

林夕落看著侯夫人，又低頭看了看惶恐無措的春芽，「也難說是不是這丫頭故意往大嫂身上潑髒水，我總要為大嫂討個公道！縱使不提大紅的逾越之罪，就連這圍胸、這褻褲，好似也不是她一個丫頭能上身的物件？母親，丫鬟都已經將巴掌伸出來，咱們還得遮上臉不成？這事兒若不問出個結果，我是搞不清是誰不要這張臉了！」

林夕落撣子橫在春芽身前，撣子毛在她臉上劃過，嚇得春芽尖叫不已，林夕落冷笑，「還是別耽擱功夫了，請大嫂過來，我就在這兒等著，還望母親成全。」

侯夫人氣火攻心，眼瞧著快說不出話來，花嬤嬤立即吩咐一旁的丫鬟去尋大奶奶。

這件事也只有大奶奶出面頂了錯兒才能把事兒圓了，五奶奶這次恐怕不是尋常那般鬥上幾句便能了事了……

未過多久，孫氏急匆匆趕到此地，進門就見侯夫人一臉怒氣，林夕落面無表情，而地上還有個衣衫不整的丫鬟，待仔細一看，這不正是送去郁林閣的通房丫鬟？

孫氏心中一緊，剛剛路上匆忙也問不出那小丫鬟幾句有用的，如今再看，這件事果真是不好了結了。

「五弟妹，這是怎麼了？這丫鬟惹了妳？」孫氏笑著上前安撫，隨即又向侯夫人行了禮，「都是媳婦兒的不是，讓母親勞心費神了，可別跟著氣壞身子。」

孫氏未等笑完，侯夫人便指著春芽，「這小蹄子怎麼回事？」

「這不是送去侍奉弟妹的嗎？」孫氏不肯認，看著春芽冷言道：「怎麼這副模樣？」

林夕落又用著那撣子指了指春芽身上的破布，「這物件，她說是大嫂送的！大嫂，大紅色的圍胸、褻褲，您用過的物件賞了奴才，也不瞧一瞧顏色？」

孫氏仔細看去，目光一緊，這物件的確是她賞出去的，可當初選了她，本尋思配給侯府的管事當媳婦兒，侯夫人又著急要給五爺選通房丫鬟，她才沒轍把這丫頭捨了手，誰知她這時候把東西上了身，也就是少說一句話的事兒，居然……

孫氏這話還不能當著侯夫人的面說出來，否則侯夫人定會斥責她有心在侯府裡暗做手腳……

「這物件可不是我賞賜的，妳是從哪兒偷來的？簡直是吃了雄心豹子膽了，一個丫鬟也敢擅自用主子的大紅色？妳是不想要這條命了吧？」孫氏不肯認，立即吩咐身邊的婆子：「把她拉出去打上二十個板子！」

孫氏這話一出，婆子們便要動手，可林夕落杵在春芽身上的撣子不拿走，她們不敢過去帶人。

春芽嚇得驚惶失措，連連喊嚷：「大奶奶，這就是您賞賜的，您怎麼能不認呢？」

「還敢多嘴！」孫氏目光中的兇狠之意極盛，可林夕落就是不允人打春芽，她想儘快把人處置了了事也做不成。

孫氏看向林夕落道：「五弟妹，都是大嫂的不是，有意為妳選上兩個妥當的人，孰料還出了這種事！妳若怪就怪嫂子，實在不成，打死這丫鬟為妳出了惡氣嫂子都沒二話，可別讓母親氣壞了身子！」

「可這丫鬟說了，就是大嫂您賞賜的……」

「丫鬟順口胡說，妳怎能信她的？」孫氏有幾分氣惱，「大嫂向妳賠不是都不成，那依著妳說，怎麼辦？」

林夕落臉上綻出一分笑來，「這事兒壞規矩的可不是我，何況有母親在此，怎能容我說？」看向侯夫人，又言道：「母親，大嫂也認了這事兒她沒做順當，可丫鬟就說是大嫂賞賜的，大嫂還說不是，我倒是不明白了，到底是誰壞了規矩？實在不成，請個人來給斷一斷，您說該怎麼辦呢？」

孫氏臉上一怔，這丫頭合著軟硬不吃，非要把事兒鬧大才肯甘休？

侯夫人瞪著孫氏，這事兒惹出來就是個麻煩，她能怎麼辦？可她若就此罰了孫氏，弄死這丫鬟，豈不是正讓林夕落得逞，她怎能忍？可若是不發話，這死丫頭不依不饒，她也實在沒轍，鬧騰到宣陽侯知曉，定會厭棄家中雞犬不寧，她更得不到好。

怎麼辦？侯夫人剛剛與林夕落爭吵之餘氣得腦仁兒生疼，這會兒不免有些頭暈昏沉，便看了花嬤嬤一眼，花嬤嬤即刻上前，「侯夫人，您怎麼了？不成，快來人，去請太醫，侯夫人的舊疾又犯了……」

邊上的丫鬟婆子連忙行動，過來攙扶的、出門去吩咐人請太醫的、端茶遞水取藥的、開窗通風的，一會兒功夫，屋裡的氣氛被這一句「頭疼」給徹底攪和了。

林夕落看向孫氏，孫氏急忙過去侍奉侯夫人，侯夫人起步往回走，卻仍吩咐道：「這事兒妳得給我處置明白了，否則我跟妳沒完！明日起妳不必再管府中事，老老實實回去抄《訓誡》，抄不足百遍，休想出門！」

侯夫人說罷，便由花嬤嬤扶著下去了……

臨走之前對孫氏予以懲處，一來，是圓她這位侯夫人的臉面，二來，恐也覺孫氏近期掌管侯府插手太重。

一箭雙雕，老太婆果真是心眼兒夠毒的！

孫氏的臉上帶幾分怨氣，可她又能說何？嫡親的長媳就是個擋錯兒的，做得實在窩囊！

林夕落看著侯夫人藉機離去，便一門心思地看向孫氏，「大嫂，您說這事兒怎麼辦吧？五爺怒了，還在院子裡候著，若這邊兒討不回顏面，我實在是無臉回郁林閣了。」

孫氏咬牙切齒，「五弟妹，做事要適可而止，妳還要我給妳跪下磕頭不成？」

「磕頭有什麼用？您疼了，我心裡頭也不舒坦。」林夕落看著地上的春芽，「這類小娘們兒往後就甭往我的院子裡送了，您若喜歡就留了您那裡，而且我要罰那位常嬤嬤，她做事兒不道地，您瞧怎麼辦？」

「常嬤嬤是母親派去的人，妳來尋我說有何用？」孫氏瞪了眼，她已是被侯夫人罰了不允管府中事，她還要怎樣？

林夕落立即道：「那我這就去尋母親問，就說大嫂說這事兒做不了主！」

孫氏連忙阻攔，「妳想氣死母親不成？」

「那大嫂給個說法吧！」林夕落犯了耍賴的勁兒，孫氏這手攥得癢癢的，「妳自己院子的事，妳自己處置就是！」

「這可是您說的。」林夕落當即朝外吩咐：「去告訴常嬤嬤，讓她捲好了包裹滾出郁林閣！」

「妳到底是想幹什麼！」孫氏氣得跳了腳，「妳非要鬧得雞犬不寧才可？」

林夕落冷笑，「人都不安寧，雞犬安寧個什麼勁兒？大嫂剛剛讓我自己處置，我讓她滾蛋又怎麼不對了？母親可說了，這事兒讓大嫂幫襯著處置，若沒這句話，我何必在此跟您廢話半晌？」

孫氏只覺頭腦昏脹，實在有些受不得她，「妳說吧，妳想怎麼樣？」

林夕落也不再拘著，直言道：「讓我就此甘休也行，往後郁林閣的事都由我一人處置，無論是管事嬤嬤還是做飯的婆子都要由我自己選，縱使是選通房也得是我的人，少送這些個爛蹄子往我院子塞，您若喜歡，您領回去放大爺的床上！」

孫氏面色羞惱，忍不住道：「何事妳都自己做，妳這是要分家不成？」

「分家？侯爺可還在呢，大嫂這話說出口不怕侯爺一刀抹了您的脖子……」林夕落故作膽怯地看著孫氏，卻把孫氏氣得臉色紫青，「好，好，都依著妳，妳想怎麼辦，都依著妳！」

「那就這麼說定了！」林夕落說罷，抬起了拄在春芽身上的撣子，「您剛剛不是說要賞這春芽板子？那就打吧，我瞧著打完就走！」

孫氏氣得頭昏腦脹，連忙擺手，婆子們蜂擁而上，率先堵住春芽的嘴，隨即劈啪開打。

林夕落聽著板子一聲接一聲的落下，卻是笑看著孫氏，轉身往外走，邊走邊道：「大嫂，您可別忘了跟母親說一聲，院子我自個兒管了，月例銀子可別缺了，不然我就天天帶著丫鬟婆子們去您院子裡吃喝，您可得供著……」

孫氏跳了腳地嚷：「瘋子，這就是個瘋子！」

林夕落離開筱福居，可回到自己院子門口，腳步忽然停住。

並非是不敢，而是她不知應該如何面對魏青岩。

她承認這次的事損人傷己，用個想爬主子床的丫鬟來考驗魏青岩的心，卻也是自我折磨。

如今雖在侯夫人那裡吵鬧了一通，奪下自個兒處置院子的權，可她不知道該如何安撫他，因為他這一次是真的怒了。從未在他眼中看到那樣失望的目光，林夕落垂頭嘆氣，她該怎麼辦？

她怔住不動，站在原地，心裡忐忑不安，腳不停地踢著地上的石子兒。陳嬤嬤吩咐下人們先進去，自己在後面守著。

時間不知過去多久，林夕落越發焦躁，一腳將石子兒踢遠，一抬頭，才發現面前站了個人。

「你何時來的？」林夕落看著與自己隔有幾米遠的他，率先開了口。

魏青岩看著她，「從妳踢石頭子兒的第一腳開始。」

林夕落僵住，略有不知所措。魏青岩依舊面容繃緊，毫無表情地看著她。

「我想回院子裡。」林夕落朝他的方向挪了一小步，魏青岩未動，她便這樣一步一步地走至其面前。只差一步，鼻尖便能觸碰到他的胸膛，林夕落仰頭看他，那一雙狹長眼眸也注視而來，似有無盡的話語欲說，可卻半個字都沒有。

兩人就這般僵持著、看著，誰都沒動。

陳嬤嬤早已無聲地離去，空曠的院門處，只有他二人在此。

「妳沒什麼想說的？」魏青岩終究忍不住先開了口。

林夕落點頭，「有。」

魏青岩沉聲言道：「妳說，我聽。」

「說不出來。」林夕落眨了眨眼，並非敷衍，而是這般許久她都沒想出能說什麼。

說她對今日之事心中存有歡喜，只因他不要那通房丫鬟？林夕落只覺這話出口，魏青岩會大發雷霆，可除此之外，她還能說點兒什麼？

魏青岩嘆口氣，隨即出言：「妳既然說不出，那我來說，妳後悔嫁入侯府？」

林夕落搖頭，「沒有。」

「妳後悔嫁我？」

林夕落依舊搖頭，「沒有。」

魏青岩看著她的眼睛，一字一頓，語氣極重：「妳一而再，再而三地獨斷專行，看到旁人為妳焦慮暴躁，妳心中欣喜高興？」

「沒有……不是，我、我是有點兒高興。」林夕落結結巴巴說完，就見魏青岩的眼中迸發出前所未有的怒意，可還未等訓斥出口，她猛地跳起身，摟上他的脖子，用親吻堵住他的嘴。

魏青岩有意推開，林夕落卻不鬆手……

大手撫上她的屁股，將她抱在懷中，魏青岩狠狠地咬了她的唇。

「哎呀！」林夕落抿了幾口，委屈道：「都出血了！」

魏青岩看她，「妳想笑就笑，何必裝委屈？」

「咯咯……」林夕落終究沒忍住，噘著小嘴道：「真的出血了！」

「這事兒妳甭想糊弄過去，我與妳沒完！」魏青岩不肯輕饒，林夕落賴他身上，腦袋蹭來蹭去地撒嬌，「沒完就沒完，反正已經成親了，這輩子也就是你的人，大不了你把我關起來，還能怎麼著？除非你休了我！」

「妳就不怕萬一？」魏青岩雙手抱著她，目光卻望向遠處……

林夕落不知後方又有何事，繼續耍賴道：「不會，你捨不得！」

話音落下，林夕落就聽身後傳來雜沓的腳步聲，抬頭往那方看去，卻是燈火明亮，大批的侍衛朝此趕來，而前方傳信之人卻是齊呈。

魏青岩將她放回地上，齊呈連忙道：「五爺，出事了！」

「何事？」魏青岩的臉色也有幾分凝重。

齊呈看了看林夕落，只是道：「侯爺召見，大事！」

魏青岩沒有停留，轉身便跟隨齊呈離去，可又想起身後的人兒，不由囑咐道：「我歸來之前，妳不要離開這院子。」

「我跟你一起去。」林夕落拽著他的手不鬆開，魏青岩有些遲疑，齊呈不敢回駁，卻又不願讓林夕落摻和，「五奶奶，不是好事兒，您還是莫沾身，免得惹出麻煩。」

這話也算是好意提醒，林夕落點頭，魏青岩吩咐人送她進了院子，便帶著侍衛疾速離去。

到底是何事？林夕落心中猜想，齊呈可是宣陽侯身邊兒的人，他親自來傳信，恐怕不是什麼光彩的事。

回到院中，冬荷與秋翠上前服侍，陳嬤嬤也跟在其後。

剛剛在筱福居，五奶奶可是要到了自己處置院中事的權力，院中是否要換一批下人，都在等著她發話。常嬤嬤也在門口猶猶豫豫地候著，本以為五奶奶歸來會有話說，可未想到連點兒聲音都沒有，這反倒是讓她心裡更沒了底。

有人從外問來了春芽的下場，大奶奶下令打了二十板子，只剩下一口氣，能不能活過今晚還是回事，可五奶奶這方到底有何打算？

林夕落在屋中沉了半晌，卻見秋翠正在與陳嬤嬤使著眼色攆她走。

陳嬤嬤已悄悄把林夕落在筱福居的事講給她與冬荷聽，夫人掌了權，還不得把常嬤嬤這管事嬤嬤的差事換成自己人？陳嬤嬤早就有這份心思，如今正好有機會，她怎能不心動？

林夕落看那母女兩人的眼睛瞪來瞪去，輕咳幾聲，秋翠一怔，臉上瞬間紅了一片，尷尬地上前道：「奶奶，您還是早些歇了，奴婢這就去為您溫水。」

秋翠說著，連陳嬤嬤也往外推，陳嬤嬤不願走，可又拗不過秋翠，母女二人推脫半晌，林夕落終究是不得不把這事兒先說個清楚：「甭走了，就在這兒說了吧。」

陳嬤嬤立即行至林夕落面前，「都是奶奶一句話。」

「陳嬤嬤，您還得守著大廚房的差。」林夕落這一句，卻是讓陳嬤嬤略有失望，可也未私心過重，開口道：「老奴也知道廚房重要，可您如今已是要來了掌院之權，若還讓常嬤嬤在此管著，豈不與尋常沒有兩樣？」

「她？」林夕落搖了搖頭，「她就在這個空架子上坐著吧，五爺與我的吃食、用度才是最要緊的事。」

秋翠有幾分埋怨，不免斥道：「聽聽，剛剛就說過了，別因為這點兒事來擾奶奶，奶奶做事自有分寸，您跟著聽就是了，何必多言多嘴？」

陳嬤嬤也覺面色難堪，「都是老奴心思狹隘了，奶奶放心，老奴一定盡心管好廚房之事。」

「妳這心思也沒錯，她這管事嬤嬤若不動，的確與尋常沒了兩樣。」林夕落看向門外來回走動探聽的人影，倒是大了點兒聲音地嚷：「今兒先都歇了，明兒一早起來將院子中所有的丫鬟婆子都給我叫來，問問她們常嬤嬤到底能不能再用，院子的廚房離不開陳嬤嬤，除卻常嬤嬤我還真沒有恰當的人選了，也是個難為人的事！」

林夕落這一嚷嚷，陳嬤嬤愣了，可隨即明白林夕落的用意，便接話道：「奶奶說的是，莫怪老奴多嘴，您今兒意氣用事，倒是忘了身旁沒有得力的人兒！這院中的事都不大，可惜就是瑣碎，若是您自個兒把持，還不得累壞了身子！」

「那就只能明兒早問問這些丫鬟婆子，若是真覺得常嬤嬤妥當，就不妨再用一用！」林夕落這話說完，使了眼色給冬荷，冬荷故作去開窗透氣，在角落中看到了一人影正腳步匆匆離開。

「就是常嬤嬤。」冬荷走至林夕落跟前回稟，林夕落不由得冷笑，跑這兒來偷聽她的話？她明兒倒是要看一看，有誰敢推舉她繼續當這個管事嬤嬤！

這一天的事兒算是徹底了結，冬荷不免提起那夏蘭：「……春芽已是處置了，她怎麼辦？」

「她來此說是伺候您的，不還是想……想做那個，不如早早打發了，免得礙奶奶的眼。」秋翠在一旁出了主意，終歸是出身軍戶人家，在服侍林夕落之前從未伺候過旁人，對這等通房之事厭惡得很。

冬荷沒插話，而是等著林夕落做出決斷。

「先沉她兩天，盯著就是，容我想一想再說。」林夕落沒直接將她攆走，雖說是侯夫人送來的，可若非春芽直接說要上魏青岩的床，她也不會拿她當筏子去找侯夫人與孫氏的麻煩。

可憐之人必有可恨之處，當個通房就那麼舒坦？

夏蘭沒與春芽一個心思，林夕落有心再看一看她是否得用。

魏青岩這一夜都沒有歸來，林夕落心裡頭有些憋悶，今日若不是她主動獻吻，他的一張嘴還不得斥死她？

她的確心中喜樂，這是事實，可建立在他懊惱基礎上的高興，這的確不太厚道……

林夕落心裡頭想著，也不知何時睡去，時至半夜，外面忽然一陣響動，睜開眼，就見冬荷匆匆過來回稟：「奶奶，聽人說大爺征戰傷重，危在旦夕了！」

大爺？魏青石？搶戰功還能搭上命？林夕落腦中立即蹦出兩字：活該！

當即又想起魏青岩被齊呈叫走，恐怕就與此事有關，這侯府裡頭又要亂了……

無論此事如何，都輪不到她來操心，外人如何亂都無謂，她可要把院子裡的事都處置俐落，否則昨兒豈不白折騰了？

沒了睡意，林夕落便起了身，冬荷立即送上溫潤的粥。

天色還未大亮，可大爺戰歸身負重傷，即便郁林閣沒有什麼動靜兒，侯府裡也已燈火通明，映進院中的光亮、侍衛的跑動聲、喧嚷的呼喝從外傳來，誰都沒有那份心思能再安然睡去。

侯府的大爺是宣陽侯嫡長子，承世子位，將來總有一日能接侯爺的爵位，如今他出了事，府裡還能安生得了嗎？

林夕落一邊思忖，一邊等候天色大亮。卯正時分，院中已有不少丫鬟婆子起了身，冬荷開了正屋的門，常嬤嬤則帶著所有的丫鬟婆子們來向林夕落請安。

常嬤嬤這一晚可沒能睡踏實，一顆心提在嗓子眼兒忐忑不安，雖說心知林夕落不會讓她再這麼輕輕鬆鬆地當管事，可林夕落不開口，她還能在這位子上待著？

晚間已是私下裡與眾位丫鬟婆子都商議好，若今兒五奶奶問起，自要為撐她幾分面子……心中有事便覺得時間過得太慢，好似腳底被按上了釘板，怎麼待都不舒坦。

林夕落看向眾人，「今兒讓妳們來也沒什麼大事，昨兒春芽那丫頭的事妳們都瞧見了，心裡都怎麼想的，不妨說給我聽聽？」

常嬤嬤一愣，本是尋思要問她的事，怎麼繞到春芽那丫頭的身上？

周圍的丫鬟婆子們面面相覷，可五奶奶問了，誰能不上前巴結著說話？

「那丫頭都是自找的，奶奶仁慈，沒直接將她打死，而是送了大奶奶那裡，依著老奴說，這樣的騷蹄子壓根兒就不該往咱們院子裡進！」

「那是，說是讓她伺候奶奶的，卻巴巴地跑去伺候五爺，著實可恨，奴婢都沒臉說！」

「心比天高，命比紙薄……」

「活該！」

一人話起，周圍的人紛紛跟著罵開，林夕落看著夏蘭，畢竟是跟春芽一起被送至此處的，果然見她都快被罵得哭出來。

林夕落看向常嬤嬤，「常嬤嬤，妳怎麼看？」

常嬤嬤雖也有意斥罵兩句，可見林夕落的目光明擺著是在以這件事拿捏她，斟酌片刻才開口道：「老奴的話恐怕不中聽，若提通房丫鬟，各府的爺多少都有一兩個，五爺不喜，這不是春芽的錯兒，但她的確是越了規矩，本應在側間候著，夫人憐惜她，派了婆子去護著，她卻把自個兒當成了主子，行為逾越，穿著也越規矩。二十個板子大奶奶也是罰得少了，若依著侯夫人定的規矩，一家子都應該攆出侯府。」

林夕落當即拍手稱讚：「好，常嬤嬤說得真是好！」

「老奴也是直言直語，望奶奶莫怪。」常嬤嬤立即行了禮，林夕落笑道：「怎麼會怪妳？妳說的這些話就是合我的心，昨兒對妳也有氣，但妳今兒這話倒是讓我有些動搖了，不知是否再依著昨兒之意，重選一位管事嬤嬤了。」

林夕落這話說完，看向下方眾人，雖有驚詫之人，但多數臉上只有少許「果真如此」的表情，顯然昨晚常嬤嬤得了消息已是與眾人通過口風，只等著今兒在背後為她多說幾句話了。

常嬤嬤聽了這一句，便把昨兒已想好的話說出口，「都是老奴一時糊塗，連這等事都未能管好，實在是老奴的罪過。」

「這事兒倒是讓我為難了……」林夕落看著眾人，「妳們都有何想法，不妨也說兩句？」

林夕落話語一出，立即有人上前道：「奶奶，常嬤嬤為人良善，從不剋扣奴婢們的月例銀子，您不妨再賞她一次機會？」

這話說出，便接連有人點頭附和，一時間眾人低聲議論，只鮮少幾個不點頭、不吭聲的……

「誰推舉常嬤嬤繼續任管事嬤嬤，站出來讓本夫人瞧瞧？」林夕落側頭看向眾人，孰料卻無人敢真的站出來。

雖說是幫襯著常嬤嬤說話，可這會兒五奶奶讓站出來不會出什麼另外的事吧？

眾人左探右看，誰都不肯先邁這條腿，常嬤嬤心急，連連瞪向一旁的婆子，婆子有後縮之意，就是不往她那方看。

林夕落心裡覺得好笑，使了眼色給秋翠，秋翠上前叉腰斥罵：「剛剛都稱讚常嬤嬤仁慈，怎麼這會兒不敢站出來了？光耍嘴皮子不肯真的做事，想賣幾分好，誰都不得罪，做什麼美夢呢？剛剛說話的，奶奶可都是看在眼中，這會兒又往後縮，可是騙奶奶？讓我逮到定不饒她！」

秋翠這般一嚷嚷，便有那婆子開始在臉上擠著笑，急忙站出來道：「老奴剛剛是走神兒了，奶奶莫怪罪，常嬤嬤幫襯過老奴家不少事，老奴樂意站出來求奶奶饒常嬤嬤一次。」

「奴婢也是……」

一些人陸陸續續站出來，嘴上都隨意找了個理由，常嬤嬤這會兒心裡頭也在納悶，沒人撐她豈不是更好拿捏？五奶奶身邊的丫鬟反而開口說話，替她承事，這到底是想把她怎麼辦？

不容常嬤嬤多想，只零星的剩幾個，一直都沒動靜。

林夕落看向未站出的那幾人，開口問：「怎麼不替常嬤嬤站出來撐個臉面？不怕她報復？」

常嬤嬤臉上抽搐，幾人中最小的那個開口道：「奴婢……奴婢不知道該說什麼。」

「都依奶奶之意定奪。」

幾人附和兩句，又是悶頭不語，林夕落看著常嬤嬤，「為妳撐這腰板的人果真不少，我若是把妳這管事的差事給換了，是不是她們就都不做了？」

「怎麼會，老奴的確有過錯，她們這是求情。」常嬤嬤又鞠躬賠罪。

「把站出來的人名字都給我挨個記上。」林夕落吩咐著秋紅，秋紅應下便開始動手。

眾人驚愕瞪眼，記她們的名字？這……這是要做甚？

常嬤嬤也有些慌亂，林夕落道：「妳想繼續任這管事嬤嬤，我倒也無意見，不過有件事妳得辦了，不知妳能不能答應？」

常嬤嬤低頭道：「奶奶吩咐，老奴定當盡心盡力。」

「剛剛妳也說我心慈，春芽一家子都應該攆出府，那索性我便心再慈一點兒，妳去把她那一家人都帶過來讓我瞧一瞧。」林夕落話語落下，常嬤嬤嘴唇哆嗦下，「春芽的家人都是管園子和做雜活的，咱們郁林閣恐怕用不得他們。」

「我說用得就用得，怎麼著，妳不去嗎？」林夕落冷了臉子看著她，常嬤嬤本是還有說辭，可見她這副模樣又不敢開口，猶豫幾下，終於點頭應下，「老奴這就去。」

「先等一等，去把近期的帳給我拿來再去。」林夕落撂下話，常嬤嬤只得親自拿了鑰匙取出帳目，隨即帶著兩個小丫鬟去尋春芽的家人。

常嬤嬤剛轉身邁出腳，就聽林夕落言道：「冬荷，給我查一查，剛剛幫常嬤嬤出來說話的，這帳目上是不是有她們的名字……」

常嬤嬤被這話嚇得一下子扭了腳，仍舊一瘸一瘸地連忙朝外趕去。

被冬荷念到名字的人，無一不快嚇得心從嗓子眼兒蹦出來。這些人哪個能是乾淨的？否則也不會常嬤嬤昨日讓她們站出來撐腰，今兒不得不從，都是跟從常嬤嬤手底下貪過小銀子，被其拿捏過把柄的人。如今被五奶奶這麼一查，誰的臉上都是一層灰。

冬荷在一旁念著，聲音不大，語速不快，這慢條斯理的反倒更讓眾人心裡頭顫抖不停。

秋紅在一旁對著帳，秋翠傲氣地仰著頭瞪著眾人冷笑。

林夕落閉著眼睛休憩，她要等的是常嬤嬤，這個婆子她若不從裡到外地收拾了，侯夫人放置此地的這顆釘子早晚要刺痛她。

常嬤嬤許久未歸，林夕落也不急，她不是去尋春芽的家裡人，恐怕是先與侯夫人回稟這件事，侯夫人如今一顆心都放置在大爺的重傷之上，哪裡有閒心搭理她？

林夕落昨兒故意說話讓常嬤嬤聽見，不過是想看一看院子裡有多少跟她一根繩子的奴才，沒想真拿春芽家人說事，今早得魏青石出事的消息，她忽然才將這兩件事攛了一起。

院子裡有賊心的人，她是一個都不會放過！

等了許久都不見常嬤嬤歸來，未過多大一會兒，卻是花嬤嬤來了這院子，「五奶奶。」

「花嬤嬤，您怎麼來了？」林夕落臉上擠了笑，花嬤嬤立即道：「常嬤嬤被侯夫人給留下了，丟了臉，也不敢再送回您這兒來，不妨再給您換一位管事嬤嬤，可好？」

林夕落冷笑，「不成，她可還沒辦利索事呢！」

林夕落不肯就此甘休，花嬤嬤也沒轍。

常嬤嬤剛剛找上門，說了這件事，還有意求見侯夫人，花嬤嬤怎能答應？

昨晚侯爺歸來，接連便有壞消息傳回，大爺傷重，大少爺也一身傷，大奶奶險些嚇得昏死過去，整個侯府都亂了套。侯夫人本就身子弱，被這番鬧騰一宿，已是舊疾上身，清晨才用了藥睡下。

若是因為這件事找上侯夫人，侯夫人還不得氣過去？

花嬤嬤不敢與侯夫人通稟，逕自將此事壓下，只尋思她親自來找林夕落，看可否將這件事給安撫下來。

「五奶奶，常嬤嬤終歸是侯夫人派來您院子的管事嬤嬤，她沒擔好責任雖是錯，但您看在侯夫人的面子上也得容她幾分？老奴說句逾越的，好歹是您長輩，您對常嬤嬤不依不饒，侯夫人的臉面也不好看。」

花嬤嬤說到此，微微頓了下，隨即又補言道：「都在同個府裡住著，您的性子老奴最懂，如今府裡事雜，這時候火上潑一勺子油，恐怕連侯爺都會惱了。」

林夕落略有驚詫，故意問道：「怎麼？昨兒齊管事將五爺匆匆請走，晚間我也只聽了熙熙攘攘的喧鬧，實在不知出了什麼事，不知花嬤嬤可否告知一二？」

花嬤嬤面帶幾分疑惑，似在思忖五奶奶是真不知還是假不知？

林夕落拽著花嬤嬤進了正屋，邊走邊道：「您對我還帶這一分審度？我出嫁時您是教習，這府裡頭您是最懂我的了，到底何事？」

被林夕落連拉帶拽，花嬤嬤也沒了轍，只得跟著她進了正屋。

冬荷上了茶點，隨即與秋翠到遠處守著，其餘的下人都被林夕落打發下去，花嬤嬤才開了口：「大爺傷了，大少爺身上也掛了彩，本是帶著戰功歸來，孰料快至幽州在路上出了事，傳信歸來都被截了，幸好有一封被侯爺收了，立即叫了五爺去。五爺帶人前去支援，昨晚才連夜趕回，如今大爺還昏迷不醒。」

花嬤嬤說到此，語氣中帶了幾分埋怨：「這事兒老奴都與您講清了，府內大亂，五奶奶何必在此時再鬧出事來？」

林夕落沒當即就回答，而是沉默地喝著茶。

花嬤嬤也不催促，任由林夕落自個兒將事情想個明白。

路上出事是有人故意下了黑手，而傳信被截，只有一封被侯爺收了，恐怕並非是人傳了信，而是尋了木條之類的物件就那般傳回，否則不會把魏青岩即刻叫走。

魏青石奪了戰功卻在歸途中遇刺，這事兒大房恐怕是徹底沒了臉面，林夕落心中沒有憐憫，關鍵是花嬤嬤為何要在此時勸她別火上澆油。

若是旁人說這等話，她不會在意，可花嬤嬤是何人？是侯夫人身邊最貼心的人，恐怕比宣陽侯更懂侯夫人的心。之前她曾與花嬤嬤來往過短短的時日，對她的言行有些了解，這位嬤嬤無論作何事都藏有隱晦之意，她不得不上心。

魏青石與魏仲良出了事，歸府後魏青石傷重只剩一口氣，侯夫人那麼刁蠻的人會如何想？

林夕落換了角度思忖，不由得判斷侯夫人恐會將這事兒賴在魏青岩的身上，救助不力，或者有心拖延去救人？這事兒說不準已經賴在了魏青岩的身上。

她若此時鬧出點兒事，恐怕會被侯夫人揪住不放，變本加厲的讓事情鬧大。會不會把魏青岩讓功給魏青石的事扳過來，說是魏青岩對魏青石懷恨在心，故意設了套子，欲加害魏青石？

林夕落心裡想著，不由看向了花嬤嬤，花嬤嬤只坐了椅子的三分之一，那般規整地坐著，目光也正看向她……

「花嬤嬤，您有心了。」

林夕落這般說，花嬤嬤知道她已想明白這其中的關鍵，「……五奶奶聰穎過人，老奴望您還是顧全大局。」

「可我旁日的脾性您是知道的……」林夕落自嘲一笑，「旁人都覺我是刁蠻、跋扈、囂張無理，對自個兒的事那是差上一星半點兒我都不依不饒，這時候我若退了，豈不是更被拿捏住？五爺恐怕也不好說辭。」

「這事兒不在於我，而在於是否有人想藉這個話題往五爺的身上扣帽子。」林夕落對花嬤嬤沒有遮掩，「若是有，無論我怎麼做都是錯；若沒有，我無非也是為自個兒爭點子空當兒，讓我能在這府裡喘一口氣罷了。」

花嬤嬤無奈地搖頭，「五奶奶依舊不肯妥協？」

「我不肯。」林夕落的回答很乾脆，看著花嬤嬤正兒八經地道：「花嬤嬤若有心將此事壓下，那就讓常嬤嬤自個兒來解決此事。若您覺得這事兒不能瞞過侯夫人，那不妨回稟給她，由著母親罵我個狗血淋頭，左右我又不少一塊肉，她心裡的憋屈也散一散，免得憋壞了身子。」

「老奴來此之時，就知道這事兒您不會答應。」花嬤嬤起了身，「但這事兒恐怕我不會容其鬧大，五奶奶好自為之吧。」

林夕落還了禮，冬荷送花嬤嬤至院門之處，秋翠上前道：「奶奶，奴婢怎麼聽得糊塗？」

「莫說妳糊塗了，我都在糊塗著……」林夕落嘆了口氣，也不再思忖此事，重新周整好衣裝，到門口與那些丫鬟婆子們繼續等。

未過多大一會兒，常嬤嬤從外歸來，恐是被花嬤嬤教訓了好一通，故而灰頭土臉，沉聲悶氣，走至林夕落面前道：「回稟奶奶，春芽的家人已被花嬤嬤帶走，老奴無能為力，她讓老奴先回來與奶奶算好院中的銀錢帳目……」

花嬤嬤果真是動手，不允她將事情鬧出郁林閣外……

林夕落沒對此事再多問，只開口道：「帳目我已是核對過了，這些丫鬟婆子但凡有欠了院中銀錢的，常嬤嬤是不是一一要回？」

秋紅將帳目遞上，無非都是剛剛那些替常嬤嬤出頭撐腰的人，其上十兩、二十兩的大有人在，這若是在尋常來看並不是個大數目，但若是加在一起，這數目絕對不小。

常嬤嬤接過帳目，眼睛不由得瞪大了眼，這讓她如何開口去要帳？

才替她出面說了話，這會兒她要反咬一口，這些人還不恨死她？

丫鬟婆子們站了許久，早已被林夕落讓丫鬟們對帳嚇破了膽子，這會兒讓常嬤嬤來開口豈不是故意的嗎？

秋翠在一旁的臉色多了幾分不屑，只看常嬤嬤會如何做。

林夕落不吭聲，這些丫鬟婆子們對常嬤嬤巴結恭維，無非就是為了兩字：銀子，否則也不會巴巴地跑出來替常嬤嬤說話，而她要做的就是用這「銀子」二字將她們徹底拆開。常嬤嬤不是顏面大？這銀子只要她敢開口要，這些人恐怕會立即反擊……

常嬤嬤紋絲不動，林夕落使了個眼色給秋翠。

秋翠本就一肚子牢騷，這會兒得了林夕落的眼色，便開口道：「常嬤嬤，時候不早了，您且快著點兒，咱們奶奶疲累得很，等不了您許久！不過是讓您將這帳目清一下，您何必如此為難？咱們院子裡每個月的例銀都是有數的……」

常嬤嬤一臉尷尬，只覺周圍那些人的眼睛好似一顆顆釘子，快能將她釘死……

「奶奶，這銀錢的事可再容老奴一日？」常嬤嬤求緩和，「家中都是有難處的，雖說銀子不多，但若是當面開了口，恐怕有人會覺得丟了臉面。」

秋翠不知道該如何回答，而是看向林夕落。

林夕落瞧著那些個丫鬟婆子，臉上倒是露了笑，「家中有難處？這事兒我怎麼不知道？」

常嬤嬤立即道：「都是粗使的下人，哪裡敢上前與奶奶直接開口？」

「可這院子裡的例銀都是我的，有人來借銀子我都不知道……常嬤嬤，我是說妳存善心呢？還是說妳拿我這主子不當回事呢？」林夕落笑容中帶了幾分狠意，常嬤嬤不敢還嘴，「都是老奴的錯。」

林夕落也不搭理她，而是看向眾人，「無妨，既是家中有難處，那妳就開口點名報個銀子數，若是真還不上，那就過來與我說一說家中有何難處我來貼補。雖說我不管侯府中的銀錢用度，五爺也沒富得遍地鋪金，但糧、鹽、錢莊還是有的，不敢說讓我院子中的人大富大貴，但填飽一家人的肚子，是沒什麼問題的。」

林夕落這話一出，丫鬟婆子們頓時驚愕不已。

她們有些人是大奶奶與二奶奶的人，可被派了這個院子來，誰不知道是幹麼的？

在那邊的院子裡是個可有可無的，被派至此處，打發了閒人，而且還多幾個可以探問消息的奴才，豈不是正好？但五奶奶如今的話語可讓這些人的心動搖了……

林夕落沉色不動，看著這些丫鬟婆子們吃驚、愕然的表情。

丫鬟婆子們臉上也無遮掩，互相對視，心中不約而同都在思忖同一件事。

這年頭她們巴結這位主子、巴結那位主子是為什麼？不就是為了填飽肚子，為了一口飯食？若是五奶奶剛剛所言是真，她們盡心盡力地侍奉五奶奶不就得了？何必再給那些不拿她們當人的主子們跑腿當奴才？

何況若是被五奶奶發現了，那方恐怕也不會收留，反而會落井下石地打壓，她們是裡外得不到好處，何必呢？眾人起初是互看，隨即小聲議論四起……

常嬤嬤心裡冰涼，五奶奶這手段實在是太狠了！

這是要把她徹底搞得身敗名裂，看著她被這些丫鬟婆子們戳碎了脊樑骨才肯甘休？

剛剛她歸來之前花嬤嬤已經特意囑咐，無論五奶奶如何做，她都不許有反擊或反駁的言語出現，必須忍過這幾日，容侯夫人喘一口氣再議不遲。可她有心忍，五奶奶哪能容得下她？

議論之聲越來越大，林夕落不攔著，誰不知這時候更要巴結五奶奶？

有一人如此想，他人便有同樣心思，膽子大的自是先開了口，直接看向常嬤嬤道：「常嬤嬤，老奴雖是得過您的好，但這事兒老奴不怕丟臉，都是老奴欠了五奶奶的情兒，差上一個銅子兒老奴早晚都要還上，不能讓五奶奶不知此事，您不妨就說吧！」

有人開了口，自有人立即接話：「奴婢就是個粗使丫鬟，一共就從帳目上向常嬤嬤借過二兩銀子，奴婢自己說了就是，不必讓常嬤嬤為難。」

「老奴三兩……」

「奴婢青巧，一共從帳目上借過兩吊錢……」

話語接連說出，不用常嬤嬤挨個點名，各個都直接報出名號和所欠的銀錢數目來。

秋紅多了心，立即與帳目上的銀錢數位核對，有的數目對，可有些對不上，絕非是多了，而是少了。她便把帳目有出入的名單劃下，遞到林夕落面前。

林夕落接過來一看，這些有出入的數目恐怕就落入了常嬤嬤手中……

看著林夕落目光投去，常嬤嬤心如寒冰，她是不想惹事，但這位五奶奶絕對不會放過她。

眾人幾乎都上前說完，已是快過了小半個時辰，林夕落看著常嬤嬤笑，笑容中帶有的寒意讓常嬤嬤從內心深處開始發顫，甚至寒遍全身。

「常嬤嬤，您要來看一看帳目嗎？」林夕落把那帳目遞去，常嬤嬤是接也不成，不接也不敢，猶猶豫豫之間，跪了地上道：「奶奶，都是老奴的錯兒！」

「妳有什麼錯兒？」林夕落道：「這上面的銀錢的確有出入，但妳是侯夫人派至郁林閣的管事嬤嬤，雖說如今犯了錯兒，可侯夫人沒發話，這管事嬤嬤的差妳還得在這位子上待著……月例銀子依舊按照管事嬤嬤的例領就是了。」

林夕落這話道出，卻讓所有的丫鬟婆子們瞪了眼，難道五奶奶並非要她們使勁兒鬧事，將常嬤嬤擠走？雖說常嬤嬤如今臉面盡失，可她在這位子上一日，她們哪裡能得到好？

「這事兒就這麼辦吧，那銀錢的單子還給常嬤嬤，讓她來料理此事即可，旁的事就不用她操心了，有事妳們都尋秋翠就是。」林夕落撂下這話，便起身回了屋子。

常嬤嬤捧著那帳冊不知所措，只能目送林夕落離去。

丫鬟婆子們大驚，剛剛出來說話的都啞口無言，連連膽怯後退，生怕常嬤嬤轉頭便是暴怒，而那些一直不動彈的，依舊繼續在一旁不動聲色地瞧。

常嬤嬤看向眾人，面色陰冷，如今她的臉面已是分毫不剩，雖有心撒這股子氣，卻無論如何都張不開這個嘴。

林夕落進了屋，秋翠忍不住問道：「奶奶，您怎麼沒將常嬤嬤攆走，反而將那些有意投靠的又扔回常嬤嬤手裡？奴婢有些糊塗，這不是更讓常嬤嬤得逞了嗎？」

林夕落沒回答，看向冬荷，「妳怎麼看？」

冬荷沉了片刻，才道：「奶奶怎麼會收容為點兒銀錢就瞬間變了臉的奴才？夫人要抬舉的，是那幾個不動聲色的丫鬟婆子。」

林夕落滿意一笑，「都有何人，妳心裡頭記住了？」

冬荷點頭，「奴婢都記在心裡了。」

秋翠反應過來，「奴婢想得過於狹隘了，還是冬荷姊姊心思細！」

「並非是妳狹隘，而是妳心思太直了。」林夕落說罷，又囑咐：「今兒出面給常嬤嬤挖了坑的，恐怕都會心虛不安，定會主動來投靠妳，這些人往後都由著妳來管著，能否拿捏得住，都瞧妳的了！」

「奶奶放心，我絕不會給她們半分好臉色！」秋翠叉腰應承，林夕落則誇讚了秋紅：「這丫頭也是個心思細的，妳不妨也帶一帶她，將來妳出閣成了媳婦兒，她就來接妳的位子。」

「奴婢還年幼，夫人就開始攆奴婢……」秋翠說著，有些臉紅。奶奶今兒就讓她來管府裡的丫鬟婆子，恐怕早有心將她許了人，而後留在院子中做管事的婆娘……

林夕落沒再多言，而是用了午飯後去教習魏仲恆。

魏仲恆今日有些心不在焉，寫著字卻時而望向窗外，顯然是知曉魏仲良已經歸來，以及魏青石傷重之事……

林夕落看向小黑子，這小子從她一進門就開始像個猴子似的上躥下跳，已偷偷地朝著門外溜出去兩次，可又怕被林夕落責怪，便偶爾回來露上一面。

林夕落輕咳一聲，小黑子立即止步，餘光偷看林夕落，卻發現五奶奶正瞪著他。

「五、五奶奶有什麼吩咐奴才做的？」小黑子雖才十歲，可恐怕自懂事起就開始巴結地笑，如今這笑容好似一張面具，隨時能扣在臉上。

林夕落聲音冷漠犀利：「你今兒與仲恆少爺說了什麼閒話？」

小黑子下意識便道：「奴才沒說什麼。」

「你再敢說一句？」林夕落聲音低沉，嚇得小黑子跪了地上，不容他再說，林夕落叫上秋翠：「給我掌他的嘴！」

秋翠下手不留情，當即揪著小黑子衣領一頓嘴巴子抽上，小黑子叫聲淒慘，嚇得魏仲恆即刻起身，行至林夕落的跟前跪下，「嬸娘息怒，都是侄兒的錯，侄兒聽說父親歸來，才讓小黑子出去問一問。」

「可他帶回來的消息讓你更無心讀書，無心行字。」林夕落不喊停，秋翠也不停手，小黑子叫得越慘，她下手便越重。

魏仲恆有些恐懼，「嬸娘饒了他吧，他也是為侄兒打探消息。」

「我早已告誡他不許隨意出門，可他管不住自個兒的腿，我未打折他的腿已是善心，為何要饒他？」林夕落看著魏仲恆，初次沒了耐性，而是訓斥：「莫以為你求饒，你就是沒了錯兒，你雖是侄兒，並非我親子，可既是在我院子裡讀書行字，那我就要教出你道理。你覺得我狠，那我問你，你知道了仲良重傷，你可能醫治？」

魏仲恆僵持半晌，搖頭，「侄兒不能。」

「你知道大爺如今身負重傷，你能醫治？」

魏仲恆依舊搖頭，「侄兒也不能。」

林夕落看著他複雜的神色，又斥道：「任何忙都幫不上，那你不在此地讀書行字，心不在焉的作甚？」

「母親說，侄兒的父親與兄長自應該孝敬與聽從，所以侄兒想見他們。」魏仲恆猶猶豫豫的，還是把這句話說出了口。

林夕落冷笑，「我不斥你，我這就讓你看看他們可是想見你。」說罷，吩咐冬荷：「妳帶著小黑子去見大奶奶，說仲恆少爺有心回她的院子給大爺與大少爺請安。」

冬荷領了命，秋翠停手，小黑子的臉早已青腫如饅頭，可林夕落發了話，他也要跟著去。

魏仲恆的臉上閃過一絲欣喜和期盼，林夕落冷嘲卻不發話，她要讓魏仲恆親身經歷一次庶子在大奶奶心中到底是何地位，但魏仲恆終究是不滿十歲的孩童，故而她才未親自帶著他去，怕他所受的刺激過重。

林夕落未再與魏仲恆說這件事，而是逕自看著書。魏仲恆不敢與林夕落說話，只默默地等。

等候許久，直至快近日落，冬荷與小黑子才匆匆歸來，瞧著二人面容，便是沒得一件好事。

冬荷看向小黑子，「你上前說吧。」

小黑子捂著臉，略帶委屈膽怯地道：「少爺，大奶奶……大奶奶說不允您回院子，讓您一直都在五奶奶這兒，久留於此。」

小黑子話語說著，臉上也有幾分失望。

他為人雖油滑，可也是十歲孩童，自幼跟隨魏仲恆，巴不得哪一日這位少爺得了寵，他當奴才的腰板也能跟著挺直。旁日裡巴結這個，巴結那個，誰都能在他臉上拍上幾巴掌，所以他連做夢都想著何時能有人來巴結他，讓他也有耀武揚威之時，可如今大奶奶與大少爺都不允仲恆少爺回院子，剛剛他被秋翠抽了一通嘴巴，此時卻感覺不到分毫的疼痛。心裡的疼，才是最重的傷。

小黑子有如此感覺，魏仲恆就更不用提了。

不允他回院子，一直待在五嬸娘這裡，他到底是誰的兒子？

魏仲恆有些發懵，一張小臉瞬間刷白，孤寂、無助，眼神中帶著彷徨委屈，看向林夕落，翕了翕嘴，不知該說些什麼。

林夕落看著他，心裡也有憐憫，可她既有心教他，便不能軟語輕言，只得言道：「既是大奶奶如此說，你便安心在嬸娘的院子中修習。有些事你既然無力幫忙，那就踏踏實實地讀書，懂嗎？」

魏仲恆不知是否真的明白，卻連連點頭。

林夕落帶著冬荷與秋翠離去，小黑子立即跑到魏仲恆面前用話語安撫……

回到正院，林夕落問起了冬荷：「可是見到大奶奶了？那方都有何情況？」

冬荷仔細將今兒帶著小黑子去尋大奶奶的事說起：「……奴婢帶著小黑子去時，那院子裡亂七八糟，待說明了來意，大奶奶身邊的嬤嬤直接讓奴婢回去，說大奶奶與大少爺此時沒空。奴婢提了您，她才不得不進去與大奶奶回稟。」

冬荷說到此，沉了片刻，「說不允仲恆少爺歸府自是大奶奶先提起的，可奴婢也聽見屋內有一個男人說話的聲音，好似是『添什麼亂』這類的話，可大爺與大少爺一直都未露面，奴婢出來時，花嬤嬤正巧去了。」

「花嬤嬤可知曉妳去那裡所為何事？」林夕落想著花嬤嬤，她若有心便會當面問冬荷，而不會問孫氏。

冬荷點頭，「自是問了的，奴婢將事兒原原本本地說了，她則讓奴婢與您好生商議，希望您能再照看仲恆少爺些許時日，但奴婢看她臉上多出幾分擔憂，不知是為大爺擔憂，還是為仲恆少爺擔憂。」

林夕落冷笑，「她哪裡是擔憂？是怕我這時候去尋大奶奶鬧出事來！」

冬荷與秋翠不再多話，林夕落也不再去想魏仲恆的事，如今侯夫人與孫氏已經沒心思來顧忌這個孩子，更惦記的是魏青石與魏仲良兩人的功過與生死。

晚間洗漱過後，林夕落不願入眠，臥在靠窗的榻上歇息看書。魏青岩依舊毫無訊息，魏海或李泊言也沒有來此給她傳上幾句信兒。腦中想著事，不知不覺就這般臥了榻上睡過去。

深夜靜謐無聲，偶爾從窗外吹進涼爽的清風，讓在窗旁的林夕落霍然醒來。冬荷沒有叫醒她，恐怕也是想讓她好生歇息一會兒。她沒有起身，目光投向窗外……

澄亮的明月高懸於空，已近陰曆四月，她來到此地好似有一年的光景了。

這一年，糊裡糊塗地過，糊裡糊塗地折騰，往後卻是一輩子，她要怎麼過？

她很想念胡氏與林天詡，那時在林府雖是勾心鬥角，可有母親在身邊，有林天詡時而逗笑她，還是很快樂的。如今快樂嗎？魏青岩……林夕落兩輩子才嫁這一次，她承認自己不懂什麼是愛，就是惦念和心中有他，這算是愛嗎？

腦中胡思亂想，正準備起身看一會兒書，忽聽門外有陣陣聲響和急促的腳步聲傳來。

冬荷從外跑進來，見林夕落未睡，連忙上前道：「奶奶，是齊大管事。」

齊呈？他怎麼會找上自己？

林夕落起身，穿好衣裳便出了門，齊呈已在正堂等候，見林夕落出來，上前道：「五奶奶，侯爺請您去一趟。」

「五爺可是在？」林夕落直接問起了魏青岩，齊呈連忙點頭：「五爺剛剛回來，侯爺也派人將他請去了。」

魏青岩也在？而且是尋她夫妻二人？宣陽侯到底是欲作何事？

林夕落沒有立即答應，而是直直地看向齊呈，明擺著他不說出何事，她就是不走。

齊呈苦笑，「五奶奶，卑職好歹也是這侯府的人，怎麼能矇騙您？」

「那可說不準，五爺臨走時的吩咐你也聽到了，他不允我出這院子，所以他沒有口信兒我就不能走。」林夕落反駁，齊呈便道：「這可是侯爺派卑職來請您。」

林夕落看向窗外，「天亮後，我自會去。」

「沒五爺的話您就是不去？」齊呈略有氣急，林夕落一副理所當然，「當然要等天亮，否則這夜晚時分，你親自帶一隊侍衛來請，知道的是侯爺尋我有事，不知道的還以為我犯了什麼大錯兒，惹人非議……」

齊呈被這彎子繞得啞口無言，但又覺林夕落這般說也沒錯，可侯爺與他的心裡壓根兒就沒認為五奶奶會忌諱這等規矩？真是該顧忌的時候，她跋扈無理，這事情緊急，她反倒把「規矩」二字擺出來，讓他們難做了。

「不過若是齊大管事能夠告訴我侯爺尋我所為何事，我倒是可估量事情是否緊急……」林夕落這話道出，齊呈連忙搖頭，「五奶奶，您甭為難卑職，這事兒卑職不能說。」

「你不說我就不去。」林夕落斬釘截鐵，「五爺訓斥過我，做事不得魯莽，你還是請回吧。」

「五奶奶，您真的不信任卑職？」齊呈有幾分驚詫不悅，林夕落也不回答，就那般看著他。

「您還是甭說了，卑職這就回去讓五爺來請您！」齊呈也不再多說，拱手便轉身離去。

林夕落並非是不信齊呈，而是他不肯告知自己到底出了什麼事。

魏青石與魏仲良二人都已歸來，自沒有戰事需要她再雕字傳信，宣陽侯找她還能是何事？除卻雕字，林夕落不願與宣陽侯有更多的接觸，縱使避免不了，她也要有魏青岩事先提點，如今齊呈大半夜的來找她，她怎能糊裡糊塗就答應？

想至此處，林夕落對剛剛的迷茫反倒清明些許，她這輩子恐怕是與魏青岩栓在一根線上的螞蚱，何苦再給自己身上添疼，去思忖是否有愛存在？

起身重新換好一件衣裳，而此時，魏海從外親自來請。

看到林夕落已經打理好，魏海不由輕笑，「奶奶，您剛剛可不知道，齊呈去尋五爺可是好一通抱怨，五爺脫不開身，只得讓卑職前來請您了。」

林夕落也不再繞彎子，而是直接問：「找我何事？若是齊呈剛剛肯說，我自不會那般推脫。」

魏海前來，林夕落的心底自是有數的……

「大爺傷重，如今悶在那屋子裡是死是活誰都不知道。大少爺心底存了恨，連連叫嚷要去為大爺復仇一雪前恥，侯爺心底也動了這個念頭，畢竟大爺戰功握於手中本就窩囊，歸來時再遇刺，這打擊實在太大了，侯府也頂不住非議。」

魏海說到此，停頓半晌，露了幾分不滿，「如今大少爺的傷勢也不輕，可他卻不依不饒，侯爺有意讓五爺跟隨，五爺不願意。」

「讓五爺跟隨？這事兒是侯爺的意思？」林夕落心中存疑，本就是魏青岩的功勞被他們搶去，魏青石受了傷，再讓魏青岩出征，大房的顏面可就蕩然無存了。

魏海搖頭，「侯爺為的是挽回宣陽侯府的顏面，可這事兒是二爺提出來的。」

林夕落冷笑，魏青煥？這人心底從來就恨不得魏青岩趕緊死，不用想他有什麼鬼心眼兒，便可斷定是心存壞主意。

不再多問，林夕落另提起最重要一事：「侯爺有意讓五爺出征，為何要尋我去？」她一個女眷，這事兒怎麼都輪不到她頭上啊？

魏海正了神色，看向後方侍衛，湊近林夕落低聲道：「張子清大人傷重，已經無法再跟隨出征，侯爺不得不尋您去，至於他心中到底怎麼想，那便不得而知了！」

林夕落恍然，怪不得會派齊呈親自來找她，宣陽侯這心思可夠遠的……

「五爺可有交代？」林夕落問起魏青岩，這事兒讓魏海來接她，自是應該有話欲傳。

魏海搖頭，「侯爺在場，卑職沒能問。」

不容再多耽擱，林夕落隨著魏海出門上了轎輦，一路上她腦中都在想魏青岩有何打算？

行至宣陽侯的書房，林夕落緩慢地下了轎輦，慢慢悠悠地往裡走，而這時卻聽到屋裡傳出的叫嚷聲。

「祖父，孫兒自行帶兵前去將名聲挽回，不用五叔父相佐！」

「仲良，你不許胡鬧，由你祖父決定此事該如何辦！」魏青煥的聲音尖銳刺耳，門口回稟：「五奶奶到！」

這時，林夕落聽到魏青岩的聲音：「相比出征領功，我更樂意在府中陪著丫頭當木匠。」

魏青岩這話一出，卻是幾聲冷哼的回應。

林夕落的腳步頓了一下，隨後才邁步進屋向宣陽侯等人行禮。

屋中人不少，除卻宣陽侯與魏青岩，還有魏青煥與一個少年，這應該就是孫氏的嫡子魏仲良。

宣陽侯看著她，隨即又看向魏青岩，不悅地言道：「這事兒還是你來說吧！」

「我不說。」魏青岩頂了回去，一副事不關己的模樣。

林夕落臉上露了笑，心中已明魏青岩之意。

侍衛剛通稟她到來，魏青岩就補了一句樂意陪她當木匠，這不明擺著是不願摻和這件事？

宣陽侯滿臉惱意，有些下不了台，林夕落藉機上前又向宣陽侯行福禮，「父親尋兒媳來不知有何事吩咐？」

林夕落率先開口，宣陽侯自不會就此回答，反倒是魏青煥接話道：「五弟有意帶妳一同出征，妳有何想法？」

魏青煥問話的方式極為陰損，不提魏青岩不願去，也壓根兒不提這次出征是為了輔佐魏仲良，反倒是直言先問她是否樂意。如若林夕落之前未有魏海提前通稟這件事，她興許還真就一口咬定魏青岩去何處她自當跟隨這等話來。

可如今她不會上他的當，而是細細思忖半晌，好似想不出答案。

「有什麼想法就說，至於如此費勁？」宣陽侯忍不住斥責，林夕落則看向魏青岩，納罕問道：「兒媳只是納悶五爺出征與我何干？為何要我同去？如若是出城遊玩賞樂，兒媳自當樂意，但若是軍營打仗，兒媳去了豈不是添亂？」

宣陽侯皺眉冷哼一聲，可他又不能明擺著說她去是為了傳信雕字，只得道：「添什麼亂？軍營之地，妳一女眷自不能隨意亂走！」

「去軍營就一間屋子圈著，還不如侯府院子中能動彈，我跟去作甚？」林夕落反問，更是一臉不明所以地看向了魏青岩，那表情十分無辜。

魏青岩雙眸微瞇，明顯是對她這糊裡糊塗的模樣表示贊同……

林夕落心裡有了底，連忙走到魏青岩的身後作出三從四德的恭順來，擺明了她是聽魏青岩的。

宣陽侯氣得嘴角抽搐，而一旁的魏仲良則接話道：「祖父，五嬸娘也不願跟隨，不如就由孫兒自己帶兵前去，也是給孫兒一個機會，請祖父下令！」

魏青岩不去，宣陽侯自不可能讓林夕落單獨陪同魏仲良，可這是他的孫子，雖非初次征戰，但從未親自帶兵，何況這般魯莽的性子若單獨赴戰，危機四伏……這可是他的嫡孫！

魏青煥看著宣陽侯的發怒，便對魏青岩道：「五弟，這可是你的侄兒，你不肯幫襯一下？人都有私心，可你也不能如此置親人於不顧吧？」

不等魏青岩回話，林夕落幽怨地埋怨著：「為何要五爺去？二爺怎麼不去？」

「我……」魏青煥一怔，陰冷的眼睛狠瞪著林夕落，「妳一個娘們兒，不許隨意插嘴！」

「不允我插嘴，那還叫我來作甚？」林夕落立即走到宣陽侯面前，「父親若無吩咐，兒媳這就回去了。」

林夕落說罷就要走，還可憐兮兮地看著魏青岩，顯然是要他一同回去……

宣陽侯冷瞪魏青煥，只得看向魏青岩，最後一問：「你是真不肯去？」

魏青岩看向魏仲良，目光中有挑釁和不屑之意。

魏仲良年少氣傲，起身道：「祖父，孫兒只願獨自前去，不願五叔父相隨，還望祖父成全！」

「不識好歹！」魏青岩站起身，冷冷地看了魏仲良幾眼，便帶著林夕落出門。

林夕落未乘轎輦，而是跟著魏青岩往回走，魏青岩似在思忖這件事如何辦。

魏海所講的雖已甚是詳細，可未親身經歷，她還真體會不到侯府各房的針鋒相對。

魏仲良不願魏青岩隨同是怕他搶功，而且年少氣盛，他與魏青岩出征，話語權定落至魏青岩的身上，輪不到他多嘴。再加上嫡庶本就不和，故而魏仲良才當面請示宣陽侯，執意親自領兵挽回顏面。

魏仲良這番小兒心思，林夕落不多思忖，她想的是魏青煥這般做是為何？

魏青石生死不知，如若魏青岩隨同魏仲良一同征戰……

林夕落心中突然蹦出個念頭：他是盼著這兩人都戰死吧？

即便魏青岩無事，魏仲良若也戰死，魏仲恆一個庶子自不能成氣候，魏青煥豈不是能將心思放在世子頭銜上？

何況魏仲良與魏青岩不和，若是魏青煥在其中動了什麼手腳，戰場就是殺場，誰知會出什麼意外，這豈不是都能賴在魏青岩的身上？

林夕落想至此處，心中一驚，魏青岩正在看她，「妳想明白了？」

「嗯。」林夕落小雞啄米似的點頭，「二爺的心思夠毒的！」

魏青岩抬起她的下巴，「那件事還未與我解釋清楚，我等著聽。」

「什麼事？」林夕落納悶地揪了眉，雖是故意裝傻，可心中卻在腹誹他這心眼兒太細了吧？還沒把通房那件事給忘了……

魏青岩的臉上露出幾分惱意，「不許裝傻！」

林夕落滿臉委屈，心裡頭的火也起來了，「想怎麼著？五爺說吧，要殺要剮隨你了！」

魏青岩瞠目結舌，這怎麼忽然冒出這樣一句？

「妳還有理了？」魏青岩看著她，林夕落立即轉身，朝著侍衛道：「都躲遠了，堵上耳朵！」

侍衛們即刻離開百米之遙，林夕落隨即叉腰道：「我怎麼就不能有理了？不過是個通房丫鬟的事，五爺還不依不饒了，我怎麼知道你是否想要通房丫鬟？我若是把人攆走，你翻臉了怎麼辦？這裡是宣陽侯府，又不是景蘇苑，你有什麼心思，我能左右不成？何況你又從來沒與我說過你不要這東西，我個當媳婦兒的，若是連通房都不肯收，侯夫人還不得斥我個善妒將我給休了！」

「上次哄了你一次不成，還來找我算帳，我還不知去找誰算帳呢！沒完沒了，你怎麼這般小氣？」林夕落閉著眼睛狡辯一通，聲音雖刻意壓低，可這半夜三更本就無人，聲音隨著清風傳向四方，已離去百米的侍衛只好全都又捂上了耳朵。

魏青岩被她這一通叫嚷給氣得不知如何是好，合著他不要通房丫鬟，還成了他的錯兒？這到底是誰的不是？

不等魏青岩開口，林夕落冷瞪他一眼，「都將錯處怪了我身上，你明明就是想讓我去求你，不許讓通房丫鬟上你的床，你只能有我一個才心中滿足！明明就是你霸道，卻還賴在我的身上，不知是誰無理！」

林夕落發洩一番，將這事兒全部賴到魏青岩身上，待沒什麼可說的了，便又琢磨著嘆口氣，「我都說完了，該你說了！」

魏青岩咬得牙根兒直癢，「妳把話都說到這個分上，我還能有何說的？」

「沒說的？那咱們回去吧。」林夕落說罷，就想糊裡糊塗地糊弄著走，心中不由竊笑，可算是把這事兒給搪塞過去了。

魏青岩一把揪住她，「休想這麼算了！說我霸道？那我就霸道給妳看看！」說著一把將她扛到肩膀上，匆匆往郁林閣走。

林夕落怎麼掙扎，都拗不過他的那一雙大手，掙扎太凶，他便是兩大巴掌拍了她的屁股上，她大聲喊疼，卻聽魏青岩警告：「妳再敢喊，我就在此地辦了妳！」

「你瘋了！」

「不信妳就試試……」

林夕落不敢再開口，可不能說話不代表不能動嘴，就在他肩膀上以牙齒洩憤，可沒多大一會兒，便覺得牙酸，「這肩膀怎麼這麼硬啊！」

魏青岩行步的速度極快，沒過多久便進了郁林閣。

秋翠與冬荷都在正屋門口等著，遠處燈火照亮，就看到五奶奶被五爺扛在肩膀上氣勢洶洶歸來，兩人嚇得差點兒咬了舌頭，急忙進去鋪床、點燭，隨即就看著兩人進去，砰的一聲將門踹上，擺明了不允他人靠近。

秋翠膽怯地撫了撫胸口，紅了臉地湊近冬荷道：「奶奶的小日子走了嗎？」旁日裡伺候此事的是冬荷……

冬荷點了點頭，「已經過去了。」

秋翠吐了吐舌頭，「那咱們要在這門口守著？」

冬荷側身回頭看半晌，嘀咕道：「還是離得遠點兒好……」

兩人離開門口去了側間，還未等進門，就聽到林夕落叫嚷一聲，冬荷的臉緋紅不已，拽著秋翠，「還是再走遠點兒……」

而屋中，幾聲嘶嚷吵嘴之後便是一陣呢喃呻吟，林夕落體味著他的霸道，身疲力軟，心底卻有著渴望。他臉上滴下的滾熱汗珠落在她的鼻尖上，這一番旖旎春光，直綻放至翌日天亮。

待林夕落睡去醒來，又被那霸道之人壓在身下，她忍不住叫嚷道：「就算要報復，也得先給兩口飯吃，我餓！」

一連三日，魏青岩與林夕落都沒出正屋大門。

冬荷就在屋外守著，按著時辰帶兩個小丫鬟悄聲進去送吃食和打掃淨房、放好洗漱的水，隨後便出門守著。

秋翠這幾日被院中的丫鬟婆子們纏得幫襯不上，秋紅便時而在這裡幫冬荷的忙。

這三日的功夫，魏海每日都來此一趟，待見正屋大門依舊緊閉，也不多問，轉身就走，但齊呈可是在此苦哀，每日一早便來，等至夜晚離去。三日功夫，多少也能與冬荷問上一兩句話，可冬荷一來話少，二來覺得自個兒腦子慢，齊呈問話，她不知怎麼答才對，索性半句不回，讓齊呈心裡腹誹，五奶奶脾氣怪，這貼身的丫鬟也跟著怪！

魏青岩透過窗櫺縫隙，看著齊呈又一日離開郁林閣，不由回頭看著正呼呼大睡的林夕落，嘴角揚起一抹壞笑，起身朝她走去。

玉臂橫陳，髮絲垂縷，胸口處一個又一個的紅印赫然在目，好似於白皙皮膚畫上妝粉。一薄被搭在腰間，似露非露之姿，反倒更惹得他慾望又起……

這個執拗的丫頭！

魏青岩心底感嘆，他不過就想從她口中聽一句帶絲醋味兒的話語，哪怕是不允他再想通房的事，也不是什麼過分的要求吧？可為何她就不肯呢？

魏青岩摸摸鼻子，是他心思太狹隘，還是這丫頭脾氣太擰？

伸出手摸向她仍微紅的小臉，手指剛輕觸，林夕落咕噥幾聲，小腿兒一橫，吧嗒幾下嘴，轉身繼續沉睡。

魏青岩笑意更盛，大手從她脖頸向下摸，將她弄醒。

林夕落睜眼就見他在笑，「你還笑得出來……」

「為何不能笑？」魏青岩又上了床，林夕落閉著眼，嘟囔道：「再這麼下去，我真要考慮一下是否為你納幾房妾了……」

魏青岩怔住，隨即咬她一口，「妳再說一遍？」

林夕落一臉苦澀，「我求饒還不成？你到底想讓我說什麼啊？」

「妳……」魏青岩心焦氣躁，卻又無顏將原因說出口，只能將她好生折騰，看她什麼時候能反應過來才算甘休。

林夕落被他揉捏得心中也急，索性從床上爬起來，撲在他的身上，「來吧，你想怎麼著？我豁出去了！」

這話出口，魏青岩心裡倒是美，看著她嬌小的身子在眼前晃來晃去，可林夕落還未等在他身上坐穩，又渾身無力，趴在他的胸膛上，「算了，我沒力氣爭了，你想怎麼著就怎麼著吧！」

魏青岩拍了她的屁股幾巴掌，林夕落耍賴不動，嘀咕著：「為你尋通房你不應，為你納妾你還不幹，這人真是難伺候得很，你到底是想怎樣？」

林夕落並非不知他有意讓她如尋常女人一般撒嬌，可她就是不從。

憑什麼他想要什麼，她就做什麼？何況她也知道，他如今這番做派明擺著是躲宣陽侯讓他再出征的那筆糊塗帳，所以也不著急，就這般看著他面驚肉跳，卻又不肯說出心底真實想法的糾結模樣。

林夕落承認自個兒又在損人不利己，可她就樂意瞧著他嘴角抽搐卻又顧面子的焦躁樣兒，起碼少幾分冷漠，多幾分真情……

魏青岩看著她，林夕落卻不敢直視，忽覺一物又頂了她的小腹，她正在納罕這人的體力怎麼如此強，門外忽然響起了冬荷的幾聲輕咳……

「什麼事？」林夕落趴在他的身上，只探個腦袋出去。

冬荷背過身，走至內間門口，悄聲道：「魏統領又回來了，說是尋五爺有急事。」

「知道了。」魏青岩沉哼應和，冬荷立即離去。

林夕落趴在他的身上笑，明擺著是笑他無法得逞。

魏青岩眉頭微蹙，有幾分不悅，拍她屁股幾巴掌，便起身披上外袍，到外間聽魏海回事。

林夕落也未在床上賴著，叫了一聲冬荷，冬荷才進門。

「奶奶，奴婢可算是瞧見您了……」冬荷為其梳攏著頭髮，林夕落則隨意將之一束，「還是幫我揉揉這胳膊吧，酸得很……」

冬荷抿嘴羞笑，一邊揉著她的胳膊，一邊道：「好似是急事，魏統領急得險些直接跑進來。」

「再大的急事又能如何？」林夕落自言自語，而這會兒魏青岩也從外堂進門，冬荷連忙退去。

林夕落顧不得再與其黏膩嘻鬧，開口問道：「出了何事？」

魏青岩獨自穿衣，口中道：「大爺病重，妳也穿衣，吩咐院中管事的準備白事，妳隨同我一起過去。」

病重到這種地步？林夕落心中略驚，忍不住問起魏仲良：「他可還執意要出征？」

「他？他有那膽子，可也得有那腦子！」魏青岩面露幾分不屑，「準備著吧。」

「可是要帶仲恆那孩子去？」林夕落想起魏仲恆，他好歹也是大爺的兒子，這等時候怎能不見蹤影？

魏青岩沉默，林夕落補言道：「之前他曾有意要見一見大爺與仲良，可惜被大嫂給頂了回來，九歲的年紀雖小，可該經歷的事不可免。」

「讓人叫他起身，動作快些。」魏青岩只得點頭，林夕落跑到門口告知冬荷，冬荷立即往前院跑去，讓小黑子把魏仲恆叫起來。

魏青岩帶著林夕落離開郁林閣，此時魏仲恆還有些沒睡醒，待得知是父親的事，他一路有意開口問上幾句，可看到魏青岩一張冷如冰霜的臉，只得閉上嘴一個字都不敢說。

林夕落沒有安撫他，該經歷的事，旁人不能阻擋。

聽聞與經歷截然不同，何況魏仲恆是個男丁，從挫折中成長，從打擊中塑性，這是他必須要走的路，否則他的命運會被旁人控在手中。

陸之章◆白事構釁迫刺殺

這還是林夕落第一次來嫡房的院子，嫡庶的高低，單從院子大門便可看出有多大的差距，那偌大的石碑「雅香居」赫然在目，只差上面再刻上「嫡出」的標記。

魏青岩的貼身侍衛上前尋人通稟，林夕落與魏仲恆在此隨同等候。

魏仲恆擔憂道：「嬸娘，這是何地？」

林夕落驚愕瞪眼，「你沒從此地走過？這是你父親的院子。」

魏仲恆搖頭，「旁日只從側門走，我能見到父親嗎？」

林夕落心底駭然，卻不敢回答，誰知他能不能真的見到魏青石？

侍衛通傳，魏青岩帶著林夕落、魏仲恆進了院，院中的下人們瞧見魏仲恆，都有些驚詫，小黑子則滿臉陪著笑意跟隨其後。

此時雅香居內已經眾人齊聚，宣陽侯、侯夫人，連帶著二房人都在此等候，林夕落一進門就看到了宋氏在瞪她，可見到魏仲恆時，便道：「妳……妳怎麼把仲恆帶至此處？」

宋氏這一開口，卻是讓侯夫人瞬間抬起了頭，連帶著一旁抹淚的孫氏也驚愕看去。

魏仲恆被眾人盯得膽怯，連忙跪在地上向侯爺與侯夫人磕頭：「給祖父、祖母請安，給母親、兄長請安，給二叔父……」

一個接一個地磕下去，侯夫人卻是在瞪林夕落，「妳此時將他帶來到底藏的什麼心思？」

魏青岩不答話，林夕落上前道：「仲恆心中想念大爺與大嫂，兒媳便帶他來見一見。」

侯夫人冷哼一聲，宣陽侯在此，魏仲恆也在此，她自不能表現嫡庶之別。

孫氏拍了拍胸口，看向林夕落的眼中帶有幾絲怨恨，魏仲良當即道：「二弟，你過來。」

魏仲恆一愣，隨即緩步上前，魏仲良揪過他的衣領，指著自己的臉道：「你不是想看？那就好好地看一看！」

魏仲恆嚇得有些腿軟，又不知該說些什麼。魏仲良俯頭低視，口中帶幾絲不恥：「看清楚了？看過後便滾回去，少在這裡添亂！」

「放肆！」宣陽侯冷斥：「這是你的弟弟！」

魏仲良冷哼一聲才鬆開了手，魏仲恆癱軟在地，周圍眾多長輩齊聚，他嚇得快哭出來。

孫氏朝著身旁的嬤嬤擺手，那嬤嬤便去扶魏仲恆起身，在侯爺面前她必須裝出嫡長媳應有的大度和寬容。魏仲恆起了身，被孫氏拽至身旁，撫摸其額頭，「別怕，你哥哥也是心急，話語不當，你不要怪他。」

魏仲恆看向魏仲良，有心說話，可看到魏仲良那鄙夷之色，便將嘴巴緊緊地閉上，轉頭將目光投向了林夕落。他不是傻子，剛剛進門那狀況，五嬸娘好似也跟著受了責怪……

這事兒終歸不是要緊的事，宣陽侯又起身去內間問一遍太醫搶救得如何，可依舊沒有結果，只得又轉身坐回原位。

魏青岩拽著林夕落到一旁的位子上坐下等，兩人都沒說一句話。

時間一點一滴過去，內間偶爾傳出太醫們的議論之聲，侯夫人一直盤坐不語，舉著手中的佛珠在默默祈禱。孫氏擦拭著眼淚，眼睛紅成了兔子眼，林夕落心道：這時候就開始哭喪，能救過來才是見鬼了！

她這心思剛落下，便聽屋內響起仨字：「不成了！」

宣陽侯立即蹦了起來衝進屋內，侯夫人眉頭緊蹙，卻依舊不停地念著佛經。

「五爺，侯爺請您進去。」

齊呈從屋內出來，行至魏青岩的身旁回稟。

魏青煥皺眉，魏青石臨閉眼之前卻是要見魏青岩？這事兒怎麼可能？

「是大哥要見，還是父親的吩咐？」魏青煥在一旁忍不住插嘴，侯夫人也心詢問，齊呈道：「是大爺。」

侯夫人帶幾分警告地看向魏青岩，魏青岩斟酌片刻才起了身，叮囑林夕落道：「在這裡等我，不要亂走。」

林夕落應下，魏青岩隻身進去，也就不過一炷香的功夫，便有人從屋內行出，掛了一縷白。

魏青石，宣陽侯世子歿了……

孫氏的眼淚湧得更凶，魏仲良衝至房間門口，當即跪地，朝內大喊一聲：「爹！」

侯夫人手一鬆，佛珠掉地，四處散落，驟然昏倒，花嬤嬤立即喊太醫來，孫氏的眼淚好似水珠一樣，劈里啪啦的往下掉。

齊呈吩咐侯府的下人們掛白、報喪……

夜晚三更，月黑風高，白色的綾條掛遍整個院子，林夕落怎麼看都覺得悶慌……

魏青煥一副痛心疾首好似喪父般的痛心面容，就像一根長畸形的茄子，怎麼看都覺得彆扭，還抹了半天臉，主動去主持白事，藉機離開此地。

孫氏一邊哭一邊在侯夫人的身邊勸慰著，林夕落琢磨著自己是否也要過去演兩齣戲？

正猶豫之間，宋氏抹著眼淚過來斥她：「府中出了喪，妳絲毫感覺都未有，妳還長了心嗎？」

林夕落被她這通斥，心裡頭也有了火，她連這位大爺的面都沒見過，甚至都不知他長得什麼模樣，她哭得出來嗎？

「二嫂，您那帕子借我一下。」林夕落說是借，卻是直接從她手中硬搶，拿來往鼻子旁邊一聞，頓時打了個噴嚏，眼淚兒也跟著掉出來了，嘴上嘀咕著：「您這灑了多少薑汁？嗆死了……」

宋氏大驚，連忙轉頭看向侯夫人與孫氏，心中氣惱，卻不敢在此時與林夕落糾纏個沒完，只得把帕子搶回，離她遠遠的。

林夕落掏出自個兒的帕子擦著眼睛，心裡只盼魏青岩快點兒出來。

侯夫人哭昏過去幾次，花嬤嬤沒轍，直接作了主，「還是先送侯夫人回院子，這地兒再待下去，她恐怕傷心得更厲害。」

孫氏哭成了淚人兒，「都依花嬤嬤的意思辦。」

宋氏不願在此待著，更有心巴結侯夫人，便哽咽著上前道：「大嫂不必擔憂，晚上我去守護著母親。」說罷，頂了花嬤嬤的位子，吩咐太醫等人跟著去為侯夫人診脈。

侯夫人昏迷，花嬤嬤自不能拒絕宋氏，而孫氏已無心計較她這點兒小心思，只是坐在那裡哭。

魏仲恆也在哭，可他就像一隻角落中無人理睬的小貓，縱使哭都不敢發出太大的聲響。

侯夫人離去，宋氏跟隨，這屋中立即清靜些許。

孫氏看到只有林夕落在，不由想起了魏仲恆，朝身後看去便是道：「仲恆。」

魏仲恆立即抹著眼淚小跑上前，「母親。」

「跟隨你五嬸娘回去吧，母親如今忙碌得很，顧不上照料你。」說罷，又看向林夕落，「還要勞煩妳了，五弟妹。」

林夕落沒想到這時她還想著把魏仲恆推給自己，這是怕大爺的世子位有人爭搶？

林夕落去門口叫上了冬荷，吩咐道：「先帶仲恆少爺去淨一把臉。」

冬荷明白林夕落之意，哄著魏仲恆離開屋子，孫氏的眉頭蹙緊，「五弟妹，妳可是有怨言？」

林夕落當即回道：「怨言自當有，這又不是我兒子，我憑什麼要費苦勞心？不過我更訝異大嫂您這海底針的心思，他不過是庶出，又年幼，您都容不下他在這院子裡待？您可真夠毒的！」

孫氏沒想到林夕落會這般狠言打她的臉，怔愣之餘，立即還嘴：「妳若不願便不願，何必將這汙水潑了我的身上？讓仲恆去妳的院子，這是母親的吩咐！」

「若要人不知，除非己莫為，何必把人都當傻子看？」林夕落冷著臉看她，「喪夫之痛雖苦，可您心裡只就想著如何讓世子位傳給仲良，否則怎會想起讓仲恆跟我走？」

林夕落這一巴掌著實讓孫氏啞口無言，她剛剛的確瞬間想起世子位的傳承，雖說是嫡庶有別，可這府裡頭哪還有什麼嫡庶之分？連魏青石臨走之前要見的人都是魏青岩，而非他的嫡親弟弟魏青煥。

雖不用言語表明，可這態度清楚可見，而他如今的兩個兒子雖已長成，可都年幼，老大魏仲良被侯夫人寵得驕傲自負，魯莽之氣更重，凡事都要爭個高下，這等性子哪能坐穩那位子？

宣陽侯還在，還不會出大亂子，她這時候必須把仲恆送去魏青岩那裡，一來是與仲良分開，二來則是告知所有人，庶出的人替大房養庶子，這事兒再明白不過了。可孫氏到底低估了林夕落的心思，這女人雖魯莽，但心思卻轉得如此之快，而且還毫不遮掩地將這層羞布揭開，絲毫不顧忌眾人的顏面，甚至連後路都不留。

林夕落不等孫氏想明白，繼續道：「仲恆我來養沒問題，但前提是三年之內不允大嫂將他帶走，他就只能跟著我。您若答應，我就對此事不提，您若不應，我稍後就去回稟侯爺，請侯爺定奪。」

孫氏瞪大了眼，連忙道：「這事兒怎能勞煩侯爺？五弟妹，妳可別亂上加亂火上澆油，妳就不怕侯爺惱了？」

「我怕什麼？又不是我爭搶著要為您養孩子，是您往外送的！」林夕落當即反駁，卻讓孫氏有些擔憂，這丫頭的性子孿銳，不會真的找上侯爺吧？

可……可三年不允她帶走魏仲恆，這事兒孫氏不敢立即答應，否則外人斥她個心胸狹隘，這豈能成？如今大爺已經歿了，她若再出點兒錯，可沒有人作她的靠山了。

孫氏猶豫，林夕落心中更冷，她早知道孫氏旁日笑臉盈盈，可其實心眼兒最多。旁人喪夫，哪還有什麼心思想這些雜事，可她呢？

雖是哭了半晌，但她剛剛不過多看了魏仲恆兩眼，孫氏便立即把魏青石故去忘至腦後，開始想著魏仲良的世子位。娶如此之妻，該不該說這位從未謀面的大爺極冤？

未等孫氏再開口，侯爺與魏青岩已經從屋中行出，棺木抬進，已有人開始為大爺淨身穿衣。

林夕落站到魏青岩身旁，他的神色凝重，其中更有幾分自嘲。

林夕落看著他，他牽起她的小手，「咱們先回吧。」

「仲恆……」林夕落拉長聲音看向孫氏，孫氏瞄向宣陽侯，見宣陽侯正在吩咐侍衛行事，她便走至林夕落的面前道：「都依著妳，我自會向母親回稟。」

「那就這麼定了。」林夕落對其不恥，魏青岩也沒多問，兩人離開了這屋子。

魏仲恆就在門口站著，看向林夕落，目光中是說不出的委屈與慌亂，林夕落帶幾分惱意地看向冬荷，「怎麼在這兒？」

冬荷指著一旁的小黑子，「他又多了嘴。」

小黑子立即跪了地上欲出口認錯，林夕落不願在此地多留，吩咐人帶了他們便走。

魏青岩沒有帶林夕落回郁林閣，而是去了侯府北面的園子。

在那鏡湖邊上，他尋了個地方坐下，安靜地看著水面，心中不知在想何事。

林夕落沒催促，就在他身邊靜靜地陪著，靜靜地等。

直至月亮往西方垂落，魏青岩才開口道：「妳猜一猜，我去見魏青石，他與我談何事？」

林夕落沒想到他會問自己，魏青石終歸是侯府的大爺，所想之事應該與大房有關？

「讓你別搶世子位？」林夕落雖沒見過魏青石，但從魏青岩能將戰功讓給他，他毫不猶豫接受，魏仲良這嫡長孫更是與魏青岩針鋒相對，好似是他打壓了大房的戰功一般，便覺得這位大爺即便不是個廢物，在能力上也不及魏青岩。

魏青岩搖了搖頭，「這事兒他未等開口，就已經斷氣了，再想。」

林夕落瞪眼，這事兒讓她如何猜？

「我不知道，大爺是何模樣我沒見過，更不知他是什麼脾性之人，我怎能知曉他會說什麼？」

魏青岩輕笑，摸了摸她的小臉，「算了，人死如燈滅，何必再說。」

林夕落抱怨：「剛剛讓我猜，這會兒又不說了……」

魏青岩轉過身，與其面對面地看著，輕聲道：「他問我這一次的刺殺，我是想他死，還是想讓仲良死？」

林夕落一怔，「是你嗎？」

魏青岩未答反問：「妳覺得呢？」

林夕落本欲開口答「不是」，可看他眼眸中的怨恨之意，忽然不知該如何開口了……

魏青石的死可謂是在宣陽侯的心底給予重重一擊。

嫡長子、世子，這些自生下以來便有的地位好似一張無形的大網，籠罩在魏青石的頭上。他在宣陽侯府只能占據高位，上孝父母、下訓胞弟，可前提是他能青出於藍而勝於藍，可惜魏青岩後期的崛起讓他接二連三地遭受打擊，如今又喪失性命，他恨魏青岩嗎？

林夕落敢篤定，魏青石必定恨他，可他將這仇恨記至死，甚至臨閉眼之前都不肯忘卻，此人活得真是悲哀……

兄弟之前是仇恨不減，魏青岩眼中的恨是過往的餘念未消，林夕落思忖半晌，仍不覺得魏青石的死與他有關。何況，不管是不是魏青岩做的手腳，與她又有何關係？他是自己的男人，除卻辜負她之外，他做任何事都是對的。

「這事兒是不是你做的，與我有何關係？」林夕落似自言自語，「是你，也是你有原因才會這般做；不是你，那便是大爺死得冤，時至閉上眼，都沒弄明白是誰下的手。」

林夕落說完這話，魏青岩繃緊的臉色輕鬆下來，拽著她拉至懷中，「妳這張嘴，我喜歡！」

「我也喜歡！」林夕落捂著不允他親，突然想起侯爺剛剛也在屋內，忍不住問道：「侯爺對他這說辭就沒有反應？」

他進了那屋子，宣陽侯還在……

魏青岩嘴角抽搐，「他？只當是個聾子！」

林夕落怔愣，當聾子？這與她印象中的宣陽侯實在不合，那般霸氣的侯爺，居然會對此事不提半句，更不追根由，這事兒格外奇怪！

兩人沒再對這件事有何說辭，林夕落心底更加篤定這事兒不是魏青岩所為，若真是他，他便不會有今日這蕭瑟之態。心中忽然又想起當初在景蘇苑，他賴在那裡與自己一家人同餐同住時的情景，甚至帶著天詡練武揮拳，與林政孝議朝事、談風雅，日子過得格外有趣。

之前她或許好奇不解，如今瞧見侯府中的雜亂無情，她才能體會他心中的嚮往……

兩人在此地待了許久，魏青岩才起身帶著她離開。

林夕落故意撒嬌，「我累了，走不動！」

魏青岩看向她的腿，「想怎麼著？」

「還能怎樣？你背我吧！」林夕落主動要求，魏青岩看著她，索性蹲下。

林夕落笑咪咪地趴上他的背，魏青岩撫著她的小屁股起了身，緩步地朝前走。

林夕落將下巴放他的肩膀上，閉上眼，聽著他輕微的呼吸聲，心中忽然湧起溫馨感。

「青岩……」林夕落輕呼一聲。

魏青岩道：「何事？」

「我想爹和娘，也想天詡了。」林夕落輕聲道。

「處置好府中的事，便帶妳回去小住。」魏青岩似是承諾，「即刻提上日程，不會太久。」

林夕落看著他的脖頸，伸出小舌頭舔了一口，「不許你納妾！」

魏青岩腳步忽然停住，側頭看她，「什麼？」

「不許你找別的女人！」林夕落帶幾分強硬，魏青岩將她拋起又抱在懷裡。林夕落驚呼一聲，被穩穩接住，臉上帶幾分嬌氣，「討厭，嚇死我了！」

魏青岩有幾分期待，「妳再說一遍。」

「說什麼？」林夕落眯著那雙杏核眼，露了幾分調侃壞笑。

「快說！」魏青岩催促。

林夕落一字一頓地道：「除我之外，不許你再有別的女人！」

魏青岩會心一笑，「霸道！」

「你也霸道！」林夕落嘟著嘴，魏青岩俯身親她，「我不找別的女人！」

林夕落突然想起齊獻王，補言道：「男人也不行！」

魏青岩哈哈大笑，就這樣抱著她朝著郁林閣行去。

郁林閣也已經換上了素淡的裝飾，連旁日裡的螢燭紅罩燈都換上了灰白燈籠。

此時已近天亮，兩人也沒了睡意，陳嬤嬤端上來親自熬好的粥食，魏青岩與林夕落用過之後，便在屋中議起往後的事該如何應對。

魏青石的死，從任何方面來說，對宣陽侯府都是打擊，但對兩人來說，不啻是個契機。起碼侯府亂中求穩，侯夫人縱使再厭惡魏青岩與林夕落，也不會在這個時候鬧出什麼花樣。侯府嫡庶算起共五房子女，如今斷了一條手臂，再出任何差錯，宣陽侯都無法承受。

「你覺得是誰刺殺大爺的？」林夕落又問起這個問題，這是根由，縱使魏青石死得糊塗，但活著的人必須要清楚。

魏青岩沉了片刻，道出三個字：「齊獻王。」

「為什麼？」林夕落訝異他沒有猜度，而是如此斬釘截鐵地道出齊獻王之名。

魏青岩解釋道：「侯府撐的是太子，太子自幼身體弱，性格軟，若非有皇后支撐，恐怕他連這位子都得不到。」

事情又延展些許，林夕落不免要仔細思量，「齊獻王野心這般大？」

「他不想占那位子，他想要實權。」魏青岩這般說，林夕落倒詫異，思忖半晌，又道：「也是，縱使他再有本事，可……可他愛好男人……」

魏青岩嘴角抽搐，「說正事！」

「我說的就是正事。」林夕落朝他身下看了幾眼，吐了吐舌頭，連忙轉移話題：「侯爺雖知曉大爺臨死前問了你什麼，可侯夫人不知，換成她來想這件事，恐怕最擔心的便是讓仲良承世子位，但仲良有意挽回這虛名之功，就不知他會否聽侯夫人與大奶奶的安排了。可我更對二爺不放心，他若一直欲讓你與仲良出征，這事兒該怎麼辦？即便現在不提，侯府總會面臨這樣的局面。」

魏青岩沉默不語，半晌才道：「這事兒不會太久，父親為了挽回侯府聲譽，恐怕會主動請戰，以示侯府還是有實力的。」

「可這實力就倚仗你了。」林夕落有幾分不悅，「不如提議侯爺將三爺、四爺請回？你也有了幫手。」

「三哥與我確有幾分兄弟之情，四哥……」魏青岩沉默，「不好說。」

林夕落腦中想起魏青羽與魏青山，忽然想到魏青山的生母好似還在世？

早前聽花嬤嬤說起此人，可她自嫁入侯府中一直未能見到……

林夕落不願再想這些瑣事，便問起魏青岩：「你呢？你想要什麼？」

魏青岩摸著她的小臉，「我？我只想要我應得的東西。」

兩人休歇半晌，卯正時分，有人前來回稟這三日大爺下葬的日程安排。魏青岩前去商議，林夕落仔細查看一遍郁林閣中是否有讓人挑出錯的漏洞之處。

雖是魏青石歿了而非長輩，但畢竟是世子，終歸還要依著規矩。

冬荷在一旁提起了魏仲恆：「仲恆少爺回來後便一句話都不說，奶奶可是要去看看他？」

「昨兒小黑子都聽著什麼了？」林夕落想起昨晚之事。

冬荷面色有些沉，「小黑子一直在角落裡守著，您與大奶奶談的事他好似都聽到了，仲恆少爺……也都知道了。」

「侍衛是做什麼的，居然沒攔著？」林夕落有幾分急，可斥罵幾句便平復下來，「算了，還是我去見一見他吧。」

冬荷陪同往書房而去，林夕落進門時，春萍正端著飯菜從屋中出來。

飯菜、碗筷紋絲未動，顯然魏仲恆一口都沒用。

「給五奶奶請安。」春萍未想到林夕落忽然出現，連忙跪地行禮，可她端著托盤的手卻因膽怯而顫抖。

林夕落瞧著她，「妳至於這般怕我？」

「奴婢不敢，奴婢膽小。」春萍胡亂尋著藉口，林夕落無心與她過多糾纏，擺手讓其退下，她則進了書房正門。

小黑子一直跪在門口乞求著：「少爺，都是奴才的錯，都是奴才胡言亂語，您饒過奴才吧，您吃上一口飯吧，否則……否則奴才就是一死，也彌補不了這罪過啊！」

屋內沒有回應的聲音，小黑子臉上滲出了眼淚兒，可剛抹了兩把，就瞧見林夕落進門，便跪著爬到林夕落面前，大禮叩拜，「五奶奶安。」

「上一次讓你掌嘴，你這才幾日的功夫就沒了記性？」林夕落看著他，眼中滿是不喜，小黑子雖是對魏仲恆忠心，可其行為實在太過油滑，這時候將所見所聞全都告知魏仲恆，豈不是火上澆油？

「奴才該死，都是奴才的錯兒，五奶奶若能勸慰少爺用飯，奴才願在菩薩面前磕上一萬個響頭，為五奶奶祈福！」小黑子說著，便接二連三地往地上磕。

林夕落不搭理他，而是走到魏仲恆的門前，「仲恆，開門。」

屋內沒有半分動靜兒……

林夕落略有氣惱，「少在這裡裝委屈，快給我開門！」

屋內依舊沒有聲音。

秋翠心中起了氣，「奴婢去把門踹開！」

「不必。」林夕落抬手阻止，上前言道：「你若再不開這扇門，我就吩咐人去再訂一口棺木！飯菜不吃想將自己餓死不成？我這院子不養孬種，有本事你一刀抹了自個兒的脖子，死也死得光彩！」

林夕落一通斥罵，房門才「吱嘎」的打開個縫隙。

魏仲恆從裡面緩步走出，臉上還帶著未乾的淚珠，「嬸娘莫氣，都是侄兒不對。」

林夕落看著他，「你何處不對？講給我聽。」

魏仲恆怔住，仔細想卻答不上，認錯已是形成了習慣，他只知道對任何人、任何事低頭認錯，這必定是對的。

「我……」魏仲恆答不上，林夕落不知該如何說他，「容你歇一日，明兒開始我會天天都來此地看你讀書寫字，若有偷懶，戒尺伺候，到時別怪我下手狠！你是個男孩子，往後別讓我再見你哭！」

魏仲恆點頭答應，春萍又將飯菜端上，伺候著魏仲恆用飯。

林夕落坐在一旁看著小黑子，「你不是說要在菩薩面前磕上一萬個響頭？」轉頭看向秋翠，「讓常嬤嬤請一尊佛像來供在此處，看著小黑子磕，少一個都不成！」

「五奶奶……」小黑子瞪了眼，他那不過是寒暄話，五奶奶卻當了真，一萬個響頭，他得磕到什麼時候？

林夕落不搭理他，帶著秋翠與冬荷離開。

常嬤嬤得知要看著小黑子磕一萬個頭，心裡差點兒氣吐了血。

那一日她被花嬤嬤給攆回來之後，這府裡的事幾乎就不用她經手了，丫鬟婆子們有事都去問秋翠，而她除卻管一點兒雜事之外，就是閒人一個。

雖占了管事嬤嬤的位分，拿了管事嬤嬤的月例銀子，但這就像是懸在高樑上的一層塵土，何時主子不順心吹一口氣，便會煙消雲散，分毫痕跡不留。

侯門宅院，她常嬤嬤還能不懂嗎？如若不是放不下，她何必厚著臉皮賴在此地，任憑之前巴結她的丫鬟婆子們隨意踩踏這張臉？

聽了秋翠說完，常嬤嬤便硬著頭皮應下這差事，帶著物件去了前院的書房。

秋翠對她沒有半句牢騷倒覺奇怪，回了主屋向林夕落回稟：「……奴婢說完她就去了，多一句話都沒有，常嬤嬤之前可不是這樣子。」

「府中大房出了白事，她縱使再大的膽子也不敢去找侯夫人說什麼，何況花嬤嬤曾為她出過頭被我頂了回去，她還能有辦法？」林夕落隨口言道：「告訴小黑子，讓他給我看著常嬤嬤和春萍，若是說不上半句，他就給佛祖磕一輩子的頭！」

秋翠應下出門，冬荷服侍著林夕落換好素裝，「五奶奶還在惦念著常嬤嬤和春萍關係不淺？」

林夕落點頭，「雖說大房出了事，可常嬤嬤一句話都不頂，不太對勁兒。」

「奴婢也覺得不太對，不過又怕是多心，沒敢與您說。」冬荷話語溫和，林夕落看她道：「往後有什麼想法不妨說，即便不對抑或說錯我都不怪妳。我再動這腦子，也不過只有自個兒一人，妳就是我身邊的另一雙眼睛。。」

林夕落對冬荷鮮少責怪，終歸是她從林府要來的丫鬟，何況冬荷溫婉、心思細膩，總以為自個兒腦子不夠用，可其實比秋翠要懂事得多。

冬荷點頭，「奴婢省得了！」

林夕落不再多說，而是等著魏青岩傳信歸來，且看大葬之事如何個章程。

臨近晌午時分，齊呈親自過來傳信：「五奶奶，五爺進宮了，讓卑職來通稟您一聲，七日後是大殯之日，侯夫人臥病不起，大奶奶受這層打擊，也有些顧不了場面事，這應酬府外賓客的事，得落在您的身上了。」

「這事兒怎能由我出面？二奶奶呢？」林夕落眉蹙，這事兒是大房的事，她若跟著插手出頭，豈不是落人話柄？

本來魏青石這一次的死因，就有人聯想到魏青岩的身上，她若再替大房出面應酬，這不是讓人戳碎了脊樑骨？

「二奶奶在伺候著侯夫人。」齊呈面上也有為難，「卑職就這事兒問過侯爺，請您出面是侯爺的吩咐。」

林夕落沒有馬上應承，而是道：「三爺與四爺何時歸？可是全家都回？」

齊呈顏面上多幾分無奈，「暫且不知。」

林夕落沉默了，瞧齊呈這副模樣，顯然是魏青羽和魏青山此時不能趕回，但宣陽侯把這事兒落她身上是何意？

齊呈未等再多說，便有侍衛來回稟事，將這七日的安排章程遞給林夕落便匆匆離去。

林夕落看著章程安排，若單是應酬來此送白的賓客倒不是大事，可她更擔心的其中別又出什麼問題，旁的不提，宋氏不肯出面應酬，這才是林夕落擔心是否有何事她不知道。

她忍不住嘆了氣，她現在最缺的便是能在侯府中給她及時傳消息的人，可這人去哪兒尋呢？容不得她再多思忖，已是有人來回稟，外面有旁府的人來請見……

這麼快就找上門？她也知這事兒無法等她再與魏青岩商議，只得又匆匆進屋瞧一下是否穿戴好，然後上了轎輦，帶著冬荷與秋紅出了郁林閣。

雅香居內一片白，連上一次到此看到花園中綻放的紅豔花朵和綠嫩青草都被拔了去，樹枝上掛了白綾，連鳥兒都不願在此過多留駐，幾聲怨鳴便飛離此處，讓人心中多幾分淒涼之意。

林夕落從邁進這個院門便是如此心情，沉著臉與來此送禮遞帖子的賓客、小廝寒暄，時不時的還得流露出幾分喪意，可惜她的眼淚實在擠不出來，只得偶爾用帕子擦眼裝幾分樣子。

送走三波賓客，林夕落終於知道宋氏為何寧願主動去服侍侯夫人，也不肯在此時出面應酬。裝笑臉容易，好歹是寒暄趣聞樂事，但裝哭實在是難啊，就她這敷衍的性子，說了小半個時辰的哀苦事，心裡頭就似塞了團棉花，任何事都笑不出來了。

林夕落沉了口氣，讓冬荷去倒一杯清茶來。

冬荷端了茶碗，林夕落皺眉，「怎麼是黑茶葉子？」

「奶奶只能將就下了，好茶都被燒了。」好脾氣的冬荷都忍不出抽著嘴，林夕落翻了白眼，「還是白水吧。」

冬荷又轉身去尋白水，而這時候孫氏從後院走出來，哭喪著臉，一副無精打采、風吹便倒的姿態，啞著嗓子道：「勞煩五弟妹了。」

林夕落看著她，「侯爺的吩咐，是否辛苦都得來應承著。」

孫氏就知林夕落嘴裡不會說出好聽的，「五弟妹這張嘴，說什麼都帶刺兒。」

「這事兒怪不得我，如今才應酬了三波人，我這心裡頭都不敢去想過往的糟心事，否則定是忍不住哭出來。」林夕落說著，又用帕子抹了抹眼睛，捶著胸口道：「終於知道侯爺為什麼讓我來應承了，若是換個人，恐怕坐了這兒就開始哭，待哭上七日，就得再準備一場白事。」

孫氏心裡頭本就堵得慌，讓林夕落再這麼一說，啞口無言不說，更似一碗辣椒倒了嗓子眼兒，怎麼都不是滋味兒。可林夕落到此幫忙是侯爺的吩咐，她還在盤算著自己如今成了寡婦，掌府的大權會否落入旁人之手，故而不敢造次。

侯爺如今既然直接點了林夕落，怕對五爺這房仍極為看重，而侯夫人眼下嘴甚是嚴，不肯說往後府中事該如何辦，她若還想在這府裡頭能有個支撐，恐怕不能再依仗侯夫人……

有著如此心思，孫氏的話語軟了幾分：「五弟妹雖是個刀子嘴，但是豆腐心腸，之前有什麼對不住的，如今看在憐惜我的分上就忘掉吧。仲恆的事還望妳多多上心，侯府當中有些事也並非我所願，還望妳能體諒。」

「大嫂還真抬舉我，這年頭刀子嘴豆腐心的得不著好，倒是豆腐嘴刀子心的頗多。人在做，天在看。」林夕落不願與孫氏過多敘話，說完此句便起了身，「這心裡頭實在受不得了，我去拿著禮單核對一下物件，終歸不是我院子的事，免得缺了少了的，再落個貪人物件的話柄。」

林夕落福了福身，又叫上幾個雅香居的婆子，一起朝著堆放物件的院子走去。

孫氏瞧著她離開的背影，臉上仍有哀色，心裡卻在嘀咕：這丫頭軟硬不吃，還真不好對付！

林夕落與大房的婆子一件又一件的開箱子核對物件，連一枝筆都不肯略過，一旁的嬤嬤上前道：「五奶奶，這細小的物件就略去吧，大奶奶信得過您。」

「別，大奶奶信得過我，我自個兒卻信不過，何況這府中又不是只有大奶奶，差事是侯爺吩咐的，我總得給侯爺回話。」林夕落話語犀利，讓幹活兒的丫鬟婆子不敢怠慢，心中都在慶幸自己沒在五奶奶院子裡當差，就差要看著狼毫的筆毛是真是假，她們還不得跟著累死？

下人們這般尋思，但林夕落不過是尋個由頭出來歇歇。

看這些個物件不用跟著擠眼淚兒，她的臉也能鬆快一會兒……

外方又有婆子來回稟：「五奶奶，林府的人來了！」

林府？林夕落聽著不由皺眉，旁日裡喜事不上門，喪事他們倒是動彈得快。

「是何人來此？」林夕落一邊往正屋走一邊問著，婆子回道：「老奴也是聽人說的，好似是左都御史大人以及您的兩位叔父，有意見您的是一位夫人。」

這婆子說得結結巴巴，但林夕落估計來此的應該是林忠德與林政武、林政齊，這位夫人恐怕不是許氏，而是三伯母田氏。

林夕落也不再多問，加快了腳步走，走至正屋那方，正看到幾個小廝在抬著禮往庫房送，有一個婆子立即上前行禮，「給九姑奶奶請安了，九姑奶奶可還記得老奴？」

林夕落停步看她，這樣稱呼顯然是林家的人，雖然記不起名字，但瞧著便是眼熟，「三伯母身邊的嬤嬤？」

「九姑奶奶抬舉，老奴曾去過宗秀園為您送過嫁妝禮。」

林夕落臉上擠出笑，心裡頭腹誹，送過嫁妝禮她就要記得？這巴結的詞兒也太不挨邊了。

田氏已起身在門口相候，林夕落迎上去，「三伯母到此，沒提前知喚一聲，倒是怠慢了。」

「本打算來此照個面寒暄兩句再去見妳，孰知到此處才知道如今是妳在應酬府內的賓客，剛剛已是派人去跟老太爺說了，要在此多留片刻。」田氏少有的和藹可親。

林夕落坐定，讓丫鬟們重新換上茶，「侯府中的三奶奶、四奶奶都未歸，實在選不出人了，否則哪會讓我來應酬賓客？但終歸是白事，挑理的人也不多，多數是下人們來此遞個帖子便罷，還能如何？」

林夕落這話說得隨意，其中不乏在指責林府，不過是侯府的白事，至於這般上趕著？連老太爺都親自出面了……關鍵是她事先卻不知道！

田氏自然能聽懂林夕落話中之意，解釋道：「這事兒也是剛剛得知，老太爺帶著妳大伯父與三伯父退朝還未歸家便一同來了，之前更是吩咐人叫我準備好禮候著。」說著帶了幾分無奈，「事情出得突然，老太爺更惦記著妳。」

是惦記著魏青岩能不能占上世子位吧？

林夕落心裡頭這般想，嘴上自不能如此說，「祖父與兩位伯父能在此時替我撐著門面，我心裡自是感激的。」

「一家人，何苦再說這等虛話？」田氏也知這時候笑容掛顏不合適，臉上似笑非笑，反倒是僵滯得難堪。

林夕落與她更是沒太多的話可說，田氏卻忽然提起了林芳懿：「不知可有她的消息？」

「暫且還沒進宮的機會。」林夕落這般敷衍，心中也不願林芳懿摻和，但這事兒仍得要問一兩句：「她一直沒給府中來消息？」

田氏神色有幾分落寞，「傳了信兒也不肯說她是否安好，心裡頭沒底，終歸沒個名分。」

「這事兒急不得，三伯母也莫嫌我這話說得空妄，七姊姊的脾氣您比我更清楚，何況她去的那地界容不得人自傲、自負，她如今沒有消息，反倒是個好消息。」

木秀於林風必摧之，林夕落說的是實話。

田氏面露難色，但也知事實如此，「只得再託一託人打探消息了。」

林夕落沒有再接話，林芳懿的事她不願意插手，雖說都是林府出身，可如今林綺蘭與她是何等模樣？她巴不得自己死，林芳懿更不用提，兩人在林府時已恨不得打破了頭……

林夕落雖非記仇之人，但她也不是以德報怨的好人，只能遠遠瞧著，不靠近就是。

本就與田氏遠著一層關係，除卻林府眾人連帶著各房的瑣事之外，兩人也實在沒什麼話說，過了小半個時辰，便有侍衛來此通稟林忠德等人欲走了。

魏青岩不在，林夕落自不會主動要求去見林忠德等人，田氏寒暄道：「老太爺有心見一見妳，可今兒的場合不太合適，待這事兒過去，定要回府上坐一坐。」

「五爺若有空閒，定會回去探望。」林夕落提起魏青岩，田氏自當綻了笑，這些人不是想林夕落，而是想那位得受皇寵的冷面閻王……

田氏離去，林夕落這股子心勁兒才撂下，眼見一旁的婆子在偷偷瞧她，便叫道：「偷著瞧我作甚？林府的禮單呢？拿來我瞧瞧。」

婆子縮了脖子，連忙將禮單呈上，林夕落打開一瞧，這送的禮可真夠重的……林忠德的心裡又有什麼打算？

林夕落依舊帶著丫鬟婆子們挨個去對單子將禮入庫，卻是恨得牙根兒癢，這麼好的物件不是入她的院子，這事兒讓人彆扭得很。

這一天的應酬做完，林夕落晚間才總算能回郁林閣吃上一口消停飯。

陳嬤嬤早已預備了一桌菜，還有林夕落愛吃的甜品，待用完後她便讓冬荷沏上一杯清茶，嘴上抱怨道：「那院子裡的清水喝進嘴裡都覺得苦。」

冬荷只笑不語，秋翠在一旁壯了膽子調侃道：「也是奶奶您瞧不得那些貴重物件入的不是咱們院子，心裡難受。」

「死丫頭，改日尋人把妳許出去，免得在這裡氣我！」林夕落笑著瞪她，秋翠故意裝作害怕，連忙又給林夕落送上了蜜餞，「奴婢可惹不得您。」

休歇一會兒，天色已暗淡下去，翌日一早，林夕落便要早起去前院應酬來客，她不打算等魏青岩歸來，便先上床準備睡下，可正準備蓋被，魏青岩便進了門。

行色匆匆，好似剛剛遠途歸來。

「這是去了何處？早間聽說你進了宮，可怎麼好似出城了似的？」林夕落說著話，用手拍拍他的錦衣，留下一個塵土巴掌印，揚起的灰塵嗆得她直咳嗽。

魏青岩露了一絲壞笑，「怎麼著，厭棄我了？」

「怎麼像個土人兒似的？」林夕落捂著嘴跑到一旁，魏青岩卻不讓她走，直接將她拽進懷裡，用沾滿灰土的衣裳蹭著，「又髒了，陪我再沐浴一遍！」

林夕落翻了個白眼，就算要讓她陪著洗漱，也不至於這般做吧？

不容林夕落反駁，魏青岩拽著她便往淨房去，冬荷與秋翠已經打好了水，林夕落為他寬解衣帶，取下他頭上所束的布條，「這是去了何處？」

「陪皇上出城狩獵。」魏青岩話語平淡，好似陪同皇上狩獵不過是吃了幾口美食一樣。

狩獵？侯府裡出了喪白之事，皇上卻帶著魏青岩去狩獵？

林夕落驚訝得嘴巴都合不上，魏青岩瞧著她那副驚呆的模樣，便將手指塞入她的嘴中。林夕落就那般咬著，心裡頭卻仍在納罕，這皇上是個什麼心思？

本是挑逗，卻被忽略，魏青岩將她身上的衣衫一把拽去，拎著她的胳膊就扔進了浴桶之中。嘩啦水響，林夕落只覺得嘴裡灌進了水，待冒出頭來，就看到一健壯的胸膛在她面前。

「討厭！」林夕落推開他，嘀咕著：「今兒不合適，好歹府裡是白事，怎麼能這樣？」

「妳服侍我沐浴有何不可？腦子裡想什麼呢？」魏青岩帶幾分逗弄，林夕落怔刻，隨即氣惱，「才不是我亂想！」

魏青岩一邊為她擦拭著身體，一邊言道：「今兒去宮中報喪，皇上卻隻字不提喪殯之事。」

「可是對此事不滿？」林夕落隨意猜測，她從不知宮中之人是何模樣，只見過一位齊獻王。

魏青岩微微搖頭，「不好猜測，直至晚間才放我歸來。」

「侯爺沒與你在一起？」林夕落想著林忠德等人是退朝後直接來了林府……

「他一直請求再戰，可惜皇上不答應。」魏青岩眉頭微蹙，「明日我還要進宮，妳在府中要多留心。」

「侯爺今日下令讓我去應酬來侯府的人，而且祖父以及兩位伯父今日也都來到此地。」林夕落仔細思忖，「大奶奶今兒我也瞧見了，雖說虛弱些許，可也不見得就應承不了賓客，這事兒怎麼這般奇怪？」

魏青岩聽她這般說，也深沉了些許，可二人都未能想明白是何事，他只得道：「妳應承著就罷，旁的事儘管往我身上推就是。」

林夕落瞧他這般說辭，不由挑眉問：「任何事都能往你身上賴？」

「隨意。」

「不許納妾和安排通房，也可說是你不喜歡？」林夕落追問。

魏青岩捏著她的小臉，「我本來就不喜歡。」

林夕落再問：「如若我將送的禮都拿了咱們院子來，也可以說是你讓的？」

「妳缺銀子？」魏青岩納罕，林夕落搖頭，「為別人數錢，我心裡頭彆扭。」今兒她最厭惡的便是看那些禮單……

魏青岩彈她額頭一指，「臭丫頭，短了妳的銀子花銷嗎？」

林夕落揉揉腦袋，理著他的髮絲，「那倒沒有，只是瞧著眼饞……」

「饞？我餵一餵妳？」魏青岩的手摸上她胸前圓潤，林夕落立即躲開，「府中可是有白事。」

「與我無關。」

「我要早起……」

門外腳步聲急促，卻是魏海親自來稟：「五爺，出事了！」

魏海的緊急回報，讓魏青岩好似被潑了一盆涼水，慾望全滅。

林夕落在一旁捂嘴偷笑，又忍不住伸出小舌頭舔了他抽搐的嘴一下……

魏青岩大手在她屁股上狠拍一巴掌，隨即起身穿衣，也不顧身上濕漉漉的未擦乾，便至門口聽魏海回稟。

魏海嗓門子大，即便在門外回事，林夕落也能聽得清楚。

「……侯爺為仲良少爺請的世子位被皇上擱置，侯夫人大怒，又氣昏了過去……又怪在大人的身上！」

「有何稀奇？定當我進讒言迷惑，擾了侯府的名譽，此事至於這樣急？」魏青岩話語冷漠，有幾分不屑。

魏海的話語聲音漸小，林夕落披好衣裳從浴桶中起身，正好看到魏青岩寬闊的肩背透著冷漠孤寂的怒意。被這般扣上罪名，誰都無法容忍。

林夕落就一直站在他的身後那般看著，待魏海回稟完，魏青岩轉身進屋，就瞧見她仰頭望著他。他的手攥得關節泛白，嘴唇顫抖，有些說不出話來。

林夕落快步上前，環著他的手臂，擔憂地安慰：「青岩……」

「我沒事。」魏青岩安撫地摸著她的髮絲，口中喃喃：「世子妃的名號有些委屈妳，不如再爭一個更高的？」

「你想離開侯府？」林夕落沒應答他的話，而是反問。

魏青岩輕扯嘴角，「他們怎肯放過我？」

林夕落無語，魏青石歿了，魏青煥那人陰損狠毒，無德無能，魏青羽與魏青山林夕落並不了解，但從未聽魏青岩提及兩人功績，只知魏青岩是宣陽侯府最得皇寵之人。

未見過他之時，只聽深得皇寵幾個字，便覺得是逢迎巴結才得來的榮耀，但自從與他接觸之後，聽他自白及以少勝多的功績，無疑都在證明這是他自己拚搏得來的。

宣陽侯縱使年輕時戰功卓越，可他已垂暮年邁，後一輩人除卻魏青岩之外，未能有為宣陽侯府撐足顏面之人，他怎會放魏青岩離開？

不肯放人走，又要栽贓辱罵，這樣的日子就該是庶子去承受的嗎？

林夕落心裡有些火，臉憋得通紅，氣惱之意反倒比魏青岩更盛……

魏青岩見她這副模樣，心中暖意乍起，臉上的緊繃緩和，嘴角的冷漠也消融下去。

「妳如此氣惱作甚？」魏青岩忍不住問。

「我怎能不氣？」林夕落心頭的火忍不住洩出，「我這就去尋侯夫人說個清楚！」

魏青岩拽著她的手，「這府裡的事怎能說得清楚？他們樂意鬧騰那便由著他們！世子位不落到實處，難受的不是我，是他們！」

林夕落琢磨琢磨，好似也是他說的這個道理，可這一肚子氣就這般算了？

「討厭，為你生一肚子氣，你還來教訓我。」林夕落嘟嘴抱怨，也是故意讓他把注意力轉至自己身上，忘卻那悲哀的煩苦。

魏青岩背過手，「妳想怎麼辦？」他知道林夕落體恤之心，卻也不戳破。

林夕落吐了舌頭，「這股子氣洩不出去，我心裡憋得慌，侯爺就是故意拿捏我，喜事不讓我出頭應酬，鬧個喪事卻把我給抬出去！一整天除了看抹淚的，就是看哽咽想哭哭不出來的，讓人心裡憋屈得難受！」

「想尋地兒撒氣不成？」魏青岩拿起一旁的衣裳，為她披好，「我帶妳出去洩一洩火氣。」

「你要做什麼？」林夕落瞪了眼，魏青岩用布條繫好頭髮，「聽妳與人鬥嘴。」

林夕落險些咬了舌頭，「你這什麼愛好？」

「我喜歡見妳對外人潑辣，只對我一人溫柔。」魏青岩直接拽著她便出門。

林夕落心中惡意腹誹，合著他是喜歡她撒潑耍渾才娶她？這人要不要如此重口味？

離開郁林閣，魏青岩好似變了一個人，溫情之色不再，變得冷傲不羈又狂妄薄情，若非與他是夫妻，她也不願意靠近這樣一個人。特別是府中喪事，他束髮的布條是一只白布，與其髮絲混雜，只給人一種感覺：冷，凍得人心寒。

只對他一人溫柔？林夕落心中想著他的霸道，撇了撇嘴，快走幾步跟上他，去了筱福居。

宣陽侯與侯夫人都在此地，魏仲良與孫氏也在。魏青煥於一旁皺眉不敢多語，侯夫人仍在怒罵，那一張臉五官糾結一起，氣惱得連嗓子都啞了。

「就是他在背後惡語閒言，否則皇上怎麼會將仲良接的世子位給駁了？他一個庶子居然還有這番野心？我大兒子已經戰死，死得又是那般不明不白，如今孫子要承位都受阻撓，我這個侯夫人當得著實窩囊！」

侯夫人驚嚷怒喊，整個筱福居的下人即便堵上耳朵都能聽得清清楚楚。

門口的婆子瞧見魏青岩與林夕落行來，嚇得臉色刷白，欲回去通稟，魏青岩卻是道：「誰都不許動。」

林夕落隨之站在門口，他卻吩咐人取來兩把椅子，「咱們坐這兒聽。」又命令一旁的侍衛：「拿茶果點心來。」

坐了門口聽人家罵自己，還有心情品茶吃點心？

林夕落瞪眼看他，他的忍耐力也太強了吧？

屋裡罵聲連連，魏青岩卻靠在椅背上，拿起茶抿著，見林夕落盯著自己，便拿起一塊點心塞了她嘴裡，「先吃點兒，吵嘴可是個體力活兒。」

林夕落咬著嘴裡的點心，差點兒噎著。

這人……他的忍耐力到底有多強悍？

魏青岩津津有味地聽著，林夕落索性也嚼起了點心，又覺口乾，逕自喝起茶來。

守院子的丫鬟婆子臉色鐵青，大爺過世，府中這兩日人心惶惶，侯夫人整日無緣無故發火，他們這些下人已是連大氣都不敢喘，如今五爺和五奶奶就在門口擺上桌椅，吃點心品茶，這若讓侯夫人知道，還不得氣死？而氣死之前還不得讓人賞板子打死她們？可五爺就在此地，誰敢進去通稟？其身後貼身侍衛的刀可不是擺設。

如若是新至府內的下人，恐怕還有膽子跑進去，可門口這幾個婆子都是侯府裡的老人兒，最少也是待了七八年，誰不知這位五爺是府中最不好惹的人？

兩人喝了兩盞茶，林夕落繼續聽著屋中傳出的話語。

侯夫人斥罵魏青岩搗鬼，魏仲良這孩子也不是個省油的燈，可他卻用不到正處，反而也怪罪魏青岩：「那日我與父親已快至城門處，孰料夜晚忽然出現刺客，是不是五叔父孫兒不知，但除卻祖父與他之外，還有誰得知父親與我那日率軍歸來？不過是一世子之位，讓給他也罷，孫兒自己靠己力去爭，免得他以為是父親與我搶他的功勞！總有一日我要親自砍了他，為父親報仇！」

「渾說！」孫氏本一直未開口，但魏仲良如此說辭，她立即駁斥：「你五叔父為人狂傲些許，但不會手刃親人，何況你是你父親嫡長子，侯爺之嫡孫，世子之位非你莫屬，你這般說辭，可對得起你的父親？」

「這事兒也並非徹底駁了，不過是你年幼，三年守孝丁憂之期未過，如今就承世子之位難免被人說嘴，待往後娶親生子，誰還有駁斥的理由？」

魏青煥接話，魏仲良有幾分不滿，可也知剛剛話語過分，不由得又道：「這事兒與我無關，我去為父親守靈，今年我才十四歲，娶親還需三年守孝以後，今時今日提及，有違孝道！」

「孫兒乖，有我在的一日，定不讓你委屈著！」侯夫人在一旁勸撫，魏仲良跪地磕了頭，便往外行去。

魏仲良這晚輩離去，侯夫人的臉更是撂下，當著魏青煥與孫氏的面，與宣陽侯針鋒相對，「侯爺，您可聽到仲良剛剛的說辭？今日您定要給一個說法，否則就賞我一條白綾，我隨著青石一起去，寧可死也絕不在此看著那小雜種跋扈，受他的氣！」

「母親，您何必如此？仲良承世子位的事，也不是父親能一言定奪，這都要看皇上恩典，您這有些急了！」魏青煥嘴上勸阻，心中卻在暗恨魏仲良這小子怎能如此受侯夫人歡喜？

一哭二鬧三上吊，侯夫人硬氣半晌後，眼淚落下，又開始哭訴道：「我這二十多年，過得叫什麼日子！」

侯夫人這句話剛出，就聽到門口魏仲良一聲驚嚷。

魏青煥嚇得一怔，連忙步出門外，就看到魏仲良呆滯在門口，好似傻了一般。

再走近些，就見魏青岩與林夕落兩人擺了桌椅在此坐著，桌上茶點都在，不知坐了多久。

魏青煥氣得心驚膽顫，滿臉厲色，指著他便道：「你二人在此作甚？」

「你說呢？」魏青岩聲音低沉，臉上依舊毫無表情。林夕落此時早已氣惱不堪，可她更納罕魏青岩臉上半點兒蹙意都沒有，好似尋常談吃談喝談天氣一般淡然。

魏青煥有些接不上話，而此時孫氏也從屋中出來，看到林夕落，險些咬了舌頭，林夕落站起身，端著茶杯道：「大嫂，這院子的婆子太小氣，連茶都不肯多給幾葉，您是否幫襯著賞點兒？」

林夕落不提剛剛眾人罵出的話語，反倒是拿了這事兒說話，讓孫氏不知該怎麼接著說下去。

眾人屋中那番斥罵，無論是魏仲良還是魏青煥、孫氏，這三人都不知魏青岩與林夕落是否聽見，但瞧著院門口這一張八仙桌、兩把靠背椅，品茶、聽聲，好似是在看戲一般，而演戲的自是他們這一群人。

魏青煥的嘴角抽搐，眼珠子骨碌一轉，不再主動上前挑釁。

孫氏斟酌半晌，只想看一看魏青岩與林夕落兩人到底聽到多少，可魏青岩臉上一點兒表情都沒有，林夕落端杯子只問茶的事，孫氏只得吩咐一旁的嬤嬤道：「一群不長眼睛的，還不快去給五奶奶倒茶！」

話語說著，孫氏則走近魏仲良，連聲催促：「你還在這裡幹什麼？快去為你父親守靈！」

魏仲良聽著，卻見魏青岩看著他，有意伸了伸腳，卻發覺腿軟得無法動彈。

「娘、娘，我動不了了！」魏仲良膽怯叫嚷，孫氏嚇得不知所措，猛地看向魏青岩，魏青岩在那方繼續抿著茶，可目光中的凶冷，讓孫氏的心都跟著一顫，可魏仲良終歸是她的兒子，被嚇成這樣，孫氏只得服軟，苦臉埋怨道：「五弟，你這是作何？」

魏青岩敷衍道：「他自己嚇成這副模樣，與我何干？」

孫氏長喘口氣，急忙吩咐侍衛抬著魏仲良離開，魏青岩卻厲聲喝道：「站住！」

「五弟，你還想怎樣？」孫氏的聲音略有發顫。

旁日她雖也在一旁添油加醋，讓侯夫人對魏青岩與林夕落下狠手，為的是讓魏青石能穩著世子位，為的是他的兒子，可那不過是私下的暗箱操作，如今被魏青岩如此逮住她們大房惡言汙衊，縱使臉皮再厚，不免也多幾分心虛。

何況她如今沒有魏青石做依仗，魏仲良畢竟年紀太小，而魏仲恆又在林夕落的院子裡……

「這兒空氣不錯，這棵樹也不錯，能擋風遮雨。」魏青岩看向林夕落，探問道：「不是喜歡木料？這木料用來雕物件如何？」

林夕落不知他這般問是何意，只得道：「樹齡足矣，但要看五爺想雕什麼物件。」

「妳哪怕是雕一雙筷子，我也喜歡。」魏青岩話語溫和，可轉瞬便吩咐侍衛，指著那棵樹道：「砍了！」

這些侍衛都是魏青岩的親衛，聽了吩咐，立即上前，舉斧伐樹。

孫氏心驚，卻不敢多說。魏仲良站在一旁不敢動，聽著斧子砍在樹上的聲音，每響一下，他的額頭便滲出一層冷汗。

樹葉簌簌落下，其上掛著的白綾也搖擺不停……

魏青岩走至魏仲良的跟前，上下打量其幾眼，「不想要世子位？」

魏仲良翕了翕嘴，卻說不出話來，他剛剛被那雙如刀的眼眸嚇得連腿都邁不動，如今魏青岩走至他跟前，如此近的距離，他才感覺出什麼是膽怯。

以往有魏青石這父親在前，輪不到他插嘴說話，可如今父親歿了，他得不到世子位，卻因是大房男丁，要扛起當家作主的責任，可……他的確害怕了，從未有過的殺意從他脖頸劃過，毛骨悚然，無法形容的顫慄。

「覺得是我想弄死你們父子倆？」魏青岩再問，魏仲良膽怯地哆嗦著，卻仍嚷道：「就是你，不是你還能是誰？」

「恨我嗎？」魏青岩從侍衛手中接過刀，舉至魏仲恆的面前，「我就站在這裡，你殺了我。」

魏青煥在一旁一聲不吭，旁日裡他與魏青岩雖針鋒相對，但此次與二房無關，他不會擅自插手，便緩緩地往後退去，撒腿便往屋中跑去向宣陽侯回報……

魏仲良不敢拿那把刀，魏青岩不屑道：「膽子這般小？」

「你休想讓我落一個對長輩不敬的罪名！」魏仲良慌亂之餘，尋了如此話柄，魏青岩卻大笑，笑聲格外響亮，響亮得讓人震撼，「對長輩不敬的名頭？罪名還成了遮掩耗子膽的屁簾子！剛剛你在屋中叫嚷的那股子勁兒哪去了？說啊！」

魏仲良渾身哆嗦了一下，一滴汗珠落下。

孫氏當下便魏青岩聽到了所有的斥罵，但那是她的兒子，她個女人，魏青岩能把她如何？

孫氏有意上前阻攔，可還未等動彈，林夕落一把將其拽住，「大嫂，男人的事，女人少插嘴！您若想說道理，我陪著您！」

林夕落橫在前面，孫氏不知如何是好，她陪著？林夕落這丫頭的嘴可是又刁又損，她怎能鬥得過？何況如今她心煩意亂，又是心虛得很，還不得被她噎死！

孫氏不敢還嘴，只得連連看向屋中，盼著侯爺快些出來圓這場面，她不知如何是好了。

林夕落不知魏青岩想要做什麼，可他如今與魏仲良對峙，她也不阻撓，就在一旁看著，自不能允任何人插手。

屋中之人剛剛那番斥罵，宣陽侯隻字不提，好似不在一般，她早已是心惱氣躁，如若未有魏青岩，宣陽侯府的名聲還能立得住？當初只覺得林府一團亂糟模樣，如今看來，宣陽侯府也沒好到哪兒去，根本更是一鍋臭魚腥湯！

雖說眾人罵的不是她，可她卻更是生氣，得了便宜還賣乖，什麼東西！

魏青岩依舊舉著刀，此時宣陽侯得了魏青煥的回稟，從屋中急步而出，看著兩人那番架勢，即刻嚷道：「放肆！你這是作何？」

魏青岩絲毫不理宣陽侯，依舊看著魏仲良，語帶威逼：「來，你若能砍中我一刀，我就服了你，不但服氣，也稱你一聲世子爺。」

魏青岩話語中的輕蔑和不屑意味極濃，魏仲良傲氣大盛，瞪眼道：「這是你說的？」

魏青岩答：「絕不反悔。」

「你敢發誓？」魏仲良的嘴唇顫抖，目光中露出幾分瘋狂。

魏青岩點頭，「我發誓。」

魏仲良仰頭狂喊一聲，隨即從魏青岩手中一把搶過刀，朝著他的腦袋砍去。

刀鋒光芒凌厲，在夜空中劃下一道銀光，彷彿將這漆黑的夜割成兩半。

孫氏嚇得瞠目結舌，林夕落轉過身不敢看這一幕。宣陽侯在一旁依舊不語，可他泛白的臉儼然已是怒急攻心。

一聲慘叫，不是魏青岩的口中傳出，卻是魏仲良的叫喊……

刀尖未等碰上魏青岩，魏仲良已是被魏青岩一腳踹飛，十米遠的地上，他跪在那裡憤恨不已。

「再來！」魏青岩冷語一句，魏仲良即刻從地上爬起，舉刀又朝著魏青岩衝來。

又是一聲慘叫，魏仲良依舊被踹出許遠……

孫氏心疼，有意跑上前去阻撓，林夕落這時也發了狠，緊緊地拽住孫氏，口中道：「大嫂，五爺教一教侄兒規矩，也不算錯吧？」又看向宣陽侯，有意道：「何況剛剛他當著眾位長輩的面不是說了，他要親手砍了五爺，舉刀更是奔著五爺的脖子砍……」

這話說出，宣陽侯本欲勃發的氣惱憋悶在心，孫子當著面都能親口說出手刃叔父，魏青岩當著他的面踹他幾腳怎麼著了？

林夕落心裡有種感覺，魏青岩就是在等著宣陽侯發火，他便藉機離開宣陽侯府，縱使是被攆出去、趕出去，也比現在這副模樣強百倍。

宣陽侯一張老臉悶聲沉氣，卻一言不發，孫氏沒想到侯爺是如此態度，也只得隱忍著看魏仲良被一腳一腳地踹飛，只盼著魏仲良別再負氣，如若再跟魏青岩對峙沒完，還不丟了這條小命？

一腳接著一腳，魏仲良雖是十四歲的孩童，但自幼習武，隨軍出征，整整挨上魏青岩五腳飛踹，依舊強忍著爬起，不肯服軟。

宣陽侯有些不肯再看下去，待魏仲良又一次衝上前來之時，便怒吼道：「夠了！」

魏仲良的刀依舊朝魏青岩砍來，魏青岩這次沒再踹飛他，而是一腳踢在他的手背上。魏仲良手中的刀飛至空中，翻滾幾周，落於地上……

「噹啷」的一聲脆響，卻讓魏仲良再無站起來的勇氣。

孫氏飛撲上去，朝四周叫嚷：「快去請太醫！」

侍衛離去，更有人連忙將魏仲良抬走……

宣陽侯看向魏青岩，悶斥道：「你滿意了？以一晚輩洩氣，你這臉皮倒是學厚了！」

「若以他換作您，那是我不孝。」魏青岩這般說辭，卻沒有絲毫的退縮，「不是讓您有個裁決？也不讓您為難，我離開侯府便是。」

「放屁！」宣陽侯勃然大怒，「你好歹是姓魏字，若敢離開侯府一步，老子跟你沒完！」

宣陽侯的態度已表明，壓根兒不允魏青岩走。

魏青岩倒是無謂，好似早已料到宣陽侯會如此決斷，嘴角多了幾分嘲諷的輕笑。

林夕落心驚，縱使離開不了，也不能這般窩囊，讓人胡罵一通，一點兒好處都得不著，想走還走不了？

心裡這般一想，林夕落當即坐了地上，嚎出她認為最俗的一句開場白：「這日子沒法過了！」

林夕落這麼撒潑一喊，讓所有人都看了過去。

孫氏扶額只差氣昏過去，侯爺出來平復此事，她本是心已擱在肚子裡，可林夕落如今又不依不饒，她到底想幹什麼？相處這些時日，她已經有些害怕林夕落這張嘴，如今林夕落一撒潑，她的心險些從嗓子眼兒裡跳出來。

「五弟妹，侯爺與五爺敘話，妳就別在這兒跟著添亂了。」

孫氏好似勸慰的上前阻撓，其實也是在以侯爺壓她……

林夕落甩開她的胳膊，指著自己道：「我添亂？」

「男人的事，女人不要插嘴。」孫氏重複了林夕落剛剛對她說的話。

林夕落冷哼道：「我倒是不樂意插嘴，如若侯爺也允的話，往後我就悶了院子，也不想這府裡的亂糟事，一門心思為五爺生孩子，大門不出二門不邁，誰都別找我！」話中帶著威脅，孫氏不懂，但宣陽侯還能不知？

這丫頭擺明了拿雕字傳信來說事……

「放肆！」宣陽侯指著她，斥道：「少在我眼前撒潑打滾的鬧騰，妳想怎麼樣，說吧！」

孫氏驚愕，連此時從屋裡走出的魏青煥都滿臉訝然，當即不敢出聲。

宣陽侯的脾氣他們誰不知曉？暴躁、霸道，說一不二，命令之言不容人反駁，何況是她這般鬧騰？可……可侯爺居然如此容忍她？他們這些子女，誰曾有過如此厚待？

只因這丫頭的祖父是左都御史？不應該啊……林忠德對林夕落好似從未有過寵溺，甚至還有過節。魏青煥的腦袋好似被鐘撞了嗡嗡作響，不敢再邁步上前，只躲了一旁豎著耳朵聽。

林夕落看了一眼孫氏，隨即與宣陽侯道：「五爺的臉面被今兒這番斥罵丟盡了，連我這份臉也徹徹底底沒了！侯爺不允五爺離開此地，我即便自個兒掌院子也沒用，銀錢、下人們都要由府中支配，提了也等於沒說！旁的事我也不要求，只讓仲良給五爺磕上十個響頭，大喊十句他錯了！」

林夕落的要求讓宣陽侯氣抽了嘴，連帶著孫氏都捶著自己胸口，壓抑勃發的怒氣。

如今郁林閣已經歸了她自個兒手裡，她還想要銀錢和下人都由她自個兒支配不成？說是只想讓魏仲良給魏青岩磕頭認錯，但她前面加這麼一句，豈不是都想一勺燴了？

林夕落說話速度本就快，這會兒看著孫氏的模樣，索性拿她當了話由子道：「怎麼，大嫂覺得我做得不對？那送了我院子裡的管事嬤嬤貪了多少銀子您心裡也清楚，她又是母親送來的，我說也不敢說，罵也不敢罵的，到底誰是主子？若是真心來幫的也就罷了，我也親近著，可誰知藏了什麼心眼兒？如若哪日我話說過了頭，瞧著我不順眼，給我嘴裡下點子不能入食的藥，我豈不是死都閉不上眼睛？」

孫氏瞪眼，她可一個字都沒說，林夕落居然扯出這麼一檔子事，讓她成了背黑鍋的？這往後她若出點兒什麼毛病，豈不是立即就被聯想到侯夫人與她的身上？

撒潑之後自要來點兒軟的，林夕落轉臉便委委屈屈地開始哽咽，「旁人都覺得進了侯府裡過的是榮華富貴的日子，可瞧著我那院子，就像個鳥籠子！」

魏青岩在旁邊一個字都不說，臉上帶著玩味的笑，宣陽侯瞪他幾眼，示意他趕緊把林夕落帶走，魏青岩摸摸鼻子，「看我作甚？你兒子慫，怕媳婦兒，管不了，還是請父親做主吧。」

他這話一出，林夕落裝哭的聲音更響，在這空曠的院子裡環繞不散，好似哭喪一般。

侯夫人雖然沒出去與魏青岩和林夕落對峙，可她在屋子裡也氣得連連粗喘，如今再聽林夕落嚎啕喪哭，不由氣惱地捶著桌板大嚷，「我……我還沒死，她這哭的是誰？我要出去好好教訓教訓她！」

花嬤嬤連忙上前安撫，「夫人，有侯爺在，您還是好生歇著。」

「我怎能歇著？」侯夫人捶著胸口，眼淚汩汩掉下，「我的兒啊，娘隨你去了算了……」

「嗷！」林夕落又是一聲哀嚎，卻讓侯夫人噎住，恨不得兩眼一閉，睡死過去。

「快讓她閉嘴！我再也不想見到她，再也不想！」

侯夫人的怒嚷從屋中傳出，林夕落裝著委屈地看向宣陽侯，「父親，您看著下令吧，沒得被人斥罵，還要賴這府裡頭討人嫌。」

宣陽侯看向魏青岩，吩咐侍衛道：「去把仲良帶來。」

孫氏急了，「父親，仲良傷得重！」

「妳閉嘴！」宣陽侯猛斥，孫氏不敢插話，魏青煥在後方準備一步一步地躲回屋中，卻聽宣陽侯喊道：「滾出來，有事你躲，沒事你滾出來叫嚷不停，你想氣死本侯不成！」

魏青煥腳步一滯，心中一嘆，合著他成了出氣筒？

被宣陽侯叫住，魏青煥只得走了出來，行到宣陽侯身邊也不多話，只是靜靜地看著。

「成了啞巴了？」宣陽侯沒話可說，只得拿魏青煥當話由子。

魏青煥鬼心思一動，看了魏青岩一眼，故意苦著臉道：「父親，我能有何可說？旁日裡大哥在，都是他為弟弟做主。」

這時提及魏青石，絕非魏青煥感念他已歿，而是在抱怨他被魏青石打壓，在變相的訴苦。

孫氏這時候心裡只惦念著魏仲良，壓根兒沒往魏青煥的身上琢磨，林夕落卻是瞬間反應過來，看向魏青煥那一雙陰損的三角眼灌滿了貪念邪心。

大房恐怕是要敗了……林夕落心中湧起這一想法，與魏青岩對視，他正在看她。

他的目光中帶有嘲諷，明擺著也是看穿了魏青煥話語用意。

宣陽侯無話可說，而這時魏仲良已被侍衛抬來，被魏青岩踹飛五次，他已癱軟如泥，可瞪圓的雙眼仍露凶光，朝魏青岩看去。

孫氏淚如雨下，跪在地上，朝向魏青岩道：「五爺，您饒了他吧，他還是個孩子，我給您磕頭認錯，您就饒他這一次，他年幼不懂事，往後都聽您的還不成？」

「娘！」魏仲良猛喊，他巴不得這會兒再起來跟魏青岩對峙，可身上疼痛的關節、無力的腿腳都在告訴他，他除卻嘴硬以外，已沒有半分的威懾力。

魏青岩走至他的跟前，淡言道：「說一句錯，這麼難？十個頭暫且不用你磕，我給你記著，道出十句你錯了即可。」

「我沒錯！」魏仲良叫嚷，「祖父，您怎能聽他的？」

宣陽侯悶哼幾聲，「向你五叔父道歉。」

魏仲良不敢相信，「祖父……」

「仲良，別讓你祖父為難。」魏青煥此時裝了好人，「你是晚輩，別與長輩計較。」

魏青岩嘲諷地看向魏仲良，「說，說出這十句就放過你，你也不忍心看你母親如此跪在地上，為你擋事吧？」

「我沒錯！」魏仲良朝天大喊，「娘，您起來！」

孫氏不肯，大嚷道：「五爺，您何必苦苦相逼？」

「大嫂，您這話說得不道地，一人做事一人當，何況大少爺如今已年過十四，都跟隨出征幾次，他若是個有擔當的男人，還用得著您為他庇護左右？難不成將來出仕任職，也這般咬牙嘴硬，您還跑刑部去替他擋災不成？」

林夕落這話道出，已是把這事兒給敲定，斬釘截鐵地道：「五爺這可不是在逼他，這是在教他如何做個男人！」

孫氏牙根兒恨得癢癢，卻不知該如何還嘴。宣陽侯沉嘆口氣，說不上半句。

若說林夕落咬牙狡辯說的是歪理，也著實不對。

宣陽侯怎能不知自己這孫子是個什麼德性？雖說自幼習武，可也不過是花架勢，比不得其父，更不用提與魏青岩相提並論。即便是跟隨出征，也有大批的侍衛圍護，他能揮刀殺兩個俘虜來的敵人已是不易，這般軟弱自傲的性子，怎能承擔起宣陽侯府的重任？

雖疼惜孫子，但宣陽侯也有恨鐵不成鋼的心，忍著林夕落撒潑的氣，與魏仲良道：「本侯之命你不肯聽？向你五叔父賠罪致歉！」

魏仲良被這些說辭氣得牙齒顫抖，他寧可死也絕不會向魏青岩道歉！

有意咬舌，卻被魏青岩發現，捏著他的嘴，「讓你說幾句道歉的話語你就想死？孬種！」

「你才是孬種！」魏仲良被捏著嘴，話語含糊不清，卻只知反駁。

孫氏看著，驚嚇不已，欲起身阻攔，不料昏了過去。

魏青煥立即吩咐侍衛叫大夫，本無太大的事，卻被他張羅得一片混亂，甚至還趁亂離去。

丫鬟婆子們過來伺候著，一場鬧劇如此收場，連帶著魏仲良也被抬了下去。

宣陽侯看著他，「你滿意了？」

「我不滿意。」魏青岩看向林夕落，牽住她的小手，「大哥葬禮之後，我會帶著她離開侯府些許時日，遊玩而已，不搬離侯府，你莫擔憂不歸。」

「明日起，你在府中張羅青石大葬之事，待葬事平定你再離去不遲。」宣陽侯下令，也算是默認了魏青岩欲帶林夕落遊玩的計畫。

魏青岩沒有立即答應，「皇上召我明日進宮，何況我嫡庶兄弟排行最末，出頭之事輪不到我，即便你信不著斷了指頭的，還有三哥可以找回。」

宣陽侯皺了眉，臉上露出讓人無法讀懂的神色。

林夕落不停地在二人之間來回看著，心中忽然蹦出一個念頭：這爺倆兒是父子嗎？

林夕落隨著魏青岩回到郁林閣時已經很晚，宣陽侯與魏青岩私談許久，她在一旁聽著院子裡丫鬟婆子們的叫嚷。侯夫人一直都未從屋中出來，孫氏昏過去也已醒來，魏青煥早已沒了影子，不知去至何處。

林夕落的心中卻在想著，往後她該怎麼做？

宣陽侯不允他們走，可侯府中都與她和魏青岩為敵一般，剛剛那場景讓林夕落心驚膽顫，不敢隨意的再下什麼結論。或許她不知道的事還有很多，需要時間去揭開最後的謎底……

待他們欲離開之時，宣陽侯直接與她道：「明日妳繼續接待來侯府送白禮的賓客，院中事妳自己處置，也省了侯夫人麻煩，若有需妳出面的事，妳敢退縮絕不饒妳。」

不容置疑，更不容回絕，林夕落見魏青岩沒反駁，只得點頭答應。

兩人回了院子，在屋中單獨相處之時，林夕落終於忍不住開口問：「你早知侯爺不會讓你走？那般罵你，你都不生氣？」

魏青岩摸著她嘟囔著的小臉，「他們對我可好？」

「自是不好！」林夕落不明他話中之意。

「對我不好之人，我為何要因他們而生氣動怒？」魏青岩輕觸她的嘴唇，「我只對我在乎的人動情。」

林夕落皺眉，「我可做不到！」

「喜怒哀樂不入於胸次，否則在這個府中還不被氣死？」魏青岩話語平淡，可他眉頭間的那道深深的紋卻顯露著他心中的不平。

林夕落看他半晌，「你是在隱忍，往後怎麼辦？」

「盼著喪事快些過去，然後帶妳去尋雕刻的料。」魏青岩抱著她，「這府裡頭壓抑，也該出去放鬆幾日。」

「你離開，是在落井下石。」林夕落直言，魏青石的死終歸是個大事，而所有人眼睛盯的並非是宣陽侯，而是魏青岩。

誰人不知是魏青岩將戰功讓給魏青石？

率軍接戰功走個過場還出了喪事，難免會被人聯想至魏青岩的身上。

魏青岩此時不肯為侯府出面而是躲避起來，難免被人聯想侯府不寧，但這事兒她自不會胳膊肘朝外拐，要不剛剛那頓罵豈不白挨了？魏仲良雖然被魏青岩踢得無法起身，但她絕對不會忘記他舉刀朝向魏青岩砍去時的凶恨之意。

被想殺的人給打得半死不活，就要去同情殺人犯？同情弱者的前提是要講道理抑或與己無關，這件事林夕落絕對不可能忘懷，宣陽侯頭疼也是活該。

魏青岩沒有回答，林夕落撂下心思又道：「沒徹底翻臉離開，你也算厚道。」

「妳倒是聰明，都猜中了。」魏青岩寵溺地理著她的髮絲，林夕落嘟嘴，「為何你不能直接與我說，非要讓我猜？」

魏青岩沒有正面回答，「就不肯為我多用點兒腦子？」

「累啊！」林夕落皺眉倒在他的懷中，寬闊的胸膛就是最舒服的軟枕，「我喜歡清靜平淡的日子，想這些事實在糟心。」

林夕落嘀咕完突然道：「為何侯夫人如此恨你？」

林夕落對此事格外不解，縱使魏青岩是庶出，可魏青羽、魏青山不一樣也是庶出？卻唯獨魏青岩如此被她敵視排擠。她以往覺得是因魏青岩受皇寵，讓侯夫人自覺嫡出之位受到威脅，可那次魏青岩直白講述他年幼就被孤立，這恐怕不是單純的原因……

魏青岩沉默半晌，卻不知該如何回答，林夕落聳肩，「過往之事不提也罷。」

「我出生時，侯爺下令斬殺的人中，有一位是她的舅母。」魏青岩隨意道：「何況三哥性子軟，退一步海闊天空，只求風平浪靜，四哥的生母還在，她自要針對我一人。」

「我總覺得侯爺對你與其他幾位爺不太一樣。」林夕落道出心中疑惑，卻也沒非要得到魏青岩的回答。

在林府待上些時日，她便得知父子二字並非僅僅代表著「情」，也有可能代表著「利」。在他們回林府之前，林忠德對林政孝不一樣是頤指氣使，對兒孫的婚事率先想到的是利益而非福誼。越大的府邸越薄情，還不如她的四口小家……說到此，不免又想到胡氏與天詡，只盼著侯府的事快些完，便能回景蘇苑去看一看。

這番折騰下來，天色已微亮，兩人未再多敘，魏青岩趕著進宮面聖，匆忙收拾後便出了門。

林夕落無心睡去，但也靠在床榻上歇息半晌，天亮還要去應酬來送白禮的賓客，她得養足了精神才好。

冬荷坐在一旁陪著，手中在為林夕落繡著鞋面兒，直到天更亮些才叫陳嬤嬤準備粥菜。

昨日的應酬是不得已，今日林夕落的心裡輕快了些，昨晚的事她記憶猶新，甚至連侯夫人罵破了嗓子的嗓音都言猶在耳。

喪事，那便要喪著應酬！林夕落邁進雅香居的院子，心中只有這個念頭。

侯夫人得知宣陽侯欲召回魏青羽，當即便是兩個字：「不行！」

「母親，這事兒由不得您了。」孫氏在一旁勸撫，心中帶幾分試探地道：「說句不中聽的，三爺歸來幫襯著撐場面，總好過二爺。」

侯夫人的目光瞬間瞪著她，「妳這是何意？」

孫氏跪在地上，眼淚吧嗒吧嗒落下，壯著膽子道：「母親，您自知媳婦兒這話是何意！仲良年幼，如今又身負重傷，媳婦兒如今已是守寡之人，定不能再承擔府中的事，恐是要搬到偏院去獨居！二爺是嫡子，論規矩應當是二奶奶來掌府事，如若……如若某天，二爺心裡頭起了旁的念頭，媳婦兒這顆心實在放不下啊！」

侯夫人有意訓斥，可話至嘴邊，又嚥回了肚子裡。

自己肚子裡生出來的，她自當了解魏青煥的脾性，連她自己都不敢咬牙篤定他沒有爭世子位的心，可……可都是自己身上的肉，她能如何辦才好？

話語噎在嗓子裡說不出，孫氏知道侯夫人已有動搖，連忙抹著眼淚道：「媳婦兒倒覺得三爺與三奶奶歸來自是不錯，好歹三爺一直都聽您的，規禮從不逾越，有他在，二爺好歹不能一意孤行……媳婦兒並非那般不信二爺，可……可大爺已經故去，若是府中鬧起這等是非，大爺怎能閉得了眼？」

孫氏又是哭了起來，侯夫人想到魏青石的死，心裡也是哀傷，「既是老三歸來，不妨將老四也一同叫回。」

「母親？」孫氏有些不明，侯夫人拍了她一巴掌，「三太姨娘在我身邊，他是個孝順的。」

孫氏眼中露喜，連連向侯夫人磕頭，侯夫人喃喃地道：「這是侯府，我自當要作主，容不得別人造次！」

柒之章◆快語打諢巧拿把

林夕落到了雅香居便讓冬荷給她沏了茶，卻依舊是那股子黑沫子茶，林夕落叫了一旁的婆子過來：「院子裡就沒旁的茶了？」

婆子連忙道：「五奶奶，昨兒不是跟您回了，那些茶都燒給大爺了，只剩下這黑茶了。」

林夕落看著她，「來送了禮的賓客，也用這種茶去招待？」

「大奶奶沒交代。」婆子縮了縮脖子，眼神中明顯帶著虛意。

孫氏是沒交代，其他的茶也的確都燒了，可吩咐是燒了紅茶，其餘的自當都被四下裡瓜分了。

如今孫氏無心管府事，何況大爺沒了，她已是寡婦，說不準何時就搬了偏院獨居，她們這群婆子若不趁著這時候挖點兒銀子走，那豈不是等著餓死？

林夕落看向一旁的幾個婆子和丫鬟，心裡頭冷笑，雖說她對孫氏沒什麼好感，不願管孫氏院子裡的丫鬟婆子貪銀子，可她要在這地兒應承幾日賓客，總不能讓這群婆子們給糊弄住？

「如今要祭奠大爺，若茶只能是黑沫子的話，索性這院子裡的飯菜也別放油了，每人一碗豆腐粥便罷了！」林夕落看著那黑沫子茶湯，淡淡地道：「菜也莫吃甜的，都換成苦瓜！侯爺不是請了寺廟的和尚在為大爺念經超渡？妳們就都陪著吃苦瓜，念多少日的經，妳們就吃多少天！」

「五奶奶，大奶奶沒這麼吩咐。」婆子們瞪了眼，吃素就罷了，還吃那麼多苦瓜，這不是要她們的命？

林夕落茶杯重撂桌上，狠話道：「如今是我在這裡掌應酬之事，那便是我說的算，妳們若覺得非要大奶奶吩咐才行，那就去請大奶奶來，我倒是要問一問，是不是她讓用黑茶沫子招待來府送白禮的賓客！」

婆子嚇得一激靈，連忙跪在地上道：「五奶奶息怒，都是下面人不會辦事，老奴這就再去尋些好茶來。」

「妳是管事的婆子？」林夕落看著她，「下面人不會辦事，妳自當要罰，抽上自己十個大嘴巴，然後再去取茶！大奶奶不管妳們，各個都囂張上了天，連府中的主子都敢矇騙，當我是個瞎子？」

婆子們不敢還嘴，只盼著這事兒快些過去，心裡更是記恨到底是誰下手這般黑，縱使拿了府中的茶，多少也該留點兒分寸。

婆子當即就去取來了新茶，更是不違規禮地為林夕落送上吃食點心，連說話都不敢太大聲。

林夕落瞧著那青山綠水的茶絲，心裡只恥笑侯府的下人，如若被孫氏知曉她們的花花腸子轉了如此快，會是什麼心情？

這會兒，門外又有人來回稟：「五奶奶，通政司通政使夫人求見。」

通政使？聽著怎這般耳熟？林夕落霍然想起，這不是那梁家人？

梁長林上一次被魏青岩收拾一通之後再沒有音訊，梁夫人帶著梁琳霜來一趟侯府，惹起侯夫人與林夕落的爭端之後失蹤不見，這一家子……

梁琳霜……林夕落對她的印象格外深，這才是刁蠻、跋扈的典範。

她自己雖也被外人這般非議，可她惡意自評刁得有層次、蠻得有內涵，哪裡是這等人能比的？

如今侯府的大爺歿了，梁家人今日來送禮，而且還是梁夫人親自前來，是誠心來緩和關係，還是與宋氏有關？

林夕落斟酌片刻，問向回稟的婆子：「除了梁夫人，通政使府可還有他人跟隨？」

「梁夫人與梁家小姐。」

又是梁琳霜！林夕落擺了手，「請進來吧。」

梁夫人與梁琳霜等候之時，不免也與一旁的婆子們詢問起府中事，婆子們不過敷衍幾句也不多說。梁琳霜想著宋氏與林夕落，忍不住道：「府中可能見得到二奶奶？」

「二奶奶在照料侯夫人。」婆子們如此回話，倒是讓梁夫人略有驚訝，「剛剛不是說大奶奶身子弱在休養？」

婆子沒等回話，傳事的嬤嬤進了門：「梁夫人、梁大小姐請，五奶奶已在等候您二位了。」

五奶奶？梁夫人瞪了眼，「怎麼是五奶奶？」

「五奶奶得侯爺親自指派，在應承內宅的事，梁夫人請吧。」管事嬤嬤側身引路，梁夫人不由得拍了拍胸口，當初有意見她得不著機會，今兒這場合不知該不該說些討好的話？

早先聽說大爺歿了，梁大人與她也曾商議過二房會否就此得力上位，可今日前來，不但大奶奶不露面，連二奶奶都去陪著侯夫人，為侯府內宅出面的居然是林夕落！

想見時見不到，這不想見卻還非見不可，梁夫人心裡七上八下地打鼓，突然想起梁琳霜，連忙低聲囑咐：「這時候妳給我老老實實的，可別再鬧出事來，即便五奶奶責罵妳也不許還嘴，別忘記妳父親告誡的話！」

梁琳霜只點頭不語，上一次因她與林夕落兩人爭執，被梁長林好一通責罵，甚至還動手打了她，雖說她心底怨恨，可也不敢再如以往那般針鋒相對了。

梁琳霜跟著往屋內行去，院子裡的丫鬟婆子早已在此迎候。

先是二等丫鬟引領，而後是雅香居的嬤嬤們陪著進屋，冬荷與秋翠先是向梁夫人與梁琳霜行禮，隨即引著上前。

梁夫人擠出半分笑來，帶著一絲無奈，「給五奶奶請安了。」

林夕落還了禮，「趕在這個寸勁兒見著您與琳霜，實在讓我不知說何才好了。」

梁夫人不知該怎麼回答，林夕落讓婆子們上茶，「這時候就別挑剔了，府上白事，只有這青山綠水。」

「五奶奶哪裡的話，能得見您一面都是不易，府上這等事哪裡還能挑剔？」梁夫人寒暄一句，又讓梁琳霜上前向林夕落行禮，「琳霜，還不給五奶奶請安？」

林夕落早就看到梁琳霜這小丫頭那副糾結的模樣，她咬著嘴唇躲在梁夫人身後，已沒有之前那副不可一世的驕躁，許是被梁大人與梁夫人訓過。

「給五奶奶請安了。」梁琳霜上前微微屈膝，隨即回到梁夫人身後，低著頭不說話，可餘光時不時朝著林夕落這方投來。

總不能冷了場，梁夫人只得挑起話道：「五奶奶辛勞，侯夫人與大奶奶身子可好？忽然出了噩耗，可是讓我家大人都沒歇好。聽說如今這城內也都在傳著這事兒，宣陽侯一直都照應著梁家，若需要幫忙，直接派人去說一聲就來。」

梁夫人客套，可不乏也是在探問侯府往後的打算。

侯夫人不見客，大奶奶是寡婦，二奶奶沒了影，這到底是五爺當家，還是二爺當家？

皇上未允世子位直接傳給魏仲良，這事兒雖未敞開了宣旨，但私下裡早已傳開了。

尋常貴戚王公府上出喪，多數都即刻有世子承位，這已是多年以來的慣例，宣陽侯府卻是個例外。一來，宣陽侯非王親貴戚，世子位承位被駁回，皇上可有旁的心思？二來，皇上對這府中最看重的是五爺魏青岩，故而誰接宣陽侯的爵位，如今還真不好說。

並非是梁長林與梁夫人想的多，如今各個府邸談論最多的事便是宣陽侯府，梁家也是捆在侯府上的螞蚱，梁夫人不得不拐彎抹角，極其隱晦地探問幾句。

林夕落雖不知梁夫人的心思，但也能想明白她有心知曉侯府的事，「三爺與四爺就快回來了，有兩位嫂子幫襯著我也能輕鬆些。梁夫人知道我這跳脫的性子，不怕您笑話，讓我坐在屋中雕木行字，我定是樂意的，可應酬寒暄這等子事，我實在力不從心，也沒這本事。」

「五奶奶心直口快，是個爽利人。」梁夫人吹捧，梁琳霜在後微微撇嘴。

林夕落瞧著她，吩咐冬荷：「給梁家小姐取些點心來，別在此久了，無物填嘴，憋悶得慌。」

冬荷應下便去，梁琳霜不得不上前再謝一二，「謝過五奶奶。」

「妳可有意見一見二奶奶？讓嬤嬤們帶著妳去。」林夕落突然道出這樣一句，梁琳霜愣了，隨即臉上多了幾分喜意，「能去嗎？」

梁夫人當即回絕：「這時候妳跟著添什麼亂。」

梁琳霜氣衰，只得又悶聲不說話。

林夕落微微一笑，「不妨事的，梁夫人恐怕是想多了。」她剛剛那般問，就是想試探試探梁家與魏青煥之間是否有關係。

梁琳霜是個沒心眼兒的，她那副模樣恐怕是有心想見，但梁夫人如此斬釘截鐵地拒絕，顯然是對這事兒格外敏感。

「許久沒與二奶奶相見，這時候打擾不妥，琳霜的脾氣也該改一改了。」梁夫人這般回話，無非是在說梁大人許久未與魏青煥有聯絡……

林夕落的笑又燦爛了些，「梁夫人是遵禮之人，是我疏忽了。」

「五奶奶體恤，是我的福氣。」梁夫人說到此，也知這時候話語不宜過多，有意離去。

林夕落端了茶杯，「不送了。」

雙方互相又行了禮，而梁琳霜則向林夕落行了晚輩禮，秋翠送二人至門口，便由大房的嬤嬤們護送著兩人離去。

林夕落坐著沉思不動，梁夫人雖沒問上幾句話，可句句都是在探侯府的信兒，也不知魏青岩對梁府是否有收攏之意，她才這般對待……但她說出魏青羽與魏青山快歸來之時，梁夫人臉上的驚詫之色雖一閃即逝，她還是看到了。

她們會怎樣以為呢？林夕落仔細猜測卻毫無頭緒，不由苦笑一聲，飲了杯茶。

這事兒還是讓魏青岩去思忖，她只將這些人應酬好，待大殯過後，回景蘇苑探望父母和天詡。

這一日，除卻梁夫人之外，太僕寺卿羅夫人也帶著羅涵雨一同來了。

林夕落可算見著個能說知心話的人，便將門外的婆子們打發走，關起門來說上幾句體己話。

「遇上您我是不怕被笑話，可不用再苦著這張臉了。」林夕落拍拍自個兒僵硬的臉，若再僵下去，就僵成木乃伊了。

羅夫人搖頭苦嘆，「沒想到是妳在這兒頂著事。」

「侯爺吩咐的，我也沒轍。」林夕落這般說，羅夫人噓聲探問：「侯爺吩咐的？」

林夕落點了頭，雖與羅夫人走得近，但也不能說出他父子二人的爭執，只言道：「三爺與四爺也快回了，五爺說了，大殯葬禮之後，他便帶我離開侯府些許時日。」

與魏青岩走得近的，多少也知道他與侯爺是起了衝突，否則魏青岩定會在府中撐著場面，又怎會在大殯之後就離府出遊？

羅夫人果真是猜度出這其中有事，安撫道：「他一貫如此，妳也不必跟著擔憂，不過這府裡的事妳可不能撂下，單純兩個人可稱不上一個家。」

林夕落知道羅夫人也是擔心她，吐了吐舌頭，「還是您體恤我，若不是為了這口氣，真不願在這府裡待。」

「妳那小脾氣都哪兒去了？該爭的就得爭，絕對不能放過。」羅夫人看向羅涵雨，「我可還指望著涵雨與妳在一起練練膽量，免得被人欺負呢，妳好歹得做個榜樣。」

羅涵雨未想到這就說到她身上，臉色瞬間通紅，「娘又調侃我！」

羅夫人笑著搖頭，與林夕落說起了家事，待聽說她欲回景蘇苑去看胡氏，羅夫人便定了日子邀她母女到太僕寺府上做客，而就這一會兒的功夫，秋翠忽然進來道：「夫人，花嬤嬤來了。」

花嬤嬤？林夕落皺了眉，她這時候來做什麼？

林夕落起身去迎，花嬤嬤進門先看了羅夫人，行了禮，隨即道：「侯夫人有意見一見羅夫人與羅家小姐。」

見她二人？林夕落心裡一沉，「侯夫人何意？」

花嬤嬤也知這事兒瞞不了林夕落，「大少爺丁憂期不能大婚，但也可先訂親。」

林夕落瞪了眼，不會是想要羅涵雨吧？

羅涵雨今年十三，再待兩年及笄之日才至婚嫁之年。

魏仲良丁憂要三年，最後一年媒聘、婚嫁籌備，丁憂期一過便大婚即可。

羅大人任太僕寺卿，也是朝堂重臣，成為魏仲良的岳丈對他定會有所輔佐，他的世子位即便此時不能拿到，也能為將來的承繼多些把握。除卻如此，誰都知羅大人與魏青岩的關係親近，若是羅大人與大房結了親，與魏青岩多少會出隔閡。

侯夫人的算盤若是打響了，可謂是一箭多雕，老太婆心思動得還真是夠快的。

林夕落能將這件事情想明白，羅夫人自也不會懵懂無知。

羅涵雨年幼想不到這麼深，可她見林夕落與羅夫人都不說話，索性悶頭在一旁不吭聲。

林夕落看向羅夫人，這事兒輪不到她來做決定，要看羅家怎麼想。

羅夫人沉了片刻，看著花嬤嬤道：「勞侯夫人惦念著，本也有心向她老人家請安的，可我個笨嘴拙舌的，去那裡別惹了什麼不該說的，讓她老人家傷心。」

話語說得很清楚，若是提起結親，她恐怕不會就此答應……

花嬤嬤終歸不是主子，不能就此為侯夫人做決定，「羅夫人心細，這也是為侯夫人好，大爺的事讓侯夫人操碎了心，但都是大度之人，您的話是忠言，她不會怪罪。」

花嬤嬤這般說，還是想讓羅夫人去見一見，免得讓侯夫人下不了檯面。

羅夫人看向林夕落，林夕落便道：「侯夫人既然有心見您，還望羅夫人幫襯著我勸慰幾句。她如今有意見一見外人了，也算是心緒有好轉，五爺與我這顆心也是撂下了。」

林夕落在中間打了圓場，羅夫人自是就此應承，接著與林夕落故作面子上的應酬寒暄兩句，便帶著羅涵雨隨同花嬤嬤一起去了筱福居。

花嬤嬤等人離去，林夕落的臉色當即撂了下來，嘴角抽搐，心中嘟囔道：這老婆子，心眼兒還真鬼！

秋翠心思動得快，湊近林夕落道：「要不要尋個人跟著去問問？」

「不必。」林夕落當即否定，「這事兒容不得咱們插手，就看羅夫人怎麼想了，若她答應的話，可瞎了涵雨這孩子。」

秋翠仍心有不甘，「讓人盯著羅夫人何時離去？掐個時間，您心裡也能有底。」

林夕落斟酌下點了頭，秋翠的大哥如今在侍衛營跟隨著打雜，這等小事倒不會引人注目。

秋翠立即尋個由頭離去傳話，林夕落繼續看外面送來的帖子……

這一天很快便過去，林夕落回到郁林閣時已夕陽西下，紅霞當空，偶爾飛過一隻鳴啼的倦歸小鳥，景色格外幽美，可再一低頭，侯府中四處懸掛的白綾極煞風景……

進了門，林夕落正要吩咐陳嬤嬤上飯菜，桌上卻早擺好了一桌素餐，正中坐了一人等候在此。

「這麼早就回來了？」林夕落看著魏青岩，他正坐著看書。

「回來了？吃飯。」魏青岩撂下書本，當即舉起筷子。

林夕落淨了手，看著那一桌子的素餐也有些餓，端起碗來便開始吃用。

兩人都不是顧忌規矩的人，一邊吃一邊說，林夕落道：「今兒梁長林的夫人帶著她女兒來了，送的物件我也瞧了，搆得上一箱子黃金的價，另外侯夫人還欲見羅夫人，好似有意要給仲良說親。」

魏青岩沒有絲毫的意外，「這種事不稀奇。」

「嫁給他，委屈了涵雨。」林夕落想起魏仲良便覺得是個紈褲狂妄之人，羅涵雨那麼溫順的脾氣，還不得被欺負死？

魏青岩看著她，「有操旁人家子女婚配的心，不如想想怎麼為我生個兒子。」

「這又不是我自個兒的事。」林夕落白他一眼，卻也摸了摸自己的肚子，怎麼還沒動靜兒？不過這事兒她並不著急，她如今可還不足二十歲，這就當個娘，她心裡暫時還接受不了。

魏青岩敲她的腦袋，繼續吃飯。林夕落揉揉額頭，問起今日進宮的事。

「陪著皇上下了一日的棋。」魏青岩這般說時，臉上也有幾分不解，林夕落看著他，「不會是對宣陽侯府不滿吧？」

「我怎能知道？」魏青岩看著林夕落，「也並非壞事，聖上一日不表態，他們便心中不安，咱們自過自的快活日子便罷。」

林夕落不再說話，用過飯正準備去一旁歇歇，秋翠從外面歸來，回稟道：「羅夫人與羅大小姐離開已有一個時辰。」

「看來也沒在侯夫人那裡待多久。」林夕落沉了片刻，也覺得此事暫時不宜多想，待過些時日見到羅夫人，自能知道她們的打算。

而這一會兒，門外有婆子來回稟：「五奶奶，侯夫人請您去一趟。」

這就找上了她？林夕落心中猶豫，魏青岩忽然插了嘴：「何事？」

「老奴也不知。」婆子搪塞回答，即便知道也不敢多說，否則侯夫人還不得抽爛她的嘴？

魏青岩起了身，「我陪妳一同去。」

林夕落連忙拽著他的胳膊坐下，「還是等著去接我吧，如若這時候提及羅家的事，你在反倒是不好拒了，你不在，我還有個推辭的藉口。」

這丫頭的心裡也開始算計了，魏青岩輕鬆了些，掐了她的小鼻尖一把，「好，稍後去接妳。」

林夕落點了頭，整理好衣裝便往外走。

筱福居內，孫氏未在，只有宋氏陪著侯夫人。

侯夫人面色陰沉，如若不是花嬤嬤提前說了羅夫人的話，她恐怕還真要被人頂回去折了面子。

宋氏今兒也在，瞧著侯夫人依舊不能平心靜氣，還派人去叫林夕落來，不由道：「母親怎麼就看中了太僕寺卿大人家的女兒？媳婦兒剛剛瞧見那小丫頭，長得雖秀氣，可也不過如此，配不得咱們大少爺。羅夫人也心高氣傲，不過是個太僕寺卿罷了，還端著架子，大少爺是何人？那是未來的世子爺，瞧得上她，是他們家的福氣。」

花嬤嬤在一旁略有埋怨，宋氏這話貌似在討好，其實不過是在煽風點火。

侯夫人本就對羅夫人的敷衍之詞心中不快，她這番說辭，豈不更讓她怒火攻心？

旁人就罷了，她們這院子裡的下人們恐怕又要提心吊膽，不能鬆心了。

侯夫人果真是面色又沉了幾分，花嬤嬤連忙道：「府中大爺的事還沒安頓完，何況羅夫人也未有拒絕之意。」

「未拒絕？」侯夫人冷哼，「還想怎麼拒絕？不過是說了幾句讓她的女兒時而過來玩，她便稱那丫頭不懂事，別惹了我心焦，話語說得已經很明白了，還能怎樣拒絕？」

花嬤嬤沒了說辭，宋氏又道：「母親，她既是沒這份心意，您還讓五弟妹來此作甚？」

侯夫人看了宋氏一眼，卻沒回答，宋氏也知她剛剛的問話讓侯夫人覺得過了火候，她想做的事，哪裡容得旁人說嘴？

宋氏把嘴閉了嚴實，林夕落也沒在路上耽擱，未過多久就有人通傳：「五奶奶來了。」

宋氏直著腰板坐好，侯夫人端了茶，低頭之餘不忘抬眼看她，林夕落行了禮，「給母親請安，二嫂。」

侯夫人撂下茶杯，看著她只是道：「坐著說話，免得我還要仰頭瞧妳。」

好話從她口中說出也不順耳，林夕落謝過後便尋個位子坐下，花嬤嬤吩咐丫鬟上了茶，宋氏瞧她這副模樣，不由得挖苦兩句：「五弟妹如今可是辛苦人，母親疼妳，也不用妳來立規矩，可聽說今兒妳讓大嫂院子裡的丫鬟婆子都吃苦菜，這也太狠了吧？」

宋氏餘光瞥了一眼侯夫人，「若是心裡頭不知大嫂是個大度的人，還當這是虐待下人呢！」

「二嫂還真是關心大嫂，這事兒都能知道。」林夕落一句話便讓宋氏啞口，她從早到晚在筱福居陪著侯夫人，連這等事都知道，這豈不是在說侯府中有她的人？

果真林夕落說完這一句，侯夫人的目光好似一把刀似的看向宋氏，宋氏嚇了一跳，連忙道：「這也是午間為母親送粥的嬤嬤說的，否則我怎能得知？」

侯夫人看著林夕落，還未等開口，林夕落便主動道：「母親叫我來，可是要問一問這兩日來府中送白禮的人？」說罷，拿出冊子遞給花嬤嬤，花嬤嬤送至侯夫人面前，林夕落才繼續道：「禮單上的物件我親自帶著丫鬟婆子們核對過，上了大鎖，每封一箱子就將鑰匙送至大嫂手中，這些事都是大嫂院子中的嬤嬤們瞧著的。」
不容侯夫人開口，林夕落直接往旁的事上說，侯夫人縱使有心提與羅夫人結親的事，恐怕也不會當面就說出口。而她不說，林夕落自不會主動說。不提林夕落極不願意羅大人成為魏仲良的岳丈，她更不願羅涵雨邁進這漩渦來。
有侯夫人在，羅涵雨那脾氣還不得被拿捏死？
侯夫人心裡頭也在斟酌，如若她開了口，這丫頭會不會當即回駁？該怎麼辦呢？
林夕落喋喋不休說著各府夫人以及各府送的白禮，侯夫人聽她嘰嘰喳喳說話的聲音，心裡焦躁厭煩，只恨不得讓她即刻就走，但魏仲良與羅府的婚事，她不願放手，故而咬牙忍著，聽這丫頭的嘴到底能說至何時。
宋氏聽著林夕落這番說辭，不免有些妒恨，她好歹是侯府的二奶奶，更是嫡出的夫人，憑什麼讓林夕落出面為侯府應承白事？
紅白二事是各府最重視的，旁人也會在此時看府中是哪位夫人露面，這估摸著就是往後在府裡掌勢的，以後相見的笑都能比以往更燦幾分。
宋氏越想心裡越恨，待林夕落略有停頓，立即插話道：「五弟妹如今是個爽利人了，自個兒院子裡的事全都作主，連大房的事都能插手操心。」
「二嫂樂意，不如咱們換一換，我來陪母親？」林夕落說出這話，宋氏倒起了喜意，她這些天巴不得出頭做事，卻被侯夫人叫來伺候，心裡早就癢得難受。
林夕落這般一說，宋氏立即看向侯夫人，侯夫人面色陰沉，瞪她道：「怎麼著，不樂意伺候我這老不死的，想去出風頭？」
宋氏蔫兒了，連忙擠著笑：「媳婦兒自是願意與母親在一起的……」

侯夫人瞪她一眼不再多說，若非前兩日孫氏跪地懇求，侯夫人興許還沒注意到宋氏的心思，如今再看，她整日裡不肯安生地到處打探事，剛剛那話巴不得與林夕落這丫頭換一換，她去出頭露面……

大媳婦兒說的果真沒錯，若是讓宋氏接了手，仲良還能熬到那時嗎？

侯夫人心思深沉，宋氏卻不知她想這般多，看著林夕落那副愜意的模樣，格外氣惱，卻又不知能拿什麼話擠兌她幾句。

「羅夫人的女兒妳覺得如何？」沉默半晌，侯夫人終究是忍不住問出這話。

林夕落故作納罕，「羅夫人的女兒？您說涵雨嗎？」

「就是她。」侯夫人有幾分不耐，林夕落琢磨下道：「涵雨倒是個乖巧的，今年十三歲，性子太軟了，旁人話語說得重了都會掉眼淚，羅夫人一直都在發愁這孩子將來若是嫁了人，被欺負可怎麼辦？一點兒都不像她的直爽性子。」

侯夫人聽著「掉眼淚」仨字略有猶豫，好端端的找個淚包兒在身邊，她心裡豈不是更堵得慌？可林夕落的話，她多少持懷疑態度，不敢就這般認同。

「我倒是覺得這樣規矩、懂禮數的姑娘不錯，侯爺既然讓妳管著大房應承白禮的事，不妨連帶著仲良的婚事妳也幫襯著辦了吧。」侯夫人沒如以往那麼刻薄，話語也帶了試探。

可這事兒交給林夕落，她辦成了自己心裡窩囊，如若辦不成是她沒本事，一把雙刃劍又這般伸過來，她怎麼接都要割一手傷。

宋氏這會兒想明白了，又怕侯夫人怪罪她剛剛的唐突，在一旁附和道：「五弟妹，仲良的婚事是侯府的大事，母親將這件事交與妳也是信任妳，可真是讓我嫉妒呢！羅家小姐溫婉可人，羅夫人又與妳關係甚好，這事兒可謂喜上加喜，大大的好事！」

「大爺的棺木還沒下葬就尋思喜事，這合適嗎？」林夕落故作滿臉驚詫，一副不可置信的模樣，好似侯夫人之前掉的眼淚、哭昏過去都是裝出來的。

侯夫人心裡氣得夠嗆，更是瞪向了宋氏，罵道：「如若不知該怎麼說話，就把妳的嘴閉上！」

氣撒了出去，也算是把這事怪罪在宋氏身上……

看著林夕落的那虛張聲勢的表情，侯夫人冷言道：「不過是讓妳把這事兒放在心上而已，瞧妳這一驚一乍的模樣，想嚇死誰？」

「母親既然這般說，那我放心上就是了。」林夕落拍拍胸口，「不過羅夫人若不答應怎麼辦？」

林夕落直接問出這句話，卻是讓宋氏有了機會斥她：「為何不答應？堂堂的宣陽侯府嫡長孫，又是未來的世子，母親瞧上她是羅府的榮幸！」

「那母親剛剛為何不提？不如我將羅夫人再請回來？」林夕落說著就往外走，侯夫人咬牙切齒，指著宋氏道：「妳給我閉嘴！我不允妳開口，妳休要再插話！」

宋氏咬著嘴唇，合著她一開口就是錯兒？索性當啞巴算了！

「這事兒不急，妳慢慢地問著就是。」侯夫人尋了話語敷衍，根本不答若羅夫人不同意這事兒怎麼辦。

林夕落斟酌半晌，又道：「母親體恤仲良少爺，媳婦兒這事兒定是要辦得好，莫說是羅府，這幽州城內大大小小府邸若有未出閣的，我都要去瞧個遍，定要為仲良少爺尋一個知書達禮、聰穎過人、溫順賢淑的姑娘來，否則也枉稱是他嬸娘！母親放心，這事兒就包在我身上了！」

林夕落說著，便讓冬荷拿這幾日外府送白禮時遞的帖子，「這些都給我收好了，回頭我要挨家挨戶地看，既是有心與侯府交好，那自要賞他們幾分顏面，若家中正有適齡的姑娘，待大爺葬後，尋個由頭全都請到府中來玩，讓仲良少爺自己選，看看到底哪個合他的心意。」

這兩句話一出，事兒瞬間便改了路子了。

侯夫人只瞧中羅涵雨，可林夕落這麼一說，還讓魏仲良自個兒挑？幽州城內各府的姑娘可多了去了，誰知他會挑中什麼模樣的？

這話侯夫人不能說，可看向宋氏，她卻在一旁悶聲不吭，擺明了當啞巴。

該說話的時候不說，用著她的時候，她反倒沒了詞兒！侯夫人狠瞪她幾眼，又看向了花嬤嬤。

花嬤嬤自知侯夫人之意，可這話她能怎麼接？

「五奶奶好心，可仲良少爺終歸是丁憂之期，訂婚之事莫鬧得太大，免得被人詬病。」

「那就丁憂期過了再說。」林夕落當即一句支到三年後。

三年後，誰知宣陽侯府變成什麼德性了？

這丫頭是越說越繞圈，再說下去，恐怕會氣死眾人。

侯夫人氣得頭生疼，連連擺手，「行了，這事兒妳放心上就成，改日再問妳羅夫人的答覆。」

林夕落起身行了禮，門外則傳來婆子的回報：「回侯夫人、二奶奶、五奶奶，五爺來了。」

魏青岩？侯夫人一聽他的名字，頭疼更甚。宋氏在一旁抽著嘴角不吭聲，花嬤嬤連忙擺手，示意婆子請魏青岩進門。可擺了手，半晌卻仍未有動靜兒，林夕落心知這是魏青岩來接她，可為何不進門呢？

眾人都在納罕之餘，門外的婆子又進了門，「回侯夫人，五爺在與二爺敘話，讓……讓五奶奶出去。」

侯夫人氣惱，看著林夕落便道：「妳不許走！」

她堂堂的侯夫人，這死崽子居然來了都不進門行禮請安，他到底想囂張到何時？

侯夫人想起他便氣，如若不是他的話，魏青石怎麼會死？如今她雖換了一種方式，不再如以往那般針鋒相對，但這舊仇新恨更是刻骨銘心，即便做了鬼都無法忘記。

林夕落見侯夫人又惱了，也不多話，就站在一旁等著。

提及魏青煥，宋氏頗有些不放心，意欲到門外去看一看，可侯夫人怒氣正盛，她實在不敢多嘴，更不敢邁步。時間就這樣一點一點過去，門外依舊沒有音訊，侯夫人越發氣惱，林夕落則越是好奇，宋氏心底不安，直至門外有聲音傳入，卻是魏青岩拽著魏青煥一同邁步進門。

魏青岩將魏青煥拽至一旁，隨即朝侯夫人拱了手。

侯夫人冷哼一句：「你還肯進這個門了？」

「是二哥不允我進門的。」魏青岩走至林夕落的身旁，看著魏青煥又道：「倒是打擾了二哥的好事……」

侯夫人不由看向了魏青煥，這才注意到他髮髻凌亂、衣衫不整，那歪七扭八的扣子不知扣錯多少個。

宋氏驚了，連忙道：「二爺，您這是做什麼去了？」

魏青煥看著魏青岩說不出話來，可見侯夫人盯著他，又不得不說：「母親，何事都未有。」

「放肆！」侯夫人一瞧他這副模樣，縱使眼睛瞎的也知他是幹了什麼好事，可……可她怎能說出口？

林夕落在一旁揭了這遮羞布，「二哥，您這怎麼像是偷偷從哪個院子著急跑出來似的……」

一聽這話，宋氏當即就瞪了眼，看著魏青煥脖子上的大紅印子，立即嚷道：「二爺，您……您還要不要這張臉了！」

魏青煥急了，「放屁，我幹什麼了？妳才不要這張臉，滾蛋！」

宋氏也顧不得當啞巴，衝至門口道：「是哪個騷蹄子敢勾引二爺？還不給我站出來！」

「夠了！」侯夫人瞪向魏青岩，卻不知該說什麼，心裡巴不得他剛剛不進這個門。刑剋的人到哪裡哪裡出事，不知什麼時候把她這老婆子也剋死了。

侯夫人正這般想，門外突然傳來叫嚷：「有人跳湖啦！」

這一聲叫嚷，好似晴天霹靂，炸得整個院子裡的人震驚不已。

侯夫人的心跳至了嗓子眼兒，花嬤嬤反應最快，立即跑出門外去詢問究竟。

魏青煥的眼中多了幾分凶光，好似巴不得那跳湖的人死了才好。

宋氏嚶嚶哭泣，不知是為了誰在哭喪。

林夕落朝著魏青岩擠眼睛，這跳湖的人到底是誰？她也很想知道到底怎麼回事。

魏青岩不動，一副雲淡風輕的瀟灑，背後卻緊緊攥了下她的小手，讓她沉住氣……

林夕落就等著門外的嬤嬤來傳信兒，索性也一聲不吭。

魏青煥聽著宋氏哭嚎越發的鬧心，可餘光偷看侯夫人那怒氣之相，也不敢直接將她攆走。

未過多大一會兒，花嬤嬤從外歸來，有意湊至侯夫人耳邊回話。

侯夫人推開她，「有什麼話當面說，做得出來就莫怕人笑話！」

這話無非是衝著魏青煥說的，魏青煥低著頭，花嬤嬤一臉無奈，依舊小聲道：「侯夫人，是大奶奶院子裡的丫鬟……」

孫氏院子裡的丫鬟？林夕落倒覺得稀奇了，他一個堂堂的二爺居然把眼睛盯到大房的院子裡，而且孫氏如今可是一個寡婦，名聲能好哪兒去？

侯夫人怔住，隨即咬牙，更有意讓花嬤嬤把這話圓了，連忙問道：「她院子裡的丫鬟不好好在院子裡待著，跑到外面來晃悠什麼？」

「是……是……」花嬤嬤有些不知如何回答，可見侯夫人那副模樣，她忍不住只得道：「是去靈堂送螢燭的丫鬟。」

說是去送螢燭，不如直說是去守靈堂的！

魏青煥居然在靈堂裡做這等腌臢噁心事，侯夫人險些氣吐了血。

「混帳！畜生啊……你可對得起你大哥，居然做這等惡事，我、我打斷你的腿！」

「不過一個丫頭而已，至於如此？」魏青煥狡辯，宋氏在一旁已是雙手亂捶，卻被魏青煥一巴掌抽了一旁去。

侯夫人顫抖著怒罵不停，宋氏哭得更凶，屋子裡瞬間鬧開了花。

林夕落捂著嘴站到魏青岩身後，將額頭抵在他的背上好一通笑。

這時候當眾笑實在是不厚道，可林夕落忍不住，魏青岩就感覺背後一個小腦袋頂著他在不停地顫抖，引得他也想樂，可本就是一張冰冷的臉，即便是有心笑也不過是微微動一動嘴角，不熟悉他的人也分辨不出他的喜怒來。

爭吵、叫嚷、哭嚎交雜響起，轉瞬便有人發現這屋中還有兩個幸災樂禍的圍觀之人。

這人自是侯夫人。本是讓林夕落來此接下魏仲良與羅家訂親之事，孰料魏青岩居然在此時跑來，還扯出這麼一檔子噁心人的事，他豈不是上趕著來看笑話的？

這般思忖，侯夫人當即指著魏青岩怒喝：「你好端端的跑去靈堂作甚？」

「自是向大哥上香了。」魏青岩依舊面無表情，「難不成連上香都不允了？如若不允，我現在就走。」

侯夫人被噎得啞口無言，她早已得宣陽侯告誡，不允再對魏青岩斥罵攆他離開，而後與花嬤嬤私下商議，也多少知道魏青岩若此時離開，對宣陽侯府的影響會有多大。

縱使他是庶子，可也牽連著侯府的名譽，他若在這個節骨眼上走了，外人豈不是會斥她一個不容的名聲？

侯夫人正不知該如何說辭，魏青煥無意中接話道：「少在這裡假惺惺的當好人，誰知你是去做什麼事？」目光中帶幾分挑撥，更是看向林夕落。

林夕落只當聽不懂，連安排個通房魏青岩都跟她翻臉大怒，別提其他丫鬟了，拿這個來挑撥也實在太低級了吧？

魏青煥見她紋絲不動，心裡只恨這是個榆木腦袋。

宋氏挨了打，卻還在哭，侯夫人讓花嬤嬤勸阻著，這時候別讓她撒潑鬧出事來，宣陽侯府如今正被所有人都盯著，若是再鬧騰出這等子事，宣陽侯大怒不說，其他人都要受連累。

侯夫人這會兒也算是心中安穩些許，問向門外的嬤嬤：「那丫鬟死了還是活著？」

林夕落站在魏青岩身後，目光直盯著侯夫人，她倒是要看看著老婆子如何處置府事……

這事兒說大不大，說小不小，關鍵就趕在這個節骨眼兒，而且還與寡嫂有關。

林夕落心中惡意腹誹，這魏青煥會不會連孫氏都惦念著？

顧不得這麼多，林夕落只聽著婆子回稟：「還有一口氣……」

婆子如此回，林夕落明顯感到侯夫人的不悅，她這是巴不得這丫鬟死了，一了百了了……

「母親，這事兒您看著處置吧，媳婦兒是說不出什麼話來的！」宋氏泣聲哽咽。

侯夫人這會兒也沒了想法，只詳細地問起身旁的嬤嬤來。

明明都想把這丫頭弄死，卻誰都不來當這惡人！林夕落心中冷笑，都是面善心狠的人，何必在這裡自立牌坊？

林夕落心中腹誹，魏青岩側頭看她，就見她時而樂，時而不屑，臉色變得極快。

捏了她的小手一把，林夕落抬頭，卻正見侯夫人與宋氏等人都在看她。

「看我作甚？我們五爺做不出這等腌臢事來！」林夕落不知怎麼回事，當即便來了這樣一句。

侯夫人指著她罵不出口，花嬤嬤道：「五奶奶，侯夫人是想請您幫襯著勸勸那跳湖的丫頭。」

「我說得無錯啊？這事兒不是我們五爺做的，我為何出面讓人臊這張臉？」林夕落咬牙狡辯，帶著滿心的不悅，「明明是二爺做的，二嫂為何不去？」

「妳現在不是幫襯大房應事嘛！」宋氏將事往林夕落的身上推，林夕落冷笑一聲：「幫襯著接白禮，我又沒幫襯著管靈堂！再說這種事我管得著嗎？何況我若出面，旁人不知道的還當是五爺做了這爛事，五爺冤不冤？便宜又不是五爺占的，我才不去！」

林夕落像連珠炮一樣劈里啪啦的往外說，絲毫不給這些人留顏面。

揣著一顆爛心想把這事兒賴在她與魏青岩的身上？沒門！

林夕落是這般說，魏青岩的臉色著實不好看。

什麼叫便宜不是他占的？她這嘴裡的話怎麼聽著這般彆扭呢？

魏青岩覺得彆扭，侯夫人和宋氏的心裡就像揣了一顆大石頭，是沉也沉不下去，摳也摳不出來，宋氏覺得臉上臊得慌，當即又開始掉眼淚。

侯夫人知道這事兒指望不上旁人，也不願把這事兒鬧大，只得吩咐道：「都滾吧，那丫鬟就留我院子裡，誰敢把這事兒傳出去，我撕了她的嘴！」

這話並非是對魏青岩與林夕落說的，而是針對宋氏。

多年的婆媳相處，侯夫人豈能不了解她？一張嘴最沒分寸，也分不清美醜喜惡……

宋氏自不覺這話是說她，瞪了兩眼林夕落便哭著往外走。魏青煥早已悶聲不吭，被侯夫人看著重新整理衣衫、繫好衣扣才倉皇而去。

魏青岩帶著林夕落往院外走，直至走出筱福居，到了侯府的一個園子裡，她才暢懷大笑，連連道：「哎喲，可憋死我了！」

魏青岩停步看她笑，也被她引得忍不住翹了嘴角，摟過她的小腰，狠狠捏她臉蛋一把，「罵就罵，還把我也捎帶進去？」

「哪有？」林夕落笑個不停，「我實在是冤枉！」

魏青岩嘴角抽搐，「說我沒占便宜的不是妳？」

「本就是沒占便宜，我難道說錯了？」林夕落一雙吊梢眼睇笑著瞧他，卻把魏青岩看得說不出話來，氣笑之餘，咬她小嘴一口，「妳這張嘴，實在讓人又愛又恨！」

「還說我？你今兒把二爺的事鬧騰出來，不也是故意的？」林夕落戳著他的胸口，嘟嘴道：「還敢說不是？」

魏青岩被她這副小模樣逗笑，「鬼心眼兒還真多！」

「有什麼打算？」林夕落說的是正事，她雖知道魏青岩今兒把這事兒捅破是故意的，卻也知道他絕非是因為瞧魏青煥不順眼抑或故意噁心侯夫人才動的手。

他做任何事情，都有更深一層的目的……

魏青岩看她這副一本正經的模樣，也沒了調戲的心，拽著她的小手往前走，邊走邊道：「三哥與三嫂快回來了，終歸要先為他清一清事，免得他放不開手。」

「四哥不是也回來？」林夕落只知大婚當日，魏青羽與魏青山兩人都很幫忙，可魏青岩好似對魏青羽更為親近一些。

「侯夫人已經將四哥的生母移到離她最近的小院了。」魏青岩這般說，林夕落心中還能不知？這老太婆恐怕是早已做好打算了！

事情繁雜，林夕落不願多想，「還是快出完這大殯，咱們離開此地兒清閒幾日吧！」

魏青岩點了頭，「現在也可先清閒半晌。」

林夕落納悶著，卻被他一把抱起。

「這兒是園子！」林夕落臉紅，看著他湊近的嘴，忍不住埋怨。

魏青岩調侃：「抱妳回去而已，妳的腦子裡想什麼呢？可是饞了，嘖嘖，好色……」

林夕落臉色更紅，聽著他的笑聲往院子裡走，心中在想：這侯府中，除卻他二人，還有何人能笑得出？

翌日一早，小雨淅淅瀝瀝地落下，敲在青草葉上，彈起些許芳香，林夕落聞著吹進屋內清新的氣息，心裡也舒坦些許。

魏青岩天色未亮便又出了門，依舊是被皇上召進了宮。

林夕落看著床上的輕紗，心裡想著皇上到底何意？

不允魏仲良承世子位，接連讓魏青岩入宮，有意讓魏青岩接世子位？可當初為何讓魏青岩去戰場送死？旁人都說魏青岩受皇寵，可她卻覺得這「寵」字並不貼切，為何有如此感覺，她又說不出緣由。

正懶得起身時，冬荷探了腦袋，見她已醒來，上前道：「昨兒那丫鬟咬舌自盡了。」

冬荷說著，臉上帶了幾分憐憫和悲嘆，兔死狐悲，她雖未遇上這等事，可也是丫鬟出身……

林夕落對此雖有意外但不太過驚訝，昨日侯夫人巴不得那丫鬟早死，如今來看這「咬舌自盡」是否真實都無跡可尋了。

冬荷有意把這事兒多說幾句，「那丫鬟的爹娘也是府裡做事的，被侯夫人叫進筱福居做事，連帶著家中的兒子都成了二爺的跟班兒，她也算沒白捨了這條命……」

「大奶奶那方怎麼說？」林夕落忍不住想起孫氏，人是她院子裡的，她不可能連一點兒表示都沒有吧？

冬荷搖頭，「奴婢只是早間聽婆子們說起，大奶奶那裡還不知有何消息。」

林夕落冷笑著起了身，今兒還要再去管大房的事，熬過一日算一日吧！

用過粥菜，林夕落離開了郁林閣，在乘轎輦離去的路上，後方忽然有人在追趕叫喊。秋翠最先聽見聲音，上前告知林夕落，林夕落吩咐停下，那追趕之人卻是小黑子。

「怎麼了？」林夕落看著他上氣不接下氣的，連忙開口詢問。

魏仲良已被魏青岩打得臥病不起，魏仲恆不會也出了什麼事吧？

小黑子捶捶胸口，顧不得嗓子火辣的疼，連忙道：「五奶奶，仲恆少爺、少爺他……」

「快說！」林夕落有些急，小黑子忙道：「少爺生病了！」

「怎麼回事？」林夕落從轎輦起身，這時候魏仲恆生病可不是好事，興許還會讓她惹上麻煩。

「這幾天少爺一直都沒有食慾，孰知昨晚開始上吐下瀉，早間奴才瞧見他實在挺不住了，趕緊就來找您了！五奶奶，給少爺請個大夫看看吧！」小黑子的確焦急，話說著都快流了眼淚兒。

林夕落吩咐秋翠，「快去請大夫，抬我回去！」

冬荷連忙道：「大奶奶那方可要通稟一聲？」

「就說五爺有急事讓我候著。」林夕落未讓她直接回魏仲恆生病之事，他生病到底是何原因暫且不知，如若被侯夫人與孫氏知道了，指不定又扯出什麼事來。

冬荷應下，帶著兩個小丫鬟往雅香居而去。林夕落趕回郁林閣書房，魏仲恆正在床上躺著。面色枯黃，額頭冷汗涔涔，嘴唇刷白，兩個黑眼圈好像被煙熏了一般。

「都病成這副模樣了，昨晚為何不派人去找大夫？」林夕落怒瞪著小黑子，小黑子一副可憐相，「少爺說五奶奶在忙，不讓去找您。」

「這孩子……」林夕落無奈地看他，已是昏昏沉沉，乾枯的嘴唇微微翕動，卻發不出聲音。

林夕落也不願等著聽他說什麼，她不是大夫，查不出這孩子的病是何原因，但她要查清楚是否有人動過手腳。

「去把給仲恆少爺送過飯的人都叫來，春萍呢？她也來！」林夕落這般吩咐，秋紅忙去叫人。

大夫趕來，林夕落也不用他行禮，立即塞進屋中為魏仲恆瞧病。

未過多久，大夫已有了結論，林夕落忙問道：「可能看得出他是何病症？」

「恐是中毒了。」大夫這般一說，林夕落當即面色陰沉，大夫連忙補言道：「夫人莫急，少爺所中的毒應是胃腸不適，對食物過於敏感，服用幾帖藥便可痊癒。」

林夕落這顆心才落下，嘴角抽搐，可這時候也沒心思太過埋怨，「那便請大夫寫方子吧。」

大夫拱手應下，到一旁取出筆墨，即刻開方子。

林夕落沒有就此放心，說是胃腸不適對食物敏感，可他之前好端端的，如今怎麼會胃腸不適？自他來到這院子裡，她便親自叮囑大廚房每日二菜一湯讓魏仲恆吃好，如今在這個時候出事，她怎能不查個清楚？

大夫寫下方子，林夕落讓冬荷取來一包銀子，親自賞了大夫，「不知您如何稱呼？」

「在下肖成。」大夫道出名諱，林夕落將銀子遞入他手中，「往後還要多多勞煩肖大夫！」

肖大夫接下，隨即親自去取藥、熬藥，不容旁人插手。

林夕落看他這副做派倒是個聰明人，便讓秋翠在這裡幫襯著，她則到門口看著那些個丫鬟婆子們齊齊聚此，各個心驚膽顫。

「奶奶，真的與老奴無關啊，老奴只管送飯，這一路上不敢有半分的耽擱……」

不等林夕落問話，便已有婆子忍不住驚嚇，主動上前撇清自己。

眼見有人開了口，另有丫鬟上前，「奶奶明鑒，老奴為仲恆少爺做飯，可是在陳嬤嬤親自看管之下！」都知陳嬤嬤是林夕落的陪房，將她抬出來說話，奶奶還能怪罪不成？

接二連三有人上前，林夕落卻一字不說。

聲音漸漸小了下去，林夕落看向春萍，「妳怎麼不開口？」

春萍在一旁哆哆嗦嗦不敢吭聲，「奴婢……奴婢不知道該說什麼。」

林夕落冷笑，出言道：「都想把自個兒摘乾淨了？合著妳們都沒錯兒，是我有錯兒？那妳們就都在這兒跪著，跪到晚間我回來！妳們若不能讓那有錯兒的主動站出來，我就把妳們全都攆出這個院子，一個不留！」

林夕落這話說出，讓所有丫鬟婆子嚇得瞪了眼，全都攆走？這五奶奶還真下得去手！

可她們都是大奶奶派來此地的，五奶奶敢攆嗎？

這心思一出，立馬就歇了，大奶奶？大奶奶如今都成寡婦了，哪裡還有心思管她們？

靠山沒了，眾人的心裡開始發顫，怎麼辦？

林夕落也不搭理，吩咐秋紅道：「妳就在這兒盯著，如若有敢擅自離開的，有敢不好好跪著的，就板子伺候！如果有人樂意認罪就去派人告訴我，如若沒人認錯，晚上回來我再問話！」

秋紅應下，丫鬟婆子們各個臉色難堪，沒人認錯就要跪一整日，這腰和腿還不都得殘了？

林夕落一轉身，便有婆子嚷嚷道：「到底是哪個天殺的沒照顧好仲恆少爺讓我們跟著受牽連，還不趕緊滾出來？」

林夕落回了房間，肖大夫已經親自餵過藥，見林夕落歸來，便拱手道：「在下在此看顧仲恆少爺，晚間再走。」

「有勞肖大夫了。」林夕落讓人端茶送了點心，囑咐道：「有事兒即刻通稟我，別耽擱了。」

丫鬟應下，林夕落便周整好衣裝出了門，往雅香居趕去。

雅香居內，孫氏得了冬荷的回稟，卻也不知該如何是好。

林夕落是宣陽侯吩咐來此為大房接白禮的，可她如今有事未到，她是自己前去？還是回稟給侯夫人？正在猶豫之時，門外有人通稟：「二奶奶到了。」

宋氏？孫氏的心裡不悅，自上次她與侯夫人直言講過二房的野心之後，宋氏便被侯夫人留在身邊不允其亂走，如今怎麼又出來了？

昨兒魏青煥鬧騰的那股子腌臢噁心事，孫氏也並非不知道，可她只能裝作不知道，否則她這寡嫂的名聲還要不要了？

雖說魏青煥是跟個丫鬟，可那丫鬟是她院子裡的……以訛傳訛，好事不出門，壞事傳千里，這種事她極為忌諱。

宋氏進門，看到孫氏一臉的猶豫，故意問道：「大嫂在這兒，五弟妹呢？她今兒怎麼沒來？」

「今兒妳不侍奉母親，怎麼想著跑到我這兒來了？」孫氏不答她的話，而是反問。

宋氏也不用孫氏讓坐，自行尋了個地界坐下，讓丫鬟們奉了茶，隨後才開口說道：「母親昨兒晚間說讓我歇一日，我這是怕大嫂忙不過來，故而過來幫襯著做些事。」

「妳倒是好心，就知道我今兒忙。」孫氏話語帶著諷刺，宋氏也不往心裡去，擺明賴著不走，嘴上諷刺道：「五弟妹今兒沒了影子，聽說是她院子裡出了事，把仲恆少爺弄病了，仲良少爺挨五爺的打，這仲恆少爺也臥床不起了，他們五房這不是存心與大嫂過不去嗎？」

孫氏嚇了一跳，剛欲再問，就聽門口有人道：「二嫂，妳的耳朵還真長，我院子裡的事兒都能聽得見？」

宋氏一驚，卻看林夕落正站在門口。

林夕落從郁林閣往這方走時，心裡一直在斟酌是否要藉這個機會把院子裡的丫鬟婆子們好生歸攏一番。魏仲恆生病之事，在她的心裡頗有餘悸，她本打算今日不來雅香居，在院子中沉一日，可又覺這事兒不對才匆匆趕來。

果真如此，她剛一進院子就聽見宋氏在這裡挑撥離間。

昨兒魏青煥在大房院子裡鬧出事，今兒一早宋氏便跑來，而且還能知道魏仲恆生了病，她這手伸得可著實夠長的。

林夕落覺得魏仲恆生病沒那般單純，如今看來，其中少不了宋氏的影子……

宋氏沒想到林夕落這時候會出現，臉上僵得也擠不出笑臉來，只得挖苦道：「五弟妹還真是勤快，仲恆少爺病了，都能不忘記來幫襯大嫂的忙。」

孫氏顧不得對宋氏的挖苦多言，看向林夕落道：「仲恆是怎麼著了？可需要請大夫？」

「身子虛，心裡也知道大爺的事，連夜都睡不好，已經請大夫瞧過，更是讓大夫在他身邊盯著了，何時仲恆少爺好了，他何時才可以走。」林夕落這般說倒讓孫氏心落了肚子裡，雖說不是她親生的，但此時魏仲恆再出事，也無非是雪上加霜了。

宋氏沒尋思林夕落這麼快把事情辦俐落，也覺出在此待著略有不妥，便起了身道：「大嫂忙著吧，我先回了。」

「二嫂慢著。」林夕落直接一步跨到宋氏面前，把她嚇得後退好幾步，「妳想幹什麼？」

「挑撥完了就想走？您剛剛憑什麼說我存心與大嫂過不去？我早間才知道仲恆出了事，您立即便能來告訴大嫂，您的消息怎就這麼靈通？我院子裡還有何事是您不知道的？」

林夕落直言相問，卻讓宋氏瞪了眼，「妳少在這裡胡沁，都是一家人，誰能瞞得了誰？」

林夕落冷笑，「是嗎？怪不得二哥能把大房的丫鬟都給糟蹋了，合著侯府裡你們是橫行無阻啊？我倒是要去問一問母親，改日若是有人進了我的院子，我是攔著還是不攔？」

「妳……妳少在這裡胡說八道！」宋氏臉面掛不住，提及侯夫人她自當害怕，侯夫人是最忌諱她們的手伸得過長……

孫氏在一旁早已氣得面紅耳赤，恨宋氏的挑撥，更恨林夕落話語不留情面，兩人爭執不休，她只得嚷道：「夠了！」

一聲驚喝，孫氏即刻含著眼淚兒跑出了屋子，瞧著那方向，恐是尋侯夫人而去。

宋氏此時才驚了，指著林夕落便道：「妳故意的！」

「我故意什麼？」林夕落明擺著不肯認，她就是故意說出魏青煥昨兒的惡事，讓孫氏掛不住臉去侯夫人那裡告狀。

二房想在府裡出風頭？沒門！

林夕落自己對侯府的權無心爭搶，但她也絕對不會讓二房出頭。

宋氏看林夕落擺明了故意坑她的模樣，氣得是跳腳說不出話，心中忐忑不安，只得匆匆離去，到侯夫人那裡做補救……

侯夫人聽了孫氏的哭訴，直接又把宋氏禁了足。

宋氏連侯夫人的面兒都沒得見，就又被圈了院子裡，恨得連連砸了不知多少物件。

雖說懲治了宋氏，但侯夫人與孫氏對林夕落也多了幾分顧忌。

這個丫頭不同旁的女眷，她是說起話來絕不留情，更是軟硬不吃……

孫氏有些擔憂，「母親，不如把仲恆接回來？仲良也著實需要個幫襯的，雖說他還小，可好歹是個男丁。」

「妳有容人心，就怕仲良心裡敏感。」侯夫人心中忐忑，「如今沒有消息反倒是好事兒。」

「大爺的棺木還未下葬，接連便出這等噁心事兒，媳婦兒的心實在放不下了。」孫氏哭著抹淚，「往後都要母親操心了。」

侯夫人也知孫氏在等她的話，「妳放心，我絕不讓老二家的掌管府中大事，我活著一天，就要為仲良爭一天！」

「可……可若是皇命……」孫氏不由想到魏青岩接連被皇上召進宮……

侯夫人的嘴唇顫抖著，「我……我就是豁出去這條命，也絕對不讓他得逞！」

林夕落這一日在雅香居做完事，便急急忙忙又回了郁林閣。

魏仲恆此時已經醒來，肖大夫仍在為其診脈。

看到林夕落歸來，肖大夫起身拱手道：「回五奶奶的話，少爺已經無礙，只需再多歇息幾日即可，這期間的飲食尚需清淡。」

「勞煩肖大夫了。」林夕落讓秋翠又拿來銀兩，「送肖大夫離去。」

秋翠送大夫出門，魏仲恆看著林夕落啞聲道：「讓嬸娘擔憂了。」聲音弱得好似蚊吟。

林夕落看著他，「好生養病，還有四天便是大爺出殯之日，你定是要出席的。」

魏仲恆的眼睛裡冒出閃光，「我……我能去？」

「能！」林夕落斬釘截鐵，「不能的話，嬸娘也會帶著你去！」

魏仲恆有意起身向林夕落磕頭，卻被林夕落按住，「但你必須要提起精神來，不許再這般柔弱，你是個男丁，可不是個姑娘。」

「侄兒都聽嬸娘的。」魏仲恆難得露出孩童之色，憨笑幾聲，可又覺父親大喪，露笑不對，笑容僵住，這似笑非笑的模樣讓林夕落心裡被擰了一把似的，這孩子可怎麼辦呢？禮教害人啊！

林夕落也未與魏仲恆多說，出了門去處置丫鬟婆子們的事。

這些人還在院子裡跪著，東倒西歪，已是有昏過去的……

秋紅在一旁持著板子看著，見林夕落過來，忙上前道：「還是沒有人肯站出來認錯。」

林夕落挨個看著，「那就都攆出去，院子裡不留這種髒心爛肺的人。」

話語一說，林夕落也不嚇唬她們，當即便吩咐侍衛道：「全都攆出府。」

侍衛們上前，挨個拽起就往外拖著走，婆子們本以為林夕落不過是嚇唬嚇唬，跪了一天也就罷了，孰料五奶奶還真做得出來？

眾人立即又抖了精神，連連磕頭，「奶奶，真不是老奴的事啊，老奴冤枉……」

「奶奶，奴婢就是個送飯的，奴婢也冤……」

「奶奶要明鑒！」

「常嬤嬤，是常嬤嬤昨晚上來過！」

林夕落即刻喊「停」，問道：「剛剛是誰說的話？站出來！」

「是老奴說的！」一個婆子當即爬出來，瞧著她那身衣裝是院子裡的粗使。

林夕落指著道：「從頭到尾說個清楚。」

婆子磕頭回話：「昨兒老奴來前院打掃，瞧見常嬤嬤走過此處，看到老奴露面，她急忙就走了，好似是在跟春萍姑娘說話！奶奶，老奴不過是個灑掃的婆子，連仲恆少爺飯碗的邊兒都碰不到，這事兒真不關老奴的事，老奴冤枉死了！」

提及常嬤嬤，林夕落看向春萍，她面色通紅，隱隱有心虛之態……

「春萍。」林夕落話語雖輕，可聲音剛落下，就見春萍跪了地上，「奶奶，不關常嬤嬤的事，她不過是來給奴婢送用的物件。」

「春萍姑娘，妳少在這裡裝了，常嬤嬤有那般好心，就能管著妳用的物件？她怎麼不送老奴物件呢？」

有一個人被揪出，落井下石的人便接連湧上，一人說起，接話的一堆，轉瞬間便把春萍和常嬤嬤兩人說成了惡人。

林夕落沒吭聲，就這般聽著，秋翠瞧著火候差不多，便站出喊嚷：「都閉嘴，奶奶在此，妳們嚷嚷什麼？都這般有道理，早幹什麼去了？別以為在這裡拿春萍和常嬤嬤說事，妳們就全都沒了責任，一個都跑不了！」

靜謐無聲，所有人都不敢再多嘴。

誰不知秋翠是將來的管事？若還想在這院子裡有口飯吃，便不能得罪她。

林夕落沉了半晌，吩咐人道：「常嬤嬤在何處？去把她請來吧。」

秋紅應下便去尋人，林夕落又吩咐秋翠道：「把所有的丫鬟婆子都叫來吧。」

可眾人大驚，這本是拘管了在書房前院當差的，如今怎麼一整院的人都給叫來？

丫鬟婆子們很快就聚了這裡，林夕落問道：「這兩天都有誰離開過郁林閣？還有，守門的都是哪幾個？」

林夕落這話問出，卻讓許多人驚愕一抖，零零散散的便走出五六個……

「是誰把仲恆少爺生病的消息傳了出去？」林夕落看著這幾人，厲聲道：「站出來，我饒妳一命，如若不肯認，可就別怪我手狠！」

這話一出，眾人的臉上驚恐不定，不由都看向那被拎出的六個人……

把仲恆少爺生病的事傳出去？誰有這麼大的膽子？

而這一會兒，還未等有人被揪出來，秋紅匆忙跑回，回稟道：「奶奶，常嬤嬤出事了！」

一波未平一波又起，林夕落對常嬤嬤出事不覺意外。

常嬤嬤自來到這院子裡當管事嬤嬤，她便覺得這個人有不對外人訴的心事藏著，恐怕連侯夫人都不知。如今不過是提及春萍，她便在這時候出事，這是想隱瞞什麼？

秋紅這時候已經跑到林夕落的跟前，湊其耳邊道：「服了毒了！」

林夕落吩咐冬荷跟著去看一看，「一定要救回來，不成就去找春桃，讓她跟魏海說把跟著五爺的大夫給請回！」

冬荷領了命，帶著秋紅便往外走，心裡頭精明的婆子不由訝異，冬荷是從不離開林夕落身邊的丫鬟，如今都能將她派出，可見這事兒鬧得有多大？

林夕落不願搭理這些人，直直地看向春萍，這丫頭剛剛只聽說常嬤嬤出事便淚如雨下，這會兒好似已快哭昏過去。

一旁的婆子怕林夕落再發脾氣，忍不住道：「奶奶，恐怕就是常嬤嬤做的事，老奴自從伺候您，可從未偷過半點兒懶，早起晚睡，不敢有半分疏漏，奶奶仁慈，您可要還老奴個公道啊！」

「嚷嚷什麼？」林夕落冷了臉，心中也沒了那好脾氣再等這些婆子們哭叫個沒完，「少跟我在這裡廢話，也別說我仁慈，誇我兩句仁慈就被妳們糊弄？三個數，如若不肯站出來，全都板子打死，一個不留，一！」

林夕落豎著手指，目光瞧向這幾個跪了地上連連磕頭的人，可依舊沒人站出來。

「二！」林夕落第二個手指豎起，已是有嚇哭了的，「是誰趕緊站出來，沒得讓我們陪著死，否則做鬼也不放過妳！」

「老太爺還不下個雷將這不肯認錯兒的劈死，好讓奶奶饒了我們的命……」哭嚷叫罵四起，卻仍是沒有人站出來，林夕落冷笑，「不站出來？那就連妳們全家都打死，一個不剩！」

林夕落話語道出，當即舉起第三根手指，幾聲厲嚎響起，又有人嚇昏過去……

「三！」

「奴婢認罪！」

一個微弱的聲音與林夕落的話語同時響起，周圍的婆子連忙看去，卻是個小丫鬟。

婆子們也不容她說話，當即撲上去便是一通打，剛剛被嚇得夠嗆，都是因為這個小蹄子。

小丫鬟也不吭聲，捂著頭任由她們打罵也不肯喊出半個疼字。

林夕落未阻止，而是讓這些個婆子打了個夠，見那丫鬟也沒剩幾口氣，才讓秋翠喊了停。

「都打夠了？」林夕落讓秋翠上前看看那挨打的丫鬟，她則繼續看著那些婆子道：「是不是都覺得打得越用力便是越清白的？她認了錯兒，可不代表今兒就她一人向外傳了話！手爪子別白動彈了，挨個抽上二十個嘴巴子，臉上沒有印子的，我就派人動手，老老實實地閉上嘴！」

林夕落這般說完，告知所有的人：「這三天裡頭，但凡是伺候仲恆少爺的，從洗菜、炒菜、送菜，哪怕是送過水、掃過地的每個人都給我跪一晚上！我仁慈，卻不是讓妳們欺辱的主子，往後跪地求饒都給我免了，有這份求饒的心就別幹窩火的事，再有下一次，全都給我滾出郁林閣，我絕不養光動歪心思不幹正事的東西！」

無人再敢上前磕頭求饒，本是熙熙攘攘的喧鬧這會兒卻鴉雀無聲。

誰還敢說話？這位五奶奶旁日裡不常動怒，可一旦動了氣，絕非是高抬輕放，而是狠狠地抽幾巴掌。剛剛動手打那丫鬟的幾個婆子，這會兒也開始接二連三地抽起嘴巴子，心裡暗自後悔為何手欠去打那丫頭？可後悔也無用，五奶奶的確是說中了她們的心思，可這手抽打旁人是下得去狠，這會兒抽打自己卻怎麼都下不去手……

林夕落懶得瞧這些人，讓秋紅帶著那小丫鬟跟隨她一同進了屋子，外面的事則讓秋翠跟隨著處置。小丫鬟被剛剛那群婆子打得重傷，秋紅帶著兩個丫鬟為她擦了一把臉，輕咳之時又嘔出鮮血，見林夕落在看她，直接跪地道：「是奴婢告訴外院之人仲恆少爺病了，夫人若罰，便罰奴婢好了！」

「妳告訴的人是誰？」林夕落看著她，「抬起頭來，敢做這等子事，卻不敢抬頭見人？」

小丫鬟抬了頭，倒是一張清秀的小臉兒，「是大房的二姨奶奶派人來問的，奴婢怕她惦記著，就告訴她了。」

「她派人來問？是妳主動說的吧？」林夕落看著她，「還覺得二姨奶奶是仲恆少爺的生母，她惦記著仲恆少爺的身子康健乃是理所應當？覺得妳告知他人是做了個好事？」

小丫鬟不吭聲，可那緊抿的嘴明擺著她就是如此認為。

林夕落冷笑，「妳還不服氣？」

「奴婢沒有不服氣，奴婢該死，求奶奶責罰。」小丫鬟倒是個硬脾氣，那梗著的脖子就是表明她心中不覺自己有錯。

「那妳可知道，妳把這消息傳出去之後，這位二姨奶奶有何反應？」林夕落沉聲言道，小丫鬟一怔，搖了搖頭，卻不肯說話。

林夕落緩緩地道：「是二奶奶最先知道，而這位二姨奶奶連面兒都沒露……妳是把消息傳給了何人？」

小丫鬟一怔，「奴婢就是告訴二姨奶奶的人！」

「妳這種丫頭，死了都是替人家數錢的，我實在懶得與妳多說。」林夕落擺了擺手，示意秋紅將她帶下去，「打十板子，然後送去給大奶奶。」

秋紅當即帶了兩個婆子上前將這丫鬟拖走，丫鬟滿臉驚愕，可口中依舊不停地叫嚷：「我就是告訴了二姨奶奶！」

板子響起，秋翠忍不住挖苦，「這丫鬟當得也實在窩囊，連傳話的是誰的人都不知道。」「光有忠心，也得有個聰明的腦子，否則把主子賣了都不知道。」

林夕落對這等人又覺可憐又覺可氣，可她絕不會為此而輕饒，敢從她的院子往外傳話，這若是饒了，往後她這兒就成蜂窩了，豈不到處是窟窿？

門外抽嘴巴的婆子們打完了，也都瞧著那丫鬟被打了十個板子，拖出郁林閣。各個嚇得心驚膽顫，不敢再有半句多嘴。那些被罰跪的，也都摸摸膝蓋和屁股，罰跪總比被打板子強，往後還真得多長點兒心，閉實這張嘴了。

林夕落沒心思搭理，她這兩道令一下，院子裡也沒幾個能不受罰的，旁日裡她不願拘束著院子裡的丫鬟婆子，也是覺得這些人都不容易，但可憐之人必有可恨之處，還真就不讓她省了這顆心。對惡人寬容就是對自己殘忍，林夕落嘆了口氣，這句話她要記得更清楚才行了！

未過多久，冬荷從外歸來，瞧她一臉的疲憊，顯然常嬤嬤那邊的事很緊迫，不等林夕落問出口，她擦了擦臉上的汗，便是回話道：「已是救過來了，不過常嬤嬤咬了舌頭，往後恐是不能再開口說話了。」

林夕落呆住，「春萍呢？」

「還在哭呢。」冬荷思忖片刻，回話道：「常嬤嬤寫了字，認了罪，說是她給仲恆少爺的飯菜裡頭下了藥，有心要害仲恆少爺，這卻是一心尋死了。奴婢勸她，她卻不肯再動手寫字了，奴婢總覺得這裡頭好似有點兒什麼事是她意欲隱瞞的。」

林夕落並沒有馬上回答，而是沉默思忖。

若說常嬤嬤給魏仲恆下藥，這事兒倒並不意外。

侯夫人這個老婆子極為厭惡庶子，從她對魏青岩視若仇人可以看出，她對魏仲恆這位孫子也格外不喜。按說都是自己的隔輩兒孫，無論嫡出庶出不都是魏青石留下的種？旁人府中就沒一個像侯夫人這樣厭惡庶子的，連自己的庶孫都不疼愛。

如今大房出了事，魏仲良身負重傷，而魏仲恆又在她的院子裡養著，侯夫人如若有那份陰狠的心，不妨可以讓常嬤嬤毒了魏仲恆，再把責任賴在魏青岩與她的身上。

如此一箭雙雕，可以讓魏青岩遠離世子位，旁人若想再與魏仲良爭奪這世子位，恐怕也沒那麼容易，但侯夫人會做這般缺心眼兒的事嗎？

宣陽侯府如今可就是一堵紙牆，若是魏青岩也在此時受牽連敗了名聲，失了皇寵，宣陽侯府還剩什麼？僅憑著宣陽侯這個老頭撐著，也不會有人再對侯府忌憚，可視若無物了……

但常嬤嬤……她這般做恐怕另有原因，會是什麼呢？

林夕落思忖半晌，將她與春萍聯繫起來，難不成……她與春萍有著血緣關係？

可她與春萍並非是同一個院子出來的，而且林夕落也查過這院子裡丫鬟婆子的來歷，春萍是自幼被買進府裡的死契丫鬟。如若只是常嬤嬤的事，她還不願過多搭理，可如若能拿捏住常嬤嬤，她或許能得知這府中更多的消息，會否有益呢？

林夕落想至此，又叫來冬荷：「晚間妳再去探一探常嬤嬤，似是隨意說起我要處置春萍，將其攆出府……」

冬荷雖不明林夕落這是何意，但也就此應下。

院子中的事大致處置完，林夕落只想好生歇息一二，可剛準備用飯，就見外面的丫鬟來回稟：「五奶奶，齊獻王妃來了，隨行之人還有您的母親，如今正在侯夫人院中。」

還有母親？提及胡氏，林夕落可是心驚了。

若說胡氏隨同父親一起來，她倒覺理所應當，可怎麼會與齊獻王妃在一起？她們壓根兒不是一路子上的人。

林夕落顧不得耽擱，即刻起身出了門，朝著筱福居趕去。

筱福居內，胡氏坐在一旁無可奈何，心裡更惦念著林夕落何時能到。

下午與林政孝一同來侯府送白禮，孰料行至門口遇上齊獻王妃，終歸是王妃，他們要讓路，可這位王妃得知一旁候著的是她，便硬要與她一同進來見侯夫人和林夕落。

胡氏拒絕也不是，可應承下來這顆心就落不了肚子裡，她縱使是鮮少出門的人，也知道齊獻王與魏青岩勢同水火，更知林綺蘭與林夕落之間的糾葛。今兒雖未見到林綺蘭，但這位王妃在前，她心裡頭也順當不了。

胡氏在心焦，侯夫人此時也沒什麼好心情。

齊獻王與魏青岩視若仇人，前因也是齊獻王與宣陽侯府不和，如今這位王妃貿然上門，倒是讓侯夫人不知該如何應承才好。

看向胡氏，胡氏只在一旁不開口，侯夫人也不多搭理，只得與秦素雲道：「齊獻王妃能來此慰撫，著實讓我心裡感激不盡，」話語說到這兒，不知該如何接下去，只得輕咳兩聲，花嬤嬤立即端來水和棉巾，讓侯夫人暫緩些時間，好思忖下該如何應對這位王妃。

秦素雲瞧見她這副模樣，不由道：「早前兒就說要來了，可府中事也忙得脫不開身，侯夫人還是要顧忌好身子。府上的大爺是位豪傑，皇上定不會屈了他。」秦素雲這話說出，卻是讓侯夫人的心裡更不爽快。

這話如若是旁人所說，侯夫人興許還真欣慰些許，可出自秦素雲這位齊獻王妃之口，她便要斟酌斟酌是否是齊獻王授意她讓宣陽侯府內亂起來。

侯夫人抿口茶的功夫已是將此事想清，緩緩開口道：「雖疼惜他，可終歸也是一男子，自幼習武之時便已下了決心為大周國盡心盡力。皇上乃明君，自能看得清楚，宣陽侯府除卻他之外，還有人在，我雖對朝事不明，但這幾個兒子還都看得清楚，青石走了，還有青煥、青羽、青山、青岩，這四個兒子縱使都為大周國獻了身，還有孫子。」

說至最後，侯夫人的情緒頗為激動，帶幾分硬氣，秦素雲連忙道：「侯夫人心懷大義，本妃敬佩不已。」

胡氏在一旁抽著嘴，這兩人話說得她雞皮疙瘩快落滿地，再說下去是不是要精忠報國、死而後已了？夕落這丫頭怎麼還不來？

胡氏正在心底抱怨，有丫鬟進門回稟：「五奶奶到了！」

丫鬟這般一說，屋中的侯夫人與胡氏都鬆了口氣。

侯夫人從未有如今日這般盼著林夕落快些來，看她進門，便直接讓丫鬟上了茶，隨即扶著額頭道：「年歲大了，身子不適，先行離去，還望齊獻王妃與親家夫人莫怪罪。」這話說完，又立即看向林夕落，「老五家的，別怠慢了王妃與親家夫人。」

「母親好生休歇。」林夕落自也在外人面前做足了戲，心中巴不得這老婆子快些走。

秦素雲與胡氏起身看著侯夫人離去，待她離開正屋，林夕落才又向秦素雲行了禮，「王妃此時前來倒是讓人意外，若提前得知，定會迎候，如今卻是怠慢了。」

話語中有幾分埋怨，即使是王妃，也不能貿然上門吧？

秦素雲臉上掛了笑意，拽著林夕落的手道：「也是今兒抽出了時間，有意見一見妳。」說到此，秦素雲看了胡氏一眼，笑著道：「在門口正遇上林夫人，便與她一同進了門，說到此，可有些時日沒能看到妳，心裡甚是想念。」

林夕落抽著嘴，把手抽回，這位齊獻王妃她一直拿捏不準，到底為何對她這般親近？若說她有目的，倒還真瞧不出來，但就瞧著她好？她又不是男人……

胡氏在一旁瞧著，不由得上前打圓場，「莫說王妃許久未見她，我這當娘的也是經常看不到她！嫁出去的女兒潑出去的水，如今我想見一見，也得尋機會找時間了！」

話語聽起來是埋怨，可胡氏臉上掛著疼愛，倒讓林夕落藉機撒嬌道：「娘又在外人面前排擠我，如今就盼著天詡長大，娶了媳婦兒生了孫子，那時您就顧不上我了！」

「都疼，都是娘的心頭肉！」胡氏一直對這姊弟二人不偏不倚，這確是讓齊獻王妃沒了剛剛的好心情，似是心有所感，嘀咕道：「真羨慕五奶奶，有如此好的爹娘疼愛，還有魏大人疼著。」

「王妃今兒是獨自一人？倒是稀奇。」林夕落不接她的話，更是提了心中之疑，旁日裡她都會帶著林綺蘭同行，今兒卻只她一個。

秦素雲自知她在問林綺蘭，便是道：「綺蘭本是欲與本妃同行，可臨出門時忽然扭了腳，便留在府裡了。」

扭了腳？說不準又有什麼花花腸子想等著秦素雲離去時再用！林夕落對林綺蘭這姊姊絲毫無感，提起林綺蘭，她不由想起了林芳懿，既然秦素雲與宮中相熟，問上一句並不礙事。

「王妃疼愛姊姊，實是她之幸。林家總共就我們姊妹幾人，綺蘭姊姊如今成了側王妃，還有一位芳懿姊姊，如今卻不知如何了。」林夕落隨意提起，也不過是想看秦素雲怎麼接這話。

秦素雲倒沒隱瞞，「太子殿下一直都在調養身子，皇上不允外人去打擾，但本妃曾在向皇后請安時見過太子妃，也偶遇過一次妳那位姊姊，倒是個美人，也乖巧得很，很得太子妃賞識。」

「雖說她是我的姊姊，可終究才比我大幾個月……」林夕落沒接後話，反而感嘆道：「早先在一個府裡頭爭搶吵嘴，如今分開了，倒還真是掛念著。」

「妳放心，她會有個好姻緣的。」秦素雲說完也不再接話，反而與林夕落討論起雕字、繡字。

林夕落心裡頭忌諱，只說雕物，至於字也都是大個兒的木牌抑或印章。

胡氏見她如此說，在一旁插話：「說到這雕章印，天詡這些時日整日將妳為他雕玩的大蘿蔔印章掛在嘴邊，可又見不到妳，便欲自個兒拿刀刻一個，卻是歪歪扭扭，被妳父親好一通斥罵。」

胡氏邊說邊笑，「家裡已有妳這一個愛玩的，如若他也愛上把玩這些物件，妳父親定要來找妳算帳！」

「今兒怎麼沒將天詡帶來？許久看不到他，還挺想他的。」林夕落話語轉至家人身上，刻意將雕字之事迴避掉。

秦素雲也沒再開口問及此事，三人說到了天氣、養身子，倒是其樂融融。

胡氏也知她不走，秦素雲恐怕不會離去，故而也不多停留，「時辰也不早了，家裡頭放不下，妳父親如今忙得不著家，就天詡一個，我甚是不放心。」

「才待這麼會兒功夫就要走了？」林夕落明白胡氏這般做的意思，可真要分開，她又捨不得。

「改日再來看妳還不成？」胡氏瞧著她這模樣，心裡也惦念著。林夕落露了笑，可這時候她也不能說過幾日便與魏青岩回去，只得賴著胡氏摟摟抱抱，「下次來記得把天詡一同帶來，免得還要惦記他。」

胡氏點頭答應了，林夕落才露了幾分會心笑意，隨即吩咐冬荷送她：「送母親到門外。」

冬荷即刻應下，也知林夕落派她送胡氏，是為了傳上幾句話。

胡氏也沒推脫，與秦素雲互相見了禮，率先離去。

秦素雲卻沒有離開之意，陪著林夕落將胡氏送走，她則站在原處，看著胡氏的轎輦離去，口中輕聲道：「這屋子裡悶得慌，五奶奶帶本妃到院子裡坐一坐？」

這話明擺著是想與她私談，更是要離開侯夫人這裡……

林夕落沒有拒絕，引著她往侯府的園子裡去。

小橋、流水、樹蔭、涼亭，微風吹起，傳來淡淡草葉清香，讓人不由得心中舒然。

林夕落也許久沒在園子裡走動，此時倒也長舒了幾口氣，心中壓抑稍緩。

丫鬟們在涼亭中擺好了茶盤點心，又在四周圍上了紗簾。

林夕落讓秋翠在一旁守著，其餘的丫鬟都攆了遠處，示意秦素雲有話不妨直說。

秦素雲看著她，忽然道：「妳想知道侯府的大爺是怎麼死的嗎？」

秦素雲這話讓林夕落陡然一驚，看看身邊的秋翠，她已經去到涼亭外守著，不允有人靠近。

林夕落看著她，秦素雲卻沒有迴避，就這般與其對視。

「妳想做交易？」林夕落半晌才開了口，秦素雲就是一把軟刀子，她做的事絕對不會毫無目的，就怕這個目的是她承受不起的。

秦素雲聽到林夕落的話，臉上露出微微笑意。

她對林夕落頗為欣賞，這種欣賞來自於她的直率、果敢，來自於她的不遮掩、不做作。而她自己？對此只有嚮往，更容不得她流露半點兒的真情實意來。

秦素雲看著她，緩緩開了口：「夕落，私下就妳與本妃二人，本妃也不瞞妳，妳的那位姊姊如今成了王爺眼中的紅人，連帶著妳大伯父也已晉升為正四品鹽運司同知，正是你們侯府二奶奶父親的麾下，這私下的動作妳就不害怕嗎？」

「王妃這話我卻是不懂了。」林夕落看著她笑，「大伯父晉升，這對我娘家來說也是好事，更能得侯府二奶奶娘家的照應，向親不向理，這事兒我怎麼覺得是好事呢？」

林夕落嘴上這般說，心中也知秦素雲讓她對付的就是林綺蘭。

她心中的確是厭惡林綺蘭，可胳膊肘不能往外拐，縱使見了面，撕扯打罵她一頓，她也不會幫著秦素雲來對付她。

「照應？」秦素雲冷笑，「妳不知當初讓林豎賢來信與妳見面的主意就是她出的吧？」

「證據呢？」林夕落心底震驚，臉上依舊淡然無色。

秦素雲搖了搖頭，「妳還真拗，就不想知道大爺的死是誰做的？」

「這與五爺和我無關，是否知曉又有何用？連妳都無可奈何地拿來與我說事，恐怕這個人我是得罪不起的。」

林夕落說罷，為她親自斟了一杯茶，「王妃慢用。」

秦素雲端起來，苦笑道：「合著今兒本妃是來錯了，實在搞不明白妳到底想要什麼。」

「無欲無求，所以妳說的這些事，我即便知道，也不過左耳聽右耳冒，抑或與五爺嘀咕兩句便罷了。」林夕落看她臉上掛滿憂色，「妳何必來尋我，自個兒為何不動手呢？」

「妳可自得自樂，魏大人的性子也是如此，而本妃……」秦素雲道出兩句實言：「本妃從會說話會動手開始就在學規矩、讀女戒，大門不出二門不邁，被許了親後便聽王爺的吩咐，遮掩了多年，縱使嚮往著隨心所欲，如今也沒這膽量了。」

秦素雲話畢，看向林夕落，「妳跟了魏青岩，是福氣；他娶了妳，也是福氣。」

林夕落未等再回話，秦素雲已經起了身，微微笑道：「雖說妳不願與本妃走得更近，可本妃卻是真心與妳相交，也不妨提醒妳幾句，無論是姊妹抑或是同盟，沒有人能永遠不在背後動手腳，妳直爽的性子雖為人所喜，可在某些人眼中也是為人所厭，多多保重吧。」

林夕落沒想到秦素雲會如此說辭，即刻行了謝禮。

秦素雲不再開口，而是離開涼亭，邁上轎輦，帶著她的人離去。

送至門口，林夕落的腳步停了半晌，冬荷與秋翠都在一旁守著，直至天色沉了下來，才上前催促：「五奶奶，天色暗了，還是回去吧。」

林夕落點頭，可心中依舊在想，她會如何對付林綺蘭呢？

捌之章

三房歸府掀紛沓

回了院子，林夕落簡單地用了幾口飯菜，冬荷瞧得出她心不在焉，就不停地往她碗中夾菜。

冬荷夾多少，林夕落就往嘴裡填多少，半晌才覺出腹胃鼓鼓的，苦著臉道：「這一走神，妳可險些撐死我了！」

冬荷笑道：「奴婢心中自然有數。」

林夕落撂下碗筷，隨意與冬荷道：「妳說這齊獻王妃來此尋我，到底為何呢？」

林夕落一直對這件事納罕不明，她與自己提起林綺蘭，就不怕她傳了信兒讓林綺蘭對她有所防備？雖說秦素雲沒說是誰弄死魏青石的，可她故作隨意說起那人她得罪不起，秦素雲也沒有否認，更是默認了。

這個女人……還真是個奇怪的人。

冬荷想了半晌，「齊獻王妃不一直都聽王爺的？她來找您的確奇怪。」

林夕落聽她這般說，心中的結瞬間被解開。

她這般做，不會是齊獻王吩咐的吧？想著她剛剛的那些話，傾訴的苦楚，不乏都有這些因素在，她之所以能成為齊獻王妃，更得齊獻王多年不棄，絕非是單純之人。

秦素雲啊秦素雲，妳繞得我好苦！

林夕落不再多想，只等魏青岩歸來再與他商議。

她嫁入侯府之後，一直在這幾房和侯夫人之間應對，對外了解不多，如今有人把手往她這方伸來，她也不能坐以待斃，得想一想應對之策了。

這會兒，秋紅從外面匆匆跑了進來，見林夕落在此，立即湊上前回稟道：「奶奶，剛剛外面傳回消息，被打了板子送去大奶奶那裡的丫鬟，被她直接杖斃了。」

直接就給打死了？林夕落苦澀地搖了搖頭，這府裡的人，哪裡有什麼情義二字！

「她把那丫鬟打死了，咱們正好也藉機會把院子裡的丫鬟婆子們重新理一遍。」林夕落不多想，吩咐著秋紅：「上一次沒出來斥常嬤嬤的丫鬟婆子，妳可還記著是哪幾個？」

秋紅聽她如此問，當即點頭道：「奴婢都有記在紙上的。」

「今兒點出來的丫鬟婆子雖說不少，但仍有幾個是沒摻和進去的，兩邊對照一下，把這些踏踏實實做事的都找出來。」林夕落這般吩咐，秋紅便去比對。

秋翠在一旁道：「……奴婢的哥哥去了侍衛所打雜，那方傳消息格外方便，但還有兩個弟弟閒著，最小的年歲不大，倒是個機靈的，前兒個春桃姊姊又來說二門缺個掃地的，奴婢想請奶奶應允，讓他去那方當個跑腿兒的，也能幫襯著得些消息。」

「明兒讓妳哥哥和弟弟都過來一趟，讓春桃也跟著來。」林夕落覺得這事兒不錯，「本是有心早見一見的，可一直沒倒出空來。」

「早就該來給奶奶請安的，奴婢這就讓人去告訴他們，明兒一早就來候著。」秋翠說完即刻離開了院子。

林夕落瞧著她這副急模樣，也多少明白秋翠的心思，好歹都是陪房的人，閒著的確不妥。

秋紅對好了名單，苦著臉來道：「奶奶，一共就兩個丫鬟和三個婆子，這院子裡還真沒幾個省油的燈！」

林夕落倒覺得好，「五個人已是不易了，比我想的要多些。」

她上一次與常嬤嬤的事，並沒有馬上提點那些不動聲色的丫鬟婆子也是謹慎。如今這再鬧一事，如若依舊悶聲不摻和，她便有心挑選到身邊來端詳一陣子，能得用的自是要用，心思隱藏深的，就尋由子攆出去。

秦素雲今兒來見她，倒是讓林夕落更有感觸，她最怕的便是悶聲不語、毫無存在感的刀了。

讓秋紅將這五個人叫進了門，林夕落也沒說話，而是打量半晌。

兩個小丫鬟的臉上多幾分納罕，而那三個婆子老練些許，臉上沒什麼表情。

「說起來一個院子這麼久，我還不知道妳們的名字呢。」林夕落指著那兩個小丫鬟，「上前說一說，叫什麼名字，家裡還有何人？」

「奴婢紅杏，家裡沒有親人在府上了，就奴婢一個。」

「奴婢青葉，是府上的家生子，娘是園子裡幹活兒的。」

林夕落聽了後，又看向那三個婆子，她也沒再讓上前問話，而是吩咐道：「這府裡頭的差事倒是要換一換了，瞧著妳們的衣裳都是做雜活兒的，可如今幹活兒的我瞧不上，妳們說怎麼辦？」

林夕落瞧著幾人神色，其中一個婆子露出幾分驚詫，另外兩人心有猶豫，不敢開口。

「老奴不知該怎麼辦，都聽奶奶的安排。」其中一個婆子如此回，另外兩個便跟著點頭。

林夕落臉上掛了笑，看向冬荷道：「那就出去傳話吧，紅杏和青葉兩個提成二等，把今兒犯事的趕去當灑掃，做雜活，如若做不好就給我攆出去。另外這三位嬤嬤仍舊做原來的活計，但月例銀子每個月多給上半吊錢，例菜也添上一道。」

林夕落這般吩咐讓幾人驚愕不已，連連磕頭道謝，那紅杏卻是掉了淚，秋紅納悶地問：「妳哭什麼？」

紅杏滿臉通紅，「奴婢……奴婢高興的！」

林夕落也沒再多說，讓秋紅挨個賞了香囊包，便讓人帶著她們下去重新置辦衣裳。

二等丫鬟自是有定例，而那三名婆子的衣裳也與粗使婆子不同。

這話一傳出，讓整個院子裡的人都驚了。

五奶奶這是要作何？提點了兩個丫鬟，又讓這三個粗使婆子的衣裳、例菜和月例銀子都有變動？這五個人壓根兒是在院子裡不起眼兒的啊！

唏噓議論，挨了打的更是心中悔恨，合著這位五奶奶不喜歡巴結，就喜歡這悶聲不語的，那乾脆都當啞巴不就得了？

而就在這時候，門外忽然來了個小丫鬟，匆匆回稟：「奶奶，常嬤嬤求見您！」

林夕落沒想到常嬤嬤這麼快就有了反應，看向冬荷，冬荷點了頭，小聲道：「奴婢已經把話都回了過去，想必常嬤嬤想與您說的事與春萍有關。」

林夕落沉默半晌才開口道：「她請我去作何？咬牙不肯說實話，我憑什麼搭理她與春萍的事？妳去她那裡看一看，就說我在忙，讓她有什麼事與妳說便罷了。」

冬荷應下便往外走，出門時卻看到角落中有個窸窸窣窣的人影，仔細探去，不正是那夏蘭？她本是被塞到這個院子裡的丫鬟，通房沒當成，如今林夕落也不搭理她，她便整日在院子裡幫著做雜活，這會兒來找奶奶是有何事？

冬荷看著她，夏蘭欲言又止，明擺著想說又不知如何開口。

「奶奶。」冬荷轉身回去，在林夕落身邊道：「那個夏蘭一直在門口。」

林夕落也略有驚訝，如若不是冬荷說起，她都快將這個丫頭給忘了。

「這些日子她也沒少受苦，院子裡的人擠兌著、打壓著，連她的飯食都搶，吃的用的不如個粗使丫頭，不過也沒見她吭過半聲。」冬荷是個心軟的，不由為夏蘭說了兩句好話。

林夕落看著她，「就賣妳個人情，讓她進來吧。」

冬荷向林夕落行了禮，跑到門口朝著夏蘭擺了擺手，「來吧，奶奶要見妳。」

夏蘭自知這是冬荷提點，連忙上前向冬荷行了禮，冬荷扶住她，只是道：「快進去吧。」

冬荷趕去找常嬤嬤，夏蘭才邁步進了門。

一進到門口，看到林夕落目不轉睛地看著她，不由想起這兩日發火的五奶奶，渾身上下一哆嗦，小碎步上前跪地道：「奴婢給奶奶請安了！」

「起來吧，跪了地上作甚？」林夕落指著旁邊的小凳子，「坐吧。」

夏蘭往那方看了一眼，旁日裡連冬荷都不去坐，她怎能逾越？

心下一想，左右都進了這屋子，腹中的話如若再不說，恐怕就沒有機會，便又向林夕落磕了個頭，直言道：「奴婢不敢，奴婢請奶奶分派個活計，即便是粗使丫鬟的活計，奴婢都願意做。」

「這日子過得不挺好嗎，沒有什麼活計做，還能拿著月例銀子！」林夕落看著她，雖說心裡忌諱夏蘭是侯夫人送來的，可這些時日，侯夫人對她好似不聞不問了，但這終歸是一堆乾草，說不上什麼時候得了侯夫人的提點便會又著了……

夏蘭也瞧見林夕落對她的目光中帶有幾分不信任，忍不住道：「奴婢逾越，這日子奴婢不願意過，旁日裡沒有活計還拿月例銀子，奴婢口中嚼著飯菜都難以嚥下，奴婢願意伺候奶奶，毒誓的話語不出口，只請奶奶給個機會，讓奴婢能在這院子裡有口踏實飯吃就成了。」

話語說著，夏蘭又是不斷地向林夕落磕頭。

林夕落阻攔，「起來吧，這動不動就磕頭的，腦袋也是自個兒身上的……」她最厭惡的事便是這個磕頭。

夏蘭猶猶豫豫地起身，抹了抹眼淚，只等著林夕落說話。

一旁的秋翠也知林夕落有心用這個夏蘭，便是上前拽著她坐了小凳子上，「奶奶的吩咐妳自當要聽，坐下歇歇，然後再說。」

夏蘭連忙謝過，也拗不過秋翠有勁兒的手，沾了小凳子的邊兒，可憐兮兮地看著林夕落，「奴婢是這府中的家生子，可爹已是瘸了，娘早就沒了，還有個弟弟年幼，這次能被選中送了奶奶的院子，也是家裡頭使了銀子給管事的嬤嬤，但如今奴婢的爹犯了錯兒，被趕回了家中。」

夏蘭說到此，哽咽幾聲，「奴婢雖說在奶奶的院子裡做事，月例銀子都交給了家中，但奴婢不能總這般沒個活計，這讓奴婢的心裡不夠踏實，所以奴婢願意給奶奶當個粗使丫鬟，只求能得一碗安穩飯吃。」

秋翠本是最不喜歡這個夏蘭，可如今聽她這般苦，心裡也有些發軟，但林夕落不開口，她不敢說上半句。夏蘭能得見林夕落的面兒，都是給了冬荷顏面，她若再出來說話，恐怕會引起林夕落的反感。何況，冬荷比她終歸要更有身分一些……

秋翠看著夏蘭手中那粗紗布擦著臉，不由得把自個兒的帕子遞了過去。

林夕落看著她，沉上半晌才道：「讓妳說的，好似我是個刻薄的人。賞妳一碗飯可以，但就怕這飯進了嘴裡，妳養足了精神去做些不妥當的事。」

「奴婢如若敢對不起奶奶，天打雷劈，不得好死！」夏蘭當即又跪地發誓，「奴婢知道奶奶不喜歡旁人用甜話巴結奉承，奴婢一定好好做事，絕對不讓奶奶失望。」

看著夏蘭目光中帶著強烈的渴望和乞求，林夕落嘆了口氣，問向秋翠道：「今兒提了紅杏和青葉，二等丫鬟裡有幾個了？」

「算上秋紅，共有四個二等丫鬟。」秋翠這般回，也知林夕落是有意讓夏蘭做個二等丫鬟，「另外的那個二等丫鬟是上一次也在院子裡借過銀子的，但銀錢數目不多也還上了，便沒太記她的過錯。」

「那就讓她去做個粗使丫鬟，夏蘭補她的缺兒就是，粗使裡頭若是兩次都有事的直接攆走。」林夕落這般吩咐，卻讓秋翠略有猶豫，「攆走的丫鬟可要去回大奶奶一聲？」

「回她作甚？如今院子是由我自個兒掌事了，當主子就得有個主子模樣。」林夕落這般斥責，讓秋翠捶了捶腦袋，「奴婢這就去。」

秋翠又看向發呆的夏蘭，「還在這兒待著作甚？隨我去吧！介紹一番，也免得丫鬟婆子們不知道，再對妳冷言冷語！」

夏蘭恍然，連連向林夕落磕頭。林夕落翻了白眼，怎麼又磕頭？

秋翠連拖帶拽地將夏蘭帶走。

下晌剛提了兩個二等丫鬟，賞了三個婆子，如今又讓夏蘭頂了旁人的缺，成了二等丫鬟，這般安排，讓有些人心裡不忿，覺得自個兒虧得慌。

她們好歹是侯夫人派來的，五奶奶就這麼對待？打狗也要看主人。雖說是來伺候她的，可大奶奶與二奶奶院子裡不都有侯夫人的人？哪個也沒像五奶奶這般冷待，甚至還罰自個兒抽嘴巴……

一人心中不忿，接二連三便有人站出來與秋翠道：「秋翠姑娘，五奶奶讓夏蘭姑娘頂了那丫鬟的差事，可是有個說法沒有？按說都是犯了重錯的才會駁了差事，今兒好似沒她的事？」

「就是，何況她也是侯夫人從大奶奶院子裡挑出來的，這是否要去回侯夫人一聲？侯夫人絕不會饒了這對不起主子的。」

「老奴這顆心都害怕了，別改日五奶奶心思不順，再把老奴攆走……」

議論紛紛，喧嚷四起，今兒挨了打的、上次被扣了銀子的，這會兒不免都抱怨一兩句。

夏蘭有些害怕，她被提了二等丫鬟，居然惹出這麼大的麻煩？

秋翠聽著眾位婆子的抱怨，冷笑道：「都少在這裡頭嚷嚷，告訴侯夫人？妳們想告那便去啊！在五奶奶的院子當差做事，拿著五奶奶分發的月例銀子，還敢嚷嚷這等事？別好似是替人出頭，其實不都是怕妳們自個丟了差事？」

「五奶奶如今已是自個兒掌院子，沒得去勞煩侯夫人，妳們若覺得不妥當，大可離開這院子，五奶奶自會再選人進來，好似沒得妳們就吃不上一兩口熱乎飯了似的，再敢嚷嚷，全都滾！」
秋翠本就是個硬脾氣，如今這般斥罵，倒是讓婆子們瞪了眼。
五奶奶自個兒掌院子？她們雖有聽說過，可都以為是謠傳，如今從秋翠嘴裡說出，這恐怕便是真的了……
秋翠也不看她們，直接點了粗使裡的一個丫鬟，吩咐侍衛道：「把她攆出去，往後不必在夫人的院子裡伺候了！」
「秋翠姑娘，您這般攆人走，總要給個說辭？」一個婆子大了膽子的站出來。
秋翠冷哼道：「上次昧了銀子還不上，這次又沒照料好仲恆少爺，攆她走怎麼著？五奶奶的吩咐還要向妳們回話不成？各個都老老實實地做事兒去，五奶奶仁慈，沒打了板子才攆走已是不錯的了，還想怎麼著？」
話語說罷，秋翠擺手，侍衛當即拽著那丫鬟就往外拎，連嘴巴都已堵上，不容她說半個字。
丫鬟婆子們不敢再多說，全都心懷忐忑地連忙離去，今兒被林夕落提點了的丫鬟婆子，自還如往常那般淡然如常。
夏蘭被嚇得動不了腿，秋翠瞧著她，拽著便走，「去繡房讓人給妳做一套二等丫鬟的衣裳！」
而這一會兒，冬荷已經從常嬤嬤那裡回來，「奶奶，常嬤嬤依舊不肯說，只是請您不要賣掉春萍，她願一死賠罪。」
以死賠罪？林夕落對這話極為不屑，更帶有強烈的鄙視。
動不動以自殺為名，好似那刀割了脖子手腕便是大義之舉，其實都是缺心眼兒。
不尊重生命之人，何以得人尊敬？三個字：沒資格。
林夕落之前對常嬤嬤還高看幾眼，如今她說出這話，形象徹底跌宕至谷底，林夕落的嘴都快撇歪了。

冬荷在一旁看著，自是能明白林夕落心裡頭想的是什麼，可仔細思忖，奶奶雖是個火辣的脾氣，但鮮少對下人們動手，這侯府院子裡不也才折騰過一二次？頂多是打了板子攆走，抑或罰上抽幾個嘴巴……

冬荷雖性子弱，可她終究自幼便從奴婢做起，對這些主子們的手段瞧得太多了。

「奶奶，奴婢倒覺得常嬤嬤這般做，不過是料定您不會真的把春萍賣出去。奴婢跟隨您的時日也不算短了，那些個人胡言亂語地說您，可您從來沒對奴婢們真的下狠手，比不得其他夫人和小姐那般刁鑽苛刻。」冬荷忍不住把話說了：「莫說旁的事，就最初她們屢屢在咱們院子借銀子，您也不過就那般算了，雖說為的是壓制常嬤嬤，可若別的奶奶下手，恐怕挨個的都要打死。」

林夕落聽了冬荷的話，有些驚愕，冬荷可是這些丫鬟裡性子最軟的一個了，她都能說出這番話，難不成她自個兒真讓人當成包子隨便捏了？

「合著我還成了最善良了的？」林夕落看著她，冬荷連連點頭，「奶奶就是最和善的。」

「那還說什麼了？找個人把春萍送走，讓夏蘭先去接她的差事。」林夕落拍了桌子，「當我不敢賣，我就賣給她瞧瞧！躲躲藏藏的，誰想知道她自個兒的腌臢事，我要知道她是不是真的毒了仲恆少爺！」

「秋翠！」林夕落這次點了秋翠，沒再讓冬荷去，「讓妳哥哥去把金四兒給我叫來，就說我要往外賣個丫鬟，送了他當侍妾，讓他這兩日就過來領人！」

林夕落這般吩咐卻是讓秋翠有些驚詫，也不多耽擱，連忙就去外面尋人傳話。

冬荷看著林夕落氣鼓鼓的模樣，也不知是該安撫還是該笑，而這一會兒，門外有聲音響起：「誰又惹著妳了？」

林夕落朝那方看去，卻是魏青岩歸來了。

一身塵土，連背後所束的頭髮上都沾了一層泥……

「喲，你這是做什麼去了？」林夕落顧不得多想，連忙讓人拿來衣裳給他換，「不是進宮了嗎？怎麼好似滾了泥球似的？」

「遇見齊獻王，他一身肥膘，皇上讓我幫他運動運動。」魏青岩抽抽鼻子，林夕落瞧他這副表情，明擺著齊獻王沒撈著什麼好。

「今兒齊獻王妃來咱們府上了。」林夕落一邊為他脫著髒兮兮的衣裳一邊說，魏青岩則拽著她往淨房去，「邊洗邊說。」

「我不去。」林夕落連忙退後，「你回來再說也不遲。」

魏青岩不鬆手，只輕輕一拽就將她拎起扛在肩上，「沒妳陪著，我洗不乾淨。」

「無賴！」林夕落索性將他的頭髮狠狠地揉亂，魏青岩只露笑意卻不阻攔，又是將她扔進了浴桶親暱一番，才容她說話。

林夕落趴在他的身上，輕喘著埋怨道：「讓你弄的，我都忘記想說什麼了。」

「那就明兒再說。」魏青岩輕吻著她的耳垂，讓林夕落渾身酥麻，連忙躲開，嘴上說著正事：「秦素雲有意與我做交易，她的籌碼是告知我誰弄死了大爺，我沒應，不過依著她之意，好似此人你我都得罪不起。」

魏青岩的手仍在上下亂摸，可臉上的表情沒了恣意，眉頭蹙緊，淡言道：「她還說什麼了？」

林夕落想起她說林綺蘭的事，但這終歸是林家府事，她不願讓魏青岩插手。

「她雖說是忌諱側妃得寵，可我卻覺得她不是為此事，我有些想不明白，你覺得呢？」

魏青岩看著她，狹長的眼角中蘊含溫情，「就不肯說上一次妳與林豎賢通信之事是林綺蘭出的主意？」

林夕落驚愕之餘沒扶住他，滑進了浴桶裡，嗆了口水咳嗽不止。

魏青岩哈哈一笑，摟著她的小臉拍她的後背，調侃道：「若不是想瞞著我，至於如此模樣？」

「討厭，你早就知道，為何不與我說？」林夕落小拳頭捶著他，可看他目光中的寵溺卻又下不去手，「都說我是個跋扈的，可無非也就是打打罵罵，從沒想過置人於死地，如今看來，我倒是成了良善的人！」

「妳這丫頭，腦子就是笨！」魏青岩捏了她的小鼻子，「旁人都斥我刑剋，難不成我還真是閻王爺託生的？這府裡頭待久了，妳隨心所欲的性子都開始僵了！」

被魏青岩這般斥，林夕落倒覺得還真是對，「我要出去！」

「要想隨心所欲，便要爭勢爭利……」魏青岩似是自言自語，「而不是只離開這個籠子。」

林夕落不願對此多說，又將話題轉回秦素雲身上：「她這個人我該如何對待？來這裡尋我對付林綺蘭，這會不會是齊獻王的主意？」

魏青岩淡笑，「齊獻王只想讓林府亂，妳祖父是左都御史，岳丈大人以及林家的那幾位都是四五六品的官職，而且人還不少，我與齊獻王的爭鋒卻讓林府得了便宜，他如今想明白這一點，怎能容林府坐享漁翁之利？齊獻王心胸狹隘，看不得旁人半點兒舒坦。」

「你的意思是秦素雲還會來找我？即便我不動，林綺蘭也不會消停？」林夕落想明這一點，陡然道：「那就讓她鬧騰去，我玩我的就是了！」

一連幾日的折騰，林夕落也是腦子用得過多，躺了床上即刻睡去，小牙齒磨得咯吱響。

魏青岩只在她磨得過久之時將手指塞入她的小嘴裡，過半晌，她又開始磨……

翌日日清晨，魏青岩依舊早早進宮，林夕落起身時只看到枕頭上濕潤半片，抹了抹嘴，心中嘀咕：不是又被半夜偷襲了吧？

洗漱之後便去用早飯，林夕落坐在桌前喝粥，秋翠從外進來，「奶奶，奴婢的兄弟們都到了，您這會兒可要見一見？」

「春桃來了嗎？」林夕落還真有些想她。

「春桃姊姊已經到了。」秋翠話音剛說完，林夕落便道：「那還不讓她進來？」

秋翠連忙出去，春桃從外款款走進屋內，這一身小婦人打扮著實喜慶端莊。

「奶奶。」春桃行了禮，林夕落歪頭看她便是笑，「坐吧，瞧這一臉喜氣兒的小模樣，臉都胖圓了，不用問也知小日子過得舒坦。」

「奶奶就會調侃奴婢，這不是來見您怕失了臉面，特意換上周整的衣裝。旁日在家也不過是粗布衣裳，那模樣更輕鬆。」春桃笑著回話，秋翠主動拿來了小凳子，口中不忘附和林夕落：「奶奶說得沒錯兒，春桃姊姊就是比以前更漂亮了。」

「這丫頭，嘴都學得甜了！」春桃又是行了禮，便坐在小凳子上，「侍衛院子那邊的事都歸公爹管著，秋翠的大哥做得也不錯，如今二門處缺個跑腿兒的，倒是能讓奴婢的公爹搭上邊兒，奶奶若有意，奴婢就去與公爹商量一下。」

「除此之外還有什麼缺兒？」林夕落與春桃自不客套，她能在這府裡頭安插多少雙眼睛，便是實實在在的利益。內宅之中能最先得知外面的消息才是主要的，否則說不準何時跳進旁人早已挖好的坑裡去。

春桃思忖半晌，才又回道：「其餘的缺兒也要等，更是要尋機會找門路，奴婢說句不中聽的，官宦們爭品級，可這官府的宅邸，下人們可爭得厲害。別看宣陽侯府裡的奴才簽的都是死契，這也巴巴地都想挖門盜洞的往裡鑽，您又吩咐這事兒不能做得明顯，奴婢自要謹慎地去找機會。」

「妳是個聰穎的，我自不擔心。」林夕落對春桃更是看重，否則也不會讓她嫁了魏海。

好在魏海那個人脾氣直，對魏青岩更是忠心不二，如今瞧著對春桃也不錯。

這院子裡的人是被盯緊了，可侍衛營府邸那一方旁人還真不太會注意。

直路走不通，那便要繞路走，林夕落想起昨晚魏青岩的話，要想隨心所欲，侯府不能放棄。

林夕落又與春桃閒聊了幾句，說的都是府邸裡的雜事，春桃瞧著秋翠在一旁焦急地停不住腳，便道：「她都站不住了，奶奶還是先見一見她的那幾個兄弟吧。」

話語帶幾分調侃，秋翠卻知這是春桃的警告，主子話沒說完，她在一旁亂蹦，這不合規矩。

秋翠也不傻，立即賠罪道：「是奴婢的錯兒，不急不急！」

話還未等說完，門外又有人來傳話：「奶奶，大房的二姨奶奶來了，有意探一探仲恆少爺。」

林夕落一直都沒見過魏仲恆的生母，這位二姨奶奶，早先聽花嬤嬤說起過她，以前曾是孫氏的貼身丫鬟，而後成了通房，生了魏仲恆之後被提了侍妾之位。可孫氏愛戴庶子之名眾人皆知，這位二姨奶奶卻連名字都無人知曉，到底是孫氏大度？還是她過於低調？

但如今能主動來看望魏仲恆，著實讓林夕落納罕不已。

被孫氏打死的丫鬟口口聲聲說是傳話給這位二姨奶奶，可去孫氏面前挑撥離間的是宋氏，這裡面錯綜複雜、亂七八糟的關係讓她不喜，連帶著這位二姨奶奶，她也不想見，也不願讓魏仲恆見。

這孩子剛有幾分定力能安分讀書，她跑來撩撥什麼？

雖說這位二姨奶奶是他生母，可林夕落卻覺得她用意不純。

「秋翠，妳過去看看，如若是送些吃食給仲恆少爺，那就接過來，拿去給陳嬤嬤看好了沒問題，再送給仲恆少爺吃。如若她什麼都不拿，就過來看兩眼，那就讓她回吧，大爺出殯當日我會帶仲恆少爺去雅香居，那時再見也不遲。」

林夕落這般吩咐著，隨後琢磨下又道：「她如若說想念得不得了，那妳就替我問一問她，不是都賄賂了丫鬟來瞧著，還有什麼不放心的？然後她是什麼說辭、有什麼表情都記清楚了，回來仔細說給我聽。秋紅，妳也跟著去。」

秋翠、秋紅應下後連忙離去，林夕落則在屋中繼續吃著粥點，與春桃敘著話。

春桃也知這位二姨奶奶的事，當即就與林夕落說了：「旁日裡從來沒見過她，不過她有一位弟弟也在侍衛營，歸魏海統領，也是個悶聲不語的脾氣，但對她這位姊姊略有不屑，提都不願意提起。」

「那倒是有些奇怪了。」林夕落納悶了，姊弟之間多少都有些情分的，可這位二姨奶奶就這麼遭恨嗎？

春桃又道：「也不見得是姊弟之間不和，您想啊，能跟著魏海的，自是跟隨五爺的，那邊又是大房的……」春桃沒把後續的話說完，可意思已是很明顯。

林夕落微微點頭，「趁這會兒功夫，讓秋翠那三位兄弟進來吧。」

春桃應下，也未即刻就走，親自到門口吩咐一聲，這等候許久的三人才陸陸續續進來。

陳嬤嬤在門口守著，卻見春桃親自出來傳話，心裡又驚又怕，這位可是奶奶身邊最得信任的人了，比冬荷都要貼心，她既站出來，那她這三個兒子豈不是要被從頭挑剔到尾，可別出什麼差錯啊！

陳嬤嬤這般想並沒有錯，林夕落讓秋翠去傳話，為的就是秋翠別在場。

這丫頭什麼事都挺好，就是做事無分寸。春桃也明白林夕落是何意，故而才主動出面去叫他三人進來，也是讓陳嬤嬤明白點兒事。這三個人如若奶奶瞧不上，縱使誰給說情都是無用的。

三人挨個的向林夕落行了禮，林夕落讓眾人起身，「雖說都跟了我許久，可時至今日我連你們叫什麼名字都不知道，這卻是我的疏忽了。」

林夕落這般說，陳家兄長立即出面，躬身拱手道：「這怎能是奶奶的疏忽，都是奴才等人不懂規矩，第一日就應該來向奶奶請安的。奴才陳才、三弟陳土、五弟陳笑，給五奶奶請安了！」說罷，三個人又重新跪了地上，恭恭敬敬地向林夕落磕了頭。

「都起來吧。」林夕落覺得這陳才還是個懂事的，終歸曾隨其父出過征，不似兩個小的看著略有拘謹，除了咧嘴笑之外，好似沒了別的表情。

林夕落看了看春桃，春桃朝其點頭，在侍衛營打雜的人正是這個陳才。

春桃覺得放心的人，林夕落自不會再多問，看向陳土、陳笑兩兄弟，她點著道：「這小身子骨，都等累了吧？坐了小凳子上說話吧。」

陳笑傻傻地往凳子看，陳土立即道：「奴才怎敢在奶奶這裡坐著說話？奶奶抬舉奴才了。」

他這般一說，陳笑忙低頭悶聲不吭。

「瞧你說的，好似我多苛刻似的。」林夕落掃一眼，「如今二門處又有個跑腿兒的差事，你們兄弟倆覺得誰去更合適？」

陳才欲上前說話，卻被春桃一眼瞪了回去，陳土撓了撓頭，「奴才去更合適，弟弟年紀小，跑腿兒的事過於勞累，奴才怕他出錯，再丟了差事，掃了奶奶的顏面。」

「你這張嘴倒是挺會說的。」林夕落看著陳笑，「你覺得呢？」

「奴才……奴才都聽哥哥的。」陳笑被陳土踹一腳，連忙改口：「都聽奶奶的……」

「那就陳笑去二門處當差吧。」林夕落看著春桃，春桃立即應下，沒對此事當著眾人的面再有更多的說辭。

讓冬荷取了銀子賞給三人，也不再多問，便讓這三兄弟離開了。

陳嬤嬤在門口看著，見三人離去，急忙追上去問個究竟。

春桃在門口瞧著，不由道：「這陳家的人還都是急性子。」

「回頭把這個陳土送出侯府，給天詡當個貼身伺候的人吧。」林夕落也覺得陳家人在她這方人數太多，秋翠和秋紅她暫時離不了，陳嬤嬤又管著大廚房，如若這三兄弟再全都在侯府裡頭扎了根兒，將來是否有變可就不知了。

「奶奶是良善人。」春桃為其捏著肩膀，笑著說道：「如若是其他夫人，恐怕不會讓這麼多人進院子。」

「妳也知道，身邊沒幾個得力人，只得先用著，好歹這娘三個對我還算忠心。」林夕落回頭瞪她一眼，「本是妳來主這院子的，誰料被魏海給娶走不放回來，可是讓我少了貼心的，這事兒都得賴在他身上！」

「奶奶也甭賴著了，他如今可被五爺指使慘了，連家都回不了。」春桃這一說，林夕落卻哈哈大笑，「好，真好！」

春桃被氣得直笑，連冬荷都在一旁捂嘴樂，主僕三人調侃了半晌，秋翠與秋紅已經回來了。

秋翠的臉上有幾分彆扭，上前回話道：「奶奶，這位二姨奶奶還真是難搪塞。她帶了一堆用的物件，沒有吃食，也說了是怕奶奶不收，為奶奶著想。奴婢說了您的話，她也沒推脫，只說隔了遠處看一看便好，說是聽丫鬟們提起仲恆少爺病了，故而才急急忙忙前來探望，如若奶奶這方覺得不妥當，她就回去好。」

秋翠撇了撇嘴，「整個人柔情似水的模樣，奴婢瞧見她，連說話的聲音都大不起來了。」

「按說大爺過世，她理應是待在院子裡不出來的……」春桃在一旁補了話：「怎麼會這時候出的門？」

春桃看著秋翠，秋翠略微怔住，「對啊，忘了問了。」

「她一位姨娘，未經過大奶奶允許是出不得院子的，她可是得了大奶奶的應允？」林夕落接過話，秋翠又是撓頭，「奴婢也沒問。」

「她可是已經離開了？」林夕落沒有半句斥責，讓秋翠心裡更沒了底。

秋紅連忙接著回話：「她已經帶著丫鬟們走了，奴婢送出的院子。」

「那就罷了。」林夕落讓春桃陪著她進了內間敘話，冬荷沒跟著，秋翠臉上帶了幾分焦慮，自責地道：「我今兒這是怎麼了？淨辦糊塗事！」

冬荷自知秋翠的心思，在一旁道：「咱們當丫鬟的，自是要為奶奶辦事，奶奶能想到的自要辦好，奶奶想不到的，也要提醒一二，各人做各人的事，妳何必想一家子的事呢？」

秋翠臉色通紅，「我去尋奶奶賠罪去！」

「賠罪又能如何？還指望著奶奶安撫妳兩句？」冬荷往前走了兩步，「妳的五弟弟被奶奶選中去二門當跑腿兒的，人都已經送走了。」

秋翠要還嘴，秋紅連忙上前拽住她，「姊姊，妳最近的確有些心不在焉的。」

秋翠止步，咬著嘴唇跑出門口。冬荷依舊拿了繡筐，坐在門口繼續打絡子、繡物件……

陳嬤嬤將秋翠訓了一通，林夕落則與春桃在屋中敘談。

「……大爺出了殯，我與五爺要回景蘇苑去一趟，到時妳如若有空，也隨著我去。」林夕落有心想把秋翠帶走，留下冬荷在這裡撐著。

那丫頭悶聲不語的，可心裡卻是極為有數的，若出了錯，她也能辦妥當。

春桃點了頭，「奴婢回頭與魏海說一聲就成了。」

林夕落正在這邊想著過些時日的安排，門外有人前來回稟：「奶奶，侯夫人請您去一趟筱福居，三爺與三奶奶都已經回來了！」

林夕落心裡驚訝，看向前來回稟的人，皺眉問道：「怎能這般快？不是都在遠處？」

這才幾日的功夫，飛毛腿也回不來啊！

林夕落這般驚訝，來傳話的人壓根兒不敢接，她怎麼接？雖說侯夫人那方已經得知這個消息在大發雷霆，可她這個奴婢是萬萬不敢多嘴的。

林夕落也不等她回答，吩咐冬荷伺候她換好衣裳，隨即道：「先去雅香居告知大奶奶一聲，侯夫人叫我，這會兒不能去大房幫著應承事了。」

林夕落說完，那丫鬟立即道：「五奶奶，大奶奶也在侯夫人那裡……」

全都折騰去了？

林夕落問道：「大房那裡是誰在迎來送白禮的賓客？」怪不得一早那位二姨奶奶就來見仲恆，原來是大奶奶被找走了。

丫鬟連忙搖頭，「奴婢不知，奴婢只是來傳話的。」

林夕落也不再多問，打發她離開。

春桃即刻上前，「奴婢回去問一問公爹，可否知道詳情。」

林夕落點了點頭，「如若有急事，就派個人來通稟一聲。」

「奴婢知道。」春桃應下，急匆匆地離開郁林閣。

林夕落穿戴妥當，留下秋翠，帶著冬荷與秋紅二人往筱福居而去。

此時的筱福居並沒有因魏青羽與其夫人姜氏歸來而喜氣盎然，侯夫人沉著臉，看他二人身上雖是素淡，可魏青石過世才幾日，他們便能如此快趕回來，這豈不是早就做好了準備？

「西陽城離幽州城有多遠的路程？」侯夫人也不問魏青羽，而是問向孫氏。

孫氏本是在一旁沉默著，可聽侯夫人這一問，只得搖頭道：「媳婦兒愚鈍，媳婦兒不知。」

侯夫人瞪她一眼，看向宋氏，「妳可知道？」

「回母親的話，具體多遠的距離媳婦兒不知道，但二爺曾經去過一次，去時要行七日的水路，再走半月的陸路，但二爺喜好玩樂，路上興許也有停下歇息之時。」

「七日水路、半個月的陸路，你們居然五日就趕到了，這是早就知道府中要出喪事，特意趕回來的嗎？」

侯夫人越說越怒，直至最後已是拍上了桌子，「狼心狗肺的東西，縱使想回來爭這位子，也不至於如此心急，不做個規整的模樣，哪怕是在城外住上十日再進城，我也說不出半個不字來！」

「母親息怒。」魏青羽硬著頭皮上前，「原本是早已往回走，兒子的岳丈本是五日後過壽，路途上接到父親的傳信便日夜趕回，並非如母親所說那般……不義！」

魏青羽說至最後二字，不由咬了牙，進了府便無一人有好臉色，特意來拜侯夫人，卻是被扣上這等帽子。縱使有心先給個下馬威，也不至於如此興師動眾，連大奶奶都給叫來了。

姜氏在一旁不說話，她已經多年沒有回侯府，這次也是她父親大壽才特意趕回，本是喜氣洋洋，孰料路上還出了這麼一檔子事，這不是噁心人嗎？

如今進門就挨婆婆一通批，當這世子位誰人都樂意搶？

侯夫人聽了魏青羽的話，看向姜氏，「我怎麼不知妳父親過壽的消息？」

「母親忙碌，兒媳家人不敢擅自打擾。」姜氏雖心中不滿，可這口氣也不得不嚥下。

「不敢打擾？是不願進侯府的門吧？」侯夫人話語陰陽怪氣，又看著魏青羽，「說是你岳丈大壽才歸來，趕回來作甚？敢說你不惦記著世子位嗎？」

這話就像是一根針，狠狠地刺入魏青羽的心裡。

他怎麼說？明明知道侯夫人就想逼著他說出這樣一句話來，可他即便說了，也定會被她治一個不敬之罪。逼著人嚥下這口窩囊氣，誰能忍？

孫氏雖是低頭，可她心底卻明白侯夫人所想，今日把各房的人都叫至此地，不就為了讓眾人見證魏青羽不要世子位嗎？這話如若一氣之下出口，那可就再也收不回來了……

孫氏惦記著，宋氏自也目不轉睛地盯著，如若魏青羽敢說這句話，她定要在心裡記一輩子！

姜氏躊躇之間，目光也看向魏青羽，就這一會兒功夫，門外忽然有人回稟：「五奶奶到！」

林夕落邁步進門，看到這林林總總的一堆人，卻是笑呵呵地進了門。

「給母親請安了！大嫂、二嫂！」挨個的行了禮，林夕落又轉向魏青羽，「給三哥請安了，這位是三嫂？」

姜氏早就聽魏青羽提及過這位五弟妹，故而瞧見她不由打量半晌，一旁的嬤嬤遞上物件，姜氏放入林夕落的手中，「初次見面，不成敬意。」

「謝過三嫂了！」林夕落又是笑著行了禮，侯夫人這會兒更是大怒：「笑笑笑，看到侯府裡出了喪事，妳倒是喜笑顏開，妳這安的什麼心！」

本就憋了一肚子火，想讓魏青羽就說出他不要世子位，可林夕落一來卻把事給攪和了。

眾人繃緊的一根弦被這丫頭給挑斷了，宋氏恨不得掐斷林夕落的脖子，早不來晚不來，偏偏這時候出現。

「喲，合著我來錯了？三嫂沒給母親送她喜歡的物件嗎？怎麼都衝著我來了？我哭喪似的在雅香居裡待了幾日，還以為母親今兒疼惜我，讓我鬆快一日，合著是丫鬟回稟錯了？那我這就再哭喪去！」

林夕落話語說著就往外走，姜氏在一旁瞪眼驚愕，雖說早知道這五弟妹是個潑辣的，可在侯夫人面前敢這般頂撞的，她還真是頭一次見。

孫氏連忙將其叫回：「五弟妹，妳別走！」

林夕落也不停步，孫氏沒了轍，直接上前拽過她，「別走，母親這也不過是感念大爺，妳總得體諒一二。」

「我自是體諒母親的，大爺過世，母親傷心得很，所以我這才去幫襯著做事，總比在這兒只說話不幹活強吧！」林夕落說著，看向宋氏。

宋氏見林夕落投目過來，嘀咕道：「剛剛是笑，這會兒又喪氣著臉，妳這表情變得夠快的！」

「笑臉、喪臉都不對，又不是一張木頭臉，二嫂不如做一個讓我學習學習？」林夕落一句話頂回，讓宋氏一張臉怎麼擺都不對勁兒了。

姜氏咬著嘴，強忍著不笑出來。

魏青羽只看著鞋面，著急回來，上面好多的灰土，不雅，實在不雅……

侯夫人心裡頭除了氣，也知道這場合魏青羽不會再對世子位作出半分承諾。

「來了這兒就全都是事，既是妳娘家還有喜事，妳就先回去準備拜壽！這府裡是喪，免得為那邊添了堵，倒成了我這老太婆的過錯了！」侯夫人看著姜氏，話語中多了諷刺。

姜氏心裡納悶，這是讓她與魏青羽分開，把她攆回娘家，只留魏青羽嗎？

魏青羽也不知該如何回答，可夫妻分開，這還有一眾小的跟隨，他自己怎能管得了內宅的事？

姜氏咬著嘴唇，正想應下，林夕落在一旁道：「母親，這院子裡正是不夠人手的時候，讓三嫂回去幹麼？留下來幫襯大嫂做一點兒事，也容我歇兩天不行嗎？」

林夕落這般說，卻是讓侯夫人怔住，只恨自個兒為什麼非要讓她來。

孫氏與宋氏這方還沒擺弄明白，四房也還沒回來，這若是讓老三的媳婦兒先占上位子，姜氏也不是個隨意聽喝的主，她得廢多少心思？可這丫頭一句話，她實在不知該如何回絕。

「三嫂父親大壽，怎能在府上籌備白事？妳倒是想偷懶，又不顧忌著規矩，旁人能如妳這樣張揚跋扈，不知道好歹？」宋氏在一旁溜縫兒，卻讓侯夫人怔住，未等林夕落開口，便是道：「都閉嘴，她沒規矩，妳也沒規矩，都給我閉嘴！」

侯夫人這話不是只斥宋氏，更想讓林夕落閉上嘴，林夕落怎能不知道侯夫人打的什麼主意？不想讓大房失了手，還想奪一個容人的名號，把能管內宅事的三奶奶支走，只留下幫著幹活的三爺，這事兒也想得太美了！

林夕落多少知道魏青羽與魏青岩關係不錯，她既是已被定了胡攪蠻纏的性子，索性她就蠻到底，誰讓她把自個兒叫來的？

「我跋扈？我不知好歹？那索性二嫂來幫大嫂管事吧，我不管了！」

林夕落走到侯夫人面前，將帳冊和大庫的鑰匙從冬荷那裡拿出來擺在侯夫人面前，當即說道：「二嫂懂規矩，又是出身高貴，這些事大嫂做不得，三嫂要回去為其父親過壽，那就只能交給二嫂了！二嫂，您多操心了！」

林夕落這句話可是讓侯夫人氣得腦袋眩暈，宋氏恨不得當即噎死。

讓她來掌府？她怎可能不願意？但前提也得是侯夫人答應才行，如今鑰匙就擺在眼前，她是接也不對，不接也不對！若是接了，孫氏那方定會罵她逾越，有心搶世子位；如若不接，那豈不是偷懶不幹活？林夕落罵的話全堆了她的頭上了！

魏青羽此時已轉過身去只當兩耳不聞，姜氏這笑忍得著實痛苦，只看著林夕落心道：這小丫頭，還真是個惹不起的跋扈釘子，五弟娶她還真是娶對了！

林夕落這番撒了潑的模樣，讓誰都不敢多說話。就好像一碗高度黏稠的漿糊，一人嘴裡塞上一勺，各個黏得張不開嘴。怎麼張嘴？除卻魏青羽與姜氏對林夕落不夠了解，侯夫人、孫氏、宋氏誰不知道她是個什麼脾性？

旁人家的夫人、小姐們說話都是暗語，鬥嘴也各自心知肚明，以不撕破這張臉為目的，林夕落這丫頭卻非給妳扯到明面上，別提誰鬥嘴能鬥贏，但凡是開了口的，全都沒臉！

侯夫人氣得要命，她這一早光尋思讓人齊了，卻沒想到這丫頭的脾性會將這事兒攪和亂了。真是一物降一物，每次看到她，她就心口疼痛，已經成了病了！

孫氏不開口，她是嫡長媳，如今又成了寡婦，凡事自要侯夫人出面作主，她若逾越開口，一來不合規矩，二來也沒了這資格。

何況，魏青羽終究是庶子出身，在她眼中並不忌憚，她對宋氏的野心更為緊張，她巴不得讓宋氏親口說出遵長房為主的話來。

林夕落仍舊一副氣鼓鼓的模樣，擺明不聽宋氏答話不甘休，可宋氏這會兒嘴都快抽搐歪了，她是咬牙下決心不開口。可侯夫人此時也看著她，她沒了轍，怎能將這事兒脫身？那豈不是只有個哭字了？

心裡頭想著，宋氏眼睛骨碌，好不容易擠出來點兒眼淚，隨即委屈得哽咽哭泣，「我都聽母親的，否則還不被人說閒話？」本有心再斥林夕落兩句，又老老實實地閉上嘴，這時候再讓她攪和進來，她是脫不了身了。

侯夫人與孫氏對視一眼，也知今兒這事恐怕是泡湯了，只得拿了宋氏做筏子，冷冷地斥道：「旁日裡妳這張嘴就最惹人厭惡，圓的說成方的，方的說成扁的，不尋思管好自個兒院子裡的事，不尋思怎麼為二爺誕下子嗣，淨是思忖些沒用的事，妳這腦子到底是怎麼長的？」

「母親訓的對，都是媳婦兒的錯！」宋氏連忙認下，只要話題轉了，說什麼她都認。

侯夫人有意就這麼算了，孫氏上前拿了鑰匙和冊子又給了林夕落，「還得勞煩五弟妹，算是大嫂求妳了。」話說得楚楚可憐，臉上只差滴出了水……

林夕落歪嘴不吭聲，看了一眼宋氏道：「幫大嫂自是沒話說，這也是侯爺的吩咐，但做好事還不得好名聲，我不哭，但我心裡也委屈。」

侯夫人看她這般不依不饒，只恨不得趕緊攆走她。

如若不是宣陽侯親自吩咐的，她怎會用林夕落幫大房做應承外客的大事？

但今兒的事侯夫人只想息事寧人，風平浪靜，否則即便林夕落在宣陽侯面前斥上一通宋氏，侯爺精明的腦子也會想到是她要逼著魏青羽不碰世子之位。

夫妻多年，本已是貌合神離，只有薄弱的情分在，她如若在子嗣上動手腳，宣陽侯定會大怒。

孫氏自然也知道侯夫人心裡如何想，但侯夫人不會來哄林夕落，最後出面的還得是她，誰讓這事兒是大房的？

「五弟妹，大嫂也知道妳心裡委屈，那依照妳來說，妳想怎麼辦？」孫氏無可奈何。

林夕落冷著臉，「旁的我也不要求，就讓二嫂向我道個歉就行了！」

「我道歉？」宋氏本在一旁擦乾了眼淚，這會兒聽林夕落如此說，當即跳腳指著鼻子瞪了眼，她一早上還讓侯夫人罵一頓，誰來跟她道歉？

可宋氏看著侯夫人投來的目光，也是在警告她必須上前，否則與她沒完。

宋氏無可奈何，硬著頭皮上前道：「五弟妹既是記恨了我，那索性我向五弟妹道歉了。」

林夕落更是委屈，嘟嘟囔囔地道：「二嫂這道歉一點兒都不誠懇。」

「妳還想怎樣？」宋氏叫嚷出聲，姜氏在一旁憋不住樂，這丫頭可不僅僅是跋扈無規矩，她的腦子著實聰明。之前硬氣撒潑，如今讓宋氏來道歉，她又溫聲細語，委屈得像隻小貓似的，宋氏忍不住大聲叫嚷，反倒是落了下乘，更讓這事兒變得奇怪了。

姜氏都看出這事兒奇怪，侯夫人怎能瞧不出，當即指著宋氏，火氣全洩了她身上：「快說！」

宋氏這會兒不用裝也快掉眼淚了，轉過身看向林夕落，只覺得臉上火辣辣的燙紅，一分一毫的面子都沒了，「五弟妹別惱，都是二嫂的錯兒，給妳賠禮了！」

宋氏說完這句話，便往外跑，林夕落看著她，追著道：「還沒說您錯在哪兒呢！」

「夠了！」侯夫人不容她再鬧個不停，「都走都走，在這裡惹得我心煩意亂，就盼著老婆子我早死！今兒遇上事都不要來找我，我再不歇歇，定要被妳們氣死！」

侯夫人開始往外攆人，孫氏連忙又將鑰匙和帳冊給了林夕落，林夕落委委屈屈地接過，哀嘆一聲，「就是勞累的命兒啊！」轉頭看向姜氏，「三嫂，您得幫幫我？您不答應，我就去找侯爺，讓侯爺下令。」

這也算是給姜氏臺階下，之前侯夫人要給她攆走，如今林夕落提及侯爺，這事兒定不會再出現了，姜氏看向孫氏，「大嫂，這事兒您看……」

「都是幫我！」孫氏說這四個字時咬得後槽牙都快腫了。

林夕落一笑，立即道：「三嫂院子都收拾妥當了？如若妥當了，這會兒就跟我走吧。」

魏青羽半晌都沒開口，眼瞧著林夕落要將姜氏拽走，當即出面阻止：「五弟妹，暫且讓妳嫂子歇一歇，何況院子裡還有些雜事需她來分派。我那院子已多年沒住過人，荒廢得厲害，妳大婚之時，我是蹭了侯爺的書房睡下的。」

「既是這樣，晚間我再過去。」林夕落對魏青羽印象不錯，也不會在這時候調弄他，與姜氏互相又行了禮，便帶著丫鬟們往雅香居行去。

魏青羽與姜氏也告辭，孫氏送他二人到院門口，更吩咐了人去幫襯著做些雜活兒。

孫氏身邊的嬤嬤嘀咕道：「如今瞧著五奶奶，怎麼好似雅香居成了她的地兒了？去那裡之前都未與您說上兩句好話。」

這話是孫氏心中的刺，可她能說什麼？這都是侯爺的安排，她與侯夫人縱使把後宅折騰上了天，也敵不過侯爺一句話。

孫氏淚花盈眶，心裡頭念叨著：大爺，您為何要走得這般早？

林夕落去了雅香居，桌上擺好的拜帖已經不少。她挑選著見了，兌了送來的白禮，封條入庫，沒忙活多久就已經是晌午時分。

林夕落想著魏青羽與姜氏，不如趁這會兒功夫去見一見，在那院子裡用個飯，正是這般打算要走之時，卻有人來與她道：「五奶奶，侯爺請您去一趟。」

侯爺？林夕落看向侍衛，本欲張口，可卻說不出來，當初侯爺叫她是為了給魏青石傳信，如今人都沒了，他還叫她作甚？可宣陽侯發了話，她又不能不去，只得吩咐侍衛道：「稍等片刻，我將手中的事處理完之後便去見侯爺。」

侍衛應下在一旁等候，林夕落則藉口換件衣裳，心中卻在想著如何應對宣陽侯。

魏青岩這些時日都在宣陽侯府與皇宮之間來回不停，林夕落也多日都未見過宣陽侯，他不會是要問起魏青岩的事吧？想到此不由皺了眉，抑或是讓她籌備著教兩個雕字的學生，這樣往後就可不再用她了？但如今大爺的棺木還沒入土，他不至於急成這樣……

林夕落想了半晌，把能想到的全都過了一遍腦子。

不能耽擱太久，她只得重新換上一件衣衫，出了門。

行至宣陽侯的書房院落之內，林夕落的腳步略微放緩，四周靜謐無聲，除卻蟲鳴之聲，連個鳥叫都沒有。應季的鮮花早已被拔了，但青草還都在，可一片綠色無半分點綴，讓人看得心裡發慌。

站在門口半晌，她剛要動手敲門，卻聽到屋中傳來一聲：「還不進來！」
林夕落正了正神色，敲門進屋，隨即行了福禮，「給父親請安了。」
宣陽侯正在握筆行字，也沒有抬頭看她，指著旁邊的小凳子，「坐吧。」
林夕落往那邊看了一眼，卻沒走過去，而是款款上前，看著宣陽侯這狂草行書。
「妳覺得本侯的字怎麼樣？」宣陽侯將筆朝一旁撂下，帶幾分審度之色地看著林夕落。
林夕落沉了半晌，言道：「兒媳逾越，父親的字酣暢淋漓，豪放大氣，兒媳在林家族學修習之時，先生曾言，字如人性，侯爺的字正顯出您的性格。」
宣陽侯看她一眼，「嘴皮子倒是甜！」
「可惜父親筆走龍蛇之際，在最後時分卻猶豫了，父親有何事如此介懷？」林夕落這話一出，卻讓宣陽侯皺眉，死死地看著她，那目光中蘊含的兇狠殺意不由迸發：「妳這膽子太大了！」
侯爺這般怒斥，林夕落一驚後也不恐懼，這又不是第一次遇上，這位侯爺已不知多少次想讓她死了，可她不依然在這兒好生生地活著嗎？
「兒媳就字論字，何況也是父親問的，怎就成了膽子大了？」
林夕落嘀嘀咕咕，聲音也不大，反倒是讓宣陽侯不知該說她什麼。
沉了半晌，宣陽侯語氣放緩了些：「妳這丫頭倒是有幾分靈氣，就是不往正道上用，與那小崽子一個德性！」
宣陽侯斥了一句，也不容林夕落再說，只道：「教習雕字的人選，本侯已經想好了，這終歸是侯府的事，不能教與外人，本侯覺得仲良合適，待過半月，妳便教他吧。」
教給魏仲良？林夕落也不顧忌如今面前的人是宣陽侯，當即便回二字：「不行！」
「放肆！」宣陽侯重拍桌案，「輪不到妳與本侯討價還價，此事本侯已定，由不得妳在這裡胡攪蠻纏。」

「教習的可是我，我說不行就不行。魏仲良如何對五爺，您心裡清清楚楚，他可有個世子位懸在頭頂，這好事全落他一人頭上，還給不給我們留活路了？」林夕落剛剛才看侯夫人她們演了一場戲，硬是想逼著魏青羽與姜氏口述敬畏之詞，如今來見宣陽侯，她居然要讓魏仲良跟隨她學微雕傳信，那不等於往自個兒脖子上懸了一把刀，隨時隨地都能落下的刀。

宣陽侯劍眉倒豎，「妳不從？」

「若讓我教他，您乾脆將我的手剁了，這事寧死不依！」林夕落斬釘截鐵，毫不退讓，話音剛落，就覺出脖頸冰涼。一把鋒銳的刀橫在她的脖頸前，她稍微一動，恐怕當即斃命。

「妳還不從？」宣陽侯的手哪怕動上一點兒，林夕落都會倒下……

「我是怕死，可早死晚死有何區別？您若不想再來一場喪事就將刀放下吧，這已經不是您第一次拿刀對著我了！」林夕落沉著嗓子，喉嚨不敢亂動，甚至連嚥一下唾沫都不敢……

宣陽侯沉了半晌，終究還是將刀收回，林夕落連忙摸著脖子，不等宣陽侯開口，便率先道：「教給仲良我不同意，但我可教給仲恆，他也是您的孫子，何況他正在我的院子裡讀書行字，除此之外，我仍然要將此法教給我信任的人！」

「仍要教給李泊言？」宣陽侯的聲音冷峻不已，「妳就那麼信任他？」

「我也信他！」

門外響起聲音，林夕落即刻回頭，卻正是魏青岩從外進來。

依舊是風塵僕僕，滿臉疲累……

林夕落看著魏青岩，迅速跑到他的身邊。魏青岩將她拽至自己身後，與宣陽侯正面對視，口中道：「我信任他，而且將來還要將此技法廣傳，為大周國軍所用。拘於一家之手，您不覺得狹隘了嗎？」

「你倒是大度。」宣陽侯也不顧林夕落在此，與魏青岩直接言道：「可你總要顧忌侯府的榮辱安危才可！」

「侯府的榮辱安危？」魏青岩冷笑，「難道我爭來的就不是侯府的功？全是侯府的恥辱？」

宣陽侯怔住，心中有話，卻不知該如何回答。

魏青岩看著他未再說話，擁著林夕落的肩膀道：「隨我走吧。」

林夕落連連點頭，跟著魏青岩往外走，她能感覺背後有一雙複雜的目光在看她二人，可她不敢回頭，就這樣隨著魏青岩離開宣陽侯的書院。

兩人沒有回郁林閣，魏青岩拽著她走，林夕落突然停住，魏青岩才轉頭看她：「怎麼了？」

林夕落朝後方侍衛擺了手，示意他們退後百米之遙。

「青岩，有些事你不覺得瞞著我不合適嗎？」林夕落忍不住問出心中疑惑。

她一直覺得宣陽侯與魏青岩這父子二人之間的關係很微妙，是親人，卻更似仇人。

魏青岩能將雕字傳信之事告知宣陽侯，而宣陽侯卻要將此法據為己有，來保宣陽侯府安危，就好似剛剛魏青岩所說的，他的功績就不是宣陽侯府的榮譽了？

若說因魏青岩不是嫡子，可也終歸是宣陽侯府的人……

「我也不知道。」魏青岩知道她欲問何事，「所以我無法回答妳。」

林夕落走上前幾步，仰頭看著他，「你是不知道，還是不願知道？」

魏青岩的眼眸中閃現一抹驚慌，隨即被漠然掩蓋，「如若得出的答案非妳所想，妳會如何？」

「還在你身邊陪著。」林夕落主動抓住他的那雙大手，「青岩，你愛我嗎？」

這是她初次直言相問。

這些時日她時而會憶起自來到這裡後的種種事情，有荒謬、有無奈，有自以為聰明的糊塗，更有糊塗中的魯莽，可她認為這一年多來做的最正確之事便是嫁給他，嫁給這個刑剋之人。

這不是她有疑問，而是她想要他說出口，讓她心底有一份甜蜜的安穩。

但魏青岩的表情和疑問，讓林夕落沉了臉。

「愛是何意？」魏青岩皺了眉，「喜好？我一直都喜歡妳。」

林夕落瞪了眼，而後仔細想想也不應該啊，這個字古言常有，他會不知道？

可這事兒她如何解釋？想了半晌，林夕落才出言道：「《孝經》之中有云：親至結心為愛；抑或古人詩中所言：結髮為夫妻，恩愛兩不疑……」

「妳是我的夫人，這自是愛的。」魏青岩對她這解釋略有不解，「何以還要如此問出？」

林夕落撓頭，雖說這時代也有此字，但好似與她心中所想並不一樣。

魏青岩就這樣沉著看她，等著她再問話。

林夕落想了半天，忽覺這事兒很無趣，「算了，這事兒我也糊塗著，咱們回吧。」

魏青岩心不在焉，帶著林夕落一同往回走，因天色尚早，林夕落也無心再去雅香居幫著收納白禮之事，敘起魏青羽與姜氏二人回來，便讓魏青岩隨同一起去三房的院子探望。

魏青岩也知這位三哥已入家門，兩人便往那方前去。

三房的院子離郁林閣並不遠，從府中穿過去便是，可行至此地門口，卻見侍衛們在門口清理雜草，連帶著魏青羽也換上一身便裝跟著動手幹活。

林夕落張大了嘴，這院子旁日裡不留丫鬟婆子們清掃嗎？雜草亂得好像荒野坡子似的……

兄弟二人相見，魏青羽臉上有幾分儒雅的笑意，拍拍手上的泥土，上前道：「上一次歸來是飲五弟的喜酒，這次恐怕要長住了，院子裡也得收攏一番。」

魏青岩的神色有些沉，卻捲起衣襟繫在腰間，笑道：「我來幫你。」

魏青羽沒再多說，看著魏青岩已經開始動手，便又看向林夕落，「五弟妹進去歇一歇吧。」她在此地看著兩兄弟拔草，著實不太合適。

林夕落自知魏青羽話中之意，福身後便進去找姜氏。

姜氏正在吩咐丫鬟婆子們收攏衣箱、櫃子，連帶著各處的鑰匙都蒙了鏽，一張臉氣惱不堪，可帶來的人手不多，大院子、小院子，各間屋子中都有忙碌的身影……

看到林夕落前來，姜氏連忙迎上前，「五弟妹這麼急就來了？這屋中可是沒個坐的地界。」

林夕落也不介意，朝後與秋紅吩咐道：「去將院子裡的粗使丫鬟、粗使婆子都叫來。」

「這怎麼好意思。」姜氏有意推脫，林夕落則抽抽鼻子，「不礙事的，這都是侯夫人送來的人，不用白不用。」

「噗！」姜氏沒忍住便是笑，也顧不得許多，拽著林夕落便往屋中走，丫鬟們依舊是泡好了茶端上來，林夕落品了兩口，正是上好的烏龍，笑著道：「終於有點兒可口的了，不然這幾日在大房那裡，除了茶葉沫子，便是青山綠水的苦澀，喝得讓人不爽快。」

姜氏捂嘴笑，「早前只聽三爺說起過妳，都是逸聞趣事，也誇讚妳酒量好，如今得見，這脾氣也是個爽利性子，與五弟正合適。」

提及這話題，林夕落淡笑，她與他合適？這是說兩個不守規矩的人湊一起最搭配嗎？

「三嫂這次歸來可是要待許久的，有什麼能幫得上的，儘管派丫鬟去知喚我一聲。」林夕落見丫鬟們仍在忙碌著收攏衣箱，想必這次要久留了。

姜氏聽這話不由哀嘆，「多年不回，院子裡都是這等模樣，說是不知我們這麼快歸來，還未抽出人手收拾，只得我們自己動手。」

「都是胡扯的話，誰家空院子不留下人好生照應看管著，愣是能讓雜草長出這般高來？」林夕落看向姜氏，她臉上雖帶著不滿，可卻是憋著不敢說，「三嫂也是好性情，與三哥一樣。」

「他？能忍人所不能忍，容人所不能容。」姜氏這般誇讚，林夕落翻了白眼，不知該如何評價，而這一會兒，姜氏叫來她的兒女上前向林夕落請安，一大三小，兩個小子、一個丫頭，都甚是可愛。

林夕落挨個的給了見面禮，隨即納罕地問向姜氏：「三嫂，五爺到底幾歲？」

姜氏瞪了眼，她連這都不知道？

眼見姜氏面色如此奇怪，林夕落也有些不好意思，撇了撇嘴，「是他不肯說，我怎能知道？」

姜氏忍不住笑，反倒是調侃道：「那我也不說，五弟定是有意瞞妳，我若說了，他定要怪我這嫂子。」

林夕落吐了舌頭，也不再提這件事，反而說起大房葬禮的事：「……大嫂既是已經把話說出口了，三嫂不妨過去接手。五爺在大爺大殯過後便欲帶我走，您總不能就被當成聽喝的。」

如若是第一次見，林夕落自不會說出這等話來，可瞧見魏青岩親自動手幫魏青羽拔草，她自當知道這兄弟二人還真是關係親。如此一來，在內宅的事情上她自要拽著姜氏，一來有個幫手，二來總不能讓姜氏被老太婆當成個丫鬟一般使喚……

姜氏見林夕落這般直言，心中也是欣慰，沉思下才開了口：「早年嫁這院子裡來便是如此，如今回來還的確有些不習慣。那時只有三爺，如今還多了孩子們，自不能再如以往那麼忍了。」

「孩子……」林夕落想起她膝下三子，「三嫂有福氣，起碼是這院子裡兒女最多的。」

「妳這肚子也要爭口氣，五弟最盼著有個子嗣了。」姜氏瞄了一眼，林夕落撓頭羞赧，這事兒也不光是他著急就行的？

秋紅將郁林閣的丫鬟婆子全都叫來，林夕落親自出門去吩咐著幫姜氏收攏院子，但多數不碰她的物件，只做一些灑掃、清理的活計。

姜氏在一旁看她指使著人幹活，心裡多少對林夕落也有些了解。

這才不是個囂張跋扈的丫頭，這是粗中有細、做事極有分寸的人……

未過多久，魏青岩與魏青羽二人也從外歸來。

雖說沾了一身的泥，可林夕落卻是極少見到魏青岩如此輕鬆暢快的模樣。

讓丫鬟們沏上茶，魏青羽左右看了半晌，苦笑道：「本還想留你二人在此用飯，可如今這等模樣還是算了。」

「鍋灶還沒收攏好，你有這心恐怕也只能延後了。」姜氏在一旁補話，魏青岩難得露一分笑意，「去我的院子就是，離得又不遠。」

魏青羽看向林夕落，意指如此可是方便？

林夕落連忙點頭，「就是，即便三哥三嫂忍得住，也不能讓孩子苦著，我這就吩咐人預備飯菜。如今府上白事不能葷食，但即便是清粥、青菜，能聚在一起熱熱鬧鬧也是好的。」

魏青羽點頭，「好，這次就不與你二人客氣了。」

兄弟二人坐下敘話，林夕落與姜氏收攏好物件，便帶著孩子們往郁林閣先行過去。

姜氏的大兒子如今已有十一歲，名為魏仲天；二兒子六歲，名為魏仲嵐；小女兒今年才三歲，小名春菱，圓圓小臉，一雙大眼睛甚是可愛。

林夕落將春菱抱了懷裡，摸著那嫩嫩的小臉，「叫一聲嬸娘。」

「嬸娘……」怯生生的小動靜兒，叫完卻看向姜氏。

姜氏摸摸她的小臉蛋，「這是妳五嬸娘，要聽話。」

春菱聽自己母親這般說，立即柔順了許多。

林夕落摘了手上親自雕的蜜蠟荷花珠串套在春菱的手腕上，連纏了兩圈，「喜歡嗎？」

「這麼貴重的物件，怎能給她？」姜氏要還回去，林夕落道：「貴重什麼？再貴重的物件也比不得情誼！如若是旁人，連個石頭子兒我都不給！」

姜氏聽她這般說便是笑了，春菱吧唧親了林夕落一口。

到了郁林閣，吩咐婆子們加菜，林夕落帶著姜氏和幾個孩子在正堂裡吃茶果點心，等著魏青羽與魏青岩。這會兒，小黑子忽然跑了過來，在外探頭探腦，秋翠瞧見，至門口問他：「何事？」

小黑子忙鞠躬點頭哈腰地道：「仲恆少爺身子康癒，想來給奶奶請安。」

秋翠回頭往屋中看了一眼，低聲斥道：「定又是你告知少爺三爺和三奶奶歸來。」

小黑子被揭穿，撓頭道：「秋翠姊姊，給個機會吧，少爺也不能整日裡在屋中悶著……」

若是旁人，秋翠興許就給攆回去，但奶奶對魏仲恆格外看重，她還真得回去說上一聲。

回了屋中，秋翠湊到林夕落耳邊噓聲回了話，林夕落沉了片刻，「讓仲恆來吧，也與他這幾位兄弟妹妹見一見。」

仲恆？提起這個名字來，姜氏略有疑惑，不等她想出是誰，林夕落便道：「是大爺的二兒子，姨娘生的。」

「怎麼把孩子放了妳這裡？」姜氏滿臉驚詫，嘴巴都合不上。

大房的孩子送給五房養，這是過繼還是收養？姜氏驚得納罕不已。

林夕落讓冬荷帶著孩子們去西側間裡玩，稍後等著介紹仲恆給眾人認識。冬荷則即刻帶著孩子們走遠，只留下兩位奶奶在屋中。

「這是早前兒侯夫人吩咐的，後期大爺出了事，第一件事便下令不允仲恆回大房院子，說是照顧不過來，其實還不是怕搶了位子？我帶著仲恆去見，孰料仲良險些把他打了，這孩子被教得連下人們都敢欺負他，如今九歲的孩子還在背《論語》。」

林夕落說到此，露了幾分惱意，「我索性就去與大嫂談了，這孩子若是我養，三年內她不得領走，她也答應了。」

姜氏皺了眉，「縱使……縱使姨娘生的，也不能這般對待。」

林夕落冷笑，「天知道這都是什麼心思，皇上不允大少爺承世子位，這髒盆子也落了五爺的腦袋上，五爺硬氣要走，他們才算緩和了些。」

「功沒有，過最多，五弟是個有本事的，不似三爺，心裡就是個忍字。當初跟隨三爺離開幽州城，我心裡著實痛快，如今一回來，好似落入冰窖一般。」姜氏說著，又搖頭擠出笑來，「說這等事作甚？不如想點兒樂呵事。」

林夕落與姜氏對視一笑，門外來人回稟：「仲恆少爺到了。」

魏仲恆進門自先向林夕落行了禮，林夕落引見姜氏，問道：「這位是你三嬸娘，可還記得？」

魏仲恆面色癡呆，姜氏連忙道：「記得什麼？除了他剛生出來和洗三禮，就再沒見過面。」

林夕落翻了白眼，合著她這話是搞不清楚狀況了，剛剛明明還說魏仲恆在大房籠子裡被管著，姜氏怎能見得到？

魏仲恆向姜氏行禮，姜氏讓人送了個繡包給他，魏仲恆忙道謝，一旁的小黑子則嘿嘿傻笑。

林夕落讓人去將西側間的孩子們叫來，魏仲天、魏仲嵐，還有春菱三個與魏仲恆見禮。起初雖是略有生疏，但都是年歲不大的孩童，稍過片刻就玩在一起。

未過多久，魏青岩與魏青羽兄弟兩人也從外歸來。

飯菜擺上席，冬荷在一旁給林夕落使著眼色，旁日裡這屋中是不分席，今兒是三爺與三奶奶，不知可要分席而坐？畢竟除卻夫人們，還有孩子……

這事兒林夕落也作不了主，只看向魏青岩，他無謂的率先落了座，也沒分長幼主次。魏青羽對此好似習以為常，絲毫意外都沒有。

林夕落轉身吩咐道：「都是一家人，讓孩子們也隨同一席而坐吧。」

姜氏忙道：「這怎麼好意思……」終歸是客，她不覺如此怠慢，反倒覺這般坐是不敬。

林夕落抽抽鼻子，「三嫂這是怪罪五爺摳門，只擺一桌席面？」

姜氏連忙擺手，「絕不是這個意思。」

林夕落當即一笑，「不介意那就坐吧，五爺曾說過他就是規矩。」

魏青羽在一旁略一怔，恍然想起這話是他何時所說，指著魏青岩便道：「這等趣事倒是美談，我可聽數人說起過。」

姜氏略有好奇，魏青羽轉身笑著直接講：「妳可知五弟妹及笄之時的賓者是何人？」

「是何人？」姜氏剛問出口，魏青羽當即指向魏青岩，「是五弟。林家大禮他去為五弟妹插簪，旁人言此不合規矩，五弟自言：『我就是規矩！』」

魏青羽說罷哈哈一笑，姜氏也忍俊不禁，「這倒是奇聞了。」

魏青岩被這般調侃，臉上依舊不動聲色，看向林夕落，目光中之意明擺著是「妳等著瞧」。

林夕落與姜氏和孩子們接連盛飯夾菜，這一席飯無規無距，沒有食不言、寢不語之說，也沒有長輩晚輩之別。

兄弟一人一罈酒後，魏青羽興起，拍著魏青岩的肩膀道：「三哥不如你，可三哥有一樣比得過你！」說罷，指著三個孩子，「二子一女，怎麼樣？仲天十一兒郎已有秀才之名，三哥引以為豪，五弟賜他一字如何？」

魏青岩被擠兌著，心裡自是不悅，「賜字可以，但三哥得答應讓夕落為其刻一名章，而且要用奇物！」

「何物？」魏青羽期待。

魏青岩扯了扯嘴角，「大白蘿蔔！」

魏青岩這四個字一出，著實讓林夕落目瞪口呆。

打擊報復得也太快了吧？而且既是擠兌了三哥說他無子嗣，還把她這點兒事宣揚出去……

林夕落翻白眼，姜氏不懂此為何意，魏青羽愕然，隨即才緩了過來，意識到他剛剛話語略有過分，即刻致歉：「三哥渾說了，渾說了……」

魏青岩連連擺手，「我此言認真。」話畢，又吩咐一旁的侍衛：「去取紙筆，另外去廚房為五奶奶拿一個大白蘿蔔來。」

林夕落嘴角抽搐，眼看著姜氏一臉擔憂，她索性順著魏青岩的話，笑道：「既是五爺有這份心思，三哥不妨隨了他的意，弟妹也獻醜了。」

姜氏以為林夕落這是怕魏青岩心裡不痛快，故而才順著他，「對對，五弟的心意是好的，三爺不妨隨了他。」

魏青羽哭笑不得，心中感嘆酒醉誤事，可事已至此，他也只得順著來……

侍衛取來紙筆，魏青岩思忖片刻，當即在紙上寫下兩個大字：智嚴。

撂下筆，魏青岩又拎起酒壺灌上幾口，隨即才道：「將者，智、信、仁、勇、嚴。先王之道，以仁為首，兵家之流，以智為先，三哥已是仁在了骨子裡，侄子便別隨你了！」

這話說得直白，魏青羽雖苦澀，也不住點頭，卻又納罕問道：「那為何不提勇字，而要嚴？」

「五爺的意思是讓仲天嚴於律己，嚴於待人，別再任人欺辱。如若這一點改不了，再怎麼勇，都乃匹夫之勇，不提也罷。」林夕落一邊削著大白蘿蔔皮，一邊隨口解釋。

魏青岩似真有些酒醉，走過去摟她在懷中，「只有妳最懂我！」

「這是作何？三哥和嫂子還在……」林夕落欲從他腿上下去，卻被魏青岩的手按得緊緊，「就這樣，不許動。」

「不動我怎能幫侄兒刻印章？」林夕落尋個由頭連忙起身，湊合到那一群捂嘴偷樂的孩子們中間，拿出雕針繪上圖，隨即雕刀細細刻下。

一塊一塊的蘿蔔屑塊落下，讓幾個孩子看得新奇不已，連連叫好。

幾刀下去，便有一鷹隼繪出，隨即便是雕針細繪，栩栩如生，銳姿英武，讓魏仲天格外期待。

孩子們這會兒也不再顧忌規矩，將林夕落圍成一圈，眼睛一眨不眨地看著。姜氏也有些震撼，雖早知道這位五弟妹愛好雕藝，被眾府之人斥罵「匠女」，可如今親眼見她這番手藝，可絕非普通匠人能比，實在精湛。

魏青羽也是初次瞧看，原本以為魏青岩讓林夕落雕個大蘿蔔是嘲諷他，如今看來不啻是一雅事，又見魏青岩目不轉睛地瞧她，魏青羽心中暗嘆，他這輩子好似初次對女人如此呵護？

未用多大功夫，林夕落雕完名章，送給魏仲天，口中道：「五爺贈你『智嚴』二字，我雕一鷹隼贈你，願你早日翱翔天空。」林夕落將印章放入魏仲天手上，魏仲天忙躬身道謝，「侄兒一定謹遵五叔父、五嬸娘教誨，終生不忘！」

「莫要終生不忘，不過一大蘿蔔印章，很快便會爛掉，但望你早日成材，你五嬸娘自會再贈你章印，只期望下次不是大蘿蔔，而是能用木料、石材！何時成一璞玉，那才是我所期望的！」魏青岩說完，魏青羽也知他心意，姜氏拉著魏仲天向魏青岩磕了個頭，「你五叔父今日之言定要銘記在心。」

魏仲天立即跪地，魏青岩也不攔著。林夕落沒等說話，便被另外三個孩子圍上，叫嚷著要雕好玩的物件。

林夕落也起了童心，挨個的迎合，特意給春菱雕了幾個好玩的小玩偶，春菱笑咪咪地坐了林夕落腿上，這會兒已沒有之前的生疏，就快比娘還親了。

姜氏在一旁陪著，魏青岩與魏青羽二人則談起趣聞軼事以及近期侯府的動向。

直至入了夜，魏青羽已走路都打起晃來，才帶著姜氏及孩子們離去。

魏仲恆這一日格外興奮，因是初次跟兄弟妹妹們一起玩樂，直至送走魏仲天與魏仲嵐時，他的臉上還掛滿不捨。待只有魏青岩與林夕落時，他畏懼地看著魏青岩，湊到林夕落一旁，恭敬言道：「五嬸娘，侄兒懂得了，除卻大哥之外，侄兒是有兄弟的。」

「他也是你兄弟，只是遠近親疏不同。」林夕落不讓他再多說，而是吩咐小黑子：「送少爺回去吧。」

這時他還需好生想一想，平穩中才能有理智，興致勃勃之時，很可能出現些偏激的想法。

小黑子立即應下，魏仲恆向魏青岩也行了禮才離去。

魏青岩看著她，身上沾滿了酒氣，本就狹長的雙眸如今已快瞇成了一條縫隙，若不是仍露出那精銳的目光，林夕落還以為他站著就睡著了。今日他與魏青羽沒少灌酒，足足六罈子的烈酒已見底。

「回去吧。」林夕落拽著他的手便往回走。

魏青岩站住不動，林夕落轉頭看他，「這就醉了？」

「我愛妳。」

林夕落陡然一驚，「你不是不懂何意？」

「我的確不懂，但我知這不是恨，不是怨，不是哀苦，而是妳想讓我說的一句話。」魏青岩面色認真，將她抱起，「所以我愛妳。」

林夕落雖然哭笑不得，但也有幾分喜意，正欲挑他兩句，魏青岩卻又反問：「那妳愛我嗎？」

林夕落閉嘴不說，魏青岩拍她的屁股，「快說！」

「你醉了！」

「我沒有！」魏青岩伸出手臂架著她，林夕落身體懸空，就被他這樣舉著，四肢懸空，不由驚道：「你幹什麼？」

「說不說？」魏青岩話語中帶著霸道，林夕落湧了惱意，「不說還將我摔在地上不成？」

「怎麼會？」魏青岩說著，雙臂朝上拋舉，林夕落被他扔了起來，驚嚷尖叫，又被他接住。

魏青岩嘴角露出壞笑，「說不說？」

「討厭！」林夕落二字嚷出，卻又被他拋起。

這般鬧著，卻是將一旁的冬荷給嚇壞了。冬荷臉色刷白，牙齒都跟著打顫。

秋翠連忙安撫道：「五爺心中有數的。」

「可……可都快拋上了天了！」冬荷初次沒有以往那般安靜，眼睛都快瞪出來。

秋翠瞧著她，「可妳沒聽見咱們奶奶在笑嗎？」

「那是笑？」冬荷豎起耳朵，卻聽到空中傳來銀鈴般的笑意，心中苦澀地道：奶奶的膽子也太大了……

就這般鬧了好半晌，林夕落被他接住之時，連忙告饒：「不行了，肺都快炸了，想我死的話，你就繼續。」

魏青岩把她抱在懷裡，手撫著她的胸口為其按摩，口中依舊問道：「妳愛我嗎？」

「愛！愛還不行嗎？要命了……」林夕落嗆咳幾聲，眼睛都開始轉圈了，可即便如此，她仍是轉頭狠咬他一口。魏青岩也不躲，只是抱著她，哈哈大笑地往屋中走去。

冬荷安撫地拍了拍自己胸口，「可算完事了。」

秋翠道：「冬荷姊姊還不知咱們這兩位主子，跟著擔心也沒用的。」

「習慣了。」冬荷說著，便去側間準備打水。秋翠跟隨著幫忙，二人將物件安置完，便離開正房。前腳剛離開，就聽到屋中嬉笑之聲響起，又是一個不眠之夜……

林夕落這一晚做了個很沉重的夢，夢見她不停地在爬山，高聳入雲，看不到盡頭，可身上還要背著一個很重的行囊，走得腳發軟，喘著粗氣，好似瞬間便會窒息，但仍是一步一步地往上爬……

清早，林夕落醒來後也不睜眼，反覆想著這個夢，身上依舊覺得沉重，好像還背著包裹，只好叫著冬荷：「冬荷，什麼時辰了？」

「快近午時了。」

一個慵懶的聲音回答，林夕落瞬間瞪眼，身邊確是魏青岩正在看著她，而他的大腿正壓在她的腰間。合著昨晚夢見的沉重包裹就是這條大腿？

林夕落抽著嘴角，二話不說便離開他的身下，轉頭咬他一口，「討厭！」

魏青岩莫名其妙，早上第一句話就是討厭？

「妳不去長房幫襯著應禮了？」魏青岩見她還要睡，不由問道。

林夕落瞬間從床上蹦起來，「呀，我忘了！」

魏青岩見她驚慌，調笑著道：「三嫂已經去了，在幫妳應承著。」

林夕落一顆心放下，正欲還兩句嘴，卻被他壓制在身下，「快下去，沒力氣了……」

「何時生出兒子何時放過妳，不然不行！」魏青岩話語中帶股子怨氣，顯然還沒忘記昨日魏青羽的顯擺，心中甚是受傷。

「我又不是母豬！」

林夕落正在叫嚷之餘，門外有人大聲回稟：「五爺、五奶奶，齊獻王到！」

齊獻王居然來了？明日便是魏青石大殯之日，齊獻王今日來此恐怕另有目的。

魏青岩這些天也就今兒沒進宮，齊獻王趕著跑來，這事兒想必魏青岩心中定會明白。

林夕落這般思忖，目光不由得朝魏青岩投去……

魏青岩已經從她的身上翻了下去，朝門口道：「侯爺可在？讓他應酬便罷，還有仲良，我在用午飯，餓。」

這般說辭，讓林夕落驚詫得險些咬了舌頭，讓魏仲良去應酬？這是故意難為他，誰不知齊獻王就是奔著魏青岩所來。

門外的侍衛前去回稟，腳步離去之聲極為急迫。

林夕落起了身，冬荷端水進來侍奉她洗漱，秋翠取來了衣裳，林夕落便道：「稍後齊獻王恐怕會來尋五爺，還是提前裝扮好，免得一會兒慌亂。」

魏青岩在一旁看著，只隨意用一布條束髮，不似林夕落最早見他時還有銀針髮簪別上……

「怎麼不挽起了？」林夕落一邊梳著頭髮，一邊問著。

「唯一一簪別於妳的髮髻之上，我自不會再用他物。」魏青岩說到此，走向她的妝奩臺子，拿起那根被林夕落重新鏤空雕過的銀針木簪，別在她的髮髻上。

林夕落心起調侃，起身恭敬行禮，「謝賓者。」

重複及笄之禮上的一幕，兩人都露出笑意，魏青岩捏了她的小臉，「那時我便喜歡妳。」

林夕落瞪眼，「我那時可怕你，險些被你駕馬踩死。」

「妳不怕。」魏青岩輕撫著她髮髻上的木條銀針簪，「妳眼中有著倔強與不忿，別想瞞我。」

林夕落吐了吐舌頭，「既是被你猜中了，那我來為你束髮。」

讓魏青岩坐下，林夕落拿起桃木梳子一點一點地順理，梳了半晌，將她的髮簪又從髮髻上取下，取出雕刀，從上至下分切兩半，一半別在頭上，「我一半。」又挽起他的頭髮，別上另外一半髮簪，「也分給你一半。」

魏青岩抬手握住她的小手，拽她坐在腿上，「妳是我的。」

「咳咳！」門外幾聲輕咳，刺耳又突兀，林夕落一震，這聲音怎麼好似齊獻王？

魏青岩朝外嚷道：「魏海，宮裡有公公來了，怎麼不早回稟一聲，是何事？」

「魏崽子，你放屁，你才是個公公！」齊獻王也不忍著，沒說幾句就已邁步進門，可進了正堂，內間他自是不能走，但瞧這屋中桌上空空蕩蕩，便又問道：「不是說餓了？飯菜呢？」

「得知王爺來到，這飯菜不敢入口，全都是苦黃連味兒，嚥不下。」魏青岩整理好衣襟，才起身往外走。林夕落跟隨其後，剛出內間就看到齊獻王站在正堂當中指著魏青岩斥罵：「本王好心好意來弔喪，你卻不肯見！把老子的腿傷了就想躲起來？沒門！」

「你想怎樣？」魏青岩逕自尋了位子坐下，林夕落向齊獻王行了禮，吩咐冬荷等人上茶。

「王爺用茶。」

「這茶能喝嗎？」齊獻王直言，卻也抿了一口，冷哼幾句，又看了一眼林夕落，「明日你們侯府出大殯，可用本王幫襯一二啊？」

魏青岩看著他，「這事兒輪不上來尋我賣好，不領情，怎麼不去尋侯爺和大房那位遺子？」

「老子尋他作甚？一個小毛崽子！」齊獻王哀嘆，又道：「不過本王正欲與你說一事，這事兒你必須領情。」

「不領情。」魏青岩擺手，「你也別說。」

齊獻王冷哼道：「這事兒可與你們這位五奶奶有關！」

林夕落瞪眼，怎麼能牽扯到她身上，這能是何事？

魏青岩眉蹙得很緊，沉了半晌才問道：「可是與林府有關？」

齊獻王也不賣關子，當即言道：「自當與林府有關，明日宣陽侯府出大殯，已有幾位重臣欲在明日上朝時，上書奏請皇上下詔傳世子位與那小崽子，但林忠德不認同，與大學士爭吵幾句不歡而散。明日眾人上書，他自是第一個跳出來反駁的，這事兒告訴了你，你可否領情？」

「這與我何干？」魏青岩雖面色淡然，但心中已是沉重些許。

林夕落聽了齊獻王之言，心底也開始盤算。

上書傳世子位與魏仲良，這件事情隨人所想便與魏青岩脫不開干係。

一來他是宣陽侯之子，二來卻是最受皇寵之人，而最重要的是，當初這份戰功是魏青岩所立，只是他拱手讓給魏青石而已。

若上書奏請傳世子位給魏仲良，會否是消了魏青岩的戰功，而都給魏仲良一人？

自家祖父那般做，無非是希望宣陽侯府的世子位落於魏青岩身上，終歸沾了一份親，他這般做無論成功與否，魏青岩都要領他這份人情。

這老狐狸！林夕落心裡略有不滿，有這份心思，卻連招呼都不提前打？

林夕落在一旁豎著耳朵聽，卻不敢出言半句，齊獻王那雙刀子眼正在他二人面前掃來掃去，明擺著是想看他二人是何打算。

魏青岩指敲桌案，半晌才回道：「您將此事告知於我是何意？魏仲良承世子位，您應該高興才對。」魏仲良若承世子位，那宣陽侯府的氣勢定當會逐漸滑落……

「放屁，本王怎麼可能高興？他占了世子位，父皇定會再賞你一位，我豈不是多個對頭？」齊獻王喝著茶，話語粗糙，可抿茶姿態優雅，更不吝將心中的邪惡心思當著魏青岩的面兒說出來，林夕落倒覺得這位王爺還真是個奇葩。

「您倒是好算計！」魏青岩扭了扭脖子，「這事兒我管不著！」

「你怎管不著？如若林忠德與大學士針鋒相對，恐怕他世子位得不成，你也要被擱置一段時日。」齊獻王目光緊緊地看著魏青岩，擺明了是想看穿他心底之意。

魏青岩瞪他一眼，「早已打算明日大殯之後帶著賢妻出去遊樂遊樂，豈不正好？何況如今也無仗可打，整日裡對著你，厭煩！」

齊獻王抽著嘴，「死鴨子嘴硬！」

「事實就是如此。」魏青岩看著他，「怎麼，您不信？」

「本王自當不信！」齊獻王冷哼，「信了你那才見鬼了！」

「您隨意。」魏青岩起身，看向林夕落道：「今兒這地界不容人吃飯了，咱們出去用可好？」

林夕落即刻點頭，可就留齊獻王在此？

齊獻王也跟著起身，拍拍肚子，那肥顫的肉晃蕩幾下，側頭歪脖子道：「不用你攆，本王自己走！你這邊挑撥不成，我就去挑撥那個小崽子試試！」這明擺著是去尋魏仲良了……

魏青岩言道：「不送。」

「等著本王的好消息！」

齊獻王帶著眾人匆匆離去，魏青岩的面色頓時陰沉下來，林夕落連忙問道：「可是要去與祖父說上一聲？這事兒該怎麼辦？」

魏青岩想了半晌，「這時候去尋他不合適，不知有多少人盯著侯府與林府。」

「派人傳個信兒呢？」林夕落不想放棄，這事兒若真的發生，定是對魏青岩無益處，她怎能不阻止？

魏青岩到門口尋魏海，「去把李泊言找來。」

「李泊言已經出城辦事，還未回來。」魏海回話，讓魏青岩的心思更沉，思量半晌則是道：「去把林豎賢找來，就說他該來送白禮，別心疼那三兩銀錢！」

魏海匆匆離去，魏青岩已準備在此等候他來。

林夕落思忖片刻，覺得這等場合她與林豎賢相見不合適，便提起去幫姜氏，「三嫂早間忙碌了一陣子，這會兒我若不去，恐怕她也棘手。」

「不想見他？」魏青岩口中這個「他」，指的自當是林豎賢。

林夕落冷哼一聲，轉頭就帶著冬荷與秋紅二人往外走。

走至書房的院落，林夕落起了心思去見一見魏仲恆，剛往那方行至沒多遠，就聽到小黑子在一旁道：「少爺，您該用飯了！」

「稍等，待我寫完這篇字再說。」

「吃過再用豈不更好？」

「閉嘴，都說了寫完再用。」

「五奶奶會責怪……」

「閉嘴！」

林夕落在外聽著，停步沒再向前，這個孩子已經開始有心計了，她要將其教成什麼模樣呢？

（未完待續）

作者　琴律
封面繪圖　若若秋
責任編輯　施雅棠
副總編輯　林秀梅
編輯總監　劉麗真
總經理　陳逸瑛
發行人　凃玉雲
出版　麥田出版
城邦文化事業股份有限公司
104台北市中山區民生東路二段141號5樓
電話：（886）2-25007696　傳真：（886）2-25001966
發行　英屬蓋曼群島商家庭傳媒股份有限公司城邦分公司
104台北市中山區民生東路二段141號2樓
客服服務專線：（886）2-25007718；25007719
24小時傳真專線：（886）2-25001990；25001991
服務時間：週一至週五上午09:00~12:00；下午13:00~17:00
劃撥帳號：19863813；戶名：書虫股份有限公司
讀者服務信箱：service@readingclub.com.tw
麥田部落格　http://blog.pixnet.net/ryefield
香港發行所　城邦（香港）出版集團有限公司
香港灣仔駱克道193號東超商業中心1樓
電話：852-25086231　傳真：852-25789337
E-mail：hkcite@biznetvigator.com
馬新發行所　城邦（馬新）出版集團【Cite (M) Sdn Bhd】
41, Jalan Radin Anum, Bandar Baru Sri Petaling,
57000 Kuala Lumpur, Malaysia.
電話：(603) 90578822　傳真：(603) 90576622
Email：cite@cite.com.my
美術設計　洸譜創意設計股份有限公司
印刷　鴻霖印刷傳媒股份有限公司
初版一刷　2013年7月11日
定價　250元
ISBN　978-986-173-943-4

漾小說 96
喜嫁 參

國家圖書館出版品預行編目資料

喜嫁 / 琴律著. -- 初版. -- 臺北市：
麥田, 城邦文化出版：家庭傳媒城邦分公司發行,
2013.07
冊；　公分. --（漾小說；96）
ISBN 978-986-173-943-4（第3冊：平裝）

857.7　　102009921